# Die Tagebücher der Anaïs Nin 1944-1947

Herausgegeben
von Gunther Stuhlmann

Aus dem Amerikanischen
übertragen von Manfred Ohl
und Hans Sartorius

Nymphenburger Verlagshandlung

2. Auflage 1978

Titel der Originalausgabe: The Diary of Anaïs Nin 1944–1947

Satz und Druck: Presse-Druck Augsburg
Printed in Germany
ISBN 3–485–00327–1

# Vorwort

In den letzten fünf Jahren wurden drei Bände aus dem monumentalen *Tagebuch* Anaïs Nins, das sie seit einem halben Jahrhundert führt, veröffentlicht. Die Kritiker bedachten die Autorin dafür mit außergewöhnlich großer Zustimmung. Seither gilt ihr Lebenswerk, wie es einer ihrer Rezensenten ausdrückt, als »eines der bedeutendsten Tagebücher in der Geschichte der Literatur«.

Darüber hinaus hat dieses sehr persönliche Dokument für viele Leser eine ganz individuelle Bedeutung gewonnen. Sie reicht weit über den rein literarischen, historischen und biographischen Wert des *Tagebuchs* hinaus. Das Spektrum aufgezeichneter Erfahrungen, Gedanken und Gefühle überwindet die Grenzen von Alter und Herkunft und scheint direkte Identifikation, ein Gefühl des Wiedererkennens und der Teilnahme, hervorzurufen. In den zahlreichen Briefen an Anaïs Nin taucht immer wieder ein Gedanke auf: »Genauso habe ich es selbst empfunden, das sind auch meine Probleme, mit denen ich zur Zeit zu kämpfen habe.« Viele Leser – und ganz besonders die Jüngeren – reagierten auf das *Tagebuch* mit einer Intensität und einer Offenheit, die sich nur mit den aufgewühlten Empfindungen vergleichen läßt, die von Anïs Nin vor beinahe vier Jahrzehnten im »Hotel Chaotica« in New York hervorgerufen wurden. In der Tat bestätigen diese sehr persönlichen Reaktionen auf das *Tagebuch* Anaïs Nins Meinung – zitiert im Vorwort zu Band II: »Das eigene Leben tief gelebt, wächst immer zu Wahrheiten über sich selbst hinaus.«

Das Spezifische, die besonderen Bedingungen Anaïs Nins

bei der eigenen Erforschung der »inneren Räume« ihrer Persönlichkeit, werden von ihr klar dargestellt, genau beobachtet und bieten sich zur Anteilnahme an: Ihre ungesicherte Kindheit als Europäerin im »Exil« in New York, ihr langwieriger Kampf um Befreiung aus dem dominierenden Schatten des Vaters, die lebenslange Anstrengung, für sich selbst und ihre Freunde inmitten einer unruhigen, feindlichen oder gleichgültigen Welt eine wohlwollende, »lebenswürdige« Umgebung zu schaffen, ihre Bemühungen um allumfassende Erfahrung, um eine »persönliche Beziehung zu allen Dingen und Menschen«, und ihr ständiges Streben nach einem intuitiven und nicht ideologischen »weiblichen Bewußtsein« in ihrem Leben und in ihrer Kunst. Das Persönliche, das Einzelne vergrößert sich im Prisma des *Tagebuchs,* wie Anaïs Nin sagt, »ins Universale, Mythische, Symbolische«. (»Der Held dieses Buches«, schreibt sie, »ist das Leiden, das unser Leben zu einem Drama der Zwänge und nicht der Freiheit macht.«)

Die vorausgehenden drei Bände, entnommen dem breiten Fluß des Originalmanuskriptes, sind ihrem Wesen nach abgeschlossene Einheiten. Jeder Band bildet für sich ein vollständiges »Kapitel« in dem »Buch« von Anaïs Nins Leben. Jeder Band bezeichnet einen Abschnitt in ihrer Entwicklung. Jeder Band geht von einem bestimmten Punkt aus und zeigt Veränderung, erweitertes Bewußtsein, neue Anfänge. Im Kern eines jeden Bandes liegt Entdekkung, Entfaltung, Wachstum.

Band I beginnt in Louveciennes bei Paris, als Anaïs Nin 1931 zum ersten Mal mit einer tief empfundenen Würdigung von D. H. Lawrence an die Öffentlichkeit trat, der ein Jahr zuvor weitgehend unbemerkt in Vence begraben worden war. Dieses Werk – das aufgrund verschiedener Umstände erst durch späte Einsicht ins rechte Licht gerückt wurde – führte zu Kontakten mit dem unbekannten im Exil lebenden Henry Miller, mit dem »verrückten« Antonin Artaud, den Psychoanalytikern Dr. René Allendy und Dr. Otto Rank und zu ihrer eigenen Entdeckung der Gefahren und Möglichkeiten der Psychoanalyse. Band II (1934–1939) zeigt Anaïs Nin in New York, hin- und hergerissen zwischen den Forderungen der Analyse und ihrem Bedürfnis zu schreiben. Sie entscheidet sich für das letztere, kehrt zu ihrem »romantischen Leben« nach Frankreich zurück, um dann bei Ausbruch des Zweiten Weltkriegs gezwungenermaßen Frankreich wieder zu verlassen, Abschied zu nehmen von einer Lebensweise, von der sie wußte, sie »würde nie wieder zu ihr zurückkehren«. Band III (1939–1944) spiegelt ihr zweites »Exil« in New York wider – mit emotionalen Parallelen zu einem großen Teil ihrer Kindheitserfahrungen (die den zündenden Anstoß für das *Tagebuch* gaben) als widerwilliger Flüchtling in Manhattan – und ihre Bemühungen, sich als »ausländische« Autorin in Amerika durchzusetzen.

Der vorliegende Band setzt die Chronologie fort. Er beginnt mit ihrem ersten »Durchbruch« als Schriftstellerin in New York zu Anfang des Jahres 1944. Vorausgegangen war eine handgesetzte Ausgabe ihrer Geschichten *Under a Glass Bell* und eine Rezension von Edmund Wilson in der Zeitschrift *The New Yorker*. Zugrunde liegen die Bände achtundsechzig bis vierundsiebzig des Originalmanuskriptes. Anaïs Nin und der Herausgeber haben sich an dieselben Auswahlkriterien gehalten wie in den vorangegangenen Bänden. Die Angaben in eckigen Klammern stammen vom Herausgeber. Es war wiederum notwendig, einige Personen wegzulassen und ein paar Namen zu verändern; sie sind als Pseudonyme im Anhang aufgeführt.

Die Grundthemen des *Tagebuchs* – Ich, Weiblichkeit, Neurose, Freiheit, menschliche Beziehungen, das Zusammenspiel von Kunst und Leben – ziehen sich wiederum wie ein roter Faden durch das Gewebe des Buches. Auch hier wird in Anaïs Nins Handlungen und Reaktionen häufig eine »prophetische« Gabe sichtbar. Ihre Sensibilität bemerkt und registriert viel von dem, was in der Gegenwart nur vage und undeutlich erkannt wird, wie das wahre Künstler durch die Jahrhunderte immer wieder getan haben. Viel von dem, was sie in Hinblick auf die grundlegenden Aspekte des amerikanischen Lebens der vierziger Jahre fühlte und ahnte, nahm in seinen Schlußfolgerungen einen großen Teil der wichtigen Themen vorweg, die auf einer breiteren Ebene erst heute von revolutionären jungen Leuten, den Anwälten eines »neuen Bewußtseins«, angesprochen werden.

Sie fühlte unter all den Menschen in diesem Land, das die gigantische Armee aufstellte, die Hitlerdeutschland niederwarf, die Japan mit der Atombombe zur Übergabe zwang, zwischen all der Macht und Technologie eine seltsame Leere. Sie schreibt: »Das Verhängnis unseres gegenwärtigen Lebens liegt darin, daß nichts groß genug, nichts tief genug, nichts stark genug ist.« Amerikas wirksamster Beitrag zur Persönlichkeitsbildung, merkt sie einmal an, ist das Entwickeln eines undurchdringlichen Panzers, hinter dem man sich versteckt. »Ein starker Schutz. Laß ihn dir früh genug wachsen.«

Die meisten Männer, die sie trifft, sind »flach, eindimensional«. Sie beklagt ihre Engstirnigkeit, ihre Farblosigkeit. Sie sind alle »schrecklich nüchtern, sprechen nur von Politik, niemals über Musik und Vergnügen, sie sind nie frei von ihren täglichen Sorgen, niemals fröhlich, niemals übermütig, sie sind entweder aus Stahlbeton oder wie Arbeitstiere, ohne Gefühl für ihren Körper, machthungrig.«

Sie vermißt sinnvolle, persönliche Beziehungen. »Jeder Freund, den ich hier habe, scheint zu einer echten Freundschaft unfähig zu sein.« Die Unpersönlichkeit der Beziehungen beängstigt sie. »Meine Freundschaften sind auf viele verteilt, anstatt wie in Paris auf wenige Menschen konzentriert zu sein. Ich finde nur Teilbeziehungen.«

»Ich bin mir darüber im klaren«, schreibt sie, »das, was ich suche, ist eine Illusion, ist kompliziert ... Mich interes-

siert, was sein sollte, und nicht, was ist ... Dazwischen liegt eine alles verzehrende Einsamkeit.«
Noch immer ist Anaïs Nins Zuflucht die Welt der Jungen, der Unentdeckten, die noch die Möglichkeit haben zu verwirklichen, was »sein sollte«. Sie gesteht: »Wenn ich mit Erwachsenen zusammen bin, fühle ich ihre Unbeweglichkeit, ihre undurchdringlichen Erstarrungen,« Sie fühlt sich in die einengende Welt ihres spanischen Vaters zurückversetzt. Im Gegensatz dazu stellt sie fest: »Mit jungen Menschen lebt man in der Zukunft. Das ist mir lieber.« Vermutlich ist es die Identifikation mit der Jugend (»Ich fühle wie sie, ich denke und handle wie sie«), das »Offensein« und das noch nicht »Fertige«, das es ihr ermöglicht, immer wieder zu entfliehen; sie kann beweglich, offen bleiben.
Sie hat sich von den »Kindern« zurückgezogen, die sie in der Vergangenheit bemuttert hatte – Henry Miller, Gonzalo – vielleicht, weil jene mit zunehmendem Alter selbst einiges an Beweglichkeit eingebüßt haben, sich etabliert haben, fertig geworden sind, in ihrem Verhalten vorhersehbar.
Eine Zeitlang konnte Anaïs Nin der »Außenwelt« dadurch entfliehen, daß sie ablehnte, was ihr erdrückende Reife zu sein schien, und indem sie aus der Unwiderruflichkeit der »realen Welt« in den Freiraum des Künstlers flüchtete, in den auf sich selbst bezogenen Raum des Kind-Erwachsenen (»Beide leben in einer selbstgeschaffenen Welt«). Aber gefangen in einer Kultur, die den Künstler entweder als einen großspurigen, trinkfesten *He-Man* sah oder eingesponnen in verweichlichte Exklusivität, verlangten auch die sensiblen Jungen einen Preis, den sie nicht länger bezahlen konnte. (»Ich verkleidete die Frau in mir, um in die Welt der Dichter, der Träumer, der Kinder zurückkehren zu können«). »Ich schaffe einen Mythos und eine Legende, eine Lüge, ein Märchen, eine verzauberte Welt und eine, die jeden Tag zusammenbricht und mir das Gefühl gibt, den gleichen Weg wie Virginia Woolf zu gehen.«

Das amerikanische Klima ist für den Künstler, der nicht nur Techniker oder Propagandist ist, nicht sehr günstig (»Ein großer Teil der Literatur in Amerika hat Banalität mit Einfachheit verwechselt, und das Klischee mit allgemeingültiger Ehrlichkeit«), es hat zuviel Gewicht auf Wettbewerb, auf »größer und besser«, gelegt.
Anaïs Nin schreibt: »Mein größtes Problem in einem polemikliebenden Amerika ist meine Abneigung gegen Polemik, Streitsucht, Kampf. Auch intelektuell lehne ich Ringkämpfe ab. Ich schätze keine Marathonredner, keine Diskussionen oder Anstrengungen, andere zu bekehren. Ich suche Harmonie. Wenn sie nicht da ist, dann gehe ich weg.«
In einer Zeit, in der viel über eine neue Ordnung der Prioritäten gesprochen wird, klingt Anaïs Nins Frage, vor einem Vierteljahrhundert gestellt, sehr zeitgemäß: »Weshalb glaubt hier jeder, daß unsere Probleme gelöst werden können, wenn alle an nichts anderes denken, als an die Mechanismen des Lebens, der Geschichte?« Und sie fügt hinzu: »Ich glaube nicht, daß die amerikanische Besessenheit von Politik und Wirtschaft irgend etwas verbessert hat.«
Anaïs Nin hat häufig daran erinnert, daß die Neuordnung von Prioritäten im »Innern« anfangen muß, bevor Amerika, bevor irgend jemand neu gebildet werden kann. In diesem Band ist ihr eigener Kampf noch lange nicht gewonnen. (»Ich habe versucht, nicht neurotisch, nicht romantisch, nicht destruktiv zu sein, aber vielleicht verberge ich das alles nur.« Und: »Solange die Neurose herrscht, ist das Leben ein symbolisches Spiel. Das ist die Geschichte, die ich zu erzählen versuche ... Die Geschichte der vollkommenen Freiheit kommt in diesem Band noch nicht vor.«) Aber wieder spricht sie aus ihrer eigenen Erfahrung von unserer wachsenden Abkapselung, von unserem Mangel an Kontaktfähigkeit: »Jetzt, wo wir einen gehetzten und oberflächlichen Lebensrhythmus erreicht haben, jetzt, da wir glauben, mit viel mehr Menschen in Ver-

bindung zu sein, mit mehr Völkern, mit mehr Ländern. Diese Illusion kann uns daran hindern, mit dem Menschen, der uns wirklich nahe ist, eine aufrichtige Verbindung einzugehen. Die bedrohliche Zeit, in der mechanische Stimmen, Radio, Telefon, an die Stelle menschlicher Beziehungen treten, und die Absicht, mit Millionen in Verbindung zu sein, schafft eine zunehmende Verarmung von Freundschaft und Menschlichkeit.«

Diese Zeilen aus dem Tagebuch von Anaïs Nin, die vor langer Zeit geschrieben wurden, waren vermutlich niemals so »zeitgemäß«, niemals so aktuell wie heute, wo wir die völlig technisierte und elektronische Kommunikation besitzen.

New York
April 1971

Gunther Stuhlmann

# [April 1944]

Die erste Auflage von *Under a Glass Bell* war innerhalb von drei Wochen verkauft, und ich muß mir Gedanken über einen Nachdruck machen.

Da Gonzalo fand, daß die Druckerei mehr wie ein Unternehmen wirken sollte, unpersönlicher, weniger wie eine private Druckerei, die von Autoren betrieben wird, mußten wir passende Räume suchen. *The Villager* war gerade aus der 17 East Thirteenth Street, einem kleinen zweistöckigen Haus, ausgezogen. Das Erdgeschoß hatte Zementboden und war daher als Standplatz für die Druckerpresse geeignet. Eine schmale, eiserne Wendeltreppe führte in den ersten Stock. Hier war ein idealer Platz für die Lithopresse. Das Haus kostete 65 Dollar Miete im Monat, beinahe doppelt soviel wie das alte Atelier in der Macdougal Street. Aber Gonzalo versprach sich hier mehr Aufträge.

Das kleine Haus ist grün angestrichen. Es hat ein großes Fenster zur Straße hin, groß genug, um unsere schönen Bücher dort auszustellen.

Nebenan war eine Kaffeebar für Arbeiter. Auf der anderen Seite Schrafft's (geeignet für den Fall, daß potentielle Kunden uns zum Essen einladen wollten).

Die Druckerei heißt jetzt »Gemor Press«, der Name ist aus den Initialen Gonzalos gebildet. William Hayter brachte uns einen Druckauftrag. Gonzalos Freunde kamen und brachten uns Arbeit.

Gonzalo ist tatkräftig, fröhlich, wie verwandelt. Es ist seine Druckerei. Seine Freude übertrug sich auch auf mich. Er begann früh aufzustehen. Er hielt seine Verabredungen

ein. Ich könnte mir Zeit zum Schreiben nehmen. Aber wir müssen jetzt beide an der zweiten Auflage von *Under a Glass Bell* arbeiten. Die dreihundert Exemplare der ersten Auflage waren schnell verkauft. Auf einer Party fragte mich ein Verleger: »Wie ist es Ihnen gelungen, mit dreihundert Exemplaren eines Buches so bekannt zu werden?«
Die Druckerei einzurichten war unendlich mühsam. Arbeit mit Elektrikern, Fensterputzern, Umzugsleuten, ein- und auspacken, Drucktypen in Setzkästen einordnen, Papier zählen. Wir begannen damit, an Lithographien zu arbeiten. Die zweite Auflage wird nur neun Lithographien anstatt siebzehn haben. Sie wird maschinengesetzt und nicht mehr handgesetzt und drei Dollar statt fünf Dollar kosten. Wir packten zwölf Kisten mit Papier, Büchern, Platten, Werkzeugen etc. aus. Wir kauften Abfallkörbe, Notizbücher, Glühbirnen, Löschpapier, Ordner. Wir klebten Muster von Gonzalos Arbeiten in eine Mappe, um sein Können als Buchgraphiker zu zeigen.
In einer Woche war alles fertig.
Gonzalo hat die Leitung übernommen. Er ist stolz auf sein Haus, seine Maschine, seine Unabhängigkeit. Ich bin sehr müde, aber zufrieden. Ich bin stolz auf den Menschen, den ich geschaffen habe.

Bei tausend Abzügen das Löschpapier herausgenommen. Papier geschnitten. Erschöpfung. Zufriedenheit.
Anstrengende Arbeit.

Tief in mir empfinde ich Verständnis für alle, die sich gegen die Sklaverei der Arbeit auflehnen, aber ich habe auch solche gesehen, die sich bei der Rebellion gegen das System unheilbar verwundeten.
Ich beobachte, wie stolz Gonzalo auf seine Arbeit ist. Die Schuldgefühle, die jene belasten, die nichts arbeiten, die nichts Kreatives leisten, können schlimmer und zerstörender sein als die Disziplin und das Opfer, die Arbeit und Kreativität verlangen.

Ist Gonzalo jetzt von seinen Schuldgefühlen befreit, die ihn bedrückten und seine freie Zeit vergiftet haben? Er leidet nicht mehr unter Schlaflosigkeit. Er hat seinen Freunden gegenüber keine Minderwertigkeitsgefühle mehr. (Der eine ist ein spanischer Arzt, der im Bürgerkrieg gekämpft hat, der andere ein Franzose, der Mathematik an der New York University lehrt.) Der Herausgeber einer südamerikanischen Zeitschrift besucht Gonzalo.

Er fühlt seine Macht, er hat sein Können und seine Fähigkeiten entdeckt. Zur gleichen Zeit ist es, als sähe man einem Kind zu, das seine Unschuld und Fröhlichkeit verliert, während es heranwächst und Verantwortung übernimmt. Gonzalo mußte die Illusion von Freiheit teuer bezahlen. Henrys [Miller] Briefe an mich sind schuldbeladen, sie sprechen von Sühne. Sogar Henry, der immer behauptete, er sei frei von jeglichem Gefühl der Dankbarkeit oder der Verpflichtung. Sogar mein Vater, der sich selbst als Freidenker bezeichnete, ein Mann, der nicht an Gott glaubte und deshalb auch nicht an Schuld, ging kurz vor seinem Tod in Paris so weit, sich wie ein religiöser Fanatiker an die Brust zu schlagen und sich anzuklagen.

Ich beobachte Gonzalo bei der Arbeit, und ein Teil von mir ist traurig darüber, daß er nicht mehr frei genug ist zu genießen, denn Gonzalo und Henry haben beide eine unerschöpfliche Fähigkeit zu genießen. Dies war der Grund für mein Geheimnis, all dem zuzustimmen, was anderen als meine Ausnutzung erschien.

Brief von Henry:

»Die Rezension von [Edmund] Wilson* hatte ich schon gesehen, einige Leute schickten mir die Zeitungsausschnitte. Sie war gut gemeint, aber albern und unangemessen, nicht wahr? Ich war selbst wütend. Das war also der

---

* In *The New Yorker*, 1. April 1944 – Hrsg.

Trick! Alles, was den Erfolg ausmacht, ist hier so verdammt unecht. Neulich abends, nachdem ich mit [James] Laughlin (*Sunday After the War*) die Korrekturfahnen meines neuen Buches durchgesehen hatte, ich habe diesem Buche einige Seiten über Dich, das Tagebuch ect. (Dinge, die Du kennst) hinzugefügt, nahm ich mir wieder einmal meinen Essay *Une Être Étoilique** vor und las ihn nochmals durch. Ich hatte Tränen in den Augen. Es ist vielleicht das Beste, was ich jemals geschrieben habe. Auch wenn möglicherweise niemand all das in Worte fassen kann, was über das Tagebuch zu sagen ist, glaube ich, daß ich einen wundervollen, wenn auch unvollständigen Versuch gemacht habe. (Und wie seltsam, daß der englische Schriftsteller George Orwell meinen Ausdruck ›*Inside The Wale*‹ in seiner linkischen Attacke gegen mich benützt haben soll!) Ich denke die ganze Zeit nur darüber nach, wie man Dein Tagebuch lancieren könnte. Ich habe es vorgeschlagen, wann und wo auch immer es möglich war ...

Ich muß Dir erzählen, daß ich dabei bin, eine größere Geldsumme aufzutreiben, um die Arbeiten zu beenden, die noch nicht fertig sind. Ich mußte in den letzten zwei Jahren einen Großteil der Zeit darauf verwenden, meinen Lebensunterhalt zu verdienen. Weder kümmert mich das noch verletzt es mich, aber es ist eine unnütze Zeitverschwendung. Ich erhalte bereits feste und halbfeste Zusagen für eine wirksame Unterstützung. Vielleicht bekomme ich viel mehr, als ich erbeten habe. In diesem Fall wird es mir möglich sein, Dir eine namhafte Summe zu überweisen. Und, wie ich Dir einmal gesagt habe, solltest Du das Tagebuch jetzt noch nicht herausbringen wollen, benütze das Geld für andere Zwecke und mache damit, was Du willst. Ich dachte nur, daß die Veröffentlichung des Tagebuchs das beste Geschenk wäre, das ich Dir machen kann.

---

* Zuerst veröffentlicht in *The Criterion*, London 1937 – Hrsg.

Dabei wäre es nicht gerade ein Geschenk, weil ich heute noch von all den riesigen Geschenken, die Du mir gemacht hast, zehre, sie vergleiche, Nutzen ziehe ... Ich glaube, daß es sehr schade ist, daß bei Deinem enormen und wirklich ›legendären‹ Ruf nur Schimmer Deiner großen Begabung an die Öffentlichkeit kommen. Ich bitte Dich von ganzem Herzen, Dich auf das Tagebuch zu konzentrieren. Glaube mir, die Welt wird überwältigt sein, wenn die wirkliche Kundgebung Deines Geistes beginnt. Wie ich vorher erwähnte, hat mich das Lesen meiner eigenen Worte über Dich so sehr bewegt, daß ich ganz außer mir war. Das muß Dich doch genauso verrückt machen wie mich. Wie können sie nur warten und warten? sagte ich mir. Und was mich noch mehr verrückt macht, ist, daß Du, um mir zu helfen, Deine eigene Arbeit vernachlässigt hast. Aber niemand will das mehr wiedergutmachen als ich ...

Ich lebe mehr und mehr in der Natur, und diese Landschaft von Big Sur (wo ich nun seit zwei Monaten bin) ist wirklich überwältigend. An meiner Postroute leben nur etwa 25 Menschen. Weiter weg von der Küste, hinter den Bergen, ist absolute Leere. Es ist fast so abstoßend wie Tibet, aber es fasziniert mich. Ich würde gerne nochmals zurückgehen und dort für einige Zeit ganz alleine leben. Aber ich bräuchte ein Pferd, eine Axt und einige andere Dinge, die ich noch niemals benützt habe. Davor habe ich etwas Angst.

Kürzlich bot man mir ein Haus auf einem Berg an – ziemlich einsam –, das zu Fuß nur schwierig zu erreichen ist (und ich habe nur meine Füße), aber ich habe es dennoch genommen. Nächste Woche ziehe ich ein. Meine Anschrift bleibt die gleiche. Ich werde einen Geschmack von der wirklichen Einsamkeit bekommen. Sicher fehlt mir alles andere – schrecklich. Aber ich halte mich dennoch für glücklich. Und ich bin mehr und mehr im Frieden mit mir selbst ...

Erstaunt es Dich, wenn ich schreibe, daß der einzige Schriftsteller, mit dem ich wetteifere oder den ich, wenn möglich, übertreffen will, Rimbaud ist? Ich arbeite fieberhaft daran, meine ganze autobiographische Arbeit zu Ende zu bringen, damit ich mich in ein völlig neues Schreibabenteuer stürzen kann. Die Aquarelle haben mir eine Menge geholfen, sie gaben mir Mut. Es ist eine eigenartige Geschichte, zu lang, um sie hier zu erzählen.

Ich muß Dir noch berichten, daß es hier einen Schriftsteller namens Wallace Fowlie gibt, der gerne mit Dir in Kontakt kommen möchte. Er ist ein katholischer Autor, ein Freund von Maritain und ähnlichen Leuten. Er ist Professor in Yale, und er schreibt ebenso gut in Französisch wie in Englisch, seine Werke erscheinen in beiden Sprachen. Er bewundert Deine Arbeit sehr.

Kürzlich bekam ich auch von Larry Durrell einen Brief aus Kairo (oder Alexandria), in dem er mir mitteilt, daß er und Nancy sich getrennt hätten. Nancy ist mit dem Kind nun in Jerusalem. Er bat mich, Dir Grüße zu schicken. Er wirkte bedrückt – vor allem wegen des Krieges, vermute ich.

Ich schrieb einen prophetischen Text, der in dem neuen Buch erscheinen wird, und den offensichtlich niemand mag. Er heißt ›*Of Art and the Future*‹. Ich wüßte gern, was Du darüber denkst. Er vermittelt kein sehr heiteres Bild, muß ich sagen. Die Leute scheinen unbedingt darauf zu bestehen, daß die Zukunft heiter ist, und doch kann jeder, der halbwegs fähig ist zu sehen, erkennen, was die Zukunft bringen wird. Sie erwarten Wunder, aber weigern sich, die echten Wunder wahrzunehmen, die sich ereignen ...

Du hast zweifellos Deinen wärmsten Bewunderer – Deiner Person und Deines Schreibens – in Jean Varda. Er spricht unaufhörlich von Dir. Scheint Dein ganzes Wesen erfaßt zu haben ... Ich hoffe, er wird Dich treffen, wenn er diesen Sommer nach New York kommt. Ich bin sicher,

Du wirst ihn mögen. Ich kenne die Collage sehr gut, die er Dir geschickt hat, da ich mit dieser Collage einige Wochen geschlafen habe. Ich war es, der die Idee für die Übertragung hatte. Sofort fiel mir der Titel ein. Ich wußte, daß Du sie besitzen mußt. Diese Collage bedeutet mir sehr viel. Betrachte sie bei wechselndem Licht – am besten früh am Morgen. Oder bei farbigem Licht, wenn Du gefärbte Lampen benützt...

Wie auch immer, Varda ist einer Deiner größten Verbündeten, einer, den Du bis vor kurzem noch nicht kanntest. Und es gibt sicher noch viele mehr. Du solltest immer Vertrauen haben und mehr Geduld. Du hast den Glauben, der Berge versetzt, wenn es andere betrifft. Aber wenn es an Dich selbst geht, kann dieses kleine Körnchen Zweifel, das in Dich eingepflanzt ist, alles zerfressen. Das geschieht immer, wenn Dinge Deinen eigenen Bereich betreffen. Es ist der einzige Fluch, der Dir auferlegt ist, und Du mußt diese Sache alleine ausfechten, oder alles wird zerstört, an dessen Aufbau Du so triumphierend gearbeitet hast. Nimm es mir nicht übel, daß ich das gesagt habe! Ich sage es nicht von einer hohen und mächtigen Warte aus. Ich bin ziemlich vernichtet, glaube mir. Aber ich scheine allen Stürmen zu trotzen, und je mehr ich darüber nachdenke, desto mehr glaube ich, daß das deshalb so ist, weil ich immer ein Körnchen Vertrauen besaß und nichts zerstörte es, konnte es zerstören. Aber es ist ein Vertrauen auf einem langwierigen Weg, nicht auf eine Person, auf ein Ding oder eine Idee. Und mein Glaube an Dich ist unzerstörbar.«

Ich fand Jean Vardas Brief wieder, den er mir zusammen mit seiner Collage geschickt hatte:

»Ich erlaube mir, Ihnen eine Collage mit dem anmaßenden Titel: ›Frauen beim Wiederaufbau der Welt‹ zu schicken. Sollte sie Ihnen gefallen, würde ich mich weniger in Ihrer Schuld fühlen und wäre sehr glücklich darüber, einen kleinen Teil der Freude zurückgegeben zu haben, die mir aus Ihrer Feder als ein Meer von Genüssen zugeflossen ist.

Nach der Lesung von *Winter of Artifice* stand ich Ihnen das erste Mal gegenüber. Sie sagten damals zu mir: ›Man kann nicht leugnen, daß die Quelle unserer Leiden unserer Hartnäckigkeit entspringt, an der Behauptung festzuhalten, das Paradies sei ein Garten. Die Psychoanalytiker haben die Verwirrung noch vergrößert, indem sie die flüchtigen Träume als einen Flug in den Raum deuten. Nur der Mystiker weiß, daß man in allen Stadien der Ekstase in einer Umgebung schwebt, die schwerer als Luft ist. Ich sage, aber ich wiederhole es für niemanden, der nicht reif genug ist, es zu verstehen: Das Paradies liegt auf dem Grunde des Meeres. Und ich kann Ihnen auch beweisen, daß die Engel Schiffe sind. Sie haben keine Flügel, sondern große Segel, die sie nachts geräuschlos entfalten, um die Ewigkeit zu durchqueren.‹

Ihre Worte hinterließen in mir einen tiefen Eindruck, denn bevor ich Maler wurde, war ich Schiffsbauer.

Bei unserer zweiten Begegnung waren Sie wie immer tief verschleiert (von Wasser, wie mir später klar wurde). Sie zeigten mir einen entblößten Fuß von unvorstellbarer Schönheit. Da wurde mir plötzlich klar, daß Sie zum großen Geschlecht der tragischen Frauengestalten gehören: Kassandra, Klytämnestra und Isolde. Und Sie sagten: ›Und alle Kunst, die eigentlich nichts anderes als ein Überströmen paradiesischen Überflusses ist, zielt nur darauf: Das Wasser wiederzuerschaffen. Denken Sie an Nijinsky, der sich im Raum vergaß, denken Sie an Shankar, der langsam inmitten von Algen kämpft, und an Isadora, die eine gigantische Medusa heraufbeschwor. Denken Sie an Ballettübungen. Die Bewegung der Hand versinnbildlicht den Widerstand gegen das Wasser. Und was ist Malerei anderes als absolute Transparenz? Es ist die Kunst, die Ekstase ist, Paradies und Wasser.‹

Damals begann ich zu ahnen, daß Anaïs Nin nur ein

Pseudonym ist und daß Sie in Wirklichkeit die große Amphitrite in Person sind und vielleicht zornig auf mich, ein so gut gehütetes Geheimnis gelüftet zu haben.«

Olga bricht nur ein meiner Gegenwart zusammen. Äußerlich ist sie eine *femme du monde,* jedes Haar hat seinen Platz, sie ist kultiviert, trägt nur maßgeschneiderte Kostüme, den gleichen Kimono wie ihr Mann, sie spricht sachlich über Politik. Aber plötzlich ruft sie mich an. Ein Magengeschwür bereitet ihr große Schmerzen. Sie ist völlig aufgelöst, beinahe hysterisch. Als ich zu ihr komme, bricht es aus ihr heraus, und sie bekennt, daß die Geschichten in *Under a Glass Bell* die Verbindung mit ihrem gefühlsbetonten, jugendlichen Ich erneuert hatten, dem Ich, das Gedichte schrieb, bevor Olga sich mit Politik beschäftigte.

»Es schien mir wichtiger zu sein, politisch zu arbeiten, im Dienste der Öffentlichkeit zu stehen.«

»Aber wie kannst du entscheiden, was im Dienste der Öffentlichkeit ist? Für dich heißt das, daß du dich einem politischen System lieber verschreibst als einem anderen und jeden zu diesem System bekehren willst. Aber schon bald erweist sich das System als schlecht und zerfällt.«

Olga glaubte, sie habe ihr poetisches Ich einer uneigennützigeren Tätigkeit zuliebe verlassen. Nun war ihre Aufgabe erledigt. Sie war durch die Ereignisse überflüssig geworden. Jetzt kehrt sie zu einem unvollkommenen Leben zurück, zu einer unvollkommenen Frau, zu einer halbfertigen Künstlerin. Diese unvollkommene Hälfte kommt immer wieder, jagt und quält sie. Olga kehrt zu toten Gewässern zurück, die abgestorben sind, während sie einer fremden Sache diente. Am Anfang hatte sie die Wahrheit empfunden, als sie Arbeitern Gedichte vorlas und diese dadurch begeisterte. Diese Kraft tauschte sie gegen die Klischees politischer Propaganda ein und sagte die Worte anderer in derselben mechanischen Weise auf, wie ich als

Kind die Fragen und Antworten des Katechismus aufgesagt hatte:
»Wer erschuf die Welt?«
»Gott erschuf die Welt.«
Olga hatte sich einer Sache, einem System ausgeliefert: Das System und die Sache hatten versagt. Während sie sich opferte, blieb ihre eigene Entwicklung auf einer tieferen Ebene stehen.
Als das System (historisch gesehen) versagte, wurde nie danach gefragt, ob es nicht deshalb gescheitert sein könnte, weil es von unvollkommenen Menschen geschaffen worden war, Menschen, die aufgehört hatten, an der Entwicklung ihrer eigenen Persönlichkeit zu arbeiten.
Ich glaube, es ist diese Entwicklung, die weit mehr als Systeme die Geschichte von innen heraus beeinflußt. Geschichte würde sich wie Natur organisch aus dem Impuls von Qualität und Reife entwickeln, wenn genug Individuen an ihrer eigenen Entwicklung gearbeitet hätten.
Und nun fragte Olga: »Wo stehe ich?«
Zwanzig verlorene Jahre, seit sie zum ersten Mal ihre Gedichte den russischen Arbeitern vorlas, mit ihrer rauhen Stimme und ihrem vollen, naturrot aufleuchtenden Haar, bis heute, da ihr der Zusammenbruch der Werte bewußt wird, denen sie sich geopfert hat. Sie fühlte sich um zwanzig Jahre zurückversetzt, zurück ins Alter von Einundzwanzig. Sie war nicht länger die politisch engagierte Journalistin, nicht länger die Frau von Welt, sondern eine Frau auf der Suche nach ihrem poetischen Ich, die versucht, die vielen Türen wieder aufzuschließen, die sie diesem Ich selbst verschlossen hatte. Sie hat nicht nur, wie sie meint, die Türen verschlossen, sondern sie hat den Schlüssel dazu verloren.
Ich vertrat die Ansicht, der Schlüssel sei in ihren widersprüchlichen Gefühlen zu finden. Sie schwankt zwischen der Bewunderung meiner Arbeit und ihrer Ablehnung. Spontane Bewunderung (»Die Geschichte meiner Seele steht

in deinen Geschichten«) und Ablehnung – aus dem Schuldgefühl heraus, daß meine Arbeit im Gegensatz zu dem Dienst an einer politischen Aufgabe steht.
»Aber Dichtung ist auch eine Aufgabe. Sie gibt uns Stärke und das Vertrauen zu kämpfen, durchzuhalten. Glaubst du nicht auch, daß deine Gedichte den Arbeitern genausoviel Lebenswillen gaben wie die politischen Parolen?«
Ich fügte hinzu: »Irgend jemand muß den Sauerstoff liefern, um die Greueltaten auszugleichen, die von den Politikern zu ihrer eigenen Verherrlichung verübt wurden. Du glaubst doch nicht, Männer, die Politik machen, tun es um der Menschlichkeit willen?«
In der Nacht träumte sie von Djuna Barnes und Anaïs Nin. Sie war auf der Suche nach der verlorengegangenen Dichterin Olga. So war ich es, die einem Menschen diente. Während sie der Revolution diente, die ihr Traum und ihre Tragödie gewesen war, war ich dabei, eine Welt vorzubereiten, die sie wieder heilen würde, eine lebendige Welt, die nicht unter Systemen, Diktatoren oder Machtkämpfen zusammenbricht.
»Jedesmal, wenn sich unsere Hoffnung auf eine bessere Welt auf ein System gründet, bricht dieses System aufgrund der Bestechlichkeit und Unzulänglichkeit der Menschen zusammen. Ich glaube, wir müssen von vorne anfangen und an der Entwicklung der Menschen arbeiten, damit sie keine Systeme brauchen, sondern erkennen, wie sie sich selbst regieren können. Jetzt hast du den Schock der Desillusion erlitten, verursacht von einer Ideologie, die ihre eigenen Ideale verriet. Es ist ein guter Zeitpunkt, zu der Erschaffung deines Ich zurückzukehren, nicht als Mitläufer unter vielen, sondern als Individuum. Dichtung ist allein die Sprache unseres Nacht-Ich, in dem der Keim für alles liegt, was wir tagsüber tun und sind. Nur wenn wir darum wissen, können wir die Kontrolle behalten. Es ist besser, diese Reise in die Vergangenheit anzutreten, zum Ausgangspunkt der Intentionen, als an Desillusion zu sterben.«

Ich gab ihr ein Exemplar von *Nightwood.* Ich gab ihr Jean Giraudoux' *Choix des Élues.* Die Bücher sollten ihr helfen, in die Welt der Mythen zurückzukehren, die allein die Ungeheuerlichkeiten der Geschichte erträglich macht. Sie mußte wieder zu einer unfertigen Frau werden, weil die übernommene Aufgabe ihr keine Reife gebracht hatte. Wenn wir blindlings eine Religion, ein politisches System, ein literarisches Dogma übernehmen, werden wir zu Automaten. Wir hören auf zu wachsen. Als ich Olga zum ersten Mal traf, schrieb sie an einem Buch über Valentina Orlikova, dem ersten weiblichen Kapitän der sowjetischen Handelsmarine. Ein Foto von ihr war erschienen, das uns allen sehr gut gefiel. Valentina Orlikova hatte kurzes, dunkles Haar, regelmäßige Gesichtszüge, die aber voll und sinnlich waren, schöne, dunkle Augen. In ihrer Kapitänsuniform wirkte sie klar und stilisiert. Sie strahlte Festigkeit und Fähigkeit aus, ohne Härte und Kälte. Sie wurde zu einem Symbol für die geheimsten Wünsche der Frauen: Frei zu sein und über sich selbst bestimmen zu können, verantwortlich zu sein ohne den Verlust der Fraulichkeit. Wir wollten Valentina Orlikova nachahmen. Wir sahen uns als gepflegte, leistungsfähige, begabte Kapitäne auf unserem Schiff und in unserem Leben. Es war nicht der Wunsch, Mann zu sein, sondern frei und fähig zur Selbstbestimmung und zu beruflichem Aufstieg. Ich ließ meine Haare kurz schneiden. Die Bewunderung Valentinas führte zu großen Mißverständnissen. Gonzalo dachte, es sei eine Revolution, und erklärte, er könne niemals mit einem weiblichen Schiffskapitän schlafen, einem Scharfschützen, einem Korvettenkapitän, auch wenn sie noch so schön wäre.

Brief von Henry:

»Der Gönner ist gefunden. Ich bekomme ein Jahr lang monatlich zweihundert Dollar, es sei denn, in der Zwischenzeit springt jemand anderer ein, um mir zu helfen. Ich kann das Geld zurückzahlen, wann und wie ich will. Hundert Dollar schicke ich Dir, und wenn nichts schiefgeht, wirst Du jeden Monat hundert Dollar bekommen. Diese hundert, die ich zusätzlich zu den zweihundert erhielt, waren als Reisekosten gedacht – für Mexiko. Aber ich fahre nicht. Ich habe das Haus (zehn Dollar pro Monat oder auch nichts, wenn es mir lieber ist), und ich bin damit zufrieden. Ich bin allein und arbeite. Und ich will mich nicht von der Stelle rühren, bis ich ein Buch fertig habe. Dann kann ich an Guatemala denken, ich habe gehört, daß der Wechselkurs dort fünfzehn zu eins in unserer Währung ist. Auf diese Art kann ich mich mehr mit dem befassen, was auf mich zukommt. Letzten Endes zähle ich nicht auf Glück (materielles Glück) – ich glaube, das ist nicht meine Bestimmung.

[Bern] Porter schreibt mir, daß Du jeglichen Gedanken aufgegeben hast, das Tagebuch hier in Amerika zu veröffentlichen . . .

Warum fängst Du nicht einfach an und vertraust auf die Vorsehung, daß das Geld, um weitere Bücher zu veröffentlichen, schon zum Vorschein kommen wird? Bis Du so weit fertig bist, Amerika zu verlassen, kannst Du alles außer den schwierigen Teilen, veröffentlicht haben. Dies kannst Du dann in Europa vervollständigen. Ich bin sicher, daß Du Hilfe erhalten wirst.

Ich lebe in demselben Maßstab wie immer. Ich habe keine großen Bedürfnisse. Aber ich werde nun häufig um Hilfe gebeten – und ich tue alles, was ich kann. Je mehr Geld ich bekomme, desto mehr rücke ich heraus. Ich bin eben ein Verleiher.

Wie Porter sagt, schreibst Du gerade an einem Proust-Roman. Deine zwei Bücher aus dem eigenen Verlag haben überall Aufsehen erregt. Du solltest niemals wieder eigenhändig setzen. Die Leute sollten zu Dir kommen und fragen, ob sie für Dich arbeiten dürfen. Habe Vertrauen.

Ich bin versucht nachzuforschen, wer mein Wohltäter ist. Aber vielleicht ist es besser, wenn er unerkannt bleibt. Ich weiß nun, daß er Maler ist und in Californien lebt.
In Berkeley gibt es ein kleines Magazin, den *Circle*. Der junge Mann, der es herausgibt, George T. Leite, ist Portugiese und ein wohlmeinender und intelligenter Junge. Ich traf ihn kürzlich, als ich in der Gegend war. Er glaubt, daß er die nächste Ausgabe des Magazins *drucken* lassen kann (die erste war vervielfältigt). Er läßt Dich fragen, ob Du etwas beisteuern kannst. Er kann noch nichts bezahlen – die gesamten Kosten für das Magazin trägt er selbst, arbeitet als Taxifahrer, hat Frau und Kind. Ich nehme an, er hat Dir ein Heft zugeschickt. Du wirst nicht viel davon halten, aber ich helfe ihm, gute Schriftsteller und Künstler zu bekommen, um etwas daraus zu machen. Ich habe erfahren, daß Dudley fünftausend Dollar für den Start seines Magazins bekommen hat. Ich bezweifle, daß er unterdessen etwas Vernünftiges damit angefangen hat. Er schuldet mir fünfhundert Dollar, und ich warte darauf, bevor ich wieder für ihn schreibe. Ich warte ab, daß er mir fünfhundert Dollar schickt, bevor ich wieder für ihn schreibe. Er schuldet mir diese Summe und noch mehr.
Ich werde hier in Big Sur bleiben, bis ich *The Air-Conditioned Nightmare* beendet habe.«

In einer Anwandlung von Aktivität räumte ich das Studio um, packte meine Seemuscheln weg, meine Sammlung exotischer Schuhe, um mehr Klarheit und Einfachheit zu schaffen. Aber was kann ich noch tun? In die Druckerei zurückgehen als Drucker-Assistent, Papierschneider-Assistent, Setzer-Assistent unter dem unsteten Oberbefehl Gonzalos?
Als ich Olga heute verließ, empfand ich eine Bewunderung für Frauen, die sich deutlich von meiner Bewunderung für Männer unterscheidet. Mir wurde klar, daß die Frau in einer Freundschaft mehr leidet, mehr opfert, sich mehr sorgt.

# [Mai 1944]

Wird das äußere Leben so stark, daß das innere verlorengeht? Ich lebe weniger im Tagebuch. Das innere Auge, in dem sich alles widerspiegelt, ist weniger aktiv. Es kommt nicht so häufig vor, daß ich mich zurückziehe, um zu reflektiern, mich zu entspannen, nachzudenken, festzuhalten und zu interpretieren. Anstrengende Arbeit in der Druckerei. Vierzig weitere Lithographien sind abzuziehen. Dann nach Hause, um zu baden, zu essen, Freunde, Telefongespräche, Besucher. Kaum noch Zeit zu berichten, was mir widerfährt. Das Leben anderer, die Ereignisse anderer. Das Telefon tritt hier an die Stelle von Briefen.

Unsere Psychoanalytikerin, Martha Jaeger, wehrt sich gegen ihre Mutterrolle, aber zu spät. Martha ist unfähig, die Rolle abzuschütteln, sie verkörpert sie rein äußerlich zu gut: Sie ist groß und dick, vollbusig, rundlich. Sie wirkt kräftig, breit und mütterlich, strahlt Geborgenheit und Wärme aus. Wir alle haben einen mütterlichen Zug, aber er ist in unserem Aussehen nicht so deutlich erkennbar. Wir sind stolz darauf, nach außen mehr die Geliebte als die Ehefrau zu verkörpern. Unser Idealbild ist die *femme fatale!* Martha verhalf uns zur Befreiung, aber wir können ihr nicht helfen. Sie weiß von der Untreue ihres Mannes und leidet darunter. Wir alle versuchten, sie schön zu machen. Frances Brown und ich schickten sie zum Friseur. Wir änderten ihre altmodische Middle-West-Lehrerinnen-Garderobe. Wir haben sie auf Diät gesetzt. Sie hat das gute Profil einer griechischen Matrone, eine angenehme Stimme. Aber das war alles, was wir tun konnten. Als wir versuchten, sie in unser Leben einzubeziehen (das der

Schriftsteller, Bildhauer, Maler, Dichter, Musiker), da gelang es uns nicht. Luden wir sie zu unseren Partys ein, passierte es immer wieder, daß man sich mit ihr beruflich unterhielt, und wieder konnte sie ihrer Rolle nicht entfliehen. Sie wurde mit Achtung behandelt, wie ein weiser Ratgeber und ein Orakel.

Einmal kam sie wirklich hübsch angezogen. Das Haar war vornehm zurückgekämmt, daß ihr Gesicht vorteilhaft zur Geltung kam, sie trug ein schmales Haarband mit einem Schleier. Wir waren alle stolz auf unsere Schöpfung. Aber da sie eine Erkältung hatte, putzte sie sich die Nase und vergaß dabei den Schleier.

Martha versteht nicht, daß ich der Meinung bin, es gibt eine Zeit für Analyse und eine Zeit, in der man ohne sie lebt. Genauso wie ich glaube, es gibt eine Zeit leidenschaftlichen Lebens und eine Zeit der Bestandsaufnahme und Interpretation.

Ich benutze die Analyse nur, wenn ich sie brauche, wie eine Medizin. Als ich meine Orientierung gefunden hatte, mich von der Analyse abwandte und ins Leben zurückging, zurückfand zum Schreiben, wollte Martha, daß ich weiter an den Gruppendiskussionen teilnehmen sollte. Ich fand diese Diskussionen unfruchtbar. Ich versuchte ihr zu erklären: »Martha, ich bin eine Künstlerin. Ich benutze die Analyse, um mich zu orientieren, aber wenn ich meine Richtung gefunden habe, dann kehre ich in mein U-Boot zurück und tauche in die Tiefe, unter den Bereich der Analyse, der Worte, der Diskussionen. Ich bin jetzt in dem Bereich, aus dem Leben und Schreiben kommt.«

Martha bestand auf ihrer Meinung. Ich widerstand ihr. Ich lud ihren königlichen Zorn auf mich. Sie beharrte darauf, daß ich diese Art von Objektivität ständig bräuchte. Ich blieb dabei, es sei der falsche Weg.

Eine Odyssee vom inneren zum äußeren Leben.

Die inneren Räume der Seele sind wie die Dunkelkammer eines Fotografen. Sie sind wie ein Laboratorium. Man kann nicht seine ganze Zeit dort verbringen, sonst werden sie zur Einzelzelle des Neurotikers. Ich kenne Menschen, die ihre gesamte Energie nach innen ziehen, in sich zusammengerollt sind; dann verkümmern alle ihre Sinne – Ohren, Augen, Fühlen. Kommunikation hört auf. Sie schrumpfen.

Freunde aus Haiti erzählten mir von einem Ehepaar, das sich von einem eifersüchtigen, abgewiesenen Liebhaber verfolgt fühlte. Sie glaubten, er lebe mit ihnen zusammen, beobachte sie und warte nur einen günstigen Moment ab, ihnen zu schaden.

Der Medizinmann versuchte, durch komplizierte Voodoo-Rituale den eifersüchtigen Liebhaber auszutreiben.

Der Analytiker jedoch gibt sich damit nicht zufrieden. Er beweist, daß die Verfolgung durch den eifersüchtigen Liebhaber aus unserem Bewußtsein kommt; daß wir von dem abgewiesenen Liebhaber nur durch Schuldgefühle, ihn verlassen zu haben, besessen sind; daß das ständige schlechte Gewissen, in der Gestalt des ehemaligen Liebhabers, die Angst vor Verfolgung und Vergeltung verursacht.

*Denn wir sind die Schöpfer des Gespenstes und haben deshalb die Macht, uns aus seiner Gegenwart zu befreien, die unser tägliches Leben zerstört.*

Das bedeutet Selbstbestimmung von innen, das Gegenteil von Fatalismus. Charakter, Ideen und Gefühlsregungen sind veränderbar. Es ist ein subtilerer, ein tieferer Weg, um Kapitän auf seinem eigenen Schiff zu werden.

Martha befreite mich aus meiner Erlöserrolle durch ein einfaches Mittel, indem sie mir meine menschlichen und realistischen Grenzen vor Augen führte: Was ich tun konnte und was nicht. Die Idee des *Wunders*, übernommen aus dem katholischen Glauben, ließ mich tatsächlich annehmen, ich könne jedem helfen und alle Probleme lösen.

Als Martha mich nicht dazu überreden konnte, an den Gruppendiskussionen teilzunehmen, griff sie zu dem

Ritual von »Verbannung« und »Ausschluß«, das meinen Glauben an sie zerstörte. Sie machte mir Angst, indem sie sich eines Graphologen bediente, um auf alle Gefahren hinzuweisen, die immer noch in meinem Charakter lagen und die mich erwarteten.
Damit zerstörte sie ihre Autorität als Analytikerin.
Sie trug selbst zu dem Vertrauensverlust bei, indem sie uns alle Widersprüche zwischen ihrem psychologischen Wissen und ihrem persönlichen Leben anvertraute. Die Versuche, ihr Leben in Bahnen zu lenken, die ihr nicht entsprachen, die Versuche, unsere Lebensweise zu übernehmen, anstatt ihre eigene Welt zu suchen und zu schaffen, machten sie zu einem fehlbaren Menschen, den wir liebten, aber auf den wir uns nicht verlassen konnten.
Sollte ihre Ehe scheitern, wird sie ihre Arbeit mehr denn je brauchen. Die Gespräche mit Frances bewegen sich jetzt hauptsächlich um Martha.

Bemerkungen über Caresse Crosby: Elizabeth-Arden-Rosa. Das Innere einer Venusmuschel. Das Schlafzimmer boudoir-rosa. Im Badezimmer viele rosa Morgenmäntel und Negligés. Dieselben Farben auf Büchern, in Wohnräumen, an Gartengrills, am Briefkasten, auf Briefpapier. Max Ernst malte sie als Petticoat. *Le boudoir disparu.* Die Bewegung, *mouvement perpetuel*, ein Ergebnis ihres Ja zu jeglichem Leben.
Caresse sagt immer noch »ja, ja« – es ist die Essenz ihrer Lebendigkeit und ihres Erfolges. Carlyles Ja- und Neinsager.

Die Geschichte über Hans Reichel [»The Eye's Journey«] für die Zeitschrift *Dyn* in Mexiko City überarbeitet.
Die Zeitschrift *Circle* veröffentlichte meinen Brief an Luise Rainer.

Ich muß Samuel Goldberg das geliehene Geld für den Druck der zweiten Auflage von *Under a Glass Bell* zurückzahlen. Ich habe Schulden bei Martha Jaeger, dem Arzt, im Drugstore. 365 Dollar schulde ich Thurema Sokol für die großzügige Hilfe beim Umzug der Druckerei.
Arbeite mindestens acht Stunden täglich in der Druckerei.
Habe in der New School einen russischen Film über Experimente mit Hunden gesehen: Das Abtrennen und Wiederansetzen ihrer Köpfe, man sieht sie tot, ihre Herzen auf einer Platte und dann wiederbelebt. Ich war mit Charles Duits und Frances dort. Uns fror bei der Aussicht auf die Kontrolle der Wissenschaft über Leben und Tod. Wir empfanden Ehrfurcht und hatten das Gefühl, einem Sakrileg beigewohnt zu haben. Nähern wir uns der Herrschaft der Wissenschaft über den Tod?
Henry schickte mir tausend Dollar, den ersten großen Betrag, den er jemals verdient hat. Damit konnte ich meine Schulden bezahlen. Mit dem Rest kaufte er sich ein Cottage in Big Sur.

Tausend Seiten von *Under a Glass Bell* gedruckt. Party bei Moira. Traf Leo Lerman wieder. Gespräche mit ihm ähneln denen mit Conrad Moricand. Ein geistreiches Wortgefecht, ein gekonntes Versteckspiel, ein Spaß, oberflächlich und angenehm. Er ist einer der seltenen Meister funkelnder Redegewandtheit. Mit Frances habe ich tiefgehende und weitreichende Gespräche. Wir sprechen miteinander, um uns und die anderen zu verstehen, um zu interpretieren, um Schmerz zu lindern, um Gegengifte zu schaffen gegen Schmerz und Desillusion. Tom Browns Schweigen und seine Unfähigkeit, jemanden offen anzusehen, jemanden in seinen Augen lesen zu lassen, sein heimliches Weggehen und Wiederkommen, sein Verschwinden, machen ihn gespenstisch.
Gonzalo ist stolz darauf, die Druckpresse bedienen zu können: »Ich habe es ohne besondere Anleitungen geschafft.«

Der Fahnentanz von Haiti in einem großen Saal. Man fühlt sich in das achtzehnte Jahrhundert zurückversetzt. Die älteren Haitianer kommen in Gesellschaftskleidung: lange Roben, Handschuhe, Fächer, Schals, Abendanzüge. Sie sitzen formell auf Stühlen, die entlang der Wände aufgestellt sind.
Sie beobachten die modernen Tänze der Jüngeren. Dann, wenn sie an der Reihe sind, erheben sie sich und tanzen ein Menuett wie am französischen Hof. Gemessen und langsam, würdevoll und steif. Aber ohne Albert Mangones scheint der Traum von Haiti verschwunden zu sein.

Gonzalo und Ian Hugo arbeiteten am Einband und benutzten die Lithopresse. Später sortierte ich mit Thurema und Josephine Premice die guten Blätter aus. Wir arbeiteten zusammen fröhlich bis Mitternacht.
Trug den ganzen Tag Seiten zusammen, schnitt Einbände, brachte Bücher zum Buchbinder.

Wir druckten eine Lithographie von Käthe Kollwitz für einen Bucheinband. Caresse Crosby besuchte uns, um die Druckerei zu besichtigen. Dinner mit Jean Wahl, einem Philosophielehrer, der ein Konzentrationslager überlebt hat. Diese Erfahrung hat seinen Lebenswillen gebrochen. Er ist unter uns, aber nicht bei uns. Er ist immer schwarz angezogen, trägt enge, eingelaufene französische Anzüge. Man hat das Gefühl, als könne keine Liebe oder Freundschaft sein Leben wiederherstellen.

Ab und zu denke ich, ich sollte das Tagebuch umformen, wie es Proust mit seinem Leben und seinen Erinnerungen tat. Es besteht aber die Gefahr, daß dann ein Teil fehlt, und zwar der Teil, den Martha in meinen Romanen vermißt: Wärme und Menschlichkeit. Sie gingen verloren in der Metamorphose zum Mythos oder zur Fiktion. Was soll ich machen? Martha glaubt, es wird lange dauern, bevor die Menschen genug über das Unbewußte wissen werden, um mein Schreiben zu verstehen. In Wahrheit verliere ich mich im Reichtum des Tagebuchs und muß große Anstrengungen unternehmen, um es zusammenzufügen und zu ordnen. Ich verliere mich im Überfluß und im Labyrinth. Ich sollte langsam, schrittweise beginnen, dann könnten die Themen später organisch auftauchen.

## [Juni 1944]

Ich habe angefangen, ein neues Buch zu schreiben. *This Hunger.* Außerdem habe ich ein Porträt von Stella verfaßt, teilweise angeregt durch Luise Rainer.

Henry schickt mir einen Besucher, Harry Herkovitz. Er nennt mich »Anis«, genau wie Henry. Früher war er Seemann. Er ist dunkel, wirkt angespannt, hager. In Anlehnung an Edgar Allan Poe hat er eine merkwürdige Geschichte über Raben geschrieben, die einen Reisenden angreifen. Er sagt, er habe Henry um alle seine Manuskripte und Briefe gebeten. Aber Henry wich einer Zusage aus. In unserem ersten Gespräch empfand er mich als eine Mischung aus June*, mir und den Frauen aus *House of Incest.* Mir wurde klar, er sah nicht mich, wie ich bin, sondern er suchte einen Mythos. Er besuchte eine Anaïs, wie sie ihm von Henry beschrieben worden war, die aber keine Ähnlichkeit mit der wirklichen Anaïs hatte.

Ausweitung, Blühen. Frances sagt, ich sei in einer Partnerschaft sehr kreativ, aber sie hat auf mich dieselbe Wirkung. Ich arbeite an dem neuen Buch und spreche mit Charles Duits, dessen Dichtung ich nicht verstehe. Er äußert sich kritisch über meine Unbeständigkeit. Immerzu eine neue Person, immer wieder ein anderer Mensch. Ich habe Erfahrung darin, nicht nur mich, sondern auch andere zu »enthemmen«.

Weitere Lithographien gedruckt. Ging mit Gonzalo in einen russischen Film. Es gab eine Zeit, in der jeder russi-

---

* Henry Millers zweite Frau – Hrsg.

sche Film, den ich sah, meine Arbeit lähmte, aber diesmal beeindruckte der Vergleich mich nicht. Der Widerspruch war aufgelöst. Jeder Krieg und jede Revolution töten und verstümmeln Gefühle und Empfindsamkeit. Jemand muß diese Strömungen wiederherstellen. Jemand muß die Menschen wiederbeleben, die durch das Übermaß der Schmerzen getötet worden sind.

Harry sagte, der Tod von Tausenden, dessen Zeuge er in China war, konnte ihn nicht rühren, aber der Tod eines einzigen Menschen ginge ihm sehr nahe. Durch die Unmenge der Greueltaten, die begangen wurden, laufen wir Gefahr, Gefühle zu zerstören. Ich beharre auf dem Schutz des individuellen Lebens.

Wenn man reifer wird, hören die lähmenden Konflikte und Möglichkeiten auf, dich zu hemmen. Sie werden von einer umfassenderen Perspektive abgelöst.

Ich treffe Charles Duits, Edmund Wilson, John Stroup, Harvey Breit.

Meine einzige Stärke ist die Stärke der Ganzheit, des umfassenden Fühlens. Damit schreibe ich. Harry erzählt mir, er sei Henrys symbolischer Sohn. Er wurde wie dieser in Brooklyn, in demselben Distrikt, geboren. Aber er ist der Abenteurer, der Seefahrer, der hagere, dunkle, leidenschaftliche Jude. Er hat über June und Henry als ein Beispiel der Illusion in der Liebe geschrieben. Ich wollte ihn nicht wiedersehen. Ich will von dieser Vergangenheit befreit sein. Er wirft mich in die Vergangenheit zurück. Ich sagte ihm das am Telefon. Er bat inständig. Er schrieb einen Liebesbrief (an June, Anaïs, Sabina, Djuna, Alraune, Isolina etc.). Nach zwei Wochen erlaubte ich ihm wiederzukommen. Mona, June, Alraune waren verschwunden. Ich sagte: »Jetzt spricht Harry und nicht eine Imitation von Henry.« Er begann, ein eigenes Buch zu schreiben, kein Buch über Henry, June etc. Er ist heftig, primitiv und verstört.

Gonzalo ist einer von denen, die am Radio kleben, er berichtet uns alle Neuigkeiten. Vor einigen Tagen feierten wir die Landung der Alliierten in der Normandie. Was wird jetzt geschehen? Wir sprechen darüber. Es verfolgt uns auch nachts.
Da Gonzalo nur *ein* Leben hat, das er mit der Gegenwart teilt, hofft er nicht auf die Geschichte, weil er kein Gegenmittel gegen das Gift der Geschichte erzeugt. Er wird von den Ereignissen überrollt. Er hat kein Innenleben, mit dem er den Ereignissen standhalten und sie verwandeln könnte.

Ich besuchte Martha und ihren Mann auf ihrer Berghütte. Die Ruhe der Berge, das Stillebenartige ihres Lebens, das schwere Essen, das Mitgefangensein in ihren Ängsten waren eine Tortur. Ich fühlte mich bedrängt. Ich hörte mir die Geständnisse von beiden an. Martha bat mich, ihrem Mann zu helfen, und er bat mich, ihr zu helfen. Aber es würde Jahre dauern, ihre fortgeschrittene Disharmonie umzukehren. »Martha lebt nicht mit ihrem Körper. Sinnlich bin ich verhungert«, sagte er. Und Martha in ihrem Kummer will mir ihren Ehemann überantworten. »Er läßt sich von dir beeinflussen, ich vertraue dir.« Im Winter hatte er einen Selbstmordversuch unternommen.
»Martha, als ich in Schwierigkeiten war, wandte ich mich an einen *Arzt*. Weshalb macht ihr beide nicht das gleiche? Ein Freund kann euch nicht helfen.«

Ich kam zu Harrys Verrücktheit zurück. Er lebt mit Henrys Leben, das mit seinem eigenen verwoben ist, und kann beide nicht voneinander trennen. Er bittet mich: »Rette mich vor Junes Hohlheit.« (Seine June ist Ballettänzerin.) Ich lehnte ab. Ich antwortete: »Ich will nicht immer und immer wieder das Symbol June bekämpfen. Das mußt du alleine schaffen. Komm zurück zu mir, wenn du frei bist.« Er hat das Wort *Zerstörung* auf seinen Lippen.
Dies ist ein Scheindrama oder ein zweiter Aufguß. Es

stammt aus Henrys Feder, kommt von Identifikation. Er wiederholt beinahe wörtlich, was Henry gesagt hat: »Ich will schreiben, ich will arbeiten, und sie (die Ballettänzerin, Junes Replik) hindert mich daran.«
Aber ich bin nicht dieselbe Anaïs. Ich kann nicht fortfahren, dasselbe Drama zu wiederholen. Ich werde nicht eine Hälfte Harrys im Kampf gegen die andere unterstützen.
»Es war in irgendeiner schmuddeligen Stadt, ich lag auf dem Sofa und las Henrys Beschreibung deines Tagebuches, und mir wurde klar: Ich muß diese Frau kennenlernen. Ich hatte Angst, du hättest möglicherweise Europa nicht verlassen können.«
»Aber ich bin nicht dieselbe Frau, Harry.«
Er ist jung, und sein Hunger ist riesengroß. Wenn er kommt, legt er seine Manuskripte auf meine Knie, eine Opfergabe. Die Blätter sind voll von Schrecken, Gewalt, Terror, Verbrechen und Strafen. Es ist eine tierische Welt. Er wirkte so sanft und gefühlvoll. Welch giftige Raserei ist in seinem Schreiben. Wollust, Verbrechen, Wahnsinn. Sein Schreiben ist voller Brüche und Falschheit. Die Selbstsuche der Triebe. Der verklemmte Primitive.
»Ich wurde in Hunger und Elend hineingeboren.«
»Aber das ist doch kein Grund, dies anderen zuzufügen, die Welt zu veröden und zu verwüsten, bis sie so ist, wie du sie zuerst sahst.«
Hunger führte mich immer in Versuchung wie ein brachliegendes Feld den Sämann. Aber diesmal war ich in der Lage zu widerstehen. Man kann dem eingeschliffenen Verhalten entfliehen. Harry hat einen Traum von Liebe und Arbeit, der meine Gegenwart verlangt. Er nimmt an, daß ich die Antwort auf seinen Hunger bin.
»Ich fahre nicht wieder zur See, ich gehe nicht wieder in Krieg und Gefahr, in Selbstmord. Ich werde hierbleiben und schreiben«, sagt Harry.

Und dann besuchte mich seine »June«. Sie war alles andere als June! Er hatte ihr die Rolle June zugeteilt. Sie war verletzbar und liebte Harry sehr. Ihr war klar, daß er sie zu einer Fiktion machte. Sie verstand. »Weil ich weiß, daß er das tut, wollte ich kommen und sehen, ob er auch Sie erfunden hatte und das überwältigende Band zwischen Ihnen und sich. Ich wollte wissen, ob es Einbildung war. Wenn dieses Band *wirklich* existiert, werde ich aufgeben, denn Sie sind gut für seine Arbeit.«
Sie sah mich so aufrichtig an, ich konnte alles erkennen: Hingabe, Selbstlosigkeit.
»Ich bin froh, daß Sie gekommen sind. Harry ist ein Träumer. Er lebt immer noch Henrys Leben. Es gibt kein Band zwischen uns. Ich reagierte zuerst auf das Echo der Vergangenheit. Den wirklichen Harry kenne ich nicht. Vielleicht kann ich ihm den Wunsch zu schreiben deshalb vermitteln, weil ich selbst schreibe. Aber Sie sind völlig anders als June. Ich sehe, Sie sind nicht destruktiv, und Sie haben Einsicht. Ich will Ihnen helfen. Als erstes, die große Liebe zwischen uns gibt es nicht. Sie ist seine Illusion. Sie sind die Frau in seinem Leben.«
Noch nie sah ich an einer Frau so deutlich, was es bedeutet, von Schmerz befreit zu sein. Sie war erfüllt von neuem Glauben und Vertrauen.
»Nicht ich stehe Harrys Liebe zu Ihnen im Weg, es ist Harry selbst, der voll ist von Henrys Leben und der nicht weiß, wer er selbst ist. Henrys stärkerer Geist steckt in ihm. Sein Kopf ist voll von Zitaten und Romanen. Er versucht, Henrys Leben zu leben. Ihre Aufgabe wird es sein, ihn zur Realität zurückzuführen.«
Wir umarmten uns wie Schwestern.

Brief an Henry:

»Ich verließ Harry, ohne mit ihm darüber gesprochen zu haben, daß es nicht richtig von ihm ist, von Dir Geld anzunehmen. Ich glaube, ich sollte mich dazu nicht weiter äußern. Ich wußte schon immer, daß Du an dem Tag, an dem Du erhältst, was Du willst (ein Jahr ohne Geldsorgen, Zeit zum Schreiben), alles wegwerfen und den falschen Leuten geben würdest. Ich bin durchaus bereit, auf meinen Anteil zu verzichten, aber ich weiß, daß irgendein labiler und wertloser Mensch auch dieses Geld erhalten wird. Dein letzter Brief klang traurig. Dein ›Gönner‹ hat wahrscheinlich davon gehört, daß Du Harry und anderen Geld gegeben und für Dich nur fünfundzwanzig Dollar zurückbehalten hast. Vielleicht hat er bedauert, daß er Dir nicht wirklich hat helfen können. Du hättest zuerst an Deine eigene Arbeit denken müssen. Dieses Einkommen, das Deine Freiheit hätte sein sollen und können, hast Du so benutzt, daß Du – wie Du mir heute schreibst – erleichtert bist, es nicht mehr zu besitzen. Sind es Schuldgefühle, die Dich unfähig machen, etwas anzunehmen? Aber weshalb gibst Du immer den falschen Leuten etwas? Zwecklose Worte. Wir haben oft genug darüber gesprochen.«

## [Juli 1944]

Moira mietete ein großes Haus in Amagansett und lud uns alle für ein verlängertes Wochenende ein. Vier Tage Ruhe, Wärme.

Ich gab mich ganz dem Meer hin. Meer und Sonne geben mir immer meine Kraft zurück.

Aber es war eine schmerzliche Situation, als wir alle am Strand saßen, braungebrannt, in bunten Kleidern, mit offenen Haaren, fröhlich, und ein paar Meter hinter uns saß der Philosophielehrer, der frühere Professor an der Sorbonne, der im Konzentrationslager gewesen war. Er trug denselben schwarzen, engen, eingelaufenen Anzug, einen schwarzen Hut und eine große, dunkle Brille, schwarze Socken und schwarze Schuhe. Er wohnte bei den Zilkas, und wir versuchten, ihn freundschaftlich einzubeziehen. Aber wir konnten ihm nicht helfen, ihn nicht ins Leben zurückbringen. Er saß immer abseits, legte nie seine Kleider ab und suchte nur selten unsere Gesellschaft.

Bombenattentat auf Hitler gescheitert. Niedergeschlagenheit, Entmutigung. Wir hatten so oft seinen Tod herbeigewünscht.

Der zweite Besuch bei Moira war unerträglich. Sie hatte Martha Jaeger mit ihrem Mann und Charles Duits eingeladen. Sie sagte: »In diesem Haus kann jeder tun und lassen, was er will.« Aber als wir ablehnten, sie zu einer Cocktailparty zu begleiten, wurde sie ärgerlich. Sie ging mit den Worten weg: »Im Kühlschrank ist kaum etwas zu essen. Es wird euch noch leid tun.« Wir beschlossen, uns um den Küchentisch zu setzen. Dort verbrachten wir den Abend und lasen laut *Finnegans Wake*. Charles las die Bankett-Szene. Wir genossen jedes Wort, als sei es Nahrung. Wir fanden den Klang der Worte köstlich. Bei Moiras Rückkehr saßen wir zufrieden da, immer noch lesend und keineswegs unter Hunger leidend.

Wenn wir vom Strand kommen, fragen wir Moira: »Können wir irgend etwas tun?" Noch in unseren Badeanzügen helfen wir in der Küche. Erst wenn Moira uns nicht mehr braucht, duschen wir und ziehen uns zum Essen um. Moira ist stolz auf ihre Kochkünste und legt Wert darauf, die Speisen selbst anzurichten. Ich wusch meine Haare und zog ein weißes Kleid an. Als ich die Treppe herunterkam, sagte Moira: »Anaïs, heute mußt du den Müll hinausbringen.«

»Ich werde mir etwas anderes anziehen.«

»Nein, laß nur«, sagte Charles Duits, »ich mache das schon.«

Moira machte mich mit der syrischen Dichterin Berthie Zilka bekannt. Sie will bei mir lernen, Englisch zu schreiben, aber wir werden ihre Gedichte in französischer Sprache veröffentlichen.

Wir begannen an Zilkas Sammlung zu arbeiten. Gonzalo entwarf ein wunderschönes Buch. James Woodward zeichnete zum Titel eines jeden Gedichts ein zartes Ornament, das wie eine moderne Interpretation syrischer Muster wirkte.

Durchbruch der amerikanischen Truppen bei Saint-Lô.

# [August 1944]

Ich fühle mich stärker, weil ich das Negative, das Destruktive an Harry rechtzeitig erkannt und mich nicht in einen nutzlosen Kampf gegen seine verworrenen Vorstellungen habe hineinziehen und unterkriegen lassen: seine verrückten Behauptungen, seine Irrtümer, seine unberechenbaren Einfälle. Ich konnte sie rechtzeitig durchschauen.

Bei dem Versuch, die Freundschaft mit Harry zu lösen, wurde mir mehr und mehr klar, wie kaputt, chaotisch, unausgeglichen er ist. Er sagt: »Ich will alle deine Tagebücher lesen. Ich will das Geheimnis der Frau erkennen und es in mein Schreiben einbeziehen. Ich fühle, ich muß es kennen. Keine andere Frau kann mir die Wahrheit zeigen. Dann werde ich das Wissen besitzen.« Er sprach wie ein raubgieriger Eindringling. Er beklagte sich: »Alles ist mir verschlossen; zuerst du und jetzt das Tagebuch.« Seine unverstellte Gier, Frechheit und Aggressivität stießen mich ab.

»Ich bat Henry, mir alles zu vererben. Ich bin sein Sohn.«

Schließlich sagte ich einmal zu ihm: »Du kannst nicht durch Stehlen lernen, etwas zu lieben oder zu erschaffen. Du mußt dich zuerst selbst erschaffen und deine Arbeit, dann entstehen daraus ehrliche Bindungen, und man tauscht seine Schätze untereinander aus. Du kannst nichts erzwingen.«

Frankreich ist frei!

FREUDE. FREUDE. FREUDE. FREUDE. FREUDE. FREUDE. FREUDE. FREUDE. FREUDE.

Eine solche Freude, ein solches Glück, Hoffnung auf das Ende des Krieges. Glück im Einklang mit der ganzen Welt. Wahnsinniges Glück.
In solchen Augenblicken sind wir überwältigt von einer gemeinsamen Freude. Wir möchten auf der Straße herumziehen und uns laut freuen. Eine Freude, die man mit der ganzen Welt teilt, ist für den einzelnen beinahe zu groß. Man steht überwältigt vor der Katastrophe; man wird von Glück überwältigt, von Frieden, von dem Wissen, daß Millionen Menschen von Schmerz und Tod befreit sind.

Wir konnten tagelang nicht arbeiten. Dann nahmen wir unsere Arbeit in der Druckerei wieder auf und machten Zilkas Buch fertig. Es hat einen roten Wildledereinband, der die Sinnlichkeit der Gedichte sichtbar macht. Zilka ist eine gute Poetin mit neuen Akzenten, neuen Empfindungen, die aus ihrer syrischen Welt kommen.

Wir träumen davon, nach Frankreich zurückzukehren.

Ich würde das Tagebuch gerne in einen langen Roman umwandeln. Die Themen von *Winter of Artifice* und *Under a Glass Bell* habe ich schon daraus entnommen. Ich will die Konflikte der Frau dramatisch darstellen, den Konflikt zwischen mütterlicher Liebe und schöpferischer Arbeit, zwischen Romantik und Realität, zwischen Erweiterung und Opfer.
Die Konflikte der Frau in der heutigen Gesellschaft. Das Thema der Entwicklung der Frau mit ihren eigenen Mitteln, nicht als eine Imitation des Mannes. Das soll letztlich das vorherrschende Thema des Romans werden: Die Anstrengung der Frau, ihre eigene Psychologie zu finden, ihre eigene Bedeutung, um sie so gegen die von Männern gemachte Psychologie und Interpretation abzugrenzen. Die Frau, die ihre eigene Sprache findet, ihre eigenen Gefühle ausdrückt, sich der eigenen Wahrnehmungen bewußt wird.

Die Rolle der Frau beim Wiederaufbau der Welt. Die Frauen, die im Roman auftreten werden: die männlich-objektive Frau, die Kind-Frau der Welt, die mütterliche Frau, die nach Empfindung suchende Frau, die unbewußt dramatische Frau, die kindische Frau, die kalte, egoistische Frau und die heilende, intuitiv lenkende Frau. Die Entwicklung geht von Subjektivität und Neurose zu Objektivität, Erweiterung und Erfüllung.

## [September 1944]

Die körperliche Welt als ein Symbol der geistigen Welt. Menschen, die alte Kleider aufbewahren, alte, nutzlose Dinge horten, sammeln: Sind sie auch Bewahrer und Sammler alter Ideen, nutzloser Informationen, Liebhaber des Vergangenen, auch wenn es abgenutzt ist?
In der Geschichte vom Lumpensammler deutete ich diesen Zusammenhang an. Aber ich war nie in der Lage, diesen Zusammenhang zu erhärten. Unter meinen Bekannten ist Helba als einzige vom Sammeltrieb besessen, und natürlich hörte ihre Entwicklung frühzeitig auf.
Ich bin vom Gegenteil besessen. Ich glaube, man muß lernen, sich von Dingen zu trennen, um sich zu häuten, um einen neuen Kreislauf einzuleiten. Wenn man sich im Innern verändert, sollte man nicht länger mit denselben Dingen leben. Sie spiegeln den Geist und die Haltung von gestern. Ich werfe weg, was ohne Dynamik, ohne wirklichen Nutzen ist. Ich behalte nichts, was mich an den Ablauf der Zeit erinnert, an Verschleiß, Verlust, Verkümmern.

Berthie Zilkas Buch mußte neu gedruckt werden. Gonzalo hatte es zum Korrekturlesen einem »französischen« Freund gegeben, und dieser Freund konnte kein Französisch! Berthie Zilka war entsetzt. Ich gab Strand und Erholung auf, kam zurück, um wieder von vorne anzufangen. Wir haben Mühe, die Druckerei über Wasser zu halten. Während ich arbeite, kommt jemand vom Elektrizitätswerk und will den Strom abstellen; ich muß die Rechnung sofort bezahlen. Ich arbeite von zehn bis achtzehn Uhr, Gonzalo von mittags zwei bis abends sechs.

Ein erschreckendes Ereignis. Es kam ein Mann, der eine Plakette trug und sich als eine Art Wächter auswies. Er forderte uns auf, ihn als Nachtwächter für die Druckerei zu bezahlen. Er wollte ein Schild an die Tür machen, damit jeder sieht, daß er hier patrouilliere und die Druckerei bewache. Er sagte, jedes Geschäft in der Nachbarschaft habe ihn bereits beauftragt, und ohne ihn würde eingebrochen etc.. Gonzalo widersprach. Er meinte, bei uns gäbe es nichts zu stehlen. »Wer stiehlt schon halbfertige Bücher, Papier, Drucktypen oder sogar Lithographien?« argumentierte er. Der Mann ging weg. Als ich am nächsten Morgen ankam, war das Schaufenster eingeschlagen. Die Glasscherben lagen drinnen und draußen. Jeder hätte in die Druckerei einsteigen können. Ich war bedrückt. Es schien, als bestünde ein Zusammenhang zwischen unserer Ablehnung, den Nachtwächter zu beschäftigen, und der zertrümmerten Scheibe. Als Gonzalo kam, war er sehr erregt. Wir ersetzten die Scheibe. Drei Tage später kam der Wachmann wieder. Er sagte, er habe gehört, wir hätten Ärger gehabt. Diesmal erklärte Gonzalo, wir seien Künstler, keine Geschäftsleute, wir hätten sehr wenig Geld für unsere Arbeit zur Verfügung. Wir hätten Schulden, da eine Maschine noch abzuzahlen sei, Telefon- und Stromrechnung nicht bezahlt wären und die Rechnung für unsere letzte Arbeit noch offen stünde.

Zwei Tage später war das Fenster wieder zerbrochen. Diesmal waren wir verzweifelt. Wir wußten, es war Erpressung, aber es gab keine Möglichkeit, uns zu verteidigen. Abends beim Weggehen war Gonzalo so niedergeschlagen, daß er noch in die Bar nebenan ging. Hier traf er den Wachmann, der guter Laune war. Sie tranken zusammen, sie stimmten in politischen Fragen überein, sie verbrüderten sich. Danach wurden wir nicht mehr von ihm belästigt. Er klebte sogar sein Schild an die Tür: »Dieses Geschäft wird bewacht von Soundso« (ich bin sicher, irgendeine erfundene Firma).

## [Oktober 1944]

Ein Brief aus England: J. M. Tambimuttu, Dichter und Herausgeber der Zeitschrift *Poetry*, schlägt eine englische Ausgabe von *Winter of Artifice* und *Under a Glass Bell* vor. Ein Brief vom *Print* Magazin: Sie können keine Besprechung von *Winter of Artifice* bringen, es sei »ungeeignet«! Ein Brief von Henry, daß er nach New York kommt, weil seine Mutter krank ist.

Frances ist die Frau mit der größten inneren Tiefe, dem reichsten Unterbewußtsein. Meine ganze Reise nach Amerika wird für mich sinnvoll sein, wenn ich jemandem wie Frances die Kraft geben kann, ihren Reichtum zu entfalten, ihr tiefstes Ich auszuleben.

Ein Porträt von Stella geschrieben, eine Mischung aus Luise Rainer und anderen Charakteren. Der vorläufige Titel des Romans ist *This Hunger.* Er hat zwei Teile, »Brot« und »Die Hostie« (»Brot« symbolisch für körperlichen Hunger, »Die Hostie« als Antwort auf metaphysischen Hunger).
Ich versuche, vollständige Charaktere aus dem Labyrinth des Tagebuchs herauszuziehen, versuche, eine Geschichte zu entwerfen. Aber ein Roman ist das Gegenteil vom Leben. Mache die Entdeckung, daß Charaktere in Fragmenten sichtbar werden, nicht alles an einem Charakter ist auf einmal erkennbar. Und während unseres Lebens fügen wir die Fragmente selten zu sammen. Ich kann in der künstlichen Form des Romans nicht arbeiten. Ich muß freien Assoziationen aus einer anderen Quelle nachgehen können, um den

Charakter nicht nur in seinem äußerlichen Erscheinungsbild zu erkennen, sondern in seinem inneren Leben, in der Entwicklung seines Nachtlebens.
Ich ersticke unter der Last der Druckerei. Ich kann Gonzalos Destruktivität nicht aufhalten.

Die Art, wie Pablo eines Tages auftauchte, war amüsant. Er stellte sich am Telefon vor: »Ich bin bei der Marine. Ich sitze seit zwei Stunden in einer Bar und lese *Under a Glass Bell.* Darf ich Sie besuchen? Ich habe von einem Freund Ihre Telefonnummer. Ich bin nur für einen Tag in New York. Ich liebe *Under a Glass Bell.* Ich verspreche, ich werde nicht lange bleiben. Ich bin von Ihren Geschichten betrunken, und nur deshalb habe ich den Mut, Sie anzurufen.« Seine Stimme klang enthusiastisch, freudig erregt und jung. Ich antwortete: »Kommen Sie für einen Augenblick vorbei. Wir sind auf dem Weg zum Dinner.«
Ich sagte dies nur, um eine Möglichkeit zur Flucht zu haben. Als er die Treppe heraufkam und ich die Tür aufhielt, sah ich als erstes ein unwiderstehliches Lächeln, eine geschmeidige Gestalt, rotbraune Haare, Sommersprossen, lachende Augen. Ich mochte ihn sofort. Er blieb zum Dinner und den ganzen Abend, wir wurden Freunde.
»Ich bin aus Panama, und mein amerikanischer Vater ist Arzt. Er heiratete eine Panamanesin. Jungen werden dort früher reif, ich rauchte und trieb mich in den Straßen herum, besuchte Nachtlokale und Freudenhäuser, als ich vierzehn war. Meine erste Liebe war eine verheiratete Frau, eine Frau, die mich zu sehr liebte. Sie war zwischen dem Wunsch hin- und hergerissen, mich loszulassen und mich an sich zu binden. Sie fühlte sich verpflichtet, mich wegzuschicken. Ich ging zur Marine.« Er ist jetzt neunzehn Jahre alt und besitzt eine völlige Offenheit und Natürlichkeit. Aber er hat die sehr schmalen, sehr zarten Hände des femininen Mannes. Vielleicht ist er homosexuell.

Harry Herkovitz rief mich an. Er sagte: »Ich warte hier unten. Ich habe ein Gewehr bei mir und werde dich umbringen.«

»Harry, du kannst einen Menschen nicht zwingen zu lieben; ich war dir eine gute Freundin. Dein Mädchen liebt dich sehr, und das findet man selten.«

»Ich werde dich umbringen.«

»Ich rufe die Polizei an.«

Ich legte auf. Ich rief die Polizeiwache in unserer Nachbarschaft an und erklärte, was passiert war. Die Antwort: »Bei einer Drohung können wir nicht eingreifen. Wir müssen warten, bis er etwas tut.«

»Sie meinen, bis ich erschossen wurde?«

»Ja. Die Leute bekommen täglich Millionen Drohungen. Dagegen können wir nichts unternehmen.«

»Aber Sie sind doch nur zwei Straßen entfernt von hier. Weshalb können Sie niemanden vorbeischicken, der nachsieht, ob vor dem Haus Nr. 215 West Thirteenth Street ein junger Mann mit einem Gewehr steht. Er hat kein Recht, ein Gewehr zu tragen.«

»Das können wir nicht machen.«

Ich blieb den ganzen Tag zu Hause. Abends wurde ich unruhig. Ich rief einen Freund an, den Harry nicht kennt, und bat ihn nachzusehen, ob Harry immer noch vor der Tür wartete. Er kam, aber Harry war weggegangen.

Ein glücklicher Tag in der Druckerei. Gonzalo erhielt sechshundert Dollar, um ein Buch zu machen. Er kaufte sich längst nötige Dinge wie Brille, Schuhe, Hosen. Für mich kaufte er eine Handtasche. Er bezahlte Ian Hugo fünfzig Dollar für die geplanten Lithographien des Buches. Frances konnte als einzige die feine Ironie der ganzen Situation erfassen. Ich mache die schwerste Arbeit und überlasse es Gonzalo, das Geld dafür in Empfang zu nehmen. Ich lasse ihm das Gefühl, die Kraft zu haben, Geld zu verdienen, und die Möglichkeit, andere zu beschenken.

Es mag eine Illusion sein, die ich hege, aber es ist eine schöpferische Illusion, eine Illusion, die einen Gonzalo geschaffen hat, der auf sich stolz ist, sich anstrengt und weniger Schuldgefühle hat. Ein Tag voller Stolz, Optimismus und Freude. Auch wenn ich zehn Minuten später, nach all diesem Feiern, wieder alleine an der Maschine stehe. Trotzdem ist es wahr, daß Gonzalo seine indianische Faulheit besiegt hat, seine Lähmung, sein Gefühl der Unfähigkeit und des Versagens.

Brief von Henry:

»Aus einigen seltsamen Gründen konnte ich Dich nicht anrufen. Ich scheine zu glauben, daß Du mich nicht sehen willst. Ich verstehe mich selbst nicht. Ich bin außerstande zu sagen, wo ich Dich treffen könnte, da ich bei Harry wohne, weil es keine andere günstige Möglichkeit gibt; es ist keineswegs ideal. Ich fahre jetzt zum Bryn Mawr College. Montag bin ich zurück. Ich bleibe in New York bis Thanksgiving (innerhalb und außerhalb, da ich, während ich hier bin, einige Fahrten machen muß). Dann kehre ich zur Westküste zurück, weil meine Mutter sich erholt hat und noch einige Jahre leben wird. Ich hoffe, in den nächsten paar Tagen aus meinem gegenwärtigen psychischen Sumpf gegenüber Dir herauszukommen. Ich wollte Dich als allererste sehen, und hier sitze ich nun statt dessen und schreibe.«
Es war Henry, der zögerte, mich zu sehen. Vielleicht fühlte er, daß er unsere Freundschaft aufgegeben hatte, als er sich entschloß, in Kalifornien zu leben. Er entwickelte mir gegenüber auch Schuldgefühle, als ich physisch zusammenbrach. Vielleicht glaubte er, auch er sei an meiner Überlastung beteiligt. Henry war nie in der Lage, einer solchen Situation offen zu begegnen. Ich wäre glücklich gewesen, ihn zu sehen. Aber vielleicht war diese Trennung gut für uns beide, und wir wollten ihre Endgültigkeit nicht bezeugen oder unterstreichen.

Wenn ich Vertrauen habe, kann ich glücklich leben. Aber es gibt Zeiten, in denen ich mich frage, ob mein Vertrauen Illusion ist, und manchmal fühle ich, wie ich alles zu klar und zu deutlich sehe. Hat mein Vertrauen in Henry ihn stark genug gemacht, um ohne mich seinen Weg weiterzugehen? Kann man tatsächlich Stärke in anderen erschaffen oder *bietet* man ihnen nur die Stärke? Jetzt arbeite ich in der Druckerei, anstatt mich selbst zu erhalten. Wird die Druckerei zusammenbrechen, wenn ich Gonzalo verlasse? Ich bin es, die rechtzeitig da ist, um die Papierlieferungen anzunehmen. Ich bin es, die Probeabzüge für den anspruchsvollen französischen Kunden macht, der um vier Uhr nachmittags kommt. Ich bin es, die die Maschine reinigt, die Gonzalo in der Nacht vorher schmutzig zurückgelassen hat. Gonzalo entwirft gerne Bücher, redet gerne mit den Kunden. Sobald eine schwere Arbeit anfällt, überläßt er sie mir. Er kommt um drei Uhr nachmittags in die Druckerei. Wenn ich verletzt oder ärgerlich bin, fängt er sofort an zu toben. Er sagt: »Ich bin nun mal ein alter Anarchist. Man kann mich nicht disziplinieren.« Er geht wütend hinaus und knallt die Türe zu. Später kommt er zurück. Lohnt sich das alles?

Eine halbe Stunde nachdem ich die Druckerei verlassen habe, ruft Gonzalo an: »Ich bin immer noch da. Ich kann das Buch nicht finden, das André Breton mir hiergelassen hat. Ich mache mir Sorgen. Hast du es nicht gesehen?«

Um meine Auflehnung zu besänftigen, bestätigt er mir seine Abhängigkeit. Er läuft nicht ins Messer, vermeidet es mit dem erstaunlichen Selbstschutz des Primitiven. Der Nichtprimitive, der Wissende, ist nicht annähernd so schlau.

Ich kaufe meine Kleider billig in einem Secondhand-Shop. Da es normalerweise reiche Leute sind, die ihre Kleider verkaufen, habe ich ein paar kostbare Sachen, wie ein schwarzes Samtcape, einen roten Kimono aus Wolle mit goldenen Knöpfen.

# [Dezember 1944]

Wieder einen Tiefpunkt erreicht. Beschloß, mich selbst zu befreien. Ich gehe nicht in die Druckerei, bevor Gonzalo dort ist und mich anruft. Die Herstellung verlangsamt sich.

Ohne unsere eigene Zustimmung werden wir nie in der Falle gefangen. In der Hoffnungslosigkeit fing ich wieder an zu schreiben (die Druckerei wird kaputtgehen). Ich betrachtete Kunst als eine Droge, die einzige Droge, die mir geblieben ist, jetzt, da ich meine Illusionen begrabe.

Ich arbeitete an Stella. Ich verwendete große Sorgfalt auf die Art der Sprache, die zu ihr paßt, zu ihren Gesten, ihrem Rhythmus, ihrer Leichtigkeit, ihrer Unbestimmbarkeit.

In die Druckerei kam ein anderer Dichter, er heißt Lanny Baldwin. Frances Steloff hatte ihn mir im Gotham Book Mart vorgestellt. Er lud mich zum Lunch ein. Er war wie ein Geschäftsmann angezogen, sein Hemdkragen war so eng, daß er ihm den Hals zuschnürte. Doch seine Dichtung ist surrealistisch und frei. Er besitzt Humor und Sanftheit, moosgrüne Augen und die Unsicherheit eines Jugendlichen, obwohl er die Arbeit eines Erwachsenen bewältigt. Er kam in die Druckerei, um zu »atmen«.

Gonzalo entwarf ein wunderschönes Buch für seine Gedichte mit dem Titel *Quinquivara.*

Gestern abend gingen wir zusammen aus. Ein französisches Lokal, französischer Wein, lange Gespräche, und Lanny las mir seine neuesten Gedichte vor. Er war am Theater gewesen und hat jetzt einen guten Job, eine schöne Wohnung in Mount Kisco und zwei Kinder. Er fing an, sich trotz seines Anzuges wie ein richtiger Dichter aus dem Süden zu benehmen.

Am Sonntag schrieb ich fünfundzwanzig Seiten. Ich habe Porträts von Stella, Lillian und Hejda gemacht. Die Porträts waren verinnerlicht und wurden nach außen gedrängt. Frances träumte, sie suchte mich in einem kleinen Haus am Meer, das überflutet worden war, aber ich war nicht ertrunken. Sie hatte den Traum, nachdem sie die Porträts dieser Frauen gelesen hatte. Bedeutete er ihre Angst, ich könne zu tief ins Unbewußte vorstoßen und dort ertrinken?

Intensives Schreiben: über Angst, über eine Radtour, die symbolisch für die Disharmonie und das Nichtübereinstimmende einer Beziehung ist. Die Radtour war eine Erinnerung an einen Sommer in Frankreich. Gonzalo und Helba wohnten am Strand, einige Kilometer von Saint-Raphaël entfernt, wo ich meinen Vater besuchte. Gonzalo und ich waren übereingekommen, daß jeder dem anderen die Hälfte des Weges auf dem Fahrrad entgegenkommen und wir uns im Strandcafé treffen würden. Aber er kam immer zu spät, weil er faul war und nur langsam Fahrrad fuhr. Ich war jedesmal zu früh da. Wenn er zum Rendezvous kam, war es für mich beinahe Zeit, wieder zurückzufahren.

Irgendwie schien mir dies das einzige Bild zu sein, um Lillians aktives und lebhaftes Wesen zu veranschaulichen, das ganz im Gegensatz zu dem des Mannes stand, den sie liebte und der passiv war. Ich erkannte, wie Lillians Überaktivität in ihr die Qual verursachte, nicht fähig zu einer Beziehung zu sein, nicht fähig zu sein, den Augenblick der Berührung zu finden. Für mich erzählte dieses verpaßte Treffen die ganze Geschichte weit besser als Hunderte von Seiten.

Ich denke an etwas, was trivial zu sein scheint: Moira nähte den Knopf nicht wieder an, der von ihrer Bluse abgegangen war. Von da zum französischen *»déboutonnage«*, das einen leichten Anklang an Exhibitionismus hat. Aufknöpfen. Ich dachte an die orientalische Frau, die so stark gebunden ist und sich dann selbst bis zum Äußersten enthüllt.

Tagelang verfolgte mich die Erinnerung an Spiegel in einem Garten. Ich hatte sie im Haus der Rothschilds in Paris gesehen, wo ich zu einem Konzert eingeladen war. Während ich der Musik eines leidenschaftlichen italienischen Pianisten zuhörte, sah ich durch das Fenster im Garten drei große Spiegel, in denen sich ein Teich und der Rasen spiegelten. Es war ein widersinniger Anblick, der damals meine Aufmerksamkeit völlig in Anspruch nahm. Aber warum haftete dieses Bild in meiner Erinnerung als ein unauslöschlicher Eindruck? Ich beschloß, darüber zu schreiben, es zu beschreiben. Während ich dies tat, mich länger damit befaßte (in der Annahme, daß jedes Bild, das sich so tief in unsere Erinnerung eingräbt, einen wichtigen Schlüssel zu unserem Unbewußten enthält), kam ich zu einer Erklärung. Der Spiegel reflektierte Natur. Der Spiegel war Kunst, und das Buch, an dem ich schreibe, beschäftigt sich vorwiegend mit Symbolismus und mit dem Konflikt zwischen Kunst und Natur. Unbewußt hatte ich den Schlüssel zu dem Buch gefunden, ein Bild, das meine Vorstellungen klärte. Die Frau als Natur, der Spiegel, Dichtung und Kunst. Manchmal beschreibe ich Natur als Natur, manchmal benutze ich den Spiegel. Der Spiegel ist auch ein Ausdruck der Furcht. Über der Wahrheit liegt ein Tabu, eine Angst vor der Wahrheit. Der Spiegel erlaubt uns die Betrachtung der Natur ohne Gefahr.
Die Reflektion erlaubt uns, die Geschichte der Radtour, die die absurde Ungleichheit (emotional und sexuell) der Beziehung zeigt, als komisch anzusehen. Wir können über

die Angst eines Mädchens lachen, das zu schnell fährt, getrieben vom mythischen Dämon Angst: »Ich könnte zu spät kommen, er könnte gewartet haben und gegangen sein, er könnte denken, ich komme nicht.« Der nackte Garten in Paris, reflektiert in dem dreiteiligen Spiegel. Menschen können die Wahrheit nicht ertragen. Sie haben dort Spiegel aufgestellt, wo Körper sich besitzen (in allen eleganten Bordellen von Paris).

Ich bat einen Freund, der in Belgien war, in Brügge nach Exemplaren von *House of Incest* zu suchen; es war ursprünglich dort gedruckt worden. Der Gotham Book Mart hat Nachfragen und keine Exemplare mehr.

Brief von B. A., der bei der Kanadischen Armee in Europa ist:

»Liebe Frau Nin,
ich hatte eine Reihe von Abenteuern auf der Suche nach einem Exemplar von *House of Incest,* aber unglücklicherweise, wie sich heute herausstellte, keinen Erfolg. Sofort nachdem ich Ihre Karte erhalten hatte, begann ich mit der Suche. Zuerst stieß ich auf Desclee de Brouwer, ein sehr großes Unternehmen, aber durch ein Feuer in ihrem Lager wurden vor ein paar Jahren alle ihre englischen Bücher vernichtet. Der Geschäftsführer gab mir die Namen einiger Buchhandlungen, in denen es möglicherweise noch Exemplare geben könnte. Eine Woche lang suchte ich. Dann traf ich Dr. de Brouwer selbst, er empfahl mir die Sainte Catherine Press, außerhalb der Stadt. Ich fragte dort nach, und tatsächlich war der Roman hier gedruckt worden. Aber sie hatten alle ihre englischen Bücher vor den Deutschen versteckt, und sie mußten danach suchen. Heute ging ich wieder hin: Es gibt noch nicht einmal ein Archivexemplar. Jetzt kann ich es nur noch in Paris versuchen.

Aber die Suche war den Aufwand wert. Ich traf mindestens zwanzig interessante Familien, ein wunderschönes Mädchen und trank drei oder vier Liter besten Cognac. Es fällt mir nicht schwer, europäisiert zu werden. Als ich Ihnen das letzte Mal schrieb, hatte ich Ihre Bücher noch nicht gelesen. Doch jetzt bin ich mit allen durch und lese Teile daraus immer wieder. Ich wäre ein voreingenommener Kritiker dieser Art des Schreibens, da ich dafür schon lange eine Schwäche habe. Ich dachte, Virginia Woolf sei in ihrer Darstellung menschlicher Gefühle soweit wie irgend möglich gegangen, aber Sie gehen einen Schritt weiter. Die Gefühle, wie Virginia Woolf sie darstellt, sind immer zu geläutert. Sie bringt nie Irdisches oder eine gute, natürliche Sinnlichkeit in ihre Werke, während Sie beides haben. Ihr Stil gibt Ihnen die wunderbare Freiheit, bei der Darstellung ungewöhnlicher und zarter Beziehungen selbst über das Beste von D. H. Lawrence hinauszugehen. Es ist eine sehr erotische und zugleich wundervoll besänftigende Prosa. In letzter Zeit gab es in der Literatur genügend Nachttöpfe und unverhüllten Freud. Es war Zeit, daß jemand kam und die gleiche Wirkung auf subtilere und schönere Weise erzielte. Viel Glück für Ihr nächstes Buch. Ich hoffe, Sie erreichen damit den Platz, der Ihnen zusteht.«

Ein solcher Brief wiegt die Indifferenz der Kritiker auf. Es gab nur zwei Besprechungen der ersten Ausgabe von *Winter of Artifice* und drei von *Under a Glass Bell.*

## [Januar 1945]

Ich lerne, Charaktere zu erschaffen. Ich kann es bis zu einem bestimmten Punkt. Inspiriert von der Realität, von Frances, Thurema, Luise fange ich an. Aber kaum bin ich über das genaue Porträt hinausgegangen und schaffe erfundene Figuren, stoße ich an eine Grenze. Ich kenne ihre Ansichten nicht, alle ihre Gefühle und Gedanken, und so bin ich gezwungen, mich auf meine eigene Erfahrung zu beziehen. Ich gebe Teile meiner eigenen Substanz, meines eigenen Bewußtseins an sie ab. Sie sind nicht mehr irgendeine Person. Sie sind Mischungen. Ist die Landschaft ihres Lebens beengend, erweitere ich sie durch meine eigenen Reisen. Aber sie sind nicht wirklich ich. Ich kann mich nicht mit den Begrenzungen des wahrheitsgetreuen Porträts oder den bewegungslosen Intervallen im Leben anderer Menschen abfinden, ihren plötzlichen Ablagerungen oder noch schlimmer, ihren zwanghaften Wiederholungen von Verhaltensmustern. Deshalb muß ich über die Realität hinausgehen, um unendliche und grenzenlose Möglichkeiten zu erreichen. Ich bin mir der Unzulänglichkeit meiner Technik bewußt. Ich lasse mich einzig und allein von der Vorstellung eines Charakters führen, und sie ist unendlich in Wechsel und Tiefe, in Zeit und Raum.

Hörte von Henrys Heirat mit Janina Lepska und schrieb ihm einen herzlichen Glückwunschbrief. Ich traf eine ihrer Freundinnen, Miriam Kreiselman. Sie erzählte mir viel über Janina Lepska. Sie hat einen Doktor in Philosophie, ist attraktiv, jung und sehr intelligent.
Henry schickte mir überraschend einen Scheck.

Brief an Henry:

»Ja, ich habe Varda gesehen, wir haben uns auf Partys getroffen. Mochte ihn. Ich beurteile ihn wie Du, er ist ein freier, lustiger und fröhlicher Mann, ein Dichter, aber ein richtiger Mann, sehr jugendlich, und seine Liebe zu Frauen ist nach so viel Geringschätzung um mich herum eine Wohltat. Er verwandelt eine Frau in Mythen, Gedichte, Collagen, Genüsse aller Art.«

Brief von Leonard W.:

»Liebe Frau Nin!
Dieser Brief ist hauptsächlich ein Ausdruck meiner Verehrung für Sie, gemischt mit ein bißchen Scheu und viel Dankbarkeit. Ich sah Ihren Namen zum ersten Mal in einer Widmung von Henry Miller, und es war Wallace Fowlie, der mich drängte, Ihre Geschichten zu lesen, und der mir *Under a Glass Bell* lieh ... Ich fand wirklich jede Ihrer Geschichten sehr gut, besonders *Je Suis le Plus Malade des Surréalistes* und *Birth.* Was mich am meisten beindruckt hat, ist die poetische Qualität Ihrer Sätze – mir scheint, wollte man auch nur einen Satz in irgendeiner Weise ändern, wäre er zerstört – und die wunderschönen Bilder, die im Labyrinth beschworen werden. Ich war besorgt, als ich im Vorwort las, daß Sie vorhatten, die Geschichten zu vernichten. Man denkt: Was mag sie bereits geschrieben haben, das wirklich vernichtet worden ist, und wie wird das nächste Buch sein? Mir ist es bis jetzt nicht gelungen, *Winter of Artifice* zu bekommen. Ich kann nur hoffen, daß der Wechsel günstig ist, was er bestimmt sein wird. Wenn Sie Exemplare eines Ihrer Bücher oder aller übrig haben und bereit sind, sich davon zu trennen, dann würde ich mich geehrt fühlen, sie von Ihnen kaufen zu dürfen. Auch wenn ich ein besonders gutes Buch mehrmals gelesen habe, ist es meine größte

Freude, selbst ein Exemplar zu besitzen. Ich wünsche mir, auch ich hätte ein Buch geschrieben, das ich Ihnen dankbar geben könnte. Es ist für mich noch zu früh herauszufinden, weshalb ich Ihre Geschichten so liebe oder was mich an ihnen so fesselt, aber eines weiß ich genau: Nach dem Sturm der Gefühle von *Une Saison en Enfer* und *Les Chants du Maldoror* ist es angenehm und eine Art Erleichterung, in den ruhigen Wassern von *Under a Glass Bell* mit mehr Muße zu segeln, obwohl ich gestehen muß, daß mein Anker auch hier häufig keinen Grund findet. Beim Überlesen stelle ich fest, daß die Metapher nicht besonders glücklich ist, aber sie trifft. Was ich noch sehr bewundere und bei meiner eigenen Arbeit gerne kultivieren würde, ist die Einheit jeder Geschichte. Jede ist in ihrem Aufbau so perfekt wie das Riesenrad in *The Mohican,* und doch ist das Pulsieren des Lebens auf ganzer Linie spürbar. Ich habe genug gesagt. Ich hoffe, es ist mir gelungen, etwas von der tiefen Bewunderung und Dankbarkeit zu übermitteln, die ich für Ihre Arbeit empfinde.«

Ich antwortete ihm und schickte ihm ein Exemplar von *Winter of Artifice.*

Brief von Leonard W.:

»Ich erhielt Ihren wundervollen Brief und heute nachmittag das Buch. Ich lese den Brief nun zum fünfzehnten Mal und erlebe jedesmal wieder die gleiche freudige Erregung. Zu *Winter of Artifice* kann ich nur die Worte von Rebecca West, Edmund Wilson und Henry Miller wiederholen. Hier ist mein Eindruck. Die ganze Musik-Metapher in *Winter of Artifice* war für sich alleine betrachtet eine eindrucksvolle Sache. Von »The Voice« mochte ich alles sehr gern. Die Orchester-Symbole sind sehr interessant. In der letzten Zeit habe ich viel Aufregendes über Ihr Tagebuch gehört. Ich hoffe wirklich, Sie können es entweder selbst veröffentlichen oder Sie finden einen Verleger. Ich verspreche, ich schicke das Geld für das Buch, genau wie ich eine kleine Schuld an Henry Miller für ein Bild bezahlen werde. Ich zeigte Mr. Fowlie, was Sie über seinen Artikel in der *Kenyon Review* gesagt haben, und er war darüber natürlich sehr erfreut. Ich hoffe, wir beide werden Sie bald sehen. Da Sie so viel Anteil an meiner Arbeit nehmen, möchte ich Ihnen mitteilen, daß ich an einer Kurzgeschichte schreibe. Sie müssen verstehen, alles, was ich geschrieben hatte, bevor ich Mr. Fowlies Kurs über zeitgenössische französische Autoren besuchte, war so sehr mit Schülerromantik behaftet, daß ich das alles jetzt ablehne. Tatsache ist, und das kann ich ohne Übertreibung sagen, daß mir eine vollkommen neue Welt enthüllt wurde, als ich die ersten Kostproben von Baudelaire, Rimbaud, Miller, André Gide, Verlaine, Proust und vielen anderen verschlang ... Deshalb fange ich eigentlich erst jetzt an zu schreiben. Und alles deutet darauf hin, daß es Monate und Jahre dauern wird, bevor der Einfluß dieser neuen Art von Literatur den richtigen Stellenwert in meinem Leben einnehmen wird. Aber ich rede zuviel über mich. Ich bin ganz überwältigt, wenn ich einen Brief wie den Ihren über die Zusammenarbeit zwischen Künstler und Öffentlichkeit lese. Verhältnismäßig unbekannte und ungelobte Autoren wie Miller, George Leite in Kalifornien, Sie selbst, die Geld für mittellose Schriftsteller aufbringen und sich gegenseitig ermutigen, überwältigen mich mit Demut. Ich glaube, ich wäre lieber einer von Ihnen als ein Somerset Maugham oder ein Booth Tarkington. Manchmal glaube ich, ich müsse mich der Aufgabe widmen, Millionär zu werden, um einem Verlag Zuschüsse oder Kapital zur Verfügung zu stellen. Einem Verlag, der die Bände von Anaïs Nins Tagebüchern in Pergament und goldener Schrift veröffentlichen würde.

Ich fürchte, ich habe genug Ihrer Zeit in Anspruch genommen. Nochmals vielen Dank für das Buch und die Briefe und besonders für Ihr freundschaftliches Interesse. Ich kann nicht schließen, ohne meine Bewunderung für Ihren Stil zu wiederholen, den ich noch nicht ganz einordnen kann, und meine Bewunderung für den schönen und kraftvollen Fluß der Symbole, die nahtlos in eine vollkommene Metamorphose übergehen wie die Themen von Strawinskijs ›Petruschka‹.«

Ein Schneesturm. Ich arbeitete an *This Hunger*, als meine Schreibmaschine kaputtging. Ich trug sie durch den Schnee, um sie reparieren zu lassen. Als ich zurückkam, war mir nicht danach, weiter Djunas Leben im Waisenhaus und ihren Hunger zu beschreiben. Ich hatte Lust, über den Schnee zu schreiben. Ich schrieb alles nieder, jedes Bild, jede Empfindung, jede Phantasie, die mir beim Laufen durch den Schnee eingefallen war. Der Schneesturm hatte mich in die Vergangenheit zurückversetzt, in mein unschuldiges Heranwachsen, umgeben von Wünschen, in das Alter von sechzehn Jahren, eingeschüchtert, verkrampft. Ich verglich meine Jugend mit der erstarrten Jugend der anderen, die heute um mich herum sind. Alles vermischte sich: Schnee, der Frost der Angst, das Eis der Jungfräulichkeit, Reinheit, Unschuld – und immer die plötzliche Gefahr des Schmelzens. Ich schrieb alles aus mir heraus. Als ich fertig war, wurde mir klar, daß ich Djunas Heranwachsen beschrieben hatte und die Spannungen anderer Jugendlicher. Ich hatte achtunddreißig Seiten über den Schnee in Frauen und Männern geschrieben, über Djuna und das Heim und ihren Hunger.

Die Zeitschrift *Town and Country* veröffentlichte von mir ein Foto, auf dem ich ein elegantes Kleid von Henry La Pensée trage. Der Fotograf hörte, wie ich die vier Frauen meines nächsten Buches beschrieb, und wollte mit einem Foto experimentieren, auf dem ich ein zu jeder Figur passendes Kleid tragen und dann als Anaïs, als Schriftstellerin, in der Mitte des Bildes stehen sollte. Ich suchte Kleider aus, die zu Lillian, Djuna, Stella, Hejda zu passen schienen. Für Lillian wählte ich den Abendanzug, den ich für mich abgeändert hatte (zu der Zeit, als wir alle den weiblichen Kapitän Valentina nachahmten), mit einem gestärkten Hemd. Ich kämmte mein Haar glatt zurück, und wen sah ich im Spiegel? Ein Abbild meines Vaters, der langes Nackenhaar trug wie die Künstler seiner Zeit. Das amüsierte mich und entsprach meiner Liebe für Verkleidungen. Als Hejda zog ich mich orientalisch an, mit einem Schleier vor dem Gesicht. Stella war natürlich zart, feminin und zerbrechlich. Die Schriftstellerin in der Mitte war schlicht gekleidet, sie sah natürlich aus zwischen ihren »Figuren«. Das Ganze geschah in einer spielerischen, surrealistischen Laune. Der Fotograf machte eine Collage. Aber *Town and Country* fand das Bild gar nicht gut. Es wurde nicht veröffentlicht. Der Fotograf gab mir das Bild.

Tage fieberhafter Einfälle, eine Flut spontanen Schreibens. Andrang von Assoziationen, improvisierten Anekdoten, vollkommene Freiheit. Der Grund dafür, ich habe eine so tiefe Ebene unbewußten Lebens berührt, daß die Frauen ihre einzelnen und unterschiedlichen Charakterzüge verlieren und ineinander übergehen. Es ist so, als schriebe ich über die Nachtseite des Lebens der Frau, und alles würde Eines. Die Grenzen, die Unterschiede sind ausradiert, auf dieser unbewußten Ebene sind Menschen gleich: Gefühle, Instinkte, Träume. Während ich meinen Halt an Konstruktionen, an Wirklichkeit verliere, scheine ich eine andere Art von Wirklichkeit zu gewinnen. Ich tauchte heute mit achtunddreißig Seiten über die Schneefrau, die Jugend, die jungfräuliche Frau auf, verwoben mit der Geschichte, die mir Frances über ihr Leben im Waisenhaus erzählt hatte.
Die Schönheit dieses Augenblicks liegt in meiner Freiheit. In der Überfülle meiner Liebe, die sich selbst verwirk-

lichen kann, die jeden im Zustand der Verzauberung hält, die jede Stunde, jeden Abend, jeden Moment erfüllt; Zärtlichkeit, Aufmerksamkeit, Freude am Leben verbreiten und verschenken.

Vor zwanzig Jahren lebte Elsa de Brun in Forest Hills, wo ich täglich in den Zug stieg und zur Arbeit fuhr. Sie sah mich auf dem Weg zum Bahnhof und sagte zu sich: »Sollte ich jemals in Schwierigkeiten kommen, so ist das die Frau, an die ich mich wenden werde.« Und zwanzig Jahre später hatte sie Schwierigkeiten und machte mich ausfindig. Sie hatte eine schlechte Skizze von mir gekauft, die von einem Village- Künstler gemacht worden war. Sie hatte alle meine Bücher und Fotografien gesammelt. Ihre erste Frage, noch ehe sie über sich sprach, galt meiner Einstellung zu Frauen. Ich antwortete: »Ich empfinde große Wärme und aufrichtige Freundschaft, aber nie sexuelles Verlangen. Ich hatte dieses Verlangen einmal nach June, aber es wurde nie erfüllt.«

Unser Leben besteht zu großen Teilen aus Träumen, aus dem Unbewußten, und wir müssen beides mit unserem Handeln in Einklang bringen, miteinander verweben. Nicht meine Liebe zur Komplexität hat mich dazu gebracht zu versuchen, alle diese Elemente zu vereinigen. Frances nannte das symphonisch, ein ungeheueres Zusammenfügen. Das ist unsere Art zu leben. Sie wandte sich gegen Ornamentik. Wann werde ich ein Quartett schreiben? Aber das Unbewußte bringt dieses großartige Gewebe hervor, diese mannigfaltigen Ebenen und Facetten. Ich höre Musik wie nie vorher, bade in ihr. Mein symphonisches Schreiben verwirrt alle, die ich liebe und denen ich vertraue. Aber ich habe nur das Verlangen, daß das Schreiben Musik werden sollte und unmittelbar die Sinne ergreift. Dazu ist Dichtung notwendig. Das Unbewußte spricht nur die Sprache des Symbols. Das ist meine Sprache.

Frances ist empfänglich für die offene Aussage, die ich im

Vorwort des Romans über die Frau gemacht habe. Aber das ist die Sprache der Intelligenz, nicht die der Gefühle und Sinne, die ich suche. Ich will, daß der Inhalt den Körper nicht über den Kopf erreicht, sondern auf einem anderen Weg. Ich schreibe nicht mit dem Intellekt. Frances findet es gut, wenn mein Verstand spricht. Mir ist es am liebsten, wenn ich in Symphonien eintauche und die Welt in meinem Kopf zu einer Welt der Bilder und der Musik wird. Das Schreiben ist zu lange ohne magische Kraft gewesen. In mir vereinigte sich alles, Liebe und Körper, Himmel und Hölle, Traum und Tat. Kein analytisches Zerstückeln oder Trennen der Elemente. Als Frau werde ich all das, was getrennt wurde, wieder zusammenfügen und allem, was getötet wurde, zu einer neuen Geburt verhelfen.

Edmund Wilson lud mich zum Lunch ein. Ich bemerkte seinen Kummer, und er vertraute sich mir an. Obwohl wir nicht eng befreundet sind, fühlt er meine Anteilnahme und wendet sich an sie. Er ist allein und verlassen. Er geht als Kriegskorrespondent nach Frankreich. Er bittet mich, ihn zu begleiten, während er seine Uniform und einen Schlafsack kauft. Wir reden miteinander. Er erzählt mir von seinen Leiden in der Ehe mit Mary McCarthy.

Ich habe die Schneepassage umgeschrieben und danach die vom Nachgeben der Frau.
Das Buch nimmt langsam Gestalt an. Die Frauen sind in Elemente aufgeteilt: Djuna – Empfindung, Stella – blindes Leid, Sabina – die unabhängige Frau, Lillian – sucht die Befreiung durch Angriff.

Die Russen vor Berlin – neunzig Meilen vor Berlin –, das ist das Thema unserer fieberhaften Reden und Gedanken. Ein erschreckender Augenblick für die Welt.

## [März 1945]

Ich spüre den Frühling. Ich genieße Pablos Fröhlichkeit, die Poesie von Charles Duits. Ich schreibe, liebe und ziehe es vor, mehr den Briefen zu glauben, die ich erhalte, als den säuerlichen Kritikern.

Unerwartet klingelt es. Ich öffne die Tür, und vor mir steht ein sehr schöner Mann, siebzehn Jahre alt, groß, schlank, blond, mit tiefblauen Augen, langen Wimpern, transparenter Haut wie eine *jeune fille en fleur,* mit großer Ernsthaftigkeit in seinem Wesen, scheu, unschuldig, rein. Das alles strahlt er aus, wie er da steht und sagt: »Ich bin Leonard W.«

Er ist in Manila geboren und hat amerikanische Eltern. Er verbrachte vier Jahre in Manila, vier Jahre in China, und danach lebte er in Amerika. Aber die frühe Entwurzelung schuf Einsamkeit. Er hat unglaublich schmale Hände. Seine Augen sind langgezogen, schräg, beinahe orientalisch, wenn er träumt, aber eindringlich und hypnotisch, wenn er einen prüfend anschaut. Merkwürdig blaue Schatten über den Augen, wenn er nach unten sieht, blaue Schatten, himmelblau. Er hat sein Tagebuch vernichtet, seine Jugend, als er vom College nach Hause kam. Er gibt mir eine Geschichte, die er geschrieben hat, seine Wasserfarben und läßt sie bei mir zum Segnen – wie er sagt. Ich bin reich durch die Träume und die Anbetung junger Männer. Sie schaffen eine Welt, die so verschieden ist von der harten, rein intellektuellen, gefühllosen und einfallslosen Welt von Leuten wie Edmund Wilson, Redakteuren der *Partisan Review* etc.

Ich habe über Leonards hypnotische Augen gesprochen. So viele blaue Augen sind verwaschen, als seien sie von einem Aquarellmaler gemalt, aber seine sind so klar wie die tiefste Stelle des Ozeans vor dem Sturm. Und gestern abend, als er kam, erzählte er uns, daß er Menschen hypnotisieren kann. Pablo bot sich für das Experiment an. Er legte sich auf die Couch, und Leonard sprach mit tiefer, voller, ruhiger Stimme eintönig auf ihn ein, bis er eingeschlafen war. Leonard sagte zu Pablo: »Du bist jetzt zwei Jahre alt.« Pablo sagte spanisch: *»Agua.«*
Leonard: »Jetzt bist du drei Jahre alt.«
Pablo: »Nanny.«
Leonard: »Jetzt bist du vier Jahre alt.«
Pablo setzte sich auf und sang ein kleines Lied in einer unbekannten Sprache. Im Alter von fünf sagte er: »Ich habe eine Vase zerbrochen«, ging in die Ecke des Zimmers und stellte sich als Strafe mit dem Gesicht zur Wand. Mit sieben bat er um Papier und Bleistift und malte das Gesicht eines kleinen Mädchens, das einen vernagelten Mund hatte. Leonard gab ihm eine Zigarette, die er ungeschickt rauchte; er verzog dabei das Gesicht und hustete.
»Du bist jetzt zu Hause in Panama. Was willst du tun?«
Pablo: »Im Sand liegen, in der Sonne oder schwimmen.«
Leonard: »Jetzt bist du in New York. Was willst du tun?«
»Schreiben und malen«, sagte Pablo.
Leonard forderte ihn auf, ein Lied wie Sablon zu singen. Pablo sang. Dann sollte er das Lied wie eine Arie singen. Pablo tat es. Und er sang mit offenen Augen, aber mit starrem, leerem Blick und einem kindlichen Ausdruck vollständiger Unterwerfung. Er sollte sich wie ein Betrunkener benehmen. Er stolperte herum. Dann gab ihm Leonard den letzten Befehl: »Beim Aufwachen wirst du Anaïs nicht sehen. Du wirst Anaïs nicht sehen, bis ich mit den Fingern schnalze.«
Pablo wachte auf. Leonard hatte mir einen Brief gegeben,

den ich ihm reichen sollte. Pablo sah den Brief, aber nicht mich. Dann versuchte er, sich auf den Stuhl zu setzen, auf dem ich saß. Als ich sein Haar berührte, schob er meine Hand beiseite, als sei sie ein unsichtbares Insekt. Wir waren alle halb beängstigt, halb amüsiert, halb erschrokken über Leonards Macht. Leonard lächelte ruhig und souverän. Sein Gesicht war von erstaunlicher Schönheit, seine Blässe, die zarten, klaren, schmalen Konturen der Backenknochen, der sehr volle, sinnliche Mund, das knabenhaft zerzauste Haar fiel ihm in die Stirn, das wahre Bild eines Mystikers oder Dichters.

Ein anderer Abend mit Hypnose. Dieses Mal für Luise Rainer und Frances. Leonard hypnotisierte Pablo. Er sagte ihm, er sei Roosevelt und solle eine Ansprache halten. Pablo saß auf der Couch. Er bewegte sich nicht. Wir dachten, die Hypnose habe nicht gewirkt. Aber als Leonard seinen Befehl wiederholte, sagte Pablo: »Ich brauche beim Aufstehen Hilfe.« Roosevelt. Ein Schauer lief uns über den Rücken. Dann stand Pablo mit Hilfe auf und hielt eine tatsächlich an Roosevelt erinnernde Rede. Danach sagte ihm Leonard, daß er beim Aufwachen Luise Rainer nicht sehen würde. Und Pablo sah sie nicht. Als es Zeit zum Aufbruch war, hatte Leonard noch immer nicht mit den Fingern geschnalzt und gesagt: »Jetzt kannst du Luise sehen.« Pablo stand an der Wohnungstür. Luise war in der Küche, um ein Glas Wasser zu holen. Das Küchenlicht war hinter ihr. Ihr Schatten fiel auf die weiße Wand am Eingang. Pablo sah diesen Schatten, aber nicht sie, er war verstört. Am nächsten Tag erklärte er, er ließe sich nicht mehr hypnotisieren, es mache ihm Angst, seinen Willen zu verlieren und in einem solchen Ausmaß unter Leonards Kontrolle zu stehen. Er fürchtete, die Hypnose würde seinen Willen beeinflussen oder sie bringe ihn dazu, Dinge zu tun, die er nicht tun wolle.

Brief von Henry:

»George Leite zeigte mir Deinen wundervollen Brief über das *Circle*-Magazin und andere Dinge, da er eine Nachricht für mich enthielt. Zur gleichen Zeit erhielt ich einen Brief von Wallace Fowlie, in dem er mir mitteilte, daß er genügend Mut gefaßt hätte, um Dich zu besuchen (mehr Mut, als ich hatte). Ich wußte ja, daß Du noch nicht nach Europa abgereist warst. Ich höre dauernd von Dir, mal dieses, mal jenes. Ich hätte Dich in New York gerne gesehen, aber ich hatte das Gefühl, daß Du mich nicht sehen willst. Nun ist das Eis gebrochen, und vielleicht können wir uns wieder schreiben. Im Augenblick weiß ich nicht, was ich sagen soll. Ich bin froh, daß Du lebst und guter Dinge bist. Ich bin überrascht über die Änderung Deiner Pläne. Irgendwie erwarte ich noch mehr Änderungen. Wußtest Du, daß Maurice Kahane noch in Paris ist? Er änderte seinen Namen während des Krieges in Girodias. Ich erhalte Briefe von Soldaten aus Paris, daß alle unsere Bücher in den Buchhandlungen hervorragend ausgestellt sind und gut verkauft werden, Deine, [Michael] Fraenkels, Durrrells und meine. Ich frage mich, ob wir jemals Tantiemen für sie bekommen. Auf Dein neues Werk bin ich neugierig. George Leite zeigt mir immer, was Du schickst. Durrell fragt ständig nach Dir. Schreibe ihm, wenn Du kannst. Ich vermisse Dich.«

Wallace Fowlie las an der Yale University *Under a Glass Bell*. Damit begann unser Briefwechsel. Mir gefiel die Art, in der Fowlie über Dichter schrieb, wie ein Dichter, nicht wie ein Akademiker. Seine Interpretationen waren anregend.
Fowlie besuchte mich: Ein ruhiger, kleiner Mann mit zarten Händen in einem dunklen Anzug und einem weißen Hemd. Er hatte etwas Schweigsames, Zurückhaltendes, Unpersönliches an sich. Seine Vorliebe für Henry Miller schien mit meinem ersten Eindruck unvereinbar zu sein.

Wir sprachen hauptsächlich über Literatur. Fowlie spricht perfekt Französisch. Diese angelsächsische, spröde Erscheinung und seine ausgezeichneten Kenntnisse der französischen Sprache und Literatur schienen ein zusätzlicher Widerspruch zu sein. Ich mochte ihn und glaubte, wir würden uns gut verstehen.

Leonard und ich saßen am Washington Square und sprachen über seine Auflehnung gegen die Familie. Sie scheint ungewöhnlich streng. Ich nahm ihn in die Druckerei mit. Er wollte helfen. Nach den Hypnosen scheint er erschöpft, wie nach der Liebe. »Kannst du jemanden in dich verliebt machen?«

»Das wäre eine armselige Art Liebe.«

Später sagte Leonard: »Wenn ich irgendwo bleiben könnte, würde ich von zu Hause weggehen.«

Tom und Frances Brown boten ihm ein kleines Zimmer neben ihrer Wohnung an, mit separatem Eingang. Ich bot ihm Essen und Taschengeld an. Es bleiben ihm nur noch zwei Monate Freiheit, bevor er in die Armee geht, und er würde in dieser kostbaren Zeit gerne so leben, wie er fühlt.

»Ich weiß jetzt, was ich will, nicht nur aus Büchern und durch die Bekanntschaft mit dir, sondern durch Teilhaben an deinem Leben, der Spontaneität Pablos, der Vitalität Josephines und der fröhlichen, schöpferischen Atmosphäre inmitten all der Freunde und der Wärme.«

»Bist du gefühlsmäßig soweit, dich von deiner Familie zu lösen?«

»Sie ist nicht meine wirkliche, meine geistige Familie. Das seid ihr.«

Sonntagnachmittag gingen wir zur Pelham Bay, um für Pablo ein Hausboot zu suchen. Ich trug Pablos Matrosenanzug mit der passenden Mütze. Samstagabend gaben wir eine Party, ein freundlicher, lebendiger, fröhlicher Abend. Josephine sang und trommelte und brachte uns alle zum

Singen, Trommeln und Tanzen. Luise Rainer war da, Frances, Tony Smith, ein mystischer Architekt mit seiner Frau Lawrence, einer Schauspielerin. Andere kamen mit Freunden. Zum Abschluß des Abends hypnotisierte Leonard Marshall – einen anderen schönen, jungen Mann –, der mit einem Harfenspieler gekommen war. Als Marshall ins Alter von eins, zwei, drei etc. zurückkehrt, finden wir das komisch. Aber wir haben Angst, Leonard versuchen zu lassen: »Und davor, weiter zurück.« Man stelle sich vor, Marshall bliebe Baby, käme nicht zurück? Er hat große, grüne Augen, goldbraune Haut, weiche Züge. Alle sind voller Phantasie. Leonard und Pablo duellierten sich mit zwei Maßbändern aus Metall. Die Maßbänder blieben zeitweilig starr wie Schwerter und knickten unerwartet und völlig absurd im Moment des Sieges zusammen.
Leonard schuf einen Paradiesvogel aus Metall. Wir hängten ihn an einem Faden in der Mitte des Raumes auf. Beim leichtesten Luftzug dreht er sich, scheint zu fliegen. Er malte Bilder mit fluorszierenden Farben, die nur im Dunkeln sichtbar sind, so daß das Studio nachts ein exotischer Dschungel zu sein scheint. Pablo brachte einen Hamster, dessen Fell er blau gefärbt hatte.
Nach der Party erzählte Leonard von den Auseinandersetzungen mit seinen Eltern.
Er wollte wissen, weshalb wir alle bereit waren, ihm zu helfen.
»Ich meine, das ist ein Beweis unseres Vertrauens zu dir«, sagte ich. »Wir glauben alle an dich. Du gehörst zu uns.«
»Wenn ich erwachsen bin, werde ich dasselbe für andere tun können.«
»Ja, natürlich.« Seine Worte »wenn ich erwachsen bin« erinnerten mich daran, wie jung er ist. Als er ging, legte er seine zarten, sensiblen, weichen Hände in die meinen, als wolle er sie dort lassen, wie in einem Zufluchtsort.
Am Sonntag kam für ihn die Krise. Sein Vater wollte, daß er am Montag mit ihm ins Büro zur Arbeit ginge. Sein

Vater besitzt eine Ölgesellschaft. Leonard sagte, er müsse zuerst seine Sachen in Yale abholen.

Am Montag erschien er mit seinem Köfferchen an meiner Tür.

»Dein wirkliches Leben beginnt.«

»Ich glaube, ich habe mehr gewonnen als verloren.«

Wir gingen zusammen zu Frances' Wohnung in der Charles Street. Wir räumten das Gästezimmer auf. Und dann begann der Traum. Leonard ißt mit uns, verlebt jeden Abend mit uns, liest dieselben Bücher, hört unsere Musik, hat dieselben Freunde, er spielt Schach mit Tom, lächelt manchmal wie ein Kind und dann wieder wie ein alter Mann, spricht über Transmigration, macht Skizzen von mir, ist begierig, mit all unserem Tun in Einklang zu stehen. (Seine Familie hielt ihn für widerspenstig und teilnahmslos.)

Ich fing an, ihn als den Kaspar Hauser von Jakob Wassermann zu sehen, wegen seiner Unschuld und wegen seiner plötzlichen Eingebungen. In seiner Beurteilung anderer hat er oft Einsichten wie ein alter Mensch. Da ist keine Spur seines behüteten, engen Lebens in der Oberschicht. Er hat den Geist eines Abenteurers, einen mutigen Geist. Er liest alles, nimmt alles in sich auf und beurteilt es kritisch. Nur sein Körper ist gebunden.

Er träumte, sein Vater und seine Mutter kämen, um ihn zurückzuholen, und daß er sich dagegen auflehnte.

Manchmal ist er unverständlich, verwirrt. Dann wieder ist er in sich gekehrt und isoliert sich.

Leonard klebt zwischen meine Augen einen kleinen Spiegel: »Dein drittes Auge.« Er klebt Silberpapier auf meine Fußnägel. Als ich Frances erzähle, wie ich Leonard sehe, sagt sie mit ihrer üblichen Weisheit: »Der zukünftige Leonard.«

## [April 1945]

Es ist faszinierend, an Leonard das Schwanken zwischen Jugend und Männlichkeit zu beobachten. Er trägt einen weißen Schal und geht durch armselige Straßen, als sehe er sie nicht. Bei Frances betrank er sich zum erstenmal. Er bat mich, das Tagebuch zu öffnen und ihm zu zeigen, was ich über ihn geschrieben hatte.

»Das Tagebuch würde zerstört, wenn ich es öffnete. Um die Wahrheit sagen zu können, muß ich das Geheimnis wahren.«

»Ich werde dich hypnotisieren, dann wirst du den Safe öffnen, und du wirst alles vorlesen.«

In drei Wochen muß er in den Krieg. Seine Mutter bittet um ein Gespräch. Sie redet schlecht über dekadente Künstler, und er verurteilt sie. Sein Vater ruft ihn an, um über seine »Zukunft« zu reden.

Pablo und Leonard malten ein Wandbild, das über meinem Bett hängt. Sie verzieren Flaschen, machen Collagen und Zeichnungen. Nach harter Arbeit in der Druckerei, Gesprächen über drückende Schulden, die Krankheit Helbas komme ich nach Hause und finde sie alle bei der Arbeit. Ich mache Tee und Honigbutter.

Leonards Vater war in der Wohnung von Tom und Frances, um zu sehen, in welcher Umgebung sein Sohn lebt. Er beauftragte einen Detektiv, mich zu überwachen. Er brachte meine Bücher zu einem Rechtsanwalt, der zugeben mußte, daß in keinem Buch etwas zu finden sei, das einen jungen Mann dazu bringen könnte, mit seinen Eltern zu brechen. Er sagte, sie seien schlimmstenfalls »bizarr«, aber es gäbe nichts darin, wogegen man gesetzlich vorgehen könne. Und was das andere Buch beträfe, *Maldoror* von Lautréamont, nun, dieser Schriftsteller sei seit mehr als hundert Jahren tot und könne nicht verklagt werden. Er versuchte, Wallace Fowlie zu schaden; er beschwerte sich im College über ihn wegen der Bücher, die er Leonard zum Lesen gegeben hatte. Macht gegen Geist. Tom, der Mann von Frances, der Gelassenste von uns allen, wurde beauftragt, mit Leonards Vater zu sprechen. Er gewann sein Vertrauen. Das Gewitter war für den Augenblick abgewendet.

Wenn Leonard glücklich ist, umarmt er mich so heftig, daß ich einmal sagte: »Du machst eine Hostie aus mir.«

»Desto besser kann ich dich kommunizieren, meine Liebe.«

Er öffnet und liest alle meine Briefe.

Lanny Baldwin gehört auch zu jenen, denen gefällt, was ich geschrieben habe, dem Lillian als Figur gefällt, und der mir dann aber am Telefon über alles, was ihm sonst zu fehlen scheint, sagt: »Wir werden auf den Kern der Sache kommen.« Als er da war, kamen wir keineswegs auf den Kern der Sache. Er schwang sich hinauf in meine Stratosphäre.

Frances schenkt mir einen kleinen Samthut mit schwingender Feder, der letzte Schrei. Pablo färbt die Feder um in leuchtendes Rosa. Ich trage diesen gewagten Hut, wenn wir ins Theater oder ins Ballett gehen.

Nachdem Leonards Vater bei Frances und Tom war, um die Leute kennenzulernen, bei denen sein Sohn lebt, erwarteten wir, daß er auch zu mir ins Studio kommen würde. Ich holte mir eine Leiter und nahm den bunten Paradiesvogel wieder ab. Aber der Vater kam nicht.

An seiner Stelle kam ein Detektiv, der mich ausfragte.

Er sah Pablo und Leonard einen üppigen Dschungel mit exotischen Vögeln und Blumen in der Art von Rousseau malen. Pablos Hamster kaute Salat in seinem Käfig. Noch feuchte Lithographien lagen zum Trocknen zwischen

Löschpapier. Ich schrieb an meinem neuen Buch. Sein Kommentar: »Nicht viel zu berichten.«

Wir gingen ins Ballett und saßen oben auf dem Balkon viel zu weit am Rand, während unten die Loge von Leonards Vater leer blieb.
Joaquins »Quintett für Klavier und Streicher« wurde im Museum of Modern Art gespielt.
In der Musik meines Bruders liegt immer ein Gefühl von Raum und Luft, als sei die lyrische Erfahrung in eine leichte Essenz verdichtet und durchsichtig geworden.
Gold als Farbe ist immer ein Bestandteil. Gefühl ist enthalten, aber stets klar und stark.
Joaquins Klavierabende und seine Kompositionen sind ein Leitmotiv in meinem Leben, sie bestärken meine Überzeugung, daß Musik die höchste aller Künste ist.
Mit fünf Jahren war Joaquin ein lebhaftes und unruhiges Kind, das niemand zähmen konnte, aber er konnte stundenlang und ohne sich zu rühren auf der Treppe unseres Hauses in Brüssel sitzen und den Musikern bei der Probe zuhören. Das war das Zeichen seiner Berufung. Wir beide lauschten der Musik. Ich kann noch immer die Bachschen Noten hören, die am häufigsten wiederholt wurden. Joaquin wurde Musiker, und in mir wurde die Musik zum Schreiben.
In New York, in der Seventy-fifth-Street, in einer Straße, wo die Häuser aus braunem Sandstein sind, nahm er bei einer exzentrischen, alten Jungfer, sie hieß Emilia Quintero, Klavierunterricht; ich habe sie im Tagebuch meiner Kindheit oft beschrieben. Sie hielt einen weißen Seidenschal von Sarasate in Ehren wie andere ein Erinnerungsstück an einen Heiligen. Sie hatte Sarasate heimlich und hoffnungslos geliebt. Etwas von ihrer Liebe übertrug sie auf den hübschen Joaquin.
Seine Musik war immer da. In Richmond Hill übte er jede Stunde, die er nicht in der Schule war. In Paris übte er trotz

seiner schwachen Gesundheit den ganzen Tag. In Louveciennes hatte er sein Studio in einem großen, wunderschönen Dachzimmer. Er übte nicht nur, bereits in der Kindheit gab es Momente der Improvisation, die Vorläufer seiner späteren Kompositionen.

In Paris lagen unsere Räume nebeneinander. Er studierte Klavier bei Paul Braud an der Schola Cantorum und privat bei Alfred Cortot und Ricardo Vinez. Er studierte Harmonielehre, Kontrapunkt und Fuge bei Jean und Noël Gallon vom Pariser Konservatorium. Bei Paul Dukas studierte er am Pariser Konservatorium Komposition und privat bei Manuel de Falla in Granada, Spanien.

Ich hörte ihn stundenlang üben und komponieren. In Louveciennes, wenn die Disziplin ihn erschöpft hatte, besuchte er die Mutter in ihren Räumen und dann mich an meiner Schreibmaschine. Er kam und fragte: *»Tu m'aime?«*

Zufrieden und erholt ging er dann wieder an die Arbeit zurück. Er bezog seine Stärke aus der Liebe, nie aus dem Haß, und es war seine Fähigkeit zu lieben, zu verstehen, zu vergeben, die die Familie später zusammenhielt. Er versuchte immer wieder, uns zu versöhnen und die Familieneinheit wiederherzustellen. Er ergriff nie Partei, verurteilte keinen oder kehrte jemandem feindlich den Rücken.

Er gab in Spanien, Frankreich, der Schweiz, Italien, Belgien, Dänemark, England, den Vereinigten Staaten, Kanada und Kuba Konzerte.

Er ist stolz und maßvoll, bescheiden und doch zu keinem Kompromiß bereit, er ist unfähig, einen Gegner zu verletzen, jemanden zur Seite zu schieben oder sich zu verteidigen.

Wenn er pfeift, dann heißt das, er steht am Klavier und komponiert, verbessert seine Partitur.

Einmal in Paris strich er in einem Quintett einen Satz, dessen Motiv ich liebte. Er begründete es damit, daß es zu romantisch sei. Vielleicht hatte ich darin den wehmütigen Jugendlichen gehört, der sich von dem Leiden der Jugend trennt. Musikalisch gesehen hatte er möglicherweise gute Gründe, den Satz zu streichen, um einen strengeren Modernismus zu erreichen. Aber ich empfand die Streichung als einen Gefühlsverlust, als einen Teil Joaquins, den er strengeren Maßstäben opferte. Zur gleichen Zeit verbrannte er seine Tagebücher. Zehn Jahre später, während einer psychoanalytischen Sitzung, sang ich plötzlich die ganze Melodie, ich, die ich keine Musikerin bin und keine Noten lesen kann. Das bewies mir, wie tief seine Musik in ein unbewußtes Universum eingedrungen war. Sogar als es offensichtlich vergessen, verloren war, hatte dieses Fragment sich in mir eingebettet.

Mein Vater bewahrte der spanischen Folklore eine ausgeprägte Treue. Spanien war in den Melodien wiederzuerkennen, die er für Konzerte schrieb und orchestrierte. Mit Joaquin geschah etwas anderes, das seine Musik in den Bereich allgemeingültiger, zeitgenössischer Kompositionen brachte. Die spanischen Themen wurden mehr abstrahiert, mehr ins Unbewußte umgesetzt, nicht ins Klischee spanischer Musik. Er drückte die Farben, das Temperament, den Reichtum Spaniens in kühnen Abstraktionen zeitgemäß aus. In seiner Musik wurde ein weit vielschichtigeres und subtileres Spanien lebendig. Es bestand in seinen Kompositionen eine Spannung zwischen der Einfachheit der einzelnen Melodien und der hochentwickelten Vielfalt der Farben und Klänge. Das verschlungene Tongewebe – den maurischen Spitzengeweben aus Granada vergleichbar – vereinigte sich immer wieder zu der wehmutsvollen Melodie des *cante Jondo.*

Ich sprach von der Farbe Gold. Es gibt immer wieder eine kristalline Eigenschaft, das Durchscheinen der Wahrheit, eine außergewöhnliche Begabung für musikalische Echtheit, die nie zu einer allgemein bekannten, deutlichen Aussage führt. Die Komposition dreht sich geschickt von der bekannten Aussage fort. Sie wendet sich an ein drittes Ohr, ein ungeborenes Ohr, die Ohren unserer Zeit, kom-

plizierter, aber immer wahr: Joaquin hat die richtige Tonlage der Seele gefunden.
Er sucht immer nach mutigem Nebeneinander, mutiger Vielfalt und Überlagerungen. Er erreicht ein Strahlen, Leuchten und Funkeln. Mensch und Komponist sind eins. Die Quellen sind bei ihm gesunder Humor, Großzügigkeit, versteckte Kümmernisse, mit denen er andere nicht belastet, helle und dunkle Tage, zermürbende Arbeit und das Pfeifen am Morgen.
Joaquin gleitet nie in Zorn ab, in Lächerlichkeit oder Hohlheit oder in die Künstlichkeiten und Anmaßung einiger seiner Zeitgenossen.
Ich bin sicher, das Hören seiner Musik lenkte die Wahl meiner Worte, meine Suche nach Rhythmus, schulte mein Ohr für Klangfarben, meinen Gebrauch des Unbewußten als eine vielstimmige Symphonie. Ich bin sicher, er ist der Dirigent, der ruhig und maßvoll das Leitthema des Tagebuchs angibt; Worte wie Musik, die direkt zu den Gefühlen sprechen und den Verstand auslassen. Seine Musik steht im Vordergrund, sie ist weit davon entfernt, im Hintergrund meines Lebens zu sein. Er als Musiker erreichte, wovon ich träumte, und ich folgte, so gut ich konnte, mit der schwächeren Macht der Worte. Das Ohr ist reiner als das Auge, das nur relative Inhalte in die Worte hineinliest. Wogegen der Niederschlag der Erfahrung in den reinen Ton eine Form von Musik – zeitlos und absolut – ist.
Joaquin hat als Mensch den stärksten Einfluß auf mein Leben, denn es sind nicht die fehlgeschlagenen Beziehungen, die unser Leben beeinflussen – sie beeinflussen unseren Tod. In meiner ganzen Kindheit und Jugend hatte ich in Joaquin das Vorbild der besten Beziehung zu einem Menschen. Es ist richtig, ich mußte auf ihn aufpassen, denn er war fünf Jahre jünger als ich. Es ist richtig, er konnte die Wildheit, die Freiheit, die Unabhängigkeit ausleben, während ich für seine Sicherheit, sein Wohlbefinden verantwortlich gemacht wurde. Aber andererseits hatte er

für mich das größte Verständnis und die meiste Zärtlichkeit. Er liebte mich und stand auf meiner Seite. Wir stritten uns nie. Als ich einmal das Geld verloren hatte, mit dem ich einkaufen sollte (zu einer Zeit, als wir wenig genug hatten), bot er mir an, die Schuld auf sich zu nehmen. Er war damals zehn Jahre alt. Er prägte in mir das Muster für die vielen kleinen Brüder, die ich bekommen sollte, über deren Leben ich wachen muß und die mir große Fürsorge und Zärtlichkeit schenken. Er verurteilte nie, er kritisierte nie. Unsere Leben verliefen unterschiedlich, aber wir behielten großen Respekt füreinander.

So wie die von Joaquin gestrichene Komposition in mein unbewußtes Sein gesunken und für zehn Jahre verschwunden war, um danach wieder klar und vollständig aus der Erinnerung aufzutauchen, so erstaunt war ich darüber, daß ein Buch, das ich zehn Jahre vorher in Frankreich gelesen hatte, Leon Pierre Quint über Proust, meine Haltung zum Schreiben so stark beeinflußte, daß das, was ich heute darüber geschrieben habe, durchaus daraus stammen könnte. Von allen Büchern, die über Proust geschrieben wurden, erreichte keines sein Niveau und seine Schönheit. Es ist das einzige Buch, das Proust ohne Pein hätte lesen können. Es gibt keinen falschen Ton darin. Quint war ein Schriftsteller von gleichem Rang wie Proust. Er konnte ihn wie einen Zwillingsbruder deuten und beschreiben, als habe Proust sich außerhalb seines Werks gestellt und es erhellt. Er ist kultiviert, subtil, genau und so tiefgehend beim Schreiben über Prousts Leben und Werk wie Proust in seiner Analyse der Menschen. Normalerweise ist der Kritiker ein schwächerer Schreiber und ein schwächerer psychologischer Interpret. Er verkleinert das Werk, um sich und anderen den Zugang zu der Welt des Romanciers zu schaffen.

Leon Pierre Quint ist nie übersetzt worden. Er sollte es sein.

Hier sind einige meiner Lieblingsstellen:

»Prousts Philosophie der Unbeständigkeit, Beweglichkeit, des Fließens und der Kontinuität . . .«

»Unser unbewußtes Sein ist die höchste Stufe der Wirklichkeit in unserem inneren Leben.«

»Alle Personen sind bei Proust als große, unfertige Fresken gemalt, sie sind den Statuen von Rodin vergleichbar, die Raum für das Geheimnisvolle lassen. Die fehlenden Teile stimmen mit der Entwicklung der Figur überein, und die sorgfältig herausgearbeiteten Partien sind mächtig genug, um das Leben dieser Person in Vergangenheit und Zukunft anzudeuten.«

»Weshalb können Kritiker nicht verstehen, daß jedesmal, wenn ein Schriftsteller ein neues Objekt für seine Studien entdeckt, die bürgerliche Moral alarmiert wird, daß jedesmal, wenn der Schriftsteller in einen unerforschten Bereich vorstößt, er ein Sakrileg zu begehen scheint. Und doch hängt die Existenz der Kunst ausschließlich davon ab, daß sie die noch verschlossenen Aspekte des Lebens erforscht, und in gleichem Maße von der Erschaffung neuer Lebensweisen.«

»Ein besonderes Merkmal seiner Vision von den Menschen, die sich im Laufe der Zeit intensivierte, war das Teleskopische. Das brachte ihm Menschen sehr nahe, begrenzte sein Gesichtsfeld, aber es gab ihm die Erkenntnis ihrer ganzen Vielschichtigkeiten.«

Und diese Sätze:

»Er wußte, wenn unsere Wünsche erfüllt werden, geschieht es nie zu dem Zeitpunkt oder unter den Umständen, die den größten Genuß gewährt hätten. Es müßte in dem Augenblick geschehen, in dem wir den Wunsch äußern. Wenn Proust hörte, daß ein Freund sagte: ›Ich hätte gerne dies oder das‹, schenkte er es ihm sofort, nicht erst zu Weihnachten oder zu Neujahr. Er erinnerte sich daran, daß eine Freude, die zu lange aufgeschoben wird, eine verlorene Freude ist.«

»Er sagte selbst, sein Roman sei wirklich, denn nichts sei wirklicher als das Wesen des Ich; aber er ist nicht realistisch.«

»Wenn Prousts Sätze nicht kristallklar und logisch sind, dann deshalb, weil unser seelisches Leben verwirrt ist und weil der Verstand durch dunkle Kanäle mit vielen labyrinthischen Verschlingungen in es eindringt.«

»Die Erinnerung unseres bewußten, rationalen Ich konnte ihm Aufschluß über vergangene Ereignisse geben, die aber von allen emotionalen Inhalten entleert sind, die durch assoziatives Erinnern wiedererstehen.«

Lanny Baldwin sagt über sein eigenes emotionales Gefangensein: »Gefühle ersticken mich, treiben mir Tränen in die Augen, würgen mich. Sie kommen wie Wellen der Ekstase.«

»Der Unterschied zwischen uns ist, daß ich auf dieser Welle schwimme, wenn sie kommt, und sie nicht vermeide.«

In einer Welt, die sich durch Haß selbst zerstört, bestehe ich auf Liebe, und alle, die mich lieben, sind über meine Niederlagen besorgt.

Wenn Leonard seine Familie besucht, wird er traurig, still, schwermütig. Wenn er zu mir kommt, ist es eine Rettung vom Tod zum Leben.

Seine Mutter fragte ihn: »Könnte ich Anaïs Nin gern haben?«

Er antwortete: »Ihr seid Welten voneinander entfernt.«

Für den Roman: Benutze die eiserne Lunge als Symbol für das Atmen einer Person durch eine andere, Leben durch künstliche Beatmung. Abhängigkeit Djunas von Jay. Jede Abhängigkeit verursacht Angst. Denn man lebt durch den anderen und fürchtet seinen Verlust. Für Lillian war es nicht ihre Luftröhre, ihre Sinne, ihr Leben, sondern ihr gesamtes Schmecken und Fühlen, das von Jay übernommen wurde. Wenn er Freunde traf, sich in Gesellschaft wohl fühlte, das Leben einfach hinnahm und alles einbezog, undifferenziert, dann erlebte sie diese Offenheit, dieses Sich-nicht-Zurückziehen durch ihn. In ihr selbst war ein Mechanismus, der sie an einer echten Anteilnahme am Leben und an Menschen hinderte. Diese kritische Instanz beurteilte, bewertete, lehnte ab, setzte Grenzen. Jay hatte immer Zeit und immer Energie. Wenn er müde war, schlief er. Aber Lillian glaubte, sie müsse eine solche Schwäche in der Öffentlichkeit verhindern. Sie mußte voraussehen, wann ihre Kräfte sie verlassen würden, deshalb lebte sie nach der Uhr. Um Mitternacht mußte sie gehen. Auch wenn der Abend gerade begann, schön zu werden, mußte sie sich losreißen, den Bitten der anderen widerstehen, auf dem einsamen Beschluß beharren. Sie mußte auf der Gegenposition zur Hingabe an das augenblickliche Leben bestehen: Jay erlaubte sich, aufgesogen zu werden. Auch wenn er weniger schlief, war er durch sein zwangloses Sichgehenlassen ausgeruhter als Lilian, die ständig ihre Kontrolle aufrecht erhielt.

Ich habe erst jetzt verstanden, weshalb ich in Paris so arm werden mußte, daß es mir nicht erspart blieb, zum Pfandleiher zu gehen. Es war deshalb, weil alle meine Freunde dort hingingen und ich dieselbe Stufe der Armut und des Verzichts erreichen wollte; ich wollte mit ihnen zusammen in die schwere Prüfung gehen, die darin besteht, sich von geliebten Dingen zu trennen, alles zu verlieren. Ich fühlte mich mit ihnen am stärksten verbunden, wenn auch ich auf der harten Bank saß und wartete; ich beobachtete sprechende Gesichter, die Geschichte von Dingen, die Atmosphäre der Enteignung und des Opfers.

Beim Beschreiben von Beziehungen ist der Rhythmus wichtig: locker oder angespannt, einseitig oder vielseitig, erstarrt oder entfaltet, beständig oder veränderlich, beschleunigt oder verlangsamt. Bei Verlust eines Sinnes auf andere vertrauen, auf die, die am besten sehen oder am besten hören oder sich am besten erinnern. Auch Distanz ist lebenswichtig. Menschen leben nicht immer in der Gegenwart, in Einklang mit ihr. Sie leben auf jede erdenkliche Art und Weise von ihr entfernt, und das ist so schwer zu messen wie die Bahn von Planeten. Seelische Erschütterung und Ängste lassen ihre Reise schief, peripher, uneben, abwegig werden.

Ich habe mich so sehr auf meinen sechsten Sinn konzentriert, daß ich einen Blick entwickelt habe, der durch die Dinge hindurchsieht, er ist richtig, um Empfindungen und Vorzeichen zu erkennen. Wahrscheinlich lernte ich nie die Namen der Vögel, um den Vogel des Friedens, den Paradiesvogel, den Vogel der Seele, den Vogel der Wünsche zu entdecken.

Vermutlich vermied ich es, die Namen der Komponisten und ihrer Musik zu lernen, um besser meine Augen schließen zu können und auf das Geheimnis aller Musik zu hören, wie auf einen Ozean. Es ist möglich, daß ich Geschichtsdaten nie gelernt habe, um das Wesen der Zeitlosigkeit zu erreichen. Es ist möglich, daß ich nie Geographie gelernt habe, um besser meine eigenen Wege zu finden und meine eigenen Länder zu entdecken. Das Unbekannte war mein Kompaß. Das Unbekannte war mein Nachschlagewerk. Das Namenlose war mein Wissen und mein Fortschritt.

## [Mai 1945]

Leonard verbringt die letzten Tage, bevor er zur Armee geht, bei seiner Familie. Habe seine Sachen weggeräumt, seine Schallplatten, die Schachtel mit den Leuchtfarben, die Kupferbleche, Scheren, das farbige Glas, die Kupferplatten, Drucke, Gedichte, Notizen, Skizzen.

Tom hatte Leonard gesagt, es sei bereits alles geschrieben, und die Entwicklung des Intellekts habe die Literatur getötet, aber ich sage ihm, was noch zu tun ist. »Wenn der Intellekt das Schreiben getötet hat, dann lasse die andere Art zu schreiben, die emotionale Art, den Intellekt töten.«

Er rief an: »Ich bin bei der Rekrutierungsstelle und nehme um achtzehn Uhr den Zug nach Fort Dix.« Eine Stunde später kam er zu mir. Er erzählte, er sei ohnmächtig geworden, als er eine Spritze bekam.

Einen solch zerbrechlichen Noch-Nicht-Mann in den Krieg zu schicken. Sein Körper ist verletzbar. Er hat noch nicht seine ganze Kraft erreicht. Er ist groß und hat Untergewicht. Er hat den Hals und die Ohren eines Vierzehnjährigen.

Von allen Dingen, die in meinem Gedächtnis haften, ist sein seltsames Leuchten am lebendigsten. Weshalb erscheint es in Kindern und Jugendlichen und verschwindet dann? Ist es die Anwesenheit der Seele? Ist es so, daß die Haut, das Fleisch noch immer transparent sind, noch nicht dicht und undurchlässig?

Ich bin besorgt, daß Leonard sich jetzt verschließen wird. Ich sah, wie er sich entfaltete und sich zusammenzog, sich entfaltete und sich zurückzog, um seine Verwundbarkeit zu beschützen.

Die deutsche Niederlage offiziell unterzeichnet. Der Krieg in Europa ist vorbei. Ein erinnerungswürdiges Datum: 8. Mai 1945.

Ich korrespondiere mit Wolfgang Paalen, dem Herausgeber und Verleger der Zeitschrift *Dyn* in Mexiko. Er nahm eine meiner Geschichten an, *»The Eye's Journey«*, sie geht auf Hans Reichel zurück. In der Zeitschrift fand ich eine surrealistische Textstelle, die mir gefiel. Ich schrieb dem Autor, einem Mann namens »Givor« c/o Paalen, einen begeisterten Brief. Aber Paalen hatte den Text selbst unter Pseudonym geschrieben und wußte nicht, ob er sich freuen oder auf sein anderes Ich eifersüchtig sein sollte, das mein Lob auf sich gezogen hatte. Seine Frau Alice ist Malerin.
Ich traf sie heute auf einer Ausstellung. Sie ist eine auffallende Erscheinung. Groß, dunkelhaarig, tiefbraun, sieht sie aus wie eine mexikanische Indianerin. Aber sie ist in Frankreich, in der Bretagne, geboren.
Ihr Lächeln und ihr Gesichtsausdruck sind sprühend, sprühend vor Geist, Witz, Leben.
Sie hat irgendein Hüft- oder Beinleiden, deshalb hinkt sie.
Ihre Bilder stammen alle aus unterirdischen Welten, ihre Beschreibungen Mexikos dagegen sind leidenschaftlich, farbig, voll Dramen und Freude.
Wunderbar von der Sonne zu hören, vom Dschungel und den Flüssen, von den Farben, den Kostümen, den Gebräuchen, dem Lächeln in dunklen Gesichtern, dem Geruch von Kräutern und dem Stampfen von Mais, über die Geschichte Mexikos, seine Vergangenheit, von den Malern, die dort leben und mit solcher Kraft malen. Es ist ein anderes Mexiko als das von D. H. Lawrence. Für ihn war es fremd, für Alice ist es vertraut, sprühend vor Freude und Leben, selbst in seiner Armut.
Ich entwickelte eine Sehnsucht, die mit der Furcht zusammenhing, daß ich durch das Leiden in der Kälte und Bosheit von New York am Ende genauso werden würde wie

die Leute, die ohne Gefühl schreiben, mit Narben, Bitterkeit und Zynismus.
Zu Alice Paalens Beschreibung von Mexiko kam Pablos Beschreibung Panamas. Die Wärme des Klimas harmonisiert mit dem herzlichen Verhalten der Menschen. Die Sonne verbindet sich mit der Großzügigkeit des Daseins.

Brief von Henry:

»Gestern nacht ging ich mit einer hervorragenden Idee bezüglich Deines Tagebuchs zu Bett. Plötzlich setzte ich mich im Bett auf und fragte mich, warum wir niemals an Maurice Girdias als Verleger des Tagebuchs gedacht haben? Warum solltest Du diese gigantische Aufgabe alleine lösen. Es ist absurd ...
Was denkst Du? Soll ich ihm endlich schreiben? Ich hatte eine Idee, daß er, nachdem jeder Band gedruckt ist, eine kleine Luxusausgabe im Faksimileverfahren herausbringen kann, die die Echtheit der Arbeit beweist und gleichzeitig eine hübsche Sache ist. Viele Deiner Freunde hätten sie gerne.
Robert Laffont hat eine Zeitschrift mit dem Namen *Magazin du Spectacle.* Dort veröffentlichte er mein ›Scenario‹ aus *House of Incest. Max and the White Phagocites* wird in den nächsten Tagen ausgeliefert, es enthält jetzt mein Essay über das Tagebuch. Das soll Dir helfen. Überdenke das mal.«

Vor langer Zeit hatte ich mit Dr. Otto Rank über das diskutiert, was er »den Doppelgänger« nannte; es ist ein anderer Ausdruck für unsere Notwendigkeit, einen Teil von uns selbst auf andere zu übertragen. Dr. Esther Harding sprach an einem Abend sehr klar darüber. Ich machte mir Notizen.
Für die Welt spielen wir eine *persona*-Rolle.
Die Annahme dieser sozialen Rolle liefert uns den Ansprü-

chen der Gemeinschaft aus und entfremdet uns unserer eigenen Realität.

Die daraus folgende Spaltung der Persönlichkeit kann möglicherweise das Ego in Übereinstimmung mit den Erwartungen der Allgemeinheit bringen, während der unterdrückte Schatten sich in Nichtübereinstimmung abwendet.

Das Versäumnis, dieses dunkle *alter ego* anzuerkennen, schafft die Tendenz, es auf einen anderen Menschen der unmittelbaren Umgebung zu übertragen. Es ist das Spiegelbild für das eigene Ich.

Dieser Vorgang rettet das verkleidete Ich vor vollständiger Auslöschung.

Dr. Harding verweilte lange bei der Notwendigkeit, diesen Schatten in menschlichen Beziehungen anzuerkennen. Das Verleugnen des Bösen von seiten des Ego wird nachträglich durch eine dunkle »psychische Atmosphäre« kompensiert.

Dr. Harding bezeichnete diesen Schattenmechanismus als notwendige Verteidigung gegen das Unbekannte, da die ungezähmten Muster der Psyche ins Bewußtsein aufzunehmen bedeutet, sein Ich in den Aufstand gegen die Gesellschaft zu treiben. Aber man kann in psychischer Gestalt nur proportional zur Assimilation der Konsequenzen wachsen, die sich aus der Selbstakzeptierung ergeben. Der Schatten sollte Teil einer mit Bewußtsein lebenden Persönlichkeit sein.

Ich erinnere mich nicht, ob Rank und ich über das mich quälende Problem der Verantwortung für Henry und Gonzalo diskutierten. Zumindest glaube ich nicht, daß mir dieser Zusammenhang bewußt war, bis mir durch die Aussage von Dr. Harding klar wurde, weshalb ich mich so völlig verantwortlich für das Leben der beiden fühlte. Henry und Gonzalo lebten für mich all das aus, was ich meinem Ich verweigerte auszuleben. Sie waren beide völlig unverantwortlich, aufrührerisch, anarchistisch und lebten nur für ihre eigene Handlungsfreiheit. Da alle ihre Freiheiten für mich unannehmbar waren und ich mich für das Wohlergehen anderer überverantwortlich fühlte (angefangen bei meiner im Stich gelassenen Mutter, meinen verlassenen Brüdern und ähnlichen Fällen), lebte ich das durch sie aus. Und ich war da, um zu verhindern, daß sie unter den Folgen leiden mußten.

Frances und ich versuchten eine Stunde lang herauszufinden und festzustellen, wann die Analytikerin Martha Jaeger objektiv ist und wann nicht. Jetzt, nachdem sie gezeigt hat, daß sie ihre persönlichen Gefühle in die Analyse hineinträgt, befürchte ich, daß sie uns nicht mehr helfen kann. Frances wird jetzt auf Fehler achten müssen.

Frances besuchte mich, und ich zeigte ihr Leonards Aquarelle. Sie hält sie für technisch gekonnt und schön, aber verschlossen. Als Leonard darüber klagt, daß er Gefühle nicht ausdrücken kann, schreibe ich ihm:

»Das Ausdrücken von Gefühlen hängt direkt mit Schöpfung zusammen. Mir hilft dabei, daß ich alles meinem Tagebuch anvertraue. Du befindest Dich in einer unfruchtbaren Umgebung und neigst dazu, Dich zu verschließen. Das wirkt sich für Dich als Künstler, Schriftsteller oder Maler schlecht aus. In der Fähigkeit, die Quellen des Fühlens und Vorstellens fließen zu lassen, liegt das Geheimnis des Überflusses. Zurückziehen birgt die Gefahr der Unfruchtbarkeit und des Verdorrens in sich. Versuche Dein Tagebuch zu schreiben, um die kleine Flamme am Leben zu erhalten. Entfalte Dich, öffne Dich, spreche, benenne, beschreibe, schreie, male, karikiere, tanze, springe in Deinem Schreiben. Wir sind als Schriftsteller da, um alles zu sagen. Verteidige Deine Stimmungen, mache Deine Sprachlosigkeit und Dein Schweigen beredt. Die Zeichnungen, die Du geschickt hast, sind ein vor der Welt verschlossenes Gesicht.«

Alice Paalen, Charles Duits, Pablo und ein junger Mann, der an der Michigan State University Japanisch studiert hatte, besuchten mich. Er erzählte von dem sehr intensiven Studium und der sehr intensiven Ausbildung. Duits und Pablo versuchten, das gleiche komische Duell mit den metallenen Maßbändern auszutragen, aber es war symbolisch, daß sie biegsam und ohne die faszinierende Härte waren, als sei diese Eigenschaft damals von Leonard selbst gekommen. Alice Paalen duftet nach Sandelholz und trägt einen Hinduschal. Sie erzählt interessant über Picasso, dessen Geliebte sie einmal war; er machte sich ein Vergnügen daraus, den Frauen die Lust zu versagen.

Madame Chareau übersetzt die Geschichten aus *Under a Glass Bell*. Ich lerne dabei mein verschwindendes Französisch wieder. Sie äußerte sich darüber, wie indirekt und subtil ich Dinge aussprach. Erst viel später wurde ihr klar, was ich alles mit der Beschreibung Moricands impliziert hatte, der sich wie ein junges Mädchen benahm, das mit scheuer Geste sein Geschlecht mit der Hand bedeckt.

Ich drucke die farbigen Holzschnitte mit der Hand, nicht mit der Maschine. Ich befestige das Reispapier an einem Holzrahmen und drücke mit der Hand auf den manuell eingefärbten Block, nach der altchinesischen Methode.

Edmund Wilson schreibt aus England sehr wehmütig über eine mögliche Scheidung von Mary McCarthy. Als ich das erste Mal *The Company She Keeps* las, fühlte ich, das Buch war ein Meisterstück intellektueller Härte, ein Stück aus reinem Granit und Selbsthaß, Haß auf Sinnlichkeit.

Caresse war gestern abend hier und erklärte, sie erhielte für ihr »Portfolio« zuviele Gedichte, sie brauche Kurzgeschichten oder umfangreichere Artikel. Zusammen mit ihr kam der Maler Beardon, ein Mulatte; er zeigte uns seine neuesten kolorierten Zeichnungen in der Art Rouaults – dicke, schwarze Linien, leuchtende Farben, aber mit sehr persönlicher Beweglichkeit und Dynamik. Caresse stellt seine Bilder in ihrer Galerie in Washington aus.

Brief an Henry:

»Ich habe mir das Exemplar von Pierre Mabilles *Miroir du Merveilleux* von Tanguy oder Yves *qui Tangent*, wie ich ihn nenne, geliehen. Deshalb kann ich es Dir nicht schicken. Ich versuche, ein Exemplar zu finden, und sollte ich Erfolg haben, werde ich es Dich wissen lassen.
David Moore war hier, ein großer, blasser, tuberkulöser junger Mann, interessant, schwierig – und wie ich glaube, ist er auf der Suche nach Informationen über Dich. Ich war sehr erstaunt darüber, daß Michael Fraenkel ihm einen ganzen Nachmittag lang eingeredet hat, daß *Tropic of Cancer* ohne seinen Einfluß und seine Bücher nicht geschrieben worden wäre. Ich war über diese unrichtige Behauptung sehr erstaunt (und ich konnte sie nicht ernst nehmen), da ich Fraenkel kenne. Aber noch mehr erstaunte es mich zu hören, daß Fraenkel einen Essay darüber geschrieben hat, dem Du völlig zustimmst. Ich kann das kaum glauben, wenn ich an Fraenkels Weltanschauung denke, die der Deinen so völlig entgegengesetzt ist. Als Schriftsteller hat er so wenig Format, und seine Überintellektualisierungen hast Du nie angenommen. Ist das alles wahr? – Übrigens erzählte er Moore, daß mein Talent, seit ich das Buch über Lawrence geschrieben habe, verschüttet sei und ich danach nichts mehr geschrieben hätte.
Ich habe Fraenkel im Village gesehen, und als ich einmal im Kino Eisensteins Mexiko-Film sah, legte er mir seine leichenhafte Hand, wie die Hand des Todes selbst, auf die Schulter. Ich habe ihn immer bewußt gemieden. Ich glaube, Moore ist es wert, daß Du Dich für ihn interessierst, und ich hoffe, seine Arbeit über Dich wird Dir gefallen. Ich weiß, Du wirst mit Post überschwemmt, deshalb werde ich Dir seinen dreizehn Seiten langen Brief – hauptsächlich über Dich – nicht schicken.
Du erkundigst Dich nach der Druckerei. Ich bin noch und immer wieder kurz davor, sie zu verlieren, und ich werde

gezwungen sein, sie aufzugeben, nachdem ich das neue Buch gedruckt habe.«

Charles Duits und andere Freunde, die Leonard beinahe unmerklich vertrieben hatte, sammeln sich wieder um mich. Meine Freundschaft zu Frances hatte sich vertieft, da wir Leonards Freundschaft teilen.

Diese Woche war ich am Boden zerstört. Zuerst durch Martha Jaeger, die den Roman nicht verstand; dann durch Frances, die versuchte, den Realisten in mir zu fördern, nachdem sie zugegeben hatte, daß meine ständige intensive Beschäftigung mit dem Innenleben eine phantastische, einfallsreiche Welt voller Träume aufdeckt; dann durch Leonard, der mir schrieb, meine Briefe seien schwer faßbar, verschwindend, beinahe unsichtbar wie das chinesische Papier, auf dem ich sie schreibe.

Hier ist ein Beispiel dafür, was mir ständig widerfährt und mich bedrückt: C. L. Baldwin hatte *Under a Glass Bell* gelesen, bevor er mich kennenlernte, war fasziniert und wollte mich kennenlernen. Er begann sofort – als sei ich ein Ballon oder ein Drachen – an der Schnur zu ziehen, um mich auf den Boden der Wirklichkeit zurückzuholen. Baldwin sagte, die Geschichten seien berauschend, dann fügte er hinzu: »Ich meine, Sie sollten einfach und klar schreiben, in der Art, wie Sie Jay beschrieben haben. Schreiben, das man riechen und anfassen kann, warm und menschlich. Keine Phantasien. Ihre Phantasie in *Under a Glass Bell* macht mich beklommen. Wenn ich mich ihr überlasse, habe ich das Gefühl, meinen Verstand zu verlieren. Ich fühle mich in der Realität sicher, auf dem Land, wenn ich in meinem Garten arbeite.«

Die große Schönheit meines Lebens besteht darin, daß ich auslebe, wovon andere nur träumen, wovon andere nur

sprechen, was andere nur analysieren. Ich will auch weiterhin den unzensierten Traum, das freie, unbewußte Sein leben.
Ich mache der Wirklichkeit meine Konzessionen. Ich arbeite acht Stunden in der Druckerei. Dann komme ich nach Hause und arbeite am Roman.
Vielleicht ist meine Illusion (daß Leonard wird, was ich mir vorstelle) keine Illusion, sondern Intuition. Intuitives Erkennen der Möglichkeiten, der Zukunft, des Nochnicht-Geborenen.
Was meine Freunde beschäftigt, ist, daß ich mich auf eine ihrer Seiten beziehe (ihr innerstes geheimes Ich) und vor der anderen fliehe. Frances und ich haben einen wunderbaren Gedankenaustausch miteinander, aber ich laufe davon, wenn ihre Freunde kommen und pokern oder gefühllos über Schriftsteller und Politiker reden. Ich nehme mir das Beste aus Marthas Weisheit und entziehe mich ihrem »wirklichen« Leben.

# [Juni 1945]

Arbeit. Arbeit. Arbeit. Klebe die wunderschöne Folge fünf farbiger Holzschnitte von Ian Hugo zu *This Hunger* in eigens dafür bestimmte Mappen mit einem von mir handgeschriebenen Vorwort. Wir boten eine schöne, auf vierzig Exemplare limitierte Ausgabe an, die sich schnell verkauft. Jetzt können wir die Druckmaschine bezahlen und Papier kaufen. Arbeit. Die Druckerei. Gespräche mit Frances. Wegen der Hitze leichte Mahlzeiten.

Armer Pablo, ausgehungert nach Liebe, nicht glücklich, überfließend vor Wärme, wehrlos armseligen Naturen ausgeliefert. Er ist so lebendig.

Frances sagt: »Du bist Leonards Anima.«

»Du wärst eine bessere gewesen. Leonard sagte, du bist ein glücklicheres Wesen als ich, mehr verstandesbetont.«

»Aber du befreist die schöpferische Imagination.«

Pablo wohnt in einem kleinen Zimmer mit zwei Fenstern, vor denen eine alte Ulme steht. Das Zimmer ist so klein, daß es aussieht, als sei es ein Teil des Baumes, ein Baumhaus. Der Baum erfüllt das Zimmer mit seinem Grün, mit dem Flüstern der Seide.

Die Geschichte über Kaspar Hauser ist weit schöner als die über Christus. Es ist die Geschichte von Unschuld, von einem Träumer, der durch die Welt zerstört wird. Zuerst ist das Kind gefangen, dann Fremden ausgeliefert. Gewalt, Intrigen, bösartiger Zynismus vereinigen sich, um ihn zu töten. Niemals wurde die Häßlichkeit der Welt klarer gezeigt. Kaspar Hauser starb mit siebzehn. Leonard könnte mit siebzehn, achtzehn sterben, fallen in einer Schlacht im Fernen Osten.

Ich las Rilkes *Briefe an einen jungen Dichter.* »Rein sind alle Gefühle, die Sie zusammenfassen und aufheben; unrein ist das Gefühl, das nur *eine* Seite Ihres Wesens erfaßt und Sie so verzerrt.«*

Was fesselt mich an jungen Menschen? Bin ich unter Erwachsenen, empfinde ich ihre Unbeweglichkeit, ihre verkrampften Erstarrungen. Sie sind – zumindest in meinen Augen – wie die Statuen der Großen. Vollendet. Am Ende.

Leonard ist darüber besorgt, wie wenig er mir geben kann. Ich schreibe ihm:

»Ich lebe gerne immer am Anfang des Lebens, nicht an seinem Ende. Wir alle verlieren einen Teil unseres Vertrauens unter der Machtausübung wahnsinniger Führer, unter dem Einfluß sinnloser Geschichte, den pathologischen Grausamkeiten des täglichen Lebens. Von Natur aus beginne ich immer wieder von vorne und glaube aufs neue. Deshalb ist Deine Gesellschaft für mich fruchtbarer als beispielsweise die von Edmund Wilson, der seine Meinungen, seine Ansichten und Kenntnisse als letzte Wahrheit ansieht. Ältere Menschen fallen in starre Verhaltensweisen, sie haben Neugierde, Risiko, Entdeckungen vergessen. Du hast noch nicht erkannt, daß Du eine Menge zu geben hast, und daß Du, je mehr Du gibst, desto mehr Reichtümer in Dir selbst findest. Es erstaunte mich, daß Du glaubst, mit jeder Geschichte, die Du schreibst, einen Traum wegzugeben und Dich dadurch ärmer fühlst. Aber Du hast nicht daran gedacht, daß dieser Traum in andere Menschen gepflanzt ist, andere, die auch beginnen, ihn zu leben, er ist gemeinsamer Besitz, der Anfang von Freundschaft und Liebe. Wie ist denn die Welt, die Dir gefiel, entstanden, mit all meinen Freunden, die Du liebtest? Sie kamen zu mir, weil ich zuerst meine Geschich-

---

* Zitiert nach Originaltext d. Übers. – Übersetzung aus A. N.: »Ein Gefühl ist rein, wenn es das ganze Sein erfaßt.«

ten weggab. Sie kamen als Antwort und um die Quelle zu bereichern. Pablo hörte *Under a Glass Bell* zur Fiesta läuten und kam mit seinen eigenen Geschichten. Du darfst keine Angst haben, nicht zurückhalten, rechnen und ein Geizhals sein mit Deinen Gedanken und Gefühlen. Es ist auch wahr, daß Schöpfung aus dem Überfluß kommt, deshalb mußt Du lernen, in Dich aufzunehmen, aufzusaugen, Dich selbst zu nähren und keine Angst vor der Fülle zu haben. Fülle ist wie eine heranrollende Flutwelle, die Dich trägt, Dich zu Erfahrungen trägt und zum Schreiben fortreißt. Erlaube Dir zu fließen und überzufließen, nehme das Fieber hin, jede Art der Entfaltung und Intensivierung. Irgend etwas wird immer durch den Exzeß geboren: Große Kunst wurde aus großem Terror, großer Einsamkeit, schweren Verboten, Unsicherheiten geboren und wiegt sie immer auf. Wenn es für Dich so aussieht, als ob ich mich in einer Welt der Gewißheit bewege, mußt Du, *par contre,* aus dem Vorteil der Jugend Nutzen ziehen, dem großen Vorteil, der darin besteht, daß Du Dich in einer Welt der Geheimnisse bewegst. Aber beide Welten müssen vom Vertrauen beherrscht werden.«

Frances und ich spielen psychologische Schachspiele. Frances sähe mich gerne in der Rolle des Realisten. Sie hat mich angespornt, die Geschichten aus *Under a Glass Bell* zu veröffentlichen. Was ich aus meinem Werk ausklammere, lasse ich auch nicht in mein Leben hinein. Ich kümmere mich nicht darum und übersehe es, weil ich es nicht für wichtig halte. Es zieht die Menschen herab und tötet Phantasie und geistige Wahrnehmungsfähigkeit. Zu viele Verpackungen. Wir sind begrenzt genug, auch ohne uns selbst durch Fakten herabziehen zu lassen, Fakten, die uns nicht inspirieren, nähren oder befreien. Frances gibt zu, daß durch mein beinahe ausschließlich auf ihre inneren Reisen gerichtetes Interesse, die unwahrscheinlich reich und fruchtbar sind, diese innere Welt an Lebendigkeit gewann.

Für mich ist alles andere Hindernis, Störung, Durcheinander ohne Wichtigkeit. Amerika leidet an zuviel Realismus, zuviel Dreiserismus, zu vielen Hemingways und Thomas Wolfes. Meine Leidenschaft gilt der Befreiung aus Abhängigkeiten, von Statistiken, von Buchstabentreue, von fotografisch genauem Beschreiben. Frances träumte nach diesem Gespräch von mir, ich war als Zigeunerin, als Nomadin auf der Suche nach der wahren Natur des Menschen umhergezogen.

Frances zuliebe lese ich Eliot. Er hat einen wohlgeordneten und peinlich genauen Verstand. Seine viktorianische Moral gefällt mir nicht. Aus unserer psychologischen Entwicklung wird eine neue Philosophie entstehen. Wir werden erkennen, daß Gut und Böse nicht voneinander zu trennen sind, sondern in einem Menschen in Wechselbeziehung stehen, dialektisch, zu verschiedenen Zeiten, unter verschiedenen Umständen und unter wechselnden Gesichtspunkten. Wenn sich daher Eliot gegen die Figuren von D. H. Lawrence ausspricht, spricht der Puritaner in ihm gegen solche »Unmoral«. Lawrence brachte das gesamte unbewußte Sein ohne Auswahl oder Kontrolle an die Oberfläche und zeigte widersprüchliche Neigungen als solche auf. Indem die Psychoanalyse die große Macht der Schuld anerkennt, erkennt sie natürlich auch Bewußtsein und religiöse Zensur in uns an. Eine der wichtigsten Aufgaben der Literatur ist es, die Menschen zu befreien und nicht zu zensieren. Deshalb war der Puritanismus die zerstörerischste und schädlichste Kraft, die je Menschen und ihre Literatur unterdrückt hat: Der Puritanismus schaffte Heuchelei, Perversionen, Ängste, Sterilität. Es gibt ein Buch darüber, wie der Puritanismus die Weltbedeutung der amerikanischen Literatur zerstört hat und Emerson, Whitman und andere als unwürdige Kräfte brandmarkte. Der Wert Henry Millers beruht nicht auf geistigen oder moralischen Qualitäten, sondern auf dem Zerschlagen puritanischer Verhärtungen. Er war eine befreiende Kraft.

Es gibt viele Arten, frei zu sein. Eine davon ist es, die Realität durch Einbildungskraft zu transzendieren. Das versuche ich zu erreichen.

Ich suche für einen Vortrag im Herbst Gedanken über das Schreiben.
Ich ziehe Wallace Fowlie Eliot vor, denn Fowlie kommt durch plötzliche Erleuchtungen voran, er läßt alles Unwichtige aus. Wenn er über Dichter schreibt, dann bin ich ganz von seinen erleuchteten Sätzen erfüllt, in denen soviel Wissen eingefangen ist.
Für mich ist Eliot *désséchant*. Ich bin der Meinung, es sollte die grundlegende Moral der Literatur sein zu lehren, wie man lebt, wie man sich körperlich und geistig entfaltet, wie man erlebt, sieht, hört, fühlt, und gleichzeitig die Geburt von Seele und Körper fördern. Fowlie ist viel inspirierender, mitreißender, kraftvoller, er rückt tiefere Bereiche ans Licht.

Verkaufte achtzehn Mappen an Museen und Galerien.

Erste Fahnen von *This Hunger*.

Während ich die Thirteenth Street entlangging, erinnerte ich mich an den französischen Postboten, der bei den Surrealisten sehr beliebt war. Er war nur ein bescheidener, kleiner, anonymer Postbote, der dreißig Jahre lang im Süden Frankreichs denselben Weg zurücklegte und eines Tages zu sich sagte: »Wie schafft man es, in dieser Eintönigkeit nicht verrückt zu werden? Dreißig Jahre denselben Weg! Nur, indem man träumt.« Und er baute sich dieses erstaunliche Schloß, Stein für Stein, eine echte Phantasie, die er durch geduldige Arbeit verwirklichte. Im alten *Minotaure* gibt es Fotografien davon. Ich überlegte mir, wie viele Jahre ich zwischen Druckerei und Studio hin- und hergehen würde, immer denselben Weg. Würde ich jemals durch die Straßen der fernen Städte gehen, die ich sehen möchte?

Josephine Premice wird ziemlich berühmt und erfolgreich. Sie singt im Café Society. Ich ging hin, um sie singen zu hören. Jedesmal umarmt sie mich und ruft: »Meine Schwester!«

Dali kam in einem Taucheranzug zu einem Vortrag. Zuerst lachte ich wie alle anderen über diese Absurdität, dann wurde mir jedoch die tiefere Bedeutung seines Verhaltens bewußt. Der Künstler findet seinen Weg in das geheimste, das tiefste und völlig unbewußte Ich; dort liegt der wirkliche Ursprung aller Schöpfung. Oft stelle ich mir vor, wir seien die Erde selbst, voll verborgener Schätze, voll Gold, kostbaren Steinen, Feuer, Metallen oder den Schätzen auf dem Meeresgrund. Alles ist in der Erde verborgen, es muß nur an die Oberfläche gebracht werden. Wir könnten auch Bergwerkskleidung tragen.

Ich habe mehrere Filme von Maya Deren gesehen. Echtes Traummaterial aus dem unbewußten Sein. In mancher Hinsicht besser als die frühen surrealistischen Filme, denn es gibt keine künstlichen Effekte: Maya Deren folgt einfach den verschlungenen Wegen der Phantasie. Die Kameraführung ist raffiniert. War mit Frances und Tom dort.

*Meshes of the Afternoon:* »Ein Film, der von den inneren Wirklichkeiten eines Individuums erzählt und davon, wie das Unterbewußtsein eine scheinbar zufällige Begebenheit in eine entscheidende emotionale Erfahrung verwandelt.«

*At Land:* »Ein Film in der Art einer nach innen gerichteten Odyssee: Das Universum initiiert Bewegung und konfrontiert das Individuum mit unaufhörlicher Veränderung, gegen die es sich als unveränderliche Identität in Beziehung zu stellen sucht.«

Ich bemerke den Einfluß Cocteaus, nur wird Maya Deren nicht auf einen Symbolismus oder eine Künstlichkeit zurückgreifen, um den Traum darzustellen. Der Traum wirkt realistisch. Die Gegenstände werden nicht verändert, es gibt kein Geheimnis. Nichts deutet darauf hin, daß man träumt oder frei assoziiert. Der Vorstellungskraft wird eine merkwürdig prosaische Qualität abverlangt.

## [Juli 1945]

Ein Tag wie in einem Stück von Tschechow. Olga fuhr mit uns nach Port Jefferson auf Long Island. Dort hat sich eine russische Kolonie gebildet. Zuerst besuchten wir Vassiliy Vassilinoff, dann Tatjana Nabukova, Nikolai Vaharoff, Gregory Psnikov Guriananoff. Wir versammelten uns an einem kleinen, ruhigen Strand auf Long Island. Alle redeten gleichzeitig: über Gott, Tod, Krieg, Träume, Musik, Literatur, Heldentum. Es geschah mit unvorstellbarer Phantasie und Enthusiasmus. Ich erinnerte mich daran, daß Olga einmal gesagt hatte: »In meiner Familie wurde alles mit Enthusiasmus getan. Wir *starben* sogar mit Enthusiasmus.« Und sie spielte jemanden, der sich vom Sterbebett erhebt und den unsichtbaren Tod mit der freudigen Erwartung eines Liebhabers begrüßt. Schriftsteller und Sänger, alle sprangen immer wieder ins Wasser. Jemand fragte, wann Nabukova nach Hause fahren würde, ob Soundso nach Paris in dieselbe alte Pension zurückkehren würde, wie Tatjana nach Moskau und wie Olga nach Polen zurückkommen könnten.

Es gibt viele Anzeichen, die auf einen Höhepunkt des Krieges und sein schnelles Ende schließen lassen.

Der einzige, der ungestraft die Büchse der Pandora öffnen kann, ist der Künstler. Denn wenn er sie um eine Illusion ärmer gemacht hat, kann er eine andere Illusion erschaffen und sie damit wieder auffüllen. Er kann die Welten, die er geschaffen, und die Entdeckungen, die er gemacht hat, in der Büchse verschließen. Niemand kann mit einem ausschließlich klinischen, psychologischen oder historischen Weltbild leben. Es muß auch Neuerschaffung, Wiederherstellung und Erneuerung geben. Martha hört nicht auf zu analysieren, anstatt zu fühlen, zu analysieren, anstatt sinnlich, unbewußt zu leben. Dieselbe Erfahrung wie nach meinen Gesprächen mit Rank: Zuviel Klarheit schafft eine Wüste, und man muß Wasser finden, um sie wieder zu bepflanzen und zu besäen.

Frances versucht, den Unterschied zwischen kreativer Intuition und Illusion zu erklären. Sie fürchtet, daß viele meiner Intuitionen Illusionen sind und sich dann zu einem späteren Zeitpunkt als richtig erweisen werden. Sie glaubt, es sind meine Illusionen, die mich quälen. Aber auch Intuition kann quälend sein, denn sie ist da und läßt sich keinem Menschen beweisen, und man ist mit ihr allein, und alle sagen, man sei im Unrecht. Auch Analyse kann zerstören. Sie hat eine Doppelrolle. Aber ich sehe jetzt deutlich, daß beides notwendig ist: Leidenschaftlich und blind zu leben, Risiken auf sich zu nehmen und erst später zu interpretieren, um das eigene Ich aus der Katastrophe zu befreien, falls sich zeigt, daß es sich um eine Illusion und nicht um eine kreative Intuition handelt.

Baldwin gehorcht nur seinen Ängsten und seinen Widersprüchen. Er sucht Sicherheit. Er ist von unserer Welt gefesselt und hat vor ihr Angst.

Ich betrachte mein Schreiben als eine frühe Vorahnung der Gefangenschaft, der die Menschen unterliegen. Das Schreiben war mein Mittel, um zu entkommen, war mein Weg in die Freiheit.

Der Roman ist irreführend. Ich rebelliere gegen ihn, während ich ihn schreibe. Teile daraus sind nicht wahr. Sabina, die leidenschaftliche Frau; Lillian, die instinktive, aber gehemmte Frau; Djuna, die vergeistigte Frau; Hejda, eine Mischung aus orientalischer Abhängigkeit und neuer Freiheit; Stella, die Schauspielerin, die durch Osmose lebt.

Frances sagt voller Erstaunen: »Am Ende schreibst du immer die Wahrheit. Die Leute glauben, es sei Phantasie, aber es ist psychologisch durchaus real. Das ist es, was die Leute nicht bemerkt haben. Du verwirfst Realismus, nicht aber Realität.«

Eine Sommernacht. Fenster und Tür zur Veranda sind offen. Die Geräusche der Stadt sind klar und deutlich, die Signale der Schiffe vom Fluß fröhlich und kurz. Der Metallvogel kreist unter der Decke. Das Wandbild, das Leonard und Pablo gemalt haben, blüht in der Dunkelheit. Alle Lichter sind ausgeschaltet.

Ein Augenblick des Friedens.

Der Rest ist Arbeit, Arbeit in der Druckerei, Arbeit an *This Hunger*, Korrekturlesen.

Leonard sagte vor seinem Abschied: »Mir bleiben siebzehn Monate für Ausbildung und Studium, und dann werden sich mich nach Japan schicken.«

Es besteht ein Zusammenhang zwischen dem Beschuß des Atomkerns und dem Beschuß der Persönlichkeit durch die Analyse, ihrer Zerstückelung, der Trennung der Elemente der Psyche, die neue Energien freisetzen kann. Ich glaube, daß wissenschaftliche Methoden auf das psychische Leben angewendet werden können.

Ich muß wissenschaftliche Methoden studieren, die als symbolische Wege das Funktionieren der Psyche verdeutlichen können. Es ist an der Zeit, für die Psyche einen konkreten Symbolismus zu finden. Ich glaube, es besteht ein Zusammenhang zwischen dem, was in uns, und dem, was außerhalb von uns geschieht. Genauso, wie Wissenschaftler den Atomkern aus den Schichten der Materie herausgelöst haben, hat der Analytiker die Schichten der Persönlichkeit abgetragen, um an den Kern der Psyche zu kommen.

Habe ich das Geheimnis der Freude gefunden? Ich erinnere mich, wie ich *La Joie* von Georges Bernanos gelesen habe. Ich las es nicht so, wie er wünschte, daß es gelesen werden sollte; seine Beschreibung der einzelnen Stadien der Ekstase, die das Mädchen erlebt, basiert auf religiöser Ekstase. Das war es aber nicht, was ich suchte. Als Dichter beschrieb er sie jedoch als Zustand vollkommener Freude, die die Sinne befällt, vom ganzen Körper Besitz ergreift, und das war es, was mich tief beeindruckte; aber ich suchte die Ursache dafür woanders. Freude wird in unserer Zeit an kleinen Dingen erlebt. Die großen Themen bleiben tragisch. Ein Blatt, das an diesem Morgen durch das Fenster hereingeweht wurde, als lenkten es die Strahlen der Sonne; ein Vogel, der auf der Feuerleiter sitzt; Freude beim Kaffeetrinken; Freude begleitete mich auf dem Weg in die Druckerei. Das Geheimnis der Freude liegt darin, den Schmerz zu meistern.

David Moore. Ein reines und strenges Gesicht, schwarzes, gewelltes Haar, das er auf leicht spanische Art trägt. Plötzliches Lächeln, Spannung, Romantik. Er hat sich erst vor kurzem von seiner Frau getrennt. Und alles, was er statt ihr gefunden hat, ist eine Muse! Wir führen ausführliche und vielschichtige Gespräche: Er sieht zu klar, ist zu verstandesbetont. Aber ich erkenne die Angst, die sich hinter seiner Kompliziertheit verbirgt.

Er tritt nicht an Leonards Stelle, der von Träumen besessen war. Aber ich will nicht mehr länger dieses krankhafte Morden der Gegenwart, das der romantische Neurotiker so gut beherrscht.

Der Neurotiker sagt: »Ich will mich nicht freuen, ich will nicht atmen, ich will nicht lieben, wenn ich nicht diesen Traum, diese Person, diesen Zustand, diesen Ort erreiche . . .« Henry genoß die Gegenwart, weil er sich keine Sorgen machte. Ich mache mir Sorgen, aber ich will nicht an ihnen sterben. Die Austauschbarkeit der Freunde, der Individuen, hat aufgehört, verhängnisvoll zu sein. David Moore ist eine Fortsetzung von Leonard, Pablo, Charles Duits, der Dichter, die in der einen oder anderen Form immer da sind und eine geheimnisvolle Frau brauchen, mit allen Schleiern und Mythen, um durch sie schöpferisch zu werden.

Aber gestern abend wurde der Dichter David Moore plötzlich von dem Pfarrer David Moore verdrängt. Im Verlauf unseres Gespräches gestand er, daß sein Vater Ire war, der Alkohol und Frauen liebte. »Und ich mag keines von beiden«, sagte David. Außerhalb seiner Ehe hatte er keinerlei Erfahrungen mit Frauen gemacht. »Ich bin ein Puritaner. Ich glaube, im Grunde sind alle Frauen Huren.« Sein irischer Witz und Charme waren verschwunden. »Du bist gut für mich.« Ich sagte nicht: »Aber du bist nicht gut für mich. Du tötest meine Natürlichkeit und meine Freude.«

»Du bringst mich durcheinander«, sagte er.

»Ich hatte im Haus meines Vaters nur einen Spielgefährten«, sagte er, »das war George. George war ein irischer Kobold, ein unsichtbares Wesen. Er war klein, lachte immer und versteckte sich überall. Hörst du ihn jetzt? Er ist draußen auf der Veranda und raschelt. Er ist wie ein Wind, der mich umweht.« Er versteht das Unbewußte nicht, und was er nicht versteht, lehnt er ab. Er liebt auch den Kampf. In Gesellschaft gibt er sich überheblich und pedantisch. Er traut nur seinem Verstand. Weshalb vertrauen Menschen ihrer kleinen, bewußten Welt und haben solche Angst vor der viel tieferen und größeren, die unter dem Bewußtsein liegt? Ich gebe vor, ich höre seine indirekten Liebesgeständnisse nicht.

In der Druckerei ist alles schwierig. Gonzalo verursacht immer wieder Probleme, weil er nie Wort hält, die Bücher nie rechtzeitig fertigstellt, nie seine Rechnungen bezahlt. Aber das wird durch mein Leben im Studio ausgeglichen, das von Pablo, Charles, Josephine und Marshall beherrscht wird. Sie lenken mich ab, muntern mich auf, wie es bei jungen Leuten üblich ist. Als ich von der Arbeit nach Hause komme, hängt ein Mobile am Türknopf. Aber wie Kinder sind sie zeitweilig auch tyrannisch. Sie haben ein Gericht eingeführt, eine Art Spottgericht. Ich muß mir anhören, weshalb Baldwin und David Moore aus der Gemeinschaft ausgeschlossen werden müssen. Baldwin ist zu konventionell, zu förmlich. Er ist der Herr im Geschäftsanzug mit der Aktentasche. Es ist wahr, er hat Gedichte geschrieben, aber er benimmt sich nicht wie ein Dichter. David ist arrogant und pedantisch. Wenn sie von mir die Verbannung nicht erreichen, dann benehmen sie sich, wenn der unerwünschte Gast kommt, so als gehörte das Studio ihnen, als seien sie die Besitzer; sie bemalen die Möbel oder räumen alles um, so daß der unliebsame Gast sich wie ein Fremder vorkommt.

Leonard schreibt: »Jeder Traum, den ich zu Papier bringe und veröffentliche, ist ein Traum weniger, und ich habe wenig genug davon.«

Ich antwortete ihm:

»Viele Schriftsteller haben wie Du empfunden. Bei Maurice de Guérin ging die Abneigung, seine innersten Gedanken zu veröffentlichen, so weit, daß er sie in ein geheimes Tagebuch schrieb, das erst nach seinem Tode von seiner Schwester veröffentlicht wurde. Amiel schrieb sein Tagebuch und sonst nichts. Rilke beklagt dies in *Briefe an einen jungen Dichter,* die ich Dir gelegentlich schicken werde. Ich gehe so weit zu sagen, daß das Schreiben verschlüsselter Dichtung ein Ausdruck dieser Abneigung ist – in ihr ist man in Symbole gekleidet, durch das Geheimnisvolle davor geschützt, völlig der Welt ausgeliefert zu sein. Aber es gibt auch einen anderen Gesichtspunkt. Schreiben bedeutet, alles zu geben. Es gibt kein Zurückhalten. Die besten Schriftsteller sind die, die alles geben. Aber immerhin gibt es die Wahl der Kostümierung: Fiktion, Symbolismus, Dichtung etc. Ich stimme Dir darin zu, daß ein mitgeteilter Traum nicht mehr länger der eigene ist, aber es ist auch wahr, je mehr Träume Du weitergibst, desto mehr wirst Du Dich darin üben, Träume hervorzubringen, um die entstandene Leere zu füllen. Und diese Fähigkeit wächst mit der Größe der Anforderung, die Du an sie stellst. Es ist wie mit der Liebe. Je mehr Du gibst, desto mehr wirst Du neue Quellen auftun, neue Energien freimachen. Zurückhalten läßt den Keim verwelken, hemmt ihn und tötet ihn schließlich. Wenn Du zum ersten Mal Deinen Traum weitergibst, fühlst Du Dich vielleicht arm. Aber wie in der Natur richtet sich der Instinkt darauf zu erneuern, zu befruchten. Ich habe das als wahr erkannt. Je mehr ich schreibe, je mehr ich gebe, je mehr ich liebe, desto stärker fließt die Quelle. Der Schriftsteller liefert sich in jeder Form aus, vollständig, wie in der Liebe, aber das ist ein Risiko, das wir tragen müssen.

Ich erinnere mich, daß ich in Deinem Alter an einer lähmenden Schüchternheit litt, die mich davon abhielt, etwas anderes als mein Tagebuch zu schreiben. Nur dort fühlte ich mich vor neugierigen und kritisierenden Blicken sicher. Und dann vergiß nicht, daß Träume Träume erschaffen. Hätte ich nicht meinen Traum vom Hausboot aufgegeben, eine Geschichte geschrieben und so mein Geheimnis preisgegeben, meinen eigenen privaten Besitz, wäre die Geschichte nie von einem Siebzehnjährigen in Yale gelesen worden, und er wäre nie gekommen, um mir den Traum von Kaspar Hauser zu schenken. Ich weiß, Du hast damals gesagt, Du wolltest das Buch nicht lesen, weil er am Ende stirbt. Aber Kaspar Hauser war kein Dichter, und im Dichter stirbt das Kind, der Jugendliche nie. Erinnere Dich an Fowlie, der sagt, in jedem Dichter stecke ein Mann, eine Frau und ein Kind. Aus der unbeeinträchtigten Wahrnehmungsfähigkeit, den unbeschädigten Empfindungen des Kindes bezieht der Dichter seine ständige Empfänglichkeit und Inspiration. Lasse Deinen Traum wie einen Drachen aufsteigen, ohne zu wissen, was er Dir bringen wird, ein neues Leben, einen neuen Freund, ein neues Land.«

Brief an Leonard:

»Wallace Fowlie schreibt an Miller, seine Bewunderung für mich sei unverändert, aber ich sei trotzdem eine *femme fatale* für die Dichter. Er fürchtet meinen Zauber, besonders Deinetwegen.«

Ich lehnte es schließlich ab, mich mit Marshall Field zu treffen. Ich habe ein Vorurteil gegen Leute mit Geld. Ich habe so viele gekannt, und keiner konnte sich der Verführung des Geldes entziehen. In dieser Hinsicht bin ich puristisch. Ich liebe Menschen, für die Liebe wichtiger ist als Macht. Um der Liebe willen gibt man Geld und Macht auf.
Gestern war ich glücklich, weil Olga meine Bücher dem französischen Kritiker Leon Pierre Quint schickte, der die bemerkenswerte Arbeit über Proust geschrieben hat. Durch ihn wurde mein Urteilsvermögen entwickelt, als ich zum ersten Mal nach Frankreich kam.
Ich war auf der Hochzeit von Luise Rainer und Robert Knittel. Es ging sehr steif zu, und ich fühlte mich nicht wohl, aber beide schienen sehr glücklich zu sein, und ich bin froh, daß sie dem schwierigen Leben einer Schauspielerin entgangen ist.

## [August 1945]

Da ich gut nur über das schreiben kann, was ich fühle, muß ich einen Weg finden, um alles, was ich sehe und fühle, auf das Buch zu beziehen, und nicht umgekehrt. Die Art, in der Otto Rank Analysen durchführte, half mir, die Form für das Buch zu finden.

Es ist nicht leicht, Freiheit ohne Chaos zu verwirklichen. Während Leonard hier war, beobachtete ich und reagierte ich auf das, was ich die Transparenz und Leuchtkraft der Jugend nenne, ich beschrieb sie und räumte ihnen Platz im Buch ein. Rank glaubte nicht an ein Zurückgehen. Er war der Meinung, derselbe Konflikt manifestiere sich immer wieder in der Gegenwart; man müsse nur die Gegenwart untersuchen. So erlebte ich in der Gegenwart den Konflikt zwischen der Offenheit der Jugend, ihrer Neugier, ihrem Forschungsdrang, ihrer Aufnahmefähigkeit, ihrer Verspieltheit, ihrer geistigen Beweglichkeit und den schwerfälligen, undurchdringlichen, festgefügten Formen der Reife, die mir auf Partys begegneten. Über dieses Thema des Verhärtens der Empfindungen habe ich vierzig Seiten in dem neuen Buch geschrieben, trotz Druckerei, Besuchern und Korrespondenz.

Eine Atombombe wurde über Hiroshima abgeworfen. Ein Schrecken, der die Welt lähmt. Unfaßbare Barbarei.

Ein Sommernachmittag in Amagansett; wir kamen von einer langen Strandwanderung zurück. Es war am späten Nachmittag.

Aus der Ferne sahen wir etwas im Meer, das wie ein Körper aussah, der von den Wellen an den Strand gespült wurde. Zwei Männer sahen zu. Bei ihnen angelangt, richtete sich die Gestalt auf, lief bald darauf wieder in die Wellen zurück, und alles fing von vorne an. Als wir näher kamen, waren wir erstaunt. Die Gestalt war eine Frau. Sie hatte üppige, lange Haare, die sie umflossen, wenn sie sich von den Wellen treiben ließ. Sie mußte diese Szene einige Male für den jungen Mann, der sie filmte, wiederholen. Wir sahen eine Weile zu, lächelten uns gegenseitig an und gingen weiter.

Später erfuhren wir, daß es Maya Deren und ihr Mann, Sascha Hammid, waren. Er hatte mit John Steinbeck und Herbert Kline an dem Film *The Forgotten Village* gearbeitet. Maya drehte wieder einen surrealistischen Film. Wir wurden Freunde. Sie lud uns ein, den Film nach der Fertigstellung anzusehen. Wir besuchten sie in ihrem Atelier in Greenwich Village. Es war ein riesiger Raum im obersten Stockwerk, voll von exotischen Dingen: Trommeln, Masken, Statuen, Tonbandaufnahmen, Kameras, Scheinwerfer, Leinwände, Kostüme. Das Badezimmer und ein großes Schlafzimmer waren an der Rückseite des Raumes. Der Film war originell. Er stellte einen Traum dar. Er hatte viele merkwürdige Effekte, die mich an Cocteau erinnerten. Freunde von uns spielten mit. Und wir erkannten die Szene am Strand wieder. Mayas Gesicht war faszinierend. Sie ist russische Jüdin. Unter der Fülle des lockigen, ungebändigten Haares, das ihr großflächiges Gesicht wie ein Strahlenkranz umgibt, hat sie blasse, blaue Augen, einen großen Mund mit vollen Lippen; die Nase erinnerte an Südseebewohner. Sascha filmte sie so, wie er sie liebte und schön fand: Es gab eine Szene, in der sie hinter einem Fenster erschien. Das Glas wirkte wie ein Weichzeichner, und es entstand ein Eindruck, der an einen Botticelli erinnerte. Das runde Gesicht, der runde Strahlenkranz aus Haar, die Augen weit auseinanderstehend.

Sie hatte einen starken Willen und großen Einfluß, den

wir alle fühlten. Auch wir waren vom Filmen wie hypnotisiert. Obwohl wir an diesem ersten Tag nicht mit ihren »Theorien« übereinstimmten, waren wir von den Bildern gefesselt. Sie leugnete jede symbolische Bedeutung (das Messer, die gesichtslose Figur, die Blume etc.) ab. Ihr Vater war Psychiater, und sie hatte einen Widerstand gegen alle psychologischen Interpretationen entwickelt. Sie wollte keine Verbindung mit den Surrealisten oder Cocteau anerkennen. Wir bestanden nicht darauf. Nach dem Film, später am Abend, tanzten wir und hörten Schallplatten. Maya war von Pablo, von Marshall, von David hingerissen. Sie plante ihren nächsten Film und betrachtete uns alle mit den Augen eines Regisseurs.

Die zweite Atombombe wurde auf Nagasaki abgeworfen. Ich kann das Ausmaß dieser Grausamkeit nicht mehr fassen.

Japan ist besiegt. Es scheint unfaßbar, daß wir in einer solch schrecklichen Welt weiterleben können, lieben, arbeiten, nur weil wir nicht wissen, wie wir die Grausamkeiten des Krieges bändigen, die Geschichte beeinflussen können. Deshalb hasse ich die Geschichte, denn sie macht den Menschen ihre Hilflosigkeit im Würgegriff des Hasses deutlich. Mehr Kriege. Mehr Kriege. Mehr Zerstörung. Mehr grauenvolle Wege, die Menschen zu vernichten. Was können wir tun? Da wir fühlen, daß wir bei all dem nicht gefragt werden, wenden wir uns ab. Alle, die Tag und Nacht von Politik reden, haben nichts erreicht.

Schrieb mehrere Seiten über die Eigenschaften eines Liebhabers *(Ladders to Fire)*, Sabine und die Feuerleiter (»Jay haßte sie von Anfang an«), begann mit Djuna und ihrer Stadt (Pfandleiher, Bordell für Blinde in Paris in der Rue Dolent) und das Kapitel, das ich »Brot und die Hostie« nenne.

Ich bin immer noch dabei, die Essenz und nicht die Erfahrung, den Vorgang selbst zu vermitteln, weil ich dem Tagebuch das Beste entnehme. Was einmal direkt und menschlich erzählt wurde, muß in den Mythos umgewandelt werden. Man erkennt die Umwandlung der Wirklichkeit, aber nicht die Wirklichkeit. Bereits vor zehn Jahren habe ich über die Algebra der Gefühle geschrieben.

Wenn ich einen Roman schreibe, könnte ich, im Gegensatz zum Tagebuch, in der Absicht, die Geschichte vollständig zu erzählen, langsam am Anfang beginnen. Das erste, was geschieht, ist, daß mein Tempo schneller wird, mein Rhythmus atemlos und daß ich das Offensichtliche, Naheliegende übergehe, um die Verdichtung, die Quintessenz und gefühlsbestimmte Abhängigkeit zu erreichen. Wenn immer ich eine Erklärung für Abhängigkeit höre, empfinde ich die psychologische Realität als ihr Äquivalent. Weshalb verwendet der Dichter in seinen Geschichten Symbole? Weshalb läßt sich der begabte Geschichtenerzähler Zeit und übernimmt die Ereignisse unverändert?

Darauf weiß ich jetzt noch keine Antwort, ich weiß nur, daß unverwandelte Wirklichkeit schwer auf uns lastet und den Geist unterdrückt, unsere Hoffnung darauf zerstört, daß wir uns ändern, verwandeln, wechseln, entfalten *können.* Es ist der Beweis dafür, was die Einbildungskraft erreichen kann, die uns die Liebe zum Leben gibt, unsere Hoffnung, unsere Freude. Wahrheit und Wirklichkeit sind die Grundlagen meines Schreibens. Den Nachweis für das Ereignis, von dem die Figur oder der Ort der Handlung beeinflußt werden, kann ich immer erbringen. Aber um Gefühl in die Sprache einzufangen, um darzustellen, wie wir die Welt wirklich sehen oder empfinden, muß ich über das Sichtbare hinausgehen, und deshalb wirkt es wie ein Traum: Aber es ist kein Traum, es ist die Art, in der wir unser inneres Leben leben. Zum Beispiel ähnelt der innere Monolog, den wir alle führen, nie der Art unseres Redens. Muß alles, was ich schreibe, übersetzt werden, wie

jemand einen Traum deutet und nach seiner Aussage sucht? Deshalb bekomme ich nie die unmittelbare Antwort, die ich als Unterstützung für meine Arbeit so sehr brauche. Der Dichter bekommt sie. Die Tatsache, daß etwas als Gedicht bezeichnet wird, scheint eine bestimmte Art des Lesens hervorzurufen. Wenn ich eine Antwort erhalte, kommt sie verspätet. Das Schreiben hat eine Nachwirkung. Es verschafft sich in einer weit geheimnisvolleren Weise Zugang und wird in alltägliches Handeln zurückübersetzt. Das Abstrakte stellt das Naturalistische wieder her.
David Moore regte mich zu der Stelle über den schwarzen Nachtfalter am Ende des Buches an. Er erscheint auf der Party als wiederbeseelter Körper, tot im Leben. Zwei- oder dreimal, als er mich besuchte, hielt sich ein schwarzer Nachtfalter im Atelier auf.

Beginne *This Hunger* zu drucken.

Um mich zu zerstreuen, lud Marshall mich zu einer Vorstellung von *On the Town* ein. Es gefiel mir sehr, es ist das einzige Musical, das ich wirklich genoß. Modern, witzig, schnell, herrlich getanzt.
*Under a Glass Bell* wird für die kubanische Avantgardezeitschrift *Origines* übersetzt.

Heute fühlte ich, daß mir die Druckmaschine nach schwerer und harter Arbeit neue Kräfte gab. Ich spürte, wie das Blei, das so schwer zu tragen war, mich stark machte. Ich verließ beschwingt die Arbeit.

Eine einzigartige Woche in unserer Geschichte, der Anfang einer neuen Welt. Der Krieg ist zu Ende. Ungeheuere Veränderungen. Soviel Freude. Lärmen und Feiern.
Aber wir wissen alle, der Krieg ist das Krebsgeschwür der Macht. Ich glaube, es war Cocteau, der sagte: »Ich interes-

siere mich nicht für Geschichte, ich interessiere mich für Zivilisation.« Geschichte und Politik sind lediglich Dokumente für die Macht des Bösen. Wir feiern den Frieden. Aber wir schenken den Möglichkeiten, die menschlichen Aggressionen zu heilen, keine Aufmerksamkeit. Wenn man sieht, wie durch die Psychoanalyse Feindseligkeiten in dem Maße verschwinden, in dem Menschen ihre Ängste überwinden, fragt man sich, ob die Heilung nicht in der Analyse liegt. Wir achten nicht darauf, weil wir nur auf Schlagzeilen und Zeitungen achten.

Edmund Wilson ist aus Europa zurückgekehrt. Er hat sich von Mary McCarthy getrennt. Er scheint einsam zu sein. Er sieht sich selbst als einen Mann, der gelitten hat, weil er intelligente Frauen liebt und »intelligente Frauen unheilbar neurotisch sind«.

Als ich im Longchamps auf ihn wartete, dem langweiligsten aller Restaurants, kamen mir die orangefarbenen Wände so schön wie Früchte vor und die Geräusche und Lichter des Sommers fröhlich und wunderbar.

Vor David bin ich sicher, vor seinen todbringenden Strahlen. Häufig werden die, die sich nicht verwirklichen können, lebenszerstörend.

Neurose ist eine Art von Tod durch Abwesenheit. Ein verbitterter Mensch kann die ganze Gemeinschaft anstecken. Wer unter inneren Störungen leidet, ist ansteckend.

## [September 1945]

Marshall gehörte auch zu der Gruppe junger Männer um mich herum, aber er wurde nie beschrieben, weil Leonard im Mittelpunkt stand. Er ist zweiundzwanzig, russisch-jüdischer Herkunft, er hat große, grüne Augen und eine Haut, die immer leicht sonnenverbrannt wirkt; er hat dunkle, kräftige, glänzende Haare. Er ist vielseitig begabt, macht Entwürfe, schreibt Liedertexte und arbeitet für *Esquire*. Er ist weich, locker, ausdrucksvoll, herzlich. Er stieß zu uns und trug zum Gelingen aller einfallsreichen und poetischen Abende bei: Haiti-Abende; ein Abend mit einem seiner Freunde, einem irischen Harfenspieler, der gefühlvolle Lieder sang; ein anderer Abend mit einem Banjospieler, der lustige amerikanische Volkslieder sang. Jeder Gast bringt etwas Neues.

Ich erhielt einen Brief von Marshall:

»Es ist mitten in der Nacht. Ich habe Dir alle meine Träume geschickt. Durchschaust Du dieses Geheimnis nicht langsam? Das Labyrinth, mit dem ich jeden Einfall umgebe. Es ist ganz einfach: Ich liebe Dich schrecklich. Schrecklich in einer verzerrten Umkehrung aller Moralvorstellungen, die die durchschnittliche Moral als Verkörperung der sieben Kardinaltugenden erscheinen läßt. Daraus folgt, daß wir uns für längere Zeit nicht mehr sehen dürfen. Wenn Du mir etwas sagen möchtest, schreibe bitte an die Adresse des *Esquire*.«

Ein Brief von Leonard:

»Ich habe eine Entdeckung über mich gemacht. Wenn jemand mir Gefühle entgegenbringt, kann ich sie annehmen, kann sie aber nicht erwidern. Ich kann nicht darauf reagieren. Ich kann leichter Freundschaften mit kalten Menschen haben. Ich bin wirklich wie Tom. Vielleicht ist es deshalb so, weil mein Vater nie Gefühle zeigt. Er sagte immer, man müsse seine Gefühle in seinem Herzen verschließen. Ich bin ein *roman à clef.*«

Edmund Wilson gab mir das Manuskript von *Memoirs of Hecate County* zu lesen. Der Verleger erwartet Schwierigkeiten und ist nicht sehr glücklich. Vielleicht muß Wilson an die Öffentlichkeit treten und für uns alle gegen die Zensur kämpfen.

Der tragische Aspekt der Liebe wird nur sichtbar, wenn man versucht, eine grenzenlose Liebe einer begrenzten anzugleichen. Um mich herum stelle ich immer wieder fest, daß eine Liebe nicht genügt, zwei nicht genügen. Die Frauen, die ich kenne, versuchen, der einen Liebe eine andere hinzuzufügen, und wenn auch das nicht genügt, werden sie zu den *grandes amoureuses* der Welt.
Jetzt begeben wir uns in die Nacht im Leben der Frauen, in das Chaos und das Geheimnis der Frauen. Wir betreten den tiefsten, den verborgensten Bereich, ein bislang verleugnetes Gebiet, in dem alle Frauen zu einer Frau verschmelzen; und nur in diesem Moment des hoffnungslosen Kampfes, sich aus einer absoluten Liebe zu befreien, werden alle Frauen eins. Im Roman geschieht dies an einer Stelle ebenfalls. Im Nachtleben, im Unbewußten zeigt sich dieses Abbild, häufig wie bei Lillian nicht ausgelebt, verleugnet wie bei Djuna und durch die Einsicht abgetrennt, bei Sabina wird es blind ausgelebt.

Gestern druckte ich die einhundertvierundachtzigste Seite, die letzte, der Luxusausgabe von *This Hunger*. Ich ging nach Hause, ruhte mich aus, badete und zog mich um für Marshall, dem Nachkommen des berühmten Rabbi Barer. Er ist intelligent, einfallsreich und schlagfertig. Wir gingen mit Estelle und einem anderen jungen Mann tanzen.

Irgendwie vermischten sich alle die jungen Männer, während ich »Bread and the Wafer« schrieb. Der Titel kam von Frances, die sagte, ich habe keine Achtung vor Brot. Dabei wurde mir der Unterschied zwischen dem täglichen Brot und der symbolischen Hostie, die in der Messe ausgeteilt wird, deutlich; sie ist nur symbolische Nahrung. Sie schien mir ein Bild für diese begabten, häufig brillanten, einfallsreichen und faszinierenden jungen Männer zu sein, die keine Nahrung für die Frau, sondern nur für den Künstler sind.

Ich lehne die geraden, eindimensionalen Männer ab. Ich will keine Namen nennen. Ich treffe sie überall, prosaisch, mit beiden Füßen auf der Erde. Sie sprechen immer über Politik und begeben sich nicht einmal für eine Sekunde in die Welt der Musik oder der Freude, nie sind sie frei von der Last ihrer täglichen Probleme, niemals verspielt, niemals übermütig. Sie sind entweder aus Beton oder Stahl, gleichgültig ihrem Körper gegenüber, machthungrig.

Als Antwort auf ihre erbärmliche und versklavte Welt falle ich in die magische Welt der Phantasie. In »Bread and the Wafer« beschreibe ich das als ein Ballett. Es ist eine Studie über die schwer faßbaren, schwer bestimmbaren, unwirklichen jungen Männer. Aus Angst bewegen sie sich nur unschlüssig vorwärts. Ihr Charme, ihre Zärtlichkeit, ihre Spiele nahmen mich gefangen. Sie bevölkerten die Welt mit Freude und waren hilflos, wenn ihnen die Welt der Erwachsenen vorschrieb: »Gehe in den Krieg. Verdiene deinen Lebensunterhalt.« Ich sehe, wie die Anforderungen der Wirklichkeit ihre Träume und die Unschuld Kaspar Hausers verfälschen. Bald werden auch sie schwerfällige, freudlose, verbohrte Männer sein, genau wie ihre Väter.

Die Tragik eines Lebens liegt darin, einem Lebensideal nachzujagen und nicht dem einfachen, natürlichen Leben. Wann setzte ich mir selbst solche Ideale und machte mein Leben so schwierig? Weshalb kämpfte ich gegen das Chaos und gegen das Zerstörerische in Henrys Leben, anstatt fröhlich seine Leichtfertigkeit, sein Ausnutzen anderer zu teilen? Weshalb kämpfte ich gegen Gonzalos Trägheit, seinen Fatalismus, seine Destruktivität, anstatt mich anzuschließen und selbst faul, sorglos, frei zu werden? Ich habe mir selbst ihre Lebensweise nie zugestanden. Ich zog mich auf meine Lebensweise zurück. Ich war nie von Politik besessen, denn ich glaube nicht daran, daß irgendein politisches System die Menschen weniger grausam, weniger habgierig machen wird. Man muß das selbst, individuell tun.

Wir sind mit dem Druck der Normalausgabe von *This Hunger* fertig. Ich verfiel in eine selbstmörderische Depression. Ich mußte mich der Kritik an meinem Buch stellen. Diana Trilling nahm an, weil ich Psychologie studiert hatte, schriebe ich Fallgeschichten. Diese Art von Kritik kann ich am besten dadurch beschreiben, daß sie nur sieht, was ich ausgelassen, und nicht, was ich eingebracht habe.

»Stella ist nicht wirklich. Sie geht nie an den Kühlschrank, um sich etwas zu essen zu holen.«

»Wie kann man sich in einer Zeit, in der nur Krieg und Politik wirklich zählen, mit solchen neurotischen Charakteren beschäftigen?«

Edmund Wilson lud mich zum Essen ein. Danach wollte er mir sein Haus zeigen. Wir fuhren in eine Sackgasse in der East Nineties. Eine Straße mit altmodischen englischen Klinkerhäusern. Spitze Giebeldächer, Efeu und Bäume, aber alles war eng und freudlos; hohe, schmale Fenster. Da er seinen Schlüssel vergessen hatte, mußten wir durch den Keller ins Haus. Die Wohnung machte einen niederschmetternden Eindruck. »Mary hat alle Möbel mitgenommen.« Wir gingen ins Wohnzimmer, einen langen, schmalen Raum. In der Mitte des leeren Raumes standen zwei Schaukelstühle. An den Wänden hing eine Serie von Hogarth-Drucken. Mich fror bei der Kahlheit und Häßlichkeit, die mich umgab. Seine Beschreibung von Mary McCarthy klingt wie meine Beschreibung von Lillian in *This Hunger*.

Wir saßen in den Schaukelstühlen (die Surrealisten hätten das sicher goutiert) und sprachen über Mary, Hogarth und über griechische Kunst. In Edmund Wilson liegt ein Widerspruch, der mich interessiert. Im Gegensatz zu seinem akademischen, formalen, klassischen Werk und der kalten, intellektuellen Kritik ist er selbst heftig, irrational, wild, lüstern.

Sein Haus, seine Bücher, seine Bilder erinnerten mich an meinen Vater. Der Bourgeois und die klassische, wohlgeordnete Welt.

Ich sollte ihm helfen, sein Leben neu zu gestalten, ihm helfen, eine neue Couch zu kaufen, er wollte mit mir reden. Aber ich wollte weg.

Als er über meine Arbeit sprach, hatte er über meine Fehler in *Winter of Artifice* mehr zu sagen als über das, was ich erreicht hatte. Aber im selben Atemzug gestand er, daß das Buch ihm in der Beziehung zu seiner Tochter den Weg gewiesen hat. Er gestand auch, daß Lillian, obwohl sie nie trinkt oder an den Kühlschrank geht, ihn an Mary McCarthy erinnert. »Ich habe mir viele Stellen angestrichen, die Mary beschreiben. Ich muß streng mit dir sein. *This Hunger* hat keine Form. Die Geschichte ist nicht real genug. Aber welch erstaunliche, wunderbare Einsichten!«

Seine Welt war voller Macht und Sicherheit, voller Härte und Angriffslust, Stärke und Halsstarrigkeit.

Ein Riß in der Welt der Subtilität, Lautlosigkeit, der Aus-

flüchte der Jugend. Die Jungen, die nicht werben und nicht Besitz ergreifen, die wie Luftbilder mit dir verschmelzen und sich verflüchtigen. Wilson gegenüber benehme ich mich wie sie. Ausweichend.
Die Unzulänglichkeiten meiner Kinder liefern mich der Gewalt des Vaters aus. Sie überlassen mich dem Vater! Die Worte, die sie nicht aussprechen können, die Schritte, die sie nicht tun können, die Seite, die sie nicht schreiben können, das Buch, das sie nicht verstehen können – Kinder des Schweigens, pflichtvergessene Kinder, schimmernde Kinder, werde ich von der Macht des Vaters überwältigt werden?
Für Wilson werde ich immer ein Bissen sein, der ihm nicht bekommt, eine phosphoreszierende Substanz, die die Seele beleuchtet und auf Lust nicht reagiert. Wir sind nicht zu fangen, denn wir sind Kinder des Sturmvogels, und unser Leuchten ist ein Gift!
Sonderbar, die Welt, die er nicht besitzen kann, die Frau, die er nicht besitzen kann, da er keinen wirklichen Zugang zu ihr hat. Ich fühle mich mehr den Jungen verwandt, mit ihren offenliegenden Seelen, mit ihrem Dahinschwinden. Edmund Wilsons Realität bereitet mir Schrecken, macht mir namenlose Angst.

Aber Wilson hängt an mir. Er hat ein Buch für mich. Er hat eine Rezension über *This Hunger* geschrieben.

Edmund Wilson im *The New Yorker*:

»Der Roman *This Hunger* von Anaïs Nin ist keine handwerkliche Meisterleistung. Trotzdem ist das Buch wichtiger als eines von Marquand oder Isherwood, denn es dringt in einen neuen Bereich des Lebens ein. Auch Isherwood kann nicht viel mehr tun, als zu einer bereits vorhandenen Reihe von Romanen noch eine klare und geschickt formulierte Ironie der bürgerlichen Welt am Vorabend des Krieges hinzuzufügen. Aber Anaïs Nin ist eine der Schriftstellerinnen, die in letzter Zeit versucht haben, eine neue, eine weibliche Anschauungsweise zu artikulieren, die von den Konflikten handelt, die für Frauen entstehen, die halb in einer von Männern beherrschten Welt leben, gegen die sie sich auflehnen müssen, und halb in einer selbstgeschaffenen Welt, die sie wiederum nicht voll zufriedenstellt. *This Hunger* ist der erste Teil eines offensichtlich langen Romans. Die Autorin sagt im Vorwort, er handele besonders über die Erscheinungsformen der Zerstörung in der Frau . . . Der Mann kommt in diesem ersten Band nur bruchstückhaft vor, denn für die Frau, die mit sich selbst im Krieg liegt, kann er nur so erscheinen und nicht als Einheit.

Daher unterscheidet sich dieses Buch völlig vom letzten Werk der Autorin: *Under a Glass Bell*, einer Sammlung von Gedichten in Prosa und poetischen Charakterskizzen, von denen jede sich darauf beschränkt, eine Idee oder eine Stimmung wiederzugeben. Die einzelnen Episoden in *This Hunger* sind in ihrer Darstellung weniger überzeugend als die in *Under a Glass Bell,* aber Anaïs Nin strebt nach mehr Originalität und Komplexität. Das neue Buch besteht aus drei Teilen, von denen jeder eine Frau in ihrer engsten Gefühlsbeziehung zu Männern und anderen Frauen zeigt. Bis jetzt haben diese drei Gruppen keine Beziehung untereinander, und es ist unmöglich, das ganze Projekt der Autorin aufgrund dieses Anfangs zu beurteilen. Es ist wahrscheinlich, daß der große Entwurf zu einem späteren Zeitpunkt sichtbar wird und diesen ersten Kapiteln neue Bedeutung verleiht, wenn die verschiedenen Figurengruppen zueinander in Beziehung treten.

Bis dahin sieht es jedoch so aus, als habe Anaïs Nin, noch nicht sehr erfahren im Schreiben von Romanen, ihr Material noch nicht ganz ausschöpfen können; ein Material, das ständig Möglichkeiten für dramatische Gegensätze und Überraschungen liefert, die die Autorin nicht genügend erkennt – obwohl der erste Teil, der einfachste und kürzeste, einen dramatischen Kreis schließt. Da gibt es zum Beispiel eine Filmschauspielerin, ein masochistisches und sich selbst lähmendes Mädchen, das auf ihr eigenes Film-Ich neidisch und böse wird, weil sie im Film immer eine Frau spielt, die frei ist, immer geliebt wird und immer verliebt ist. Man kann nicht sagen, daß ein anderer Schriftsteller dieses Thema eindrucksvoller behandelt hätte, denn es ist wahrscheinlich eine Idee, die nur Anaïs Nin haben konnte, aber man hat das Gefühl, daß es eine brillante Idee ist, die nach einer überzeugenderen Darstellung verlangt. Auch mangelt es der Geschichte ein wenig an Handlung. Der Einfluß von D. H. Lawrence, über den Anaïs Nin ihr erstes Buch geschrieben hat, war in diesem Fall wohl hinderlich. Sie scheint, genau wie Sherwood Anderson, den sich wiederholenden und feierlich getragenen Stil von D. H. Lawrence übernommen zu haben, von dem sich Anderson hat infizieren lassen, der im Falle von Anaïs Nin aber nicht unvermeidbar sein sollte. An wirklich guten Stellen schreibt sie eine sehr persönliche und menschliche Sprache, und ich glaube, sie ist vom Instinkt her die Schriftstellerin, die sich nicht auf den Einfluß einer Diktion verläßt, sondern das richtige Wort sucht, und die keine Veranlassung hat, die Höhepunkte ihrer Kapitel zu verwischen, wie sie es manchmal tut.

Die Oberfläche von *This Hunger* ist daher ein wenig ungeglättet. Es gibt Stellen, in denen die psychologischen Einsichten einen angemessenen Ausdruck in klarer Sprache und in lebendigen Bildern finden, wie die Beschreibung der Selbstzweifel, die die Schauspielerin dazu treiben, an ihre Liebhaber aufreibende Anforderungen zu stellen; und es gibt Momente, in denen kleine, sorgfältig gearbeitete Elemente, so zerbrechlich und fremdartig wie in *Under a Glass Bell*, aus dem psychologischen Entwurf heraustreten, wie die Szene, in der eine der Heldinnen aus einem goldenen Salon mit Kristalleuchtern in den Garten hinaustritt,

in einen Garten, in dem die Blätter vom leichten Regen glänzen, und sich dort plötzlich drei großen, bis zum Boden reichenden Spiegeln gegenübersieht, die im Garten so selbstverständlich wie in einem Boudoir stehen. Aber diese Teile sind nicht eingebettet in die Handlung und sind nicht so vorbereitet, daß sie für das Gesamtthema ihre Funktion erfüllen können. Sie stehen durch ihr Eigenleben und ihre Farbigkeit vor einem Hintergrund, auf dem die Umrisse der Figuren eher undeutlich sind und die Beschreibung der Beziehungen — wenn sie in das Lawrence-Schema fallen — manchmal ein wenig abstrakt erscheinen. Doch hinter allem steht die Vision der Unbeständigkeit von Leidenschaft und Freundschaft in einer Welt, in der Männer und Frauen nur zur Hälfte unabhängig voneinander geworden sind. Das macht *This Hunger* zu einem wichtigen Dokument.
Hat man erst einmal solche Worte wie ›Leidenschaft‹ und ›Freundschaft‹ verwendet, wird einem klar, wie weit Anaïs Nin im Aufbrechen der Klischees gegangen ist, die wir für unsere Gefühlsbewegungen benutzen. Obwohl sie sowohl Freud wie Lawrence einiges verdankt, hat sie ihr eigenes System der Dynamik entwickelt, und sie zeichnet ein Bild, das sich von dem aller anderen Schriftsteller deutlich unterscheidet, ein Bild der Gefühlsverwirrungen, die aus unserer Schwäche resultieren, die Liebe nicht anzuerkennen, bei der wir dazu neigen, sie uns als unsere sexuellen Kontakte vorzustellen, und ein Bild der ambivalenten Neigungen und Abneigungen, die so sehr die Nerven der Menschen unserer Zeit belasten.
So interessant auch *This Hunger* ist und so bezaubernd *Under a Glass Bell* war, so bin ich doch sicher, daß Anaïs Nin ihrer Intelligenz und ihrem Talent kaum das Schreiben abgerungen hat, zu dem sie eigentlich fähig ist. Auch dieses Buch wurde wie das vorhergehende von Anaïs Nin selbst verlegt. Zur Zeit ist Anaïs Nin ein Geheimtip, obwohl sie eigentlich eine große Leserschaft verdient hat.«

Diana Trilling in *The Nation:*

»... Der Band enthält drei Geschichten, deren Zusammenhang darin besteht, daß jede Geschichte von einer Frau erzählt, die ihrer Umwelt völlig entfremdet ist und sich nach Zuneigung sehnt. Die erste Geschichte handelt von Hejda, einer jungen Orientalin, die ihre Schleier hinter sich läßt und in eine Art Exhibitionismus verfällt. Die zweite Frau ist Stella, eine Filmschauspielerin, die nicht lieben kann, da sie unter dem übersteigerten Drang steht, sich versichern zu lassen, daß sie geliebt wird. Die dritte und komplizierteste Geschichte berichtet von zwei Frauen, Lillian und Djuna, handelt aber hauptsächlich von Lillian. Lillian besitzt bemerkenswerte Energie, sie steht – soweit ich es beurteilen kann – verwirrt zwischen dem Verlangen zu beschützen und dem Verlangen, beschützt zu werden.
Ich bezeichne die drei Teile als Geschichten. Tatsächlich jedoch sind sie eher psychologische Fallstudien als Kurzgeschichten, obwohl Anaïs Nins Darstellungsweise den Anschein von Dichtung erwecken will.
Anaïs Nins Figuren haben viele der herkömmlichen Eigenschaften von Romangestalten: Sie wurden geboren, vermutlich leben sie und werden sterben; sie haben ein bestimmtes Aussehen; sie haben Freunde, Geld, sexuelle Beziehungen, sogar Kinder. Für die Autorin jedoch existieren sie nur als Summe ihrer klinisch bedeutsamen Gefühlsregungen; wir erfahren nur etwas über solche Handlungen, Umgebungen und Begegnungen mit anderen Menschen, die Anaïs Nin als wichtig für ihre psychische Gesundheit ansieht.
Jeder Autor übernimmt eine bestimmte Rolle in seinen Büchern. Anaïs Nins Rolle ist die des Psychoanalytikers für die Gruppe ihrer als typisch dargestellten Frauen. Sie beschäftigt sich ausschließlich mit ihren Figuren – beinahe hätte ich gesagt Patienten —, um ihre Symptome zusammenzustellen und zu verdeutlichen. Sie klammert ohne

Einschränkung alles aus, was sonst im Leben ihrer Figuren vorgeht.

So erfahren wir zwar, daß Hejda im Orient geboren wurde und in ihrer Jugend verschleiert ging, aber wir erfahren nicht, aus welchem Land sie kommt; oder Anaïs Nin erwähnt plötzlich im Zusammenhang mit Lillian einen Ehemann und Kinder, aber da weder Ehemann noch Kinder die emotionale Entwicklung Lillians beeinflussen, hält die Autorin es nicht für notwendig, uns etwas über sie zu erzählen. Dieses weitgehende Herauslösen der Figuren aus dem Zusammenhang ihres wirklichen Lebens und die vielen charakterisierenden Einzelheiten, die wir von Anaïs Nin erfahren, wenn es ihrer Absicht entspricht, genau zu sein, verleihen ihren Geschichten eine gewisse surrealistische Note. Aber man wird ihrer Darstellungsweise nicht ganz gerecht, wenn man sie als surrealistisch bezeichnet, denn Anaïs Nin ist in erster Linie bemüht, in jeder Frau einen Fall vorzuführen.

Das Vorgehen Anaïs Nins in *This Hunger* entspricht, wie gesagt, dem Vorgehen bei der Darstellung einer Krankengeschichte, aber mit zwei wichtigen Unterschieden. Einmal verläßt sich Anaïs Nin nicht nur auf die Wirkung ihrer klinischen Beobachtungen und Schlußfolgerungen, sondern auch auf ihr schriftstellerisches Können. Und zweitens, während mit der Darstellung einer Krankengeschichte nur beabsichtigt ist, unsere medizinischen Kenntnisse zu erweitern, und jeder ausführlichere Kommentar nur durch einen glücklichen Zufall darin zu finden ist, besteht Anaïs Nins Absicht in der Hauptsache darin, einen umfassenden literarischen Beitrag zum Leben zu geben. Und trotzdem finde ich *This Hunger* nicht so interessant und auch nicht so aufschlußreich für unser Leben, wie es viele wirkliche Fallstudien sind. Ich sage das nicht deshalb, weil ich Einwände gegen den vorherrschend poetischen Stil der Prosa von Anaïs Nin habe, obwohl auch diese bestehen. Und ich sage es nicht, weil ich die wichtigsten Schlußfolgerungen aus Anaïs Nins Geschichten ablehne, obwohl ich das ebenfalls tue. Ich sage es deshalb, weil *This Hunger* in erster Linie einer guten psychoanalytischen Fallstudie unterlegen ist...

... Ich frage mich, weshalb ein Buch wie *This Hunger* nicht in einem größeren Verlag erschienen ist, wo doch heutzutage sich nichts besser verkaufen läßt als kranke Psyche.«

Wilson sprach über seine Ehe.

»Mit Mary gab es nur Krieg. Sogar Sex war eine kriegerische Angelegenheit. Sex war nie natürlich, und es gab keine Freude und keine Entspannung dabei. Es mußte Theater gespielt werden, es mußte ein Kampf stattfinden.«

Er sah mich prüfend an und fügte hinzu: »Du bist ein Freund der Männer? Du zerstörst sie nicht?«

»Wenn man einen Mann zerstört, verliert man einen Liebhaber«, antwortete ich.

»Wie ich höre, bist du von sehr jungen Männern umgeben.«

»Sie kommen zu mir. Ja, ich liebe die Welt der Jungen, weil sie noch immer verwundbar und offen sind. Sie sind eine Erholung von der engen, harten, rauhen Welt. Einer von ihnen ist am achten Mai geboren, wie du.«

Der Gegensatz zwischen Leonard und Edmund Wilson belustigte mich.

Edmund Wilson sagte: »Ich hasse junge Schriftsteller, ich hasse sie.« Und ich sah Leonard vor mir, groß, schlank, beinahe durchsichtig, mit der Haut einer Seemuschel, blaß und mit einem rosa Hauch, das strahlende Lächeln, noch nicht grob, noch nicht verhärtet, noch ohne Geltungsbedürfnis; er zieht sich zurück, er weicht rückwärts aus. Wilson arrogant, selbstsicher. Sogar in seinem leeren Haus hatte ich das Gefühl, daß er in der englischen Literaturtradition geboren worden war, genährt durch Bibliotheken, Formeln und klassische Gelehrtheit.

Ich rannte davon und willigte nur deshalb ein, ihn noch einmal zu sehen, weil er hinauslief, um mir ein Taxi zu besorgen, und weil mein Abgang so überstürzt war, daß er bemerkte, es war ein Ausreißen. Mit völlig veränderter Stimme rief er mir nach: »Verlaß mich nicht, laß mich nicht allein.«

Am nächsten Tag war ich erkältet. Edmund Wilson schickte Blumen und eine komplette Jane Austen-Ausgabe. Er hoffte, ich würde durch diese Lektüre lernen, Romane zu schreiben!

Aber ich imitiere keinen Stil, der vergangen ist.

In der Zwischenzeit las er *Winter of Artifice* noch einmal, und als ich wieder gesund war, besuchte er mich.

Sein Gesicht war gerötet und fleckig, entweder vom Wetter oder vom Trinken. Das Treppensteigen in das fünfte Stockwerk hatte ihn sehr angestrengt. Ohne Einleitung begann er, über das Buch zu reden. Er war so unmittelbar davon betroffen, daß er mitten im Studio stand und heraussprudelte: »Natürlich weißt du, daß der Vater in *Winter of Artifice* im Recht und die Tochter völlig im Unrecht ist.«

»Ja, natürlich glaubst du das. Du identifizierst dich mit dem Vater, dem Klassizisten, und du glaubst, wir hätten dasselbe Problem.«

»Ich möchte dich gerne heiraten, und ich möchte dir gerne das Schreiben beibringen.«

Nachdem ich tagelang deprimiert gewesen war, weil ich die Unbeständigkeit, die Unwirklichkeit der Welt der Jungen erkannt hatte, wurde mir plötzlich durch Edmund Wilson die ganze Tyrannei des Vaters klar, die Mauer der Mißverständnisse und die Intuitionslosigkeit des Vaters.

Er erschien mir als Unterdrücker. Ich erinnere mich nicht daran, was ich ihm antwortete. Es schien mir nie der Mühe wert, mit dem Feind zu streiten.

Aber meine Illusion, daß die Welt der Jungen mich zufriedenstellen würde, war dahin. Ich spüre in mir einen größe-

ren Hunger, den die Jungen nicht stillen können. Sie können mich nur von den schwereren Sorgen ablenken.
Das Geld, das Gonzalo für den Druck eines Buches erhalten hatte, ist weg. Er gab die letzten dreihundert Dollar einem Verkäufer, der ihm eine größere und bessere Druckmaschine verkaufte, die wir weder benötigen noch uns leisten können. Er gab ihm das Geld ohne Quittung. Die Maschine sollte von der Fabrik direkt geliefert werden. Sie kam nie. Ich mußte erkennen, daß Gonzalo die Realität nie bewältigen kann, daß er in Schulden steckt und am Ende die Druckerei ruinieren wird.
Es ist der Hunger, den ich in Frances erkannte und über den ich schrieb, und den wir beide auf magische Weise in ein Geben verwandelten; wir geben anderen das, was wir uns selbst so sehr wünschen: vorbehaltlose und tiefe Liebe, Leidenschaft, Unterstützung bei schöpferischer Arbeit, Vertrauen, Zuverlässigkeit.

Der Romanschriftsteller, der Künstler, bringt manchmal das zum Ausdruck, was ins Bewußtsein der anderen dringt. Es ist seltsam, daß ich mitten im Überfluß, inmitten vieler Freunde, vieler Aktivitäten und Errungenschaften in mir ein Buch mit dem Titel *This Hunger* herumtragen sollte.
In Leonard liebte ich die Unschuld Kaspar Hausers. Kaspar Hauser konnte nur die Erinnerung, den Traum von einer Mutter lieben, hinter einer Tür eine Mutter erahnen, die er noch nie gesehen hatte, eine Mutter, die er nicht wiederfinden konnte.
Wenn Edmund Wilson die *Wirklichkeit* ist und meine Welt der Kunst und die jungen Künstler, die zu ihr passen, eine Illusion sind, dann ist Wirklichkeit weit mehr zerstörerisch.

## [Oktober 1945]

Um der Welt des Mannes – Edmund Wilson – zu entfliehen, und um in die Welt des Dichters, des Träumers, des Kindes zurückkehren zu dürfen, verkleidete ich die Frau in mir. Um einmal mehr im Haus der Unschuld zu leben und der Erwachsenenwelt zu entfliehen, die nur an Macht denkt. Eine schreckliche, kalte, graue Welt.

Ich ging wieder mit Edmund Wilson aus. Er sagte: »Als ich dich vor Jahren zum ersten Mal im Gotham Book Mart sah, trugst du ein kurzes Cape mit einer Kapuze. Für mich warst du die bezauberndste Frau, die ich je gesehen hatte. Ich war so begeistert, daß ich Mary McCarthy davon erzählte. Da ich meine Ehe sehr ernst nahm und es das erste Mal war, daß ich eine andere Frau so lobte, war Mary sehr verunsichert. Als wir uns dann entfremdeten, miteinander stritten, beschuldigte sie mich unter anderem, ich sei in dich verliebt. Ich hatte versucht, dich wiederzusehen. Ich fand heraus, daß du mit Paul Rosenfeld bekannt warst. Er arrangierte eine Cocktailparty. Erinnerst du dich?«

Ich erinnerte mich, und mir fiel wieder ein, daß mir Edmund Wilson damals wie einer der Bürger auf holländischen Gemälden vorgekommen war, viel zu gediegen. Ich beachtete ihn kaum.

»Wir sprachen wenig miteinander«, sagte Edmund Wilson. »Dann gab mir Frances Steloff *Under a Glass Bell* zu lesen. Ich hatte deine Arbeiten vorher nie gemocht. Sie waren zu ätherisch, zu wenig faßbar. Aber ich mochte *Under a Glass Bell*. Ich habe das Buch nicht gerecht beurteilt.«

Im Gegensatz zu den schillernden Jungen war hier ein starker, entschlossener, zupackender, selbstsicherer Mann. Er konnte mein Herz nicht gewinnen.
Ich ziehe meine Träume vor.

Für diese Art von Menschen gibt es in meinem Werk keine Wirklichkeit, nur weil ihre Wirklichkeit aus Schweiß, der augenblicklichen Umgebung, Politik, den Scheußlichkeiten des Krieges, zerstrittenen Beziehungen besteht.
Sprach mit Maya Deren. Wie sie für ihre Filme, für ihre Ideen kämpfen kann. Sie verteidigt und erklärt ihre Arbeit. Sie ist stärker als ich. Sie zieht mit ihren Filmen herum und ist bereit, in den Ring zu gehen. Ich habe das nicht getan. Ich war völlig niedergeschlagen, als Freunde von Frances eines Abends mit mir diskutierten und sich für den realistischen Roman aussprachen. Ich begann zu begreifen, daß sie Abstraktion und Zeitlosigkeit, meine Bemühungen, Klassen, Geschichte, Zeit und Rassen zu transzendieren, um mich dadurch emotionalen Konflikten zu nähern, die *hinter* allem liegen, nicht verstanden und auch nicht gelten ließen. Es *ist* visionäres Schreiben. Wie kann man darüber streiten?
Ich kam nach Hause und schrieb über Realismus und Realität. Realismus ist nicht Realität. Realität ist, wie wir die Ereignisse empfinden und sehen, und nicht, wie die Ereignisse sich objektiv darbieten, denn wir sind nicht objektiv.
Sadismus liegt immer hinter dem Masochismus. Zweideutigkeit verbirgt keine Weiblichkeit, sondern ein deformiertes, angstvolles Ich, das nichts riskiert. Hinter meinem Romantizismus steht eine natürliche Frau mit natürlichem Hunger.

Ich untersuche die Güte Djunas und auch meine eigene. Was verbirgt sich dahinter? Alle Besessenheit in meinem Werk zielt darauf ab, Verkleidungen zu enthüllen. Es gibt eine indirekte Macht und eine subtilere Form der Zerstörung.

Einer Sache auf den Grund gehen. Die bittere Wahrheit. Die Gesichter der anderen verwandeln sich in meinen Augen. Meine eigenen Verwandlungen auf der Suche nach Klarheit und Ehrlichkeit. Ich stelle mich meiner Angst vor der Häßlichkeit, in die meine Freunde hineingeboren wurden und in der sie sich wohl fühlen wie Henry und die sie nicht vertreiben oder verändern wollen. Wir alle leben in einem Netz der Ausflüchte und Verwandlungen.

Mein größtes Problem hier, in einem Polemik liebenden Amerika, ist meine Abneigung gegen Polemik, Streitsucht, Kampf. Auch intellektuell lehne ich Ringkämpfe ab. Ich schätze keine Marathonredner, keine Diskussionen oder Anstrengungen, andere zu bekehren. Ich suche Harmonie. Wenn sie nicht da ist, dann gehe ich weg.

Mit Leonards Briefen hat sich auch sein Gesicht verändert. Die Nacktheit dieser Briefe, die Ausdruckslosigkeit. Seine Briefe waren schrecklich desillusionierend. Armselig, kühl und ein anderes Ich, als das, was sich in meiner Gegenwart erwärmt hatte. Nicht länger Kaspar Hauser. Das war das romantische Konzept seiner Verwundbarkeit gewesen.

Weshalb habe ich keine Stacheln entwickelt? In all den Jahren habe ich keine Zeit darauf verwendet, einen Verteidigungswall aufzubauen.

Ich glaubte auch nicht, daß ich meine Arbeit verteidigen müsse. Der Winter liegt sprungbereit vor dem Fenster, strahlend und grausam. Das neue Buch liegt vor mir. Nicht völlig geliebt oder anerkannt.

Maya Deren bat uns, in ihrem neuen Film mitzuspielen. Sehr früh am Morgen gingen wir in den Central Park zu demselben Platz, an dem ich als Kind gespielt hatte. Sie hatte einen Maibaum aufgestellt, und wir tanzten um ihn herum. Pablo, Marshall, Frank Westbrook, der Ballett-Tänzer. Zuerst hatte ich nur eine kleine Rolle als geheimnisvolle Frau im schwarzen Cape, die überall auftaucht. Dann gab mir Maya immer mehr zu tun, tanzen etc.

Ich habe die Welt in zwei feindliche Lager aufgeteilt:

| *Die Welt des Künstlers* | *Die Welt der Realität* |
|---|---|
| Freude | Habgier<br>Macht |
| Schöpfung | Krieg<br>Eigennutz |
| Freiheit | Bestechlichkeit<br>Dummheit |
| Altruismus | Heuchelei |

Ich bin ein Feind jeder Autorität, des Geldes, der Verplanung der Welt.

An Edmund Wilsons Haus mißfällt mir, daß es so bedrükkend ist; es ist das freudlose Haus des Vaters. An Wilson mißfällt mir seine Macht in der literarischen Welt, die Gediegenheit seiner Umgebung, seine guten Manieren, seine Vorliebe für klassische Literatur. Ich erinnerte mich daran, daß ich vor vielen Jahren, als wir Wilson in Paris lasen, nicht mit seiner Interpretation übereinstimmte, in der er sagte, Joyce habe die Handlung des *Ulysses* aus dem Unbewußten geschöpft, denn kein Unbewußtes enthält so viele Andeutungen und Assoziationen.
Er versteht meine Art zu leben nicht.
Er versteht nicht, daß ich es unterlasse, seiner Neurose Nahrung zu geben: »Ich bin ein sehr streitsüchtiger Mensch.«
Manchmal ahne ich, daß ich ihn nur als Beweis dafür benutze, daß ich niemals dort, was andere die Welt der »Erwachsenen« nennen, leben könnte. Ich habe immer den Wunsch, meine Besuche bei Wilson zu verschieben. Solange er sich darauf beschränkt, mich als Frau zu be-

wundern, sind wir sicher. Er ist nicht der Mann, der die Zukunft erschafft. Er ist der Mann der Tradition.
Er ist erstarrt und unbeweglich. Er sagt mir, er habe schon immer zwei gegensätzliche Frauentypen geliebt, die zerstörerische und die freundliche, schöpferische Frau.
Für mich besitzt er diese Art von Verkalkung, die ich bei Männern, die Erfolg haben, beobachte. Das rote Gesicht, die Saturiertheit, die Bodenständigkeit und Schwerfälligkeit. Er ist Didaktiker; er hat konventionelle Vorstellungen von Form und Stil; er hat humanistische Bildung. Alles an ihm ist schwerfällig: schwere Erde, schwere Gedanken, schwerfälliges Schreiben. Die Beschreibung seines Zusammenlebens mit Mary McCarthy klingt nach Jakob Wassermanns Ganna in *Doktor Kerkhoven.*
Vater, Mann, Kritiker, Feind der Künstler.
»Du bist eine Frau, die den Mann nicht zerstört.«
Das kann wahr sein, aber er ist ein Mann, der mich zerstören würde.

Der Konflikt in meinem Leben ist auch der Konflikt in meinen Romanen: der Gegensatz zwischen einer häßlichen Realität und einer wundervollen Eingebung oder einem Traum von anderen Welten. Den Menschen nicht gestatten, die Illusion zu zerstören. Der Welt der Autorität, Macht und Zerstörung den Künstler entgegenstellen.
Ich schreibe wie ein Medium; ich fürchte Kritik, weil ich fürchte, sie zerstört meine Spontaneität. Ich fürchte Behinderungen. Ich lebe vom Impuls und von der Improvisation, und ich will auch so schreiben.
Ich stelle Edmund Wilson als Symbol für die Welt des Mannes dar, des Kritikers, der mein Schreiben beeinflussen will. Kann man das Benehmen eines Mannes durchschauen? Hinter seinem Interesse steht Tyrannei. Männer mit Macht benutzen ihre Macht. Die Künstler, mit denen ich zusammenlebe, haben keine Macht in dieser Welt. Sie sind die Träumer, die Schönheit erschaffen.

Er besitzt eine Macht, die Macht der Gewißheit und der Überzeugung.
In Wilson sehe ich nicht ihn, sondern mein Bild der Realität: Gewalt, Autorität, Macht. Er ist nicht kreativ. Ich habe ein Recht, es auszuklammern.

## [November 1945]

Ich, eine erwachsene Frau, machte eine Besorgung. Dabei erlebte ich folgendes: Ich, ungefähr einundfünfzig Kilogramm schwer, einen Meter vierundfünfzig groß, trage einen eleganten, schwarzen Mantel, elegante Schuhe mit hohen Absätzen, ein elegantes, schwarzes Kleid und gehe mit einem Paket zur Expreßgutannahme die Eighteenth Street entlang.

Links und rechts tauchen plötzlich riesengroße Lastwagen auf. In der Straße war eine Garage neben der anderen, und die Lastwagen starteten zu ihrer täglichen Tour. Sie sind alle rot, mit rotsilbernen Nasen, glänzenden, feuerwehrroten Körpern, mit Rädern, so groß wie ich. Sie fahren rückwärts aus den Garagen und bilden eine Wand um mich, als sie an den Bordsteinen parken; die Straße bot den Anblick einer undurchdringlichen Mauer roter Lastwagen mit langsam sich drehenden riesigen Rädern. Und plötzlich war ich nicht mehr länger eine Frau, die fest und sicher die Eighteenth Street entlangging. Irgendwo war ich durch einen Spiegel gegangen, und eine Macht hatte mich mit einer Handbewegung kleiner gemacht. Ich war klein. Die Lastwagen waren riesengroß. Automatisch sich öffnende Eisentore, knirschende Räder. Ich war klein, hilflos, hoffnungslos. Mein Kleid war nicht mehr das eng am Körper anliegende Kleid einer Frau, mein Mantel war nicht mehr lang und schmal, meine Füße waren klein und zerbrechlich. Ich schien verkleinert, verkleinert zu einem Nichts. Ich schien verloren, verängstigt, winzig. Ich konnte mich nicht mehr daran erinnern, was die hinter mir liegenden Jahre geformt und zu meinem Erwachsenwerden beigetragen hatten. In einem einzigen Augenblick war meine Reife verlorengegangen, abgefallen. Ein Kind kam zum Vorschein und stand statt dessen da, ein verängstigtes Kind, von allen Seiten durch riesige Lastwagen bedroht, die von Männern, die so hoch über mir saßen, daß sie mich nicht sehen konnten, blindlings gelenkt wurden. Die Räder sahen mich nicht, als sie auf mich zu rollten, spürten mich nicht, ich war unkörperlich und ohne Gewicht. Ich konnte mich nicht daran erinnern, weshalb Alice im Wunderland verwandelt oder auf welche Weise sie verkleinert wurde. Aber ich wußte, daß meine Winzigkeit ein großer Schock für mich war. Ich war klein und die Stadt riesig und die Lastwagen überwältigend, und die Garagentore waren für Riesen gemacht.

Mein erster Gedanke war: Jetzt verstehe ich, weshalb ich die Jungen liebe, Leonard, Pablo, Marshall und Charles Duits. Weshalb hatte ich das nicht früher erkannt? Pablo, neunzehn, sagt alles mit seinem Körper; Leonard, neunzehn, ist immer noch eingehüllt in die Nebel der Jugend, die ziehenden Nebel, die man um Planeten sieht, die noch weit von der Erde entfernt sind; Marshall, zwanzig, freundlich und strahlend, lebendig wie Quecksilber, und Charles Duits, zusammengesetzt aus den Kristallen reifer Dichtung, der nicht schmilzt, aber aus amethystenen Augen Zeichen der Trauer sendet. Ich war nicht bei ihnen, weil ich sie schützen und führen wollte, sondern weil ich wie sie empfinde, wie sie handle und denke. Und die ganze Zeit gab ich vor, die weise Mutter zu sein oder die hellsichtige Muse, ich gab vor, eine reife und gefestigte Frau zu sein; ich trug die Kleider meiner Mutter, und sie waren für mich und meine Rolle zu groß. Sie enthüllten meine wahre Substanz, die es mir erlaubte, die Jungen in ihren Empfindungen zu verstehen, und deshalb kannte ich ihre Nöte. Und an diesem Morgen war ich noch kleiner und noch ängstlicher als sie. Ich war völlig gedemütigt und verkleinert.

Die Anwesenheit der Jungen erhellt die Welt und macht aus einer bedrückenden, endgültigen, erstarrten Welt eine veränderliche Welt, die immer die Möglichkeit bietet, wunderbar, formbar, veränderungsfähig, noch erschaffbar zu sein. Ich nenne sie transparente Kinder. Wenn Wilson mein Vergnügen, das ich in ihrer Gesellschaft empfinde, geringschätzt und sagt, sie seien nicht die richtigen Freunde für eine erwachsene Frau, dann sehe ich in ihm alles, was mich dem Erwachsensein entfremdet und mich zur Zukunft hinzieht. Es ist in erster Linie das Fehlen der Freude. Wilson ist ein unersättlicher Esser, in *Hecate County* erscheint der Sex, den er beschreibt, freudlos. Es herrscht Schwerfälligkeit und ein prosaisches Element. Es ist eine Welt feststehender Ideen und Traditionen. Früher lehnte ich mich gegen die biblische Geschichte auf, gegen die in Stein gemeißelten Gebote. (Unveränderbar!) Genauso steinern ist Edmund Wilsons Leben, sein Reden und Schreiben. Und ich kehre zu meiner transparenten Welt zurück, in der die Jungen spontan reden, nach ihren Träumen handeln und danach trachten, ihre Phantasien zu erfüllen.

Ich mußte meine Angst überwinden, in der Öffentlichkeit zu reden. Ich sagte meine Teilnahme an einer Dichterlesung zu, bei der Vereinigung Jüdischer Junger Männer (Y.M.H.A.).

Am Morgen wachte ich auf und dachte: »Heute ist mein Geburtstag.« Den ganzen Tag über war ich ruhig. Ich machte mich so schön wie möglich. Ich trug mein schwarzes Schneiderkostüm und eine fuchsienfarbene Bluse. Frances begleitete mich. Mein Herz fing an, heftig zu schlagen. Ich blieb nicht wie Parker Tyler am Tisch sitzen. Ich stand auf. Die Lichter waren grell. Zuerst hatte ich Angst. Dann las ich meinen kurzen Vortrag und eine Stelle aus *This Hunger:* »Sie redete mit dem Kind in ihrem Leib.« Danach las ich »Ragtime«. Die Zuhörer applaudierten. Es war mir nicht klar, was die Leute dachten. Aber mir kam es vor, als hätte ich das, was ich las, gerade erst geschrieben. Der Beifall war herzlich und spontan. Ich signierte Bücher. Ich fühlte mich beschwingt, meine Angst überwunden zu haben und mit denen, die meine Bücher lesen, in Kontakt getreten zu sein, aus meinem Schneckenhaus herausgekommen zu sein. Frances sagte mir, ich habe gut gelesen und die Leute gepackt.

Anschließend gingen wir zu Maya Deren ins Studio. Ich tanzte wild mit Pablo. Man kann eine dunkle Welt nicht ändern, aber eine transparente Welt, durch die man den Geist und die Möglichkeiten der Veränderung und Erschaffung sieht. Der Traum von den transparenten Kindern, in denen das Licht leuchtet. Ich sah transparente Schuhe und wollte sie haben. Ich liebe Kristall, ich liebe Transparenz.

Über die Beherrschung der Ängstlichkeit. Wie kann das Wissen um die eigene Angst etwas verändern? Meine größte Angst bestand darin, vor ein unbekanntes Publikum zu treten. Ich fürchtete die Feuerprobe. Die Feuerprobe, aus dem Kreis meiner Freunde, in dem ich mich sicher fühlte, herauszutreten. Ich untersuchte den Grund und sprach in der Analyse darüber.

Als Kinder gibt man uns das Gefühl, daß wir nur geliebt werden, wenn wir gut sind (in den Begriffen der Eltern). Sobald wir anfangen, unser wirkliches Ich zu behaupten, beginnen die Eltern, uns zurückzuweisen. Wir wachsen mit der Vorstellung auf, daß, wenn wir Ich sind, wir zurückgewiesen werden. Deshalb drücken wir als Künstler in unserer Arbeit unser wirkliches Ich aus. Aber wir behalten die Angst, aufgrund dieses wirklichen Ich nicht geliebt zu werden, und Furchtsamkeit und Scheu sind die Symptome. Furchtsamkeit können wir mit denen überwinden, die uns verstehen und akzeptieren. Wenn ich jetzt der Welt entgegentreten muß und mein wirkliches Ich, das sich im Schreiben enthüllt, preisgebe, dann kommt es zu einer

Krise. Werde ich Anerkennung und Zustimmung erhalten, geliebt werden, oder werde ich bestraft und zurückgewiesen? Daher die Angst. Gestern abend ergriff ich die Gelegenheit und gewann.

In Wilsons Schreiben ist nie etwas, das aufsteigt, sich mit Sauerstoff füllt und in den Raum fliegt. Es folgt immer der Schwerkraft der Erde und sinkt nach unten. Er ist konventionell und einfallslos.

Ich weiß, daß ich es bin, die die Wahl meiner Figuren trifft. Erst danach erfinde ich eine Geschichte. Wilson bedeutet Erwachsensein, und das bedeutet Macht, Lust, Selbstsucht, weltliche Ziele; dagegen gibt es in der Welt der Jungen und Künstler Selbstlosigkeit und Reinheit.

Erzählt man eine Geschichte in der Form einer Parabel, eines Mythos, einer Phantasie, müssen die Leser den Inhalt selbst enträtseln, genauso, wie wenn man dem Analytiker einen Traum erzählt und dieser ihn deuten muß. Aber ich habe den Eindruck, die Leser wollen, daß ich das Rätsel löse. Das wäre dasselbe, wie ein Gedicht zu schreiben und danach seine Interpretation.

Leo Lerman sagt mir, daß ich in Mayas Film wie Shelly aussehe, transparent. Wenn man auf einen bestimmten Ausdruck, auf ein Schlagwort achtet, dann scheint es plötzlich jeder zu benutzen. Leo Lerman und ich führen häufig wunderliche und ungezwungene Gespräche am Telefon. Er erzählte mir, er sei in eine Fensterscheibe gelaufen.

Ich sagte: »Ich bin sicher, du wärst in der Lage, unverletzt hindurchzugehen.«

»Wie kommst du darauf. Das Glas zerbrach, und ich habe mich nicht verletzt.«

»Weil du die Gabe hast, die Wirklichkeit zu verändern, über Gefahren hinwegzufliegen, durch Glas hindurchzugehen.«

In Edmund Wilson suchte ich die Aussöhnung mit dem

Vater. Oder wollte ich den Vater besiegen? Noch einmal, um sagen zu können: Er versteht mich nicht. In einem Augenblick denkt er, ich sei Undine und habe nie geliebt oder gelitten, und glaubt im nächsten Moment, mein bohemienhaftes Leben müsse völlig unmoralisch und dekadent sein.

Sobald er etwas Verletzendes sagt, ziehe ich mich zurück. Ich streite nie. Ich bewohne das Unbewußte und werde immer aus diesem Bereich schreiben, ich werde tiefer und tiefer gehen, bis ich das allen Frauen Gemeinsame, das Unbewußte, erreicht habe.

»Du lebst nicht in der Wirklichkeit. In der politischen Wirklichkeit.«

»Bringt dich deine politische Wirklichkeit dazu, Menschen zu verstehen?«

Wenn er »Wirklichkeit« sagt, sehe ich vor mir graue Tage, Krieg, Grausamkeit, ausbeuterische Buchhändler, die Bücher nicht bezahlen, an denen wir hart gearbeitet haben, Geldprobleme, den kritischen Vater (Wilson), die aggressive Mutter (Lillian). Der Mann als Vater ist grob, bedrückend, ohne Liebe. Die Söhne, die Knaben, die jungen Künstler sind schön, zart, subtil, zärtlich, phantasievoll. Um meinen Standpunkt zu beweisen, suche ich mir die richtigen Menschen aus.

Im geträumten Leben liegt ein Widerspruch. Ich erträume mir ein Hausboot, finde es, verwirkliche den gewünschten Traum. Manchmal, wenn sich das geträumte Leben in der Wirklichkeit nicht erfüllt, wird es zu einer tragischen Falle. Wählen wir wirklich nach den unbewußten Verhaltensmustern, die wir erproben wollen, die Menschen, unsere Freunde aus? Es ist unmöglich bei dem Vater, der Kirche, bei Banken, Regierungen, Führern Verständnis zu finden. Don Quijote und die Windmühlen? Ich glaube nicht, daß ich gegen übermächtige Feinde kämpfe. Wilson ist der Feind von allem, wofür ich eintrete, wofür ich schreibe, was ich suche, was ich liebe. Er ist mit der unangezweifel-

ten Autorität über Schriftsteller ausgestattet. Er sitzt da oben auf seinem *New Yorker* Thron, ein Diktator.
Man verbeugt sich vor seinem Namen und stellt sein Urteil nie in Frage.
Beim Verlassen von Maya Derens Studio nimmt Marshall meine Hand und sagt: »Laß uns rennen. Wenn wir schnell genug rennen, werden wir die Häßlichkeit von New York nicht sehen.«
Unter den jungen Männern ist Charles Duits der Intelligenteste, am meisten Gefestigte, Kultivierteste, und er ist am weitesten entwickelt. Leonard ist zeitweilig intuitiv, häufig verwirrt, unreif und hat plötzliche Geistesblitze. Marshall hat mehr Lebenserfahrung, ist gefühlvoller und freier. Pablo ist nur Gefühl, ein Schwelgen in fröhlicher Stimmung, mit körperlicher Ausstrahlung und Leidenschaftlichkeit. Leonard ist noch ein Nebel, bewölkt, verschwommen, unklar, schlafwandelnd. Marshall ist empfänglicher für menschliche Gefühle. Alle sind sie schwer faßbar, subtil, mir nahe. Aber sie haben ein glänzendes Gefängnis geschaffen. Sie lassen andere Besucher nicht herein, machen sich über zu ernsthafte und schwerfällige Leute lustig, vertreiben Akademiker, berühmte, erfolgreiche Menschen, Leute mit Karriere, sie verfolgen Banalitäten, Plattitüden, das Gewöhnliche wie das größte Verbrechen.
Frances meint, ich vergeude meine Zeit mit ihnen, aber ich glaube, es ist großartig und viel lohnender, mit ihnen zusammen zu sein als mit Wilson. Ich fühle mich inspiriert, beeindruckt. Sie verstehen mich besser. Sie besitzen den anspruchsvollen Idealismus der Jungen. Sie verlangen viel und achten darauf, daß man sich niemals aufgibt oder sich verkauft. Um ihnen zu gefallen, muß man rein bleiben, sich nicht von der Wirklichkeit verderben lassen. Wie gut bemerken sie den ersten Schritt zum Kompromiß.

Die Übereinstimmung zwischen Künstler und Kind besteht darin, daß beide in einer selbstgeschaffenen Welt leben. Diese Welt gerät bald in Konflikt mit der Welt, die sie umgibt. Beide, Künstler und Kind, erschaffen eine innere Welt, die von ihren Phantasien und Träumen beherrscht wird. Sie verstehen nichts von der Welt des Geldes oder der Jagd nach Macht. Sie schaffen ohne kommerzielle Ziele. Sie rebellieren gegen bestehende Zustände. Man kann sie nicht betrügen. Für sie ist die reale Welt beherrscht von bewußten Kompromissen, Selbstbetrug, Ausverkauf.

Ich träume von Edmund Wilson als einem römischen Kaiser, der purpurnes Haar trägt. (Richter?)

Zwischen kindlichem Spiel und der Kunst besteht ein Zusammenhang. Rank schrieb darüber. Spiel und Vorstellungskraft. Irgendwo schrieb auch Fowlie, daß im Dichter, obwohl er erwachsen ist, die Empfindsamkeit des Kindes weiterlebt und daß er aus dieser Quelle Dichtung schafft.

Bisher habe ich immer angenommen, daß ich mit den Jungen zusammenlebe, um sie zu beschützen oder zu führen, aber inzwischen glaube ich, ich tue es deshalb, weil ich fühle, denke und handele wie sie. Immer, wenn ich Pablo tanzen sah, war ich eine Tänzerin; jedesmal, wenn Marshall glitzernde, exotische Fische malte, war ich einer von ihnen; ich war Leonards Nebelhülle und sein sporadisches Auftauchen in der Wirklichkeit, seine furchtsamen Geschichten und seine schweren Verdüsterungen, sein Schweigen und sein Verstummen, in das ich verfalle, wenn ich in einer disharmonischen und mir ungünstigen Umgebung bin; in einem Zimmer voller Menschen, zu denen ich keine Beziehung habe, werde ich Leonard. Ich habe mir auch einiges von Charles Duits' Entfliehen aus der Alltäglichkeit des Schreibens zur Gewohnheit gemacht, die Unduldsamkeit und die Ansprüche des Träumers.

Noguchis Studio in der Macdougal Alley liegt an einer der schönsten Stellen von New York. Die Häuser sind klein, die Straße ist gepflastert, und an den Seiten stehen Gaslaternen. Eine Erinnerung an englische oder französische Straßen. Am Ende der Straße steht eine Mauer mit Bäumen dahinter. Die Häuser und Studios haben alle verschiedene Formen und Fassaden. Alles ist eng und geheimnisvoll.

Noguchi zeigte mir die winzigen Modelle seiner ausgeführten Arbeiten. Sie sind wie eine Stadt abstrakter Skulpturen. Als ich ihn fragte, ob er seine Miniaturmodelle liebe, antwortete er: »Ich empfinde größere Zärtlichkeit für sie, denn sie gehören mir. Sie sind menschlich und besitzbar; sie sind nahe; sie liegen in meiner Hand. Die angeführten Arbeiten sind so groß. Sie sind von mir abgeschnitten. Sie gehen zu großen Gebäuden, zum Museum of Modern Art. Sie werden bewundert, aber sie gehören nicht länger mir. Ich liebe dieses Universum kleiner Statuen . . .«

Eine kleine Welt, eine neue Welt. Wo und wann habe ich schon einmal diesen Gegensatz von groß und klein, von stark und zart gesehen? Am Anfang. In der Kindheit ragten Häuser, Eltern, Städte riesengroß und drohend auf. Und unter bestimmten Anspannungen, bestimmten bedrohlichen Ereignissen, Verlusten, Trennungen erlebt man die Welt mit den Gefühlen von Alice im Wunderland. Man kommt sich kleiner vor, als es die Ereignisse erfordern.

Ich bemerke immer mehr Ähnlichkeiten zwischen der Psychoanalyse und dem Vorgehen des Romanciers. Er muß ein Psychologe sein, der in der Lage ist, einen Charakter aus einem Fragment zu rekonstruieren, er muß zwischen Wahrheit und Entstellung unterscheiden.

Ich verbringe meine freien Stunden mit den Jungen und bemerke dabei ihre Ähnlichkeiten mit meinen beiden jüngeren Brüdern. Wir drei sind zu Hause und verstecken uns unter dem Tisch im Eßzimmer wie in einem kleinen Indianerzelt. Die Tischdecke ist grün und hat lange Fransen. Wir drei leben in einer Welt großer Kümmernisse. Für mich besteht zu meinen Brüdern ein stärkeres Band als zu meinen Eltern, die unsere Welt erschaffen, die Veränderungen und Trennungen herbeiführen, ohne daß wir mitreden können. Die jungen Männer können mich nicht zerstören. Aber Edmund Wilson kann es, entweder durch eine vernichtende Rezension oder durch Interesselosigkeit.

Beim Heranwachsen wird das Kind festgelegt und entsprechend als Mann oder als Frau geformt und in die Welt der Erwachsenen einbezogen. Aber ein Kind, das nicht genügend Mutter- oder Vaterliebe erfahren hat, wird später das Kind in anderen suchen und ihnen das geben, was ihm selbst fehlte.

Wilson hatte gesagt: »Wenn ich mit dir verheiratet wäre, würde ich dich tyrannisieren, dich zwingen, dich in mich aufsaugen, und du könntest dich nicht entwickeln. Ich kann einsehen, daß eine Frau wie du ihre Freiheit braucht, um wachsen zu können.«

Wieder Drachen töten. Der allmächtige Kritikerpapst, der konventionelle, der traditionelle Kritiker, der kein Verständnis aufbringen kann. Hatte ich daran geglaubt, daß er meine Arbeit dadurch verstehen würde, daß er mich kennenlernte?

Er glaubt, ich sei nicht zerstörerisch. Vielleicht bin ich das nicht. Aber wenn er sagt: »Du bringst das Beste in mir zum Vorschein«, kann ich ihm nicht erwidern, er bewirke das gleiche in mir.

Ich begab mich in den Machtbereich des Vaters, des Feindes. Um ihn für mich zu gewinnen?

Ich habe das tibetanische *Book of the Dead** wieder gelesen. Ich glaube, daß die dort beschriebenen Bewußtseinsstadien nicht nach dem Tod erreicht werden, sondern daß die *bardos*

---

* Tibetanisches Totenbuch – d. Übers.

sich während des Lebens ereignen. In unserer Zeit reisen Körper und Seele nicht zusammen. Sie wurden durch das Christentum auseinandergerissen, und deshalb wird die Reise gefährlich; sie wird nicht vollendet, und es entsteht Angst, weil weder Leben noch Tod, weder metaphysische noch sinnliche Erfüllung erreicht werden. Ich glaube, was ich häufig im Tagebuch und in der Geschichte »The Labyrinth« beschrieben habe, sind *bardo*-Zustände. Warum glaubten die Tibetaner, wir würden diese zyklische und sich wiederholende Reise erst nach dem Tode antreten?

Ich habe diesen Band des Tagebuches »Die transparenten Kinder« genannt. Tagelang verfolgte mich eine Assoziation von Bildern, die aus einem Traum hervorgegangen waren: ein transparentes Kind, ein Paar transparenter Schuhe, die ich haben wollte, meine grundsätzliche Vorliebe für Transparenz und Leo Lermans Feststellung, in Maya Derens Film wirke ich transparent. Und weiter zurück auf diesem Weg in die Welt des Künstlers, des Kindes; beide gehen immer zusammen denselben Weg und versuchen, sich gegenseitig zu verstehen, weil das Kind unser Leben als Erwachsener beeinflußt. Neben mir liegt Wilsons Rezension, zu schwerfällig und zu unverständlich, um mir gerecht zu werden, sie quillt über von Gemeinplätzen. Ich sehe eine Beziehung zu der Geschichte von Kaspar Hauser. Das Kind wird fünfzehn Jahre lang im Dunkeln gefangengehalten, durch die Intrige einer mächtigen Erwachsenenwelt (Königtum steht hier für Macht). Dann wird Kaspar Hauser zufällig frei und kommt in eine fremde Stadt. Seine Ehrlichkeit, seine Direktheit, seine Handlungen wirken fremd in der Erwachsenenwelt. Sie nehmen ihn auf und versuchen gleichzeitig, ihn zu ihrer Lebensweise zu bekehren. Sie spüren, daß er anders ist als sie. Er führt Tagebuch. Er vernichtet das Tagebuch, weil er glaubt, daß sie versuchen, seine Geheimnisse zu verletzen. Er hat einen Traum (oder ein Wiedererinnern) von einer anderen Welt. Es ist der Traum von einem Schloß. Hinter dem Tor steht seine schöne Mutter. Er will in das Schloß zurück und seine Mutter hinter dem verschlossenen Tor finden. Die Frau, die ihn hätte lieben und sein Leben retten können, wagte nicht, die Schranken des Alters zu überschreiten. Er starb, weil er unbeschützt war.

Gestern abend ergründeten wir das Geheimnis von Maya Deren. Wir sitzen alle im Kreis und fragen uns, weshalb wir alles tun, was sie uns befiehlt. Wir sind ihrem Willen unterworfen, ihrer starken Persönlichkeit, aber gleichzeitig vertrauen und lieben wir Maya nicht uneingeschränkt. Wir erkennen ihr Talent an. Wir sprechen von Rebellion, vom Gezwungenwerden, von Tyrannei, aber wir beugen uns ihren Plänen und bringen Opfer.

Ein Zitat von Edmund Wilson über Joyce:

»Genauso wie Joyce in *Ulysses* die Odyssee in Anspruch nahm, um für sein Material eine Ordnung zu gewinnen – ein Material, das, nachdem es einmal aus dem versiegelten Felsen der Persönlichkeit von Joyce durch den Schlag von Aaron mit dem Stab freier Assoziationen angefangen hatte zu strömen, zu steigen und den Künstler zu ertränken drohte. Wie die Flut, die der Zauberlehrling durch seinen verhexten Besen hervorrief ...«

Jeder, der sich mit Psychoanalyse näher beschäftigt hat, weiß, daß es nicht notwendig ist, außerhalb der Persönlichkeit nach einem klassischen Mythos zu suchen, um die freie Assoziation zu lenken. Das Wesen der freien Assoziation liegt in ihrem Kern und muß nur gesucht werden, wie der Eingang zu einem Labyrinth. Schließlich, nachdem alle Bilder erforscht und mit der Erfahrung in Beziehung gebracht wurden, entsteht eine klare und architektonische Form, wenn die Verbindung zwischen Assoziation und ihrem Ursprung hergestellt wurde. Mit anderen Worten, sie ist zuerst eine unsichtbare Struktur, und nur völlig erforscht zeigt sie ihr eigenes Muster.

Richard Wright ist nach Greenwich Village gezogen und hat mich besucht. Tennessee Williams schickte für die Aufführung seines neuen Stückes Karten.

Im Haus der Besitzer der Kleeman Gallery sah ich eines der fünf noch vorhandenen Exemplare von Shelleys *Tagebuch*, das er abwechselnd mit Mary geschrieben hat, so daß die Eintragungen einmal von ihm und einmal von ihr sind. Das Original befindet sich in London.

Ein Abend bei Sonya Sekula. Ihre Bilder sind schön, lebendig und voller Phantasie.

Eine Abschiedsparty für André Breton; er wird in Haiti Vorträge halten. Seine neue Frau scheint sehr interessant zu sein, ein feinfühliger, internationaler Typ, deren Herkunft man nicht mehr feststellen kann. Esteban Frances, der surrealistische spanische Maler, sehr lebendig und humorvoll, und seine schöne mexikanische Frau; der französische Maler Helion mit einer phantastischen, orangefarbenen Krawatte und wirrem Haar; Pegine Vail mit langem Haar, das über ihre Schultern fällt und in dem ein türkisfarbener Kamm steckt; Peggy Guggenheim mit zwei winzigen Hunden und ihrem Clownsgesicht; Noguchi in seiner erstaunten, wehmütigen Art, müde vom Beaufsichtigen des Transports seiner großen, rosa Marmorfigur zum Museum of Modern Art; Madame Saint-Exupéry mit dem verbrauchten Aussehen einer Frau, die gelebt hat, geliebt hat, Drogen genommen hat und die ihren Mann an seine Leidenschaft für Luft und Raum verlor. Sie lebt jetzt mit Denis de Rougemont zusammen. Sonyas Mutter strahlte vor Freude über diese vielen Besucher; ihr Vater, *grand homme d'affaires*, wirft einen flüchtigen Blick herein, lächelt und verschwindet wieder. Frederick Kiesler, der moderne Architekt, küßt den Damen die Hand. Aber da er nicht viel größer als ein Meter fünfunddreißig ist, kommen sich die Frauen wie die Freiheitsstatue vor.

Verleger rufen mich an. Ich soll zu Random House, Harper's und Pascal Covici von Viking kommen. Ich bin glücklich darüber und auch traurig. Ich mag ihre Welt nicht, lehne ihre Werte ab. Ich will meine Aufrichtigkeit bewahren. Es wird ein harter Kampf werden, der nicht mit dem in meiner kleinen Druckerei zu vergleichen ist, mit meinen Schulden, meiner Überarbeitung, es wird ein Kampf gegen Werte sein, an die ich nicht glaube. Ich muß meine Welt intakt halten. Der Lunch mit Covici war interessant. Wir lachten, und er wollte mir einen Vertrag geben, wenn ich bereit wäre, mich von der Hostie in Brot zu verwandeln.

Nach dem Lunch bei Harper's wurde mir klar, daß jetzt der schwierigste Teil meines Lebens beginnt. Der Kampf um die Druckerei und das Geld ist nichts, verglichen mit dem subtileren Kampf gegen das Annehmen von Geld für das Schließen von Kompromissen. Harper's begann heute das Gespräch wie Mephistopheles den Dialog mit Faust: »Ja, wir wollen Sie unbedingt. Sie haben großes Talent. Aber glauben Sie, das nächste Buch könnte ... mehr ein Roman sein ... im herkömmlichen Sinn?«

»Nein«, sagte ich. »Es wird so werden, wie es meiner Art entspricht.«

»Es ist merkwürdig«, räumte der Lektor ein, »Verleger glauben, sie können dem Autor sagen, was die Leser wollen, und dann kommt jemand wie Sie und macht es völlig anders, und offensichtlich wollen die Leser das, was Sie schreiben.«

»Es ist eine Frage der Ehrlichkeit«, sagte ich, »wenn Sie dem Schriftsteller die Möglichkeit geben, er selbst zu sein, dann wird seine Erfahrung naturgemäß ein wirkliches Bedürfnis erfüllen und kein scheinbares.«

Kimon Friar bat mich, zu seinem Vortrag über Liebe im Haus der Vereinigung Jüdischer Junger Männer (Y.M.H.A.) zu kommen, und so ging ich gestern dorthin. Ich war in einer depressiven Stimmung.
Ich trug ein schwarzes Kleid, dessen lange Ärmel die Hände halb bedeckten, und einen kleinen, schwarzen, herzförmigen Hut mit Perlenbesatz, der aussah wie der Hut von Maria Stuart. Kimon hielt seinen Vortrag am Kopfende eines langen Tisches. Am anderen Ende war noch ein Platz frei. Ich setzte mich dorthin. Maya Deren saß ein paar Plätze weiter. Neben mir saß ein hübscher, junger Leutnant. Während einer Pause beugte ich mich zu Maya Deren hinüber. Sie sagte: »Du siehst aus wie eine Tragödin.«
Ich sagte: »Ich fühle mich wie Maria Stuart kurz vor ihrer Hinrichtung.«
Der Leutnant beugte sich zu mir herüber und stellte sich vor: »Ich bin Gore Vidal, aktiver Offizier. Ich bin ein Nachkomme von Troubadour Vidal.« Später gestand er mir, er habe erraten, wer ich sei. Er ist intelligent und männlich. Er steht mit beiden Füßen auf der Erde. Er ist klar und heiter, nicht verschwommen, ein Gegensatz zu Leonard. Er redet. Er ist aktiv, lebhaft, ausgeglichen. Er ist groß, schlank, hat kühle Augen und einen sinnlichen Mund. Kimon sprach über Platons *»Symposion«*. Als sein Vortrag beendet war, unterhielten Vidal und ich uns noch etwas. Er ist zwanzig Jahre alt und der jüngste Lektor bei E. P. Dutton. Sein eigener Roman wird im Frühjahr erscheinen. Er kennt *Under a Glass Bell.* Er fragte, wann er mich besuchen könne.

Mister Covici von Viking Press lud mich zum Lunch ein. Ein intelligenter Rumäne, der wie ich mit elf Jahren nach Amerika gekommen ist.
Ich sagte ihm, meine Arbeiten seien wie jene fernen Planeten, die, von einem Nebel umgeben, sich langsam der Erde

nähern, und nachdem sie die Erde erreicht haben, gibt es eine Explosion.
»Das ist genau das, was ich will«, sagte Mister Covici, »einen Zusammenstoß mit der Erde. Ich wünsche Sie mir irdischer.«
»Darauf werden Sie warten müssen«, sagte ich.
»Oh«, seufzte er, »können Sie nicht wie alle anderen einen Roman schreiben, der einen Anfang und ein Ende hat?«
»Nein.«
»Ich gebe zu, Sie entwickeln Ihre eigene Form.«

Die Schutzmechanismen, die die Menschen errichten, werden ihnen zur Falle. Ich glaube, ich liebe an den Jungen, daß sie noch keine Verkleidungen und Masken geschaffen haben.
Das Tagebuch entstand aus der Angst, daß es mir genauso ergehen würde wie allen anderen um mich herum. Die wirkliche Anaïs ist im Tagebuch zu finden. Sogar die destruktive Anaïs, die es im Leben ablehnt zu zerstören. Ich verletze Wilson nicht, der im Augenblick Sorgen hat, aber ich zeichne sein Porträt in den Farben, die ich nicht liebe: das Braun der Philosophie, die graue Asche der Gelehrsamkeit, die düsteren Traditionen.

Gore Vidals erster Besuch im Studio überraschte uns in einem komischen Augenblick, denn als er eintrat, mimten einige von uns (Frances, Marshall, Jean Garrigue, Duits, Pablo) eine Totenwache für Matta. Armer Matta.
»Ist er gestorben?« fragte Gore Vidal.
»Nein«, sagte ich. »Aber er hat eine Millionärin geheiratet, und wir sind ernsthaft darum besorgt, was aus ihm als Maler werden wird.«
Gore Vidal kommt aus einer reichen Familie, deshalb muß ihn diese Antwort höchst erstaunt haben.
Er kam wieder, diesmal waren wir allein. Er erzählt mir, daß er eines Tages Präsident der Vereinigten Staaten wer-

den will. Er identifiziert sich mit Richard dem Zweiten, dem König und Dichter. Er ist voll Stolz, verbirgt seine Empfindsamkeit und schwankt zwischen Härte und Weichheit. Er ist zweigeteilt. Er ist zu Gefühlen fähig, aber ich spüre eine Verzerrung in seinen Vorstellungen.

Er fühlt sich in der Welt sehr sicher, spricht unbefangen, er bewegt sich in der Öffentlichkeit, brilliert. Er kann verblüffend gut nachahmen, berühmte Leute imitieren. Er kommt ohne Scheu herein, er ist kein verträumter Jüngling. Seine Augen sind haselnußbraun, klar, offen, spöttisch.

Sein Großvater war Senator Gore. Seine Mutter verließ seinen Vater, als Gore zehn war, um einen anderen Mann zu heiraten. »Sie ist ein romantischer Typ, lebenslustig, hübsch, überall sehr beliebt.«

Trotz all dem ist er einsam. Auf den Aleuten erlitt er Erfrierungen. Dieser Frost scheint an ihm zu hängen. Er hat etwas von einem erfrorenen Jüngling, der noch nicht von Vertrauen und Leidenschaft geschmolzen ist. Er wirkt immer angespannt. »In der Armee lebte ich wie ein Mönch. Ich schrieb meinen Roman.«

Als er mir den Roman bringt, bin ich von der Verschlossenheit, der Kälte, den indifferenten Worten betroffen. Seine Art zu schreiben kann ich nicht bewundern. Der einst erfrorene junge Mann ist nicht so ohne Leben wie sein Schreiben. Dort ist alles Handlung, aber es gibt kein Gefühl.

Irre ich mich in der Annahme, in ihm liege mehr Wärme? Ist Schreiben für ihn eine Verkleidung, eine Maske? Noch ein Hemingway im Kommen?

Ich habe mit Edmund Wilson lieber gebrochen, als mich mit ihm in eine kampferfüllte Freundschaft einzulassen. Ich will nicht immer und immer wieder das Vater-Tochter-Drama erleben.

Ich habe mich im Guten von ihm getrennt, und er war traurig.

Gore sagte: »Ich will mich niemals binden. Ich lebe losgelöst von meinem gegenwärtigen Leben. Unsere Beziehungen zu Hause sind zwanglos. Mein Vater hat ein junges Fotomodell geheiratet. Ich bevorzuge zwanglose Bindungen. Wenn man sich bindet, läuft man Gefahr, verwundet zu werden.«
Das Weggehen meines Vaters hat in mir eine entgegengesetzte Reaktion hervorgerufen. Ich suchte immer neue Nähe, größere Nähe.
Aber er liebt das Leben der Künstler nicht und verkörpert die Werte meines Vaters. Er lädt mich in Luxusrestaurants zu Kaviar und Champagner ein oder zu Charles à la Pomme Soufflé.

*This Hunger* ist bald vergriffen. Ich erhalte eine Flut von Briefen.

## [Dezember 1945]

Gore ist in Mitchell Field stationiert. Er kommt an den Wochenenden zurück. Er kommt, um mich zu besuchen. Wir hatten ein gutes Gespräch. Er las mir aus *Richard II.* vor. Er klagte über eine arthritische Hand. Ich sagte: »Es ist ein psychischer Krampf, der daher kommt, daß du über einen gewöhnlichen Charakter schreibst, obwohl du selbst nicht gewöhnlich bist.« Ich neckte ihn. Ich rührte an seine Depressionen. Dann kam Marshall mit einem walisischen Freund, der Harfe spielte. Er sang mit seiner schönen Stimme Balladen. Charles Duits kam und Pablo. Der Abend wurde heiter und verzaubert.
Wenn Gore anruft, sagt er: »Hier spricht Troubadour Vidal.«

Gonzalo erzählt mir von einem romantisch aussehenden Mädchen, das in der Nähe der Druckerei sitzt, *Under a Glass Bell* liest und mich kennenlernen möchte. Aber sie ist zu schüchtern, deshalb schlug er ihr vor, mich nach meinem Vortrag in der Mills School zu treffen. Am Ende des Vortrags kam sie. Ich erkannte sie. Sie war wie der Geist meines jüngeren Ich, eine verträumte Frau mit sehr sanften, leuchtenden Augen, langem Haar, das über ihre Schultern floß, bereit, jeden Moment zu verschwinden, wenn sich die Situation als ungünstig erweisen sollte.
Ich hätte sagen können: »Sie sind die romantische Anaïs, die ich versuche zu besiegen. Sie sind eine Gestalt aus der Vergangenheit.« Aber so treten sie alle aus den Geschichten, aus den Romanen heraus, angezogen durch Ähnlichkeiten, durch vergleichbare Charaktere. Und ich konnte

sie nicht abweisen. Ich liebte sie. Sie sagte kein Wort. Sie starrte mich nur an und gab mir eine Spieluhr ohne Gehäuse. Endlich erzählte sie mir flüsternd, daß sie die Spieluhr immer in ihrer Tasche trägt und sie beim Gehen abspielt. Sie zog sie für mich auf und hielt sie mir ans Ohr, als seien wir alleine und nicht in einer belebten Schulaula voller unruhiger Schüler und den Lehrern, die auf mich warteten. Eine Strähne ihres langen Haares hatte sich in dem Mechanismus verfangen, und die Musik schien aus ihr zu kommen.

Sie besuchte mich; sie hat feuchte, blaue Augen, sie ist schmal, ein armes verwaistes Kind; sie spricht mit weicher Stimme und voller Begeisterung: flehend, verwundet, verwundbar, atemlos. Ihre Stimme geht zu Herzen. Sie kam, weil sie sich verloren fühlte. Ich hatte die Worte gefunden, die ihr Leben klarer machten. Sie spricht wie ich schreibe, als ob ich eine Sprache für ihre Gefühle geschaffen hätte. Sie kommt aus meinen Büchern und tritt mir entgegen. Sie ist ohne Stärke und ohne Schutz, genauso wie ich es war, als ich zum ersten Mal Henry und Gonzalo traf.

Sie heißt Sherry Martinelli. Sie lebt mit dem Maler Enrique Zanarte zusammen. Sie erzählt mir: »Enrique sagt, ich sei verrückt, weil ich ihn manchmal frage: ›Fühlst du dich heute blau oder purpur?‹, denn ich glaube, unsere Stimmungen haben Farben. Ich zerbreche die Teller auch lieber nach dem Essen, anstatt sie abzuwaschen. Glauben Sie, es könnte irgendwo einen Mann geben, der so fühlt wie ich? Als wir zusammen in den Zoo gingen, war ich wütend, weil er das Rhinozeros mochte, das eine dicke Haut hat, die es gegen Gefühle schützt, wogegen ich das Känguruh mochte, das sein Junges mit sich trägt, wie ich meine drei Jahre alte Tochter gerne immer mit mir herumtragen würde.«

Sie ist siebenundzwanzig Jahre alt, aber sie gehört zu Pablo, Marshall und Charles Duits. »Es gibt Sätze, die man auf der Straße auffängt und mit denen man lebt.« Sie ist reine Poesie, sie geht und atmet in und durch meine Bücher. Daher fühle ich, daß ich nicht lüge, nicht erfinde, nicht weit von der Wahrheit entfernt bin. »O Gott, all die Bücher, die man liest und die einen nicht zur Wahrheit bringen. Nur die Ihren, Anaïs.«

Ihre Augen werden groß, wenn sie Fragen stellt. Blau, mit sehr dunklen und großen Pupillen. Sie sieht mutwillig und zerbrechlich aus. Sie trägt derbe, häßliche Kleider, wie ein Waisenkind. Sie ist jüdisch-irischer Abstammung. Ihre Stimme singt, verändert sich: leise, fröhlich, traurig, schwermütig, schleppend, verträumt.

Edmund Wilson brachte mir Orchideen; er küßte meine Hand und sagte: »Warum hast du mich verlassen?«

Meine nach Liebe hungernden Kinder. Fordernd. Sie haben nie genug. Sie haben unstillbare Bedürfnisse.

Josephine liebte ihren Cousin, der eine sehr viel hellere Haut hat als sie; ihr Vater und ihre Mutter waren in ständiger Sorge, sie würde sich ihm hingeben. Josephine betrachtete mein Studio als ihr zweites Zuhause. Sie nannte mich scherzhaft ihre Schwester, und wir sprachen häufig über alles mögliche, aber wir sprachen nicht über ihren Cousin. Er kam zu den Partys. Er war immer vorteilhaft angezogen. Er hatte eine gute Stellung. Sein Französisch war ausgezeichnet. Josephines *joie de vivre* war so mächtig, daß der Liebeskummer ihr überschäumendes Temperament nicht überschatten konnte. Sie war der Liebling der Kinder. Sie ließen sich von ihrer Energie und Fröhlichkeit anstecken. Alle waren verliebt in sie. Sie brachte uns das Tanzen bei. Wir bewunderten ihre Bewegungen, ihre stolze Haltung, ihre kraftvollen Beine, ihren Humor.

Die Besorgnis ihrer Eltern übertrug sich auch auf mich. Sie würde leiden, wenn ihr Cousin ein Verhältnis mit ihr hätte und sie nicht heiraten würde. Ich dachte mir einen Plan aus, um die Wahrheit herauszufinden. Bei einer Scharade,

wie wir sie alle gerne spielten, forderte ich sie auf, die Stimme einer Frau beim Beischlaf nachzuahmen.
Josephine lag auf dem Teppich und bot uns eine so lebendige, vollständige Wiedergabe aller Laute der Liebeswonnen, daß Richard Burton ein ganzes Kapitel benötigt hätte, um sie zu beschreiben. Das Girren träumerischer Wonnen, der vibrierende Widerhall des Spiels der Hände, die Wonnen der Annäherung, der Ruf gleichzeitigen Werbens. Das Echo anderer Rufe: die Antwort, der Lockruf der Vögel, der schmerzliche Schrei der Lust, die wie ein Blitz einschlägt. Sie kannte sie alle.
Als sie aufhörte, lachten wir und machten ihr Komplimente, versuchten, einige Laute nachzuahmen, die jedoch weniger gekonnt klangen als die ihren, denn ihre Stimme hatte einen Umfang, mit dem sich keine der unseren vergleichen konnte. Da sah sie mich an. Und in diesem Augenblick wußte sie, daß ich ihr Geheimnis kannte. Aber ich habe nie erfahren, wann Josephine darunter litt, daß ihr Cousin sie nicht heiratete, denn sie vergoß niemals Tränen über vergangene Liebschaften. Sie stürzte sich immer wieder in eine neue Liebe.
Ich vergaß, die Geschichte von meinem Teebad zu erzählen. Im Sommer schämte ich mich, nicht sonnengebräunt zu sein und kaufte deshalb ein Pfund Tee und badete darin. Als Josephine kam und das sah, lachte sie hemmungslos. Wir lachten beide über die Ironie, die darin lag.

Mit Leo Lerman verbindet mich eine Telefonfreundschaft. Er erzählt am Telefon von Blumen und erweist sich als guter Erzähler. Seine Geschichten entzücken mich, denn sie sind, wie es seinem Wesen entspricht, bereits Dichtung geworden. Beim Hören kann ich sie besser verstehen als auf Partys. Wie Moricands Geschichten sollen sie bezaubern, ohne dabei etwas über den Erzähler zu verraten. Ich bin sicher, Leo verbirgt ein tragisches Leben, das er hartnäckig durch Frivolität tarnt.

Heute am späten Vormittag rief er an: »Rate mal, was ich mache? Wir sitzen hier und lesen *Under a Glass Bell.*«

»Wer ist wir?«

»Truman Capote.«

»Gefallen euch die Geschichten?«

»Wir sind begeistert. Er ist begeistert.«

Leo Lerman ließ für mich einen Teil seiner Kindheit wiedererstehen; so lebendig, daß es mir schien, ich sei dabeigewesen. Das russische Leben bildet den Hintergrund, und vielleicht hatte mich die russische Literatur auf seine Geschichten vorbereitet. Die gesamte Familie wanderte aus, ein ganzer Stamm. Der Großvater war ein *melamed,* religiös und streng, unnachgiebig; Weisheit und Strafen hielten sich die Waage. Jedes Mitglied der Familie wurde für mich so plastisch wie eine Tschechow-Figur. Tanten, Cousins, Brüder, Schwestern. Der Großvater als Oberhaupt der Familie stand im Mittelpunkt, aber mir gefiel die Mutter am besten. Sie hatte aus Rußland eine Liebe für geschliffenes Glas mitgebracht. Ich sagte Liebe. Aber es war keine Liebe, es war eine Leidenschaft. Ihr größtes Vergnügen bestand darin, sich gut anzuziehen und in allen Antiquitätengeschäften der Third Avenue nach geschliffenen Salatschüsseln oder Gläsern, nach Salznäpfchen, Wasserkaraffen, Teetassen zu suchen. Für sie war es wie das Graben nach Diamanten. Gleich, welche Tragödie sich zu Hause abspielte, Krankheit, Leos schwache Gesundheit, materielle Probleme, Familiendramen, Leos Mutter heilte sich mit geschliffenem Glas. Bedrückende Armut, Religiosität, der zeremonielle Aufwand zu Hause, nichts konnte ihre Leidenschaft für geschliffenes Glas verringern. Sie besuchte Auktionen. Vor der Mißbilligung ihres Ehemannes fürchtete sie sich so sehr, daß sie ihre Trophäen in gewöhnlichen braunen Einkaufstüten mit nach Hause brachte.

Sie bewohnten ein Haus in einem russischen Immigrantenviertel und sprachen dort ihre eigene Sprache, russisch-jiddisch. Es war eine so vollständige Welt, daß Leo nicht zur

Schule gehen und Englisch lernen wollte. Aber allmählich gingen die Mitglieder der Familie ihre eigenen Wege, wurden durch Arbeitsmöglichkeiten in andere Städte verstreut. Als es Zeit war, sich endgültig herauszubegeben, Teil des amerikanischen Lebens zu werden und nicht länger eine Insel russischen *melamed-Wissens* zu bleiben, sammelte Leos Mutter noch immer geschliffenes Glas. Das Haus war voll von geschliffenem Glas. Die Wandschränke waren voll von geschliffenem Glas. Mancher Schliff war feiner und eleganter, aber von allen gingen kaleidoskopartig diese magischen Strahlen aus, die geschliffenes Glas für das Auge so faszinierend machen. Das Licht, das sich in jedem Stück brach, war wie eine magische Schwingung. Das Haus wurde leer, die Familie zerfiel, aber Leos Mutter kaufte noch immer geschliffenes Glas. Gegenstände aus der Vergangenheit. Sie waren ihr Zugang zu einem Traum.

Ich habe eine Party gegeben. Mrs. Mary Louise Aswell hatte Truman Capote eingeladen. Es klingelte, und ich ging zur Tür. Vor mir stand ein kleiner, schlanker, junger Mann, die Haare hingen ihm über die Augen; die Hand, die er mir gab, war unbeschreiblich weich und fühlte sich beinahe knochenlos an. Es war, als hielte ich die Hand eines Babys.

Er war sehr schüchtern. Er sah aus, als wollte er sich verstecken, oder aber, als suche er, genau wie ich es selbst oft getan habe, den Ausgang. Schüchternheit bei anderen erweckt immer meine eigene. Er wirkte zerbrechlich und leicht verwundbar. Von allen jungen Leuten um mich herum schien er der Kindlichste zu sein. Ich hatte nur eine Geschichte von ihm gelesen; sie war feinfühlig und zart.

Nach diesem Treffen sahen wir uns auf Partys wieder, bei Leo Lerman, sprachen aber nie miteinander. Wir hatten uns im falschen Augenblick getroffen. Um mich herum waren zu viele kindliche junge Leute. Ich sehnte mich nach einem reifen, erwachsenen Künstler! Aber seine Arbeiten verzauberten mich. Seine Kraft zu träumen, die Subtilität seines Stils, seine Vorstellungskraft. Und vor allem seine Empfindsamkeit.

Maya hat für eine Weile die Arbeit an ihrem Film unterbrochen. Aus Angst vor einer Katastrophe, einem Streit oder allem, was die Arbeit beeinträchtigen könnte, leben wir wie auf glühenden Kohlen. Sie hat das Bedürfnis, jeden zu verführen, von Duits zu Marshall und Pablo, und sogar auch mich. Wir leben alle atemlos in der Hoffnung, daß sie jemanden findet, der sie besänftigt, damit wir weiterfilmen können. Vielleicht müssen wir losen: Jetzt *du*, Nummer neun, geh zu Maya, schlafe mit ihr, mach sie glücklich, es geht um den Film.

Ich werde wahrscheinlich einen Vertrag mit Dutton machen, da sie mich auf Gore Vidals Initiative hin ohne besondere Bedingungen nehmen.

*This Hunger* ist ausverkauft.

Sonya erzählte mir, Breton habe gesagt, ich sei eine der »erleuchteten Frauen«, und er will, daß einige meiner Arbeiten für ihn übersetzt werden.

Um Mr. Covici von Viking Press zu gefallen, so schreiben wie die anderen: Marshall Barer ist vierundzwanzig Jahre alt, er wiegt einhundertunddreizehn Pfund, er ist einen Meter siebzig groß und ist am neunzehnten Februar geboren. Kim Hoffman brachte ihn eines Abends mit, und er begann sofort, mir Geschichten zu erzählen.

Es war einmal ein Mann, der seine Hand durch Glas strekken konnte, der durch einen Spiegel gehen konnte. Sein einziger Kummer war, daß diese wunderbare Empfindung, die er dabei hatte, nicht lange genug anhielt. Ein Zeitungsreporter schrieb eines Tages, daß während der öffentlichen Besichtigung eines großen Observatoriums – wo gerade ein neues Riesenteleskop eingeweiht worden war – bemerkt wurde, daß ein Besucher fehlte. Als der

Aufsichtsbeamte zum Teleskop zurückkehrte, fand er dort den Anzug eines Mannes, ordentlich zusammengefaltet, aber er fand keine Ausweise.
Marshall tanzte mit Josephine; er ist genauso beweglich und geschmeidig wie sie. Er lockte sie von Pablo weg. Leonard und Pablo waren auf ihn eifersüchtig. Wenn er anrief, gab es von ihrer Seite stumme Proteste.
Seine Anwesenheit wirkte erhebend. Mir gefiel seine heitere, ungestüme Art hereinzukommen, seine Fröhlichkeit und Leichtigkeit. Als er das letzte Mal kam, am späten Nachmittag, hatte er gerade Elizabeth Bowen gelesen und war deshalb in der Stimmung für einen gepflegten Tee, polierte Schuhe und kultivierte Häuslichkeit. Zufällig hatte Millicent gerade Frühjahrsputz gemacht, ich bereitete mit aller Sorgfalt den Tee und die Beilagen, und alles paßte wunderbar zu Elizabeth Bowens Buch, bis auf die Schuhe. Marshall bat um Schuhcreme und putzte seine Schuhe.
Es gehört zu unserem Zusammenleben im Studio, daß alle mitmachen, wenn einer ein Spiel beginnt oder eine Stimmung heraufbeschwört oder einen theatralischen Auftritt inszeniert.
Marshalls Körper ist völlig locker und gelöst. Wenn er sich auf die Couch legt, scheint er ohne Halt zu zerfließen. Er sitzt nie auf Stühlen, sondern auf dem Teppich. Marshall liest auf dem Teppich.

Gore besuchte mich.
Wir kamen leicht in ein offenes, freundschaftliches Gespräch. Er legte seine Rüstung ab und verzichtete auf seinen Selbstschutz. »Ich mag Frauen nicht. Entweder sind sie wie die Mädchen in meinen Kreisen, die ich heiraten soll, albern und kichern, oder sie sind gefühllose, herbe und maskuline Intellektuelle. Du bist ganz anders.«
Vom Verstand her weiß er alles. Psychologisch weiß er, was es bedeutete, daß seine Mutter ihn verließ, als er zehn

Jahre alt war, um wieder zu heiraten und andere Kinder zu haben. Mit neunzehn die Unsicherheit nach dem zweiten Bruch mit der Mutter, nach einem Streit mit ihr. Seine Bewunderung, Ergebenheit, sein Haß und seine Kritik. Es sei auch kein Mitleid, meinte er. Er ist stolz darauf, daß sie schön ist und geliebt wird, aber er verurteilt ihre Besitzgier, ihre Chaotik, ihre Eigenwilligkeit, und er lehnt sich dagegen auf. Er ist sich dessen bewußt. Aber er weiß nicht, weshalb er nicht lieben kann.

Im Verlauf des Nachmittags hellte sich sein Gesicht auf. Die Falte zwischen seinen Augen verschwand. Er war ein Kind, das zu früh in die Welt der berühmten, selbstbewußten, erfolgreichen, mächtigen Persönlichkeiten geworfen worden war. Seine Mutter beichtet ihm ihr ganzes Leben. Er bewegt sich ständig zwischen erfolgreichen Frauen und Männern. Er wurde um eine sorglose Kindheit betrogen, um eine glückliche Jugend. Mit der Oberfläche seines Ich wurde er in Weltklugheit und Erfahrung hineingetrieben, aber sein tieferes Ich blieb geheim und einsam.

»Mein Dämon ist der Stolz und die Arroganz«, sagte er. »Etwas, was du nie bemerken wirst.«

Zu mir ist er liebenswürdig und vertrauensvoll. Er bat mich zuerst, nichts von dem aufzuschreiben, was er sagen würde. Er trägt im Diplomatenkoffer seines Vaters seine eigenen Gedichte und seinen Roman. Er nimmt seine Verantwortung ernst, er achtet darauf, daß seine wechselnden Bekanntschaften für die Nacht nicht seinen Namen und den seiner Familie erfahren. Als zukünftiger Präsident der Vereinigten Staaten achtet er auf seinen Ruf; er vertraut mir Staatsgeheimnisse an, um seine Einsamkeit zu erleichtern. Später will er alles niederschreiben, denn wir wollen zusammen sein geheimes Labyrinth erforschen, um das Geheimnis seiner Ambivalenz zu finden, sie zu erforschen. Doch das Leben hat es übernommen, die Situation wieder zu verändern. Er, der Einsame, hat zum ersten Mal einer Frau vertraut, und wir beginnen die Reise unserer Freund-

schaft wie ungeliebte Kinder, die sich selbst erziehen und dadurch gleichzeitig stärker und schwächer sind.
Er leidet an den Folgen seiner Erfrierungen, die er im Krieg erlitt, an ständigem Abgespanntsein und an Neuritis. Er leidet an schweren Depressionen. Er ist kurzsichtig. Ein Junge ohne Alter, der wie ein alter Mann redet. Meine anderen Kinder akzeptieren ihn nicht, verstehen ihn nicht.
Während alle die Society-Mütter auf ihren Cocktail- und Tanzpartys nach ihm Ausschau halten, sitzen wir vielleicht irgendwo in einem Restaurant, einem Night-Club und reden in Ruhe miteinander. Eine Debütantin schrieb ihm: »Weshalb sondern Sie sich so ab?« Gore besucht die Veranstaltungen, verbeugt sich, tanzt, geht. Liebe Mütter und Debütantinnen, können Sie diesem Jungen seine Kindheit zurückgeben, seine Mutter, seine Sicherheit, die Wärme und das Verständnis, die er damals benötigt hätte? Können Sie seine Gedanken verstehen, seine Aufgewecktheit erwidern, mit seiner Intelligenz Schritt halten?
Er kam um vier und ging um Mitternacht. Er brachte mich mit den erstaunlichsten Nachahmungen von Roosevelt, Churchill, einem Südstaaten-Senator, einer Eingabe im Unterhaus zum Lachen. Er hat eine Ader für die Satire.
Er ist darauf bedacht, den Unterschied zwischen Pablo, Marshall und Charles, Jugendlichen, die noch nicht erfolgreich, noch nicht reif sind, und sich selbst, der in seine Rollen als Schriftsteller, Lektor etc. hineingewachsen ist, zu wahren.
»Ich werde dir den wahren Gore geben.«
Und dann: »Ich werde am Mittwoch kommen. Schicke die Kinder weg.«

Am Mittwoch traf ich mich mit Gore in einem Restaurant. Er hatte Neuigkeiten für mich. Bei Dutton hatte eine Verlagskonferenz stattgefunden, man bot mir einen Vorschuß von tausend Dollar und einen Vertrag über alle Romane. Wir feierten. Er sagt, ich müsse das neue Buch *Ladders to*

*Fire* in zwei Monaten fertig haben. Ich bin nicht sicher, daß ich das kann, mit der Arbeit in der Druckerei und den Besuchern.
Gore glaubt, ich lebe einen Traum, daß ich Dinge sehe, die nicht da sind, daß ich eine Welt erfinde.

Gores Sonntagsbesuche sind nun zur Gewohnheit geworden. Er bringt mir seine geschriebenen Träume, seinen ersten Roman: Er hat ihn mit siebzehn Jahren geschrieben – *Williwaw*.
Ich genieße sein lebhaftes Reagieren. Er entzieht sich niemals. Er verteidigt seinen Standpunkt, antwortet, reagiert. Er ist bestimmt und schlagfertig. Er hat ein intelligentes Bewußtsein, ist aufmerksam, wachsam und umsichtig.
Gores Alter und das der Kinder ist zum Teil deshalb so faszinierend, weil das Rätsel ihrer Zukunft noch ungelöst ist. Man beobachtet Wachstum. Anders als bei Wilson, der in seinen Meinungen und Urteilen festgelegt und geformt ist.
Bereits angelegt, beobachtet man in diesen jungen Männern Ambivalenzen und Konflikte. Ist das Strahlen, das sie umgibt, das Strahlen der Hoffnung? Noch sind sie zerbrechlich, verwundbar, noch müssen sie kämpfen.
Gore sagte: »Ich gehöre nirgendwo hin. Ich fühle nicht amerikanisch. Ich fühle mich in keiner dieser Welten zu Hause. Mir sind sie alle gleichgültig. Ich ergreife keine Partei.«
Mein Schreiben hat eine Welt geschaffen, die die Menschen anzieht, mit denen ich leben will, die in meiner Welt leben wollen. Man kann mit Worten, Papier und Tinte eine Welt erschaffen. Damit lassen sich gute Konstruktionen errichten, bewohnbare Zufluchtsorte mit einem Überfluß an Sauerstoff.
»Lieber Gore, ich glaube, um dein außergewöhnliches Ich und die außerhalb der gewöhnlichen Welt liegende Welt, in der du lebst — die meiner ähnlich ist —, zu verbergen,

schreibst du über durchschnittliche Menschen. Ich spüre, du hast Vorstellungskraft, Poesie, intuitives Wissen von Welten, denen du nicht vertrauen kannst, weil sie mit deinen Gefühlen und Empfindungen verbunden sind; und du mußt weit entfernt vom Bereich der Gefühle arbeiten, weil dort Gefahr droht.«

Den Dichter in Gore zu finden, war weit schwieriger. Leonard sah wie ein Dichter und Träumer aus. Gore wirkt freundlich, faßbar und realistisch. Aber es gibt auch in ihm den sprachlosen Dichter, den geheimen Träumer.

Die Richtung, in die Gores Schreiben geht, macht mich unglücklich. Aber kannte ich mit Zwanzig meinen Weg? Mit Zwanzig imitierte ich D. H. Lawrence.

Da ich niemals die Berühmten, die Erfolgreichen, die Mächtigen verherrliche, gebe ich Gore den Sinn für seinen individuellen Wert zurück. Ich lasse mich nicht durch Erfolg einschüchtern.

Ich verstehe ihn, wenn er über seine Anbetung von Amelia Earhart spricht und über die Erschütterung, die er bei ihrem Tod empfand. Sie war mit seiner Familie gut befreundet. Gores Vater finanzierte den Unglücksflug.

Gore hat ein Gefühl von Kraft. Er glaubt, er kann alles erreichen, was er will. Er besitzt Klarheit und Entscheidungskraft. Er ist in der Lage, andere zu führen. Das alles steuert er auf der bewußten, dem Willen unterworfenen Ebene. Im Gefühlsbereich sind Vorstellungskraft und Intuition vorhanden, aber er vertraut beidem nicht. Vielleicht bringt er sie mit weicheren und mehr femininen Eigenschaften, die er in sich nicht entwickeln will, in Zusammenhang.

Drei für Gore typische Abende. Einer mit einem Schriftsteller: ein Trinkgelage. Einer, an dem er eine Debütantin zum Victory-Ball begleitet, wo er sich nicht wohl fühlt und sich langweilt. Der dritte Abend mit mir. Er bringt mir ein Gedicht, zwei Seiten Kindheitserinnerungen, das vierte Kapitel seines Romans, seine Kriegsleiden, er spricht über seine Mutter, seinen Vater, seine Kindheit. Er beklagt sich über sein Gefühl, gespalten zu sein, und über die Unwirklichkeit seiner Empfindungen; er spricht über den Tod, offenbart den Mystiker. Besessen, wie Leonard es war, von den Zyklen.

Sonntag. Mitternacht. Gore sitzt auf dem Boden vor dem Sofa und schreibt an seinem Theaterstück vom Werwolf.

Er sagte: »Wir haben uns genau im richtigen Moment kennengelernt.«

Er liest mein neues Buch, und es gefällt ihm. Er erzählt mir, daß sein Vater *This Hunger* gelesen hat und sich in Jay wiedererkannte.

»Aber ich werde ihn dir nicht vorstellen. Er würde dich zu sehr mögen, und du könntest ihn zu sehr mögen. Ihr könntet euch zu gut verstehen.«

»Nicht besser als wir beide uns verstehen.«

»Es ist so wohltuend, man selbst zu sein ohne Verstellungen«, sagte er.

Weshalb habe ich dieses Vertrauen nicht zu Wilson? Weshalb sprach ich nie so mit Wilson? Weil Wilson der Kritiker ist und über mich genauso urteilen würde, wie er über meine Arbeit geurteilt hat? Weil er nicht verstehen würde? Weshalb vertraute ich ihm nie und vertraue doch Gore?

In Wilsons Welt gab es nichts Geheimnisvolles und keine Poesie. Keine süßen Wonnen der Vertrautheit, kein Eingeständnis von Zweifeln. Die Mystifikationen und Überraschungen der Jungen. Die Geheimnisse. Immer ein schattenhaftes Labyrinth. In Wilson lag eine strenge Absolutheit und ein starres Festhalten am Buchstaben. Ein Spaten ist ein Spaten, ist ein Spaten. O nein, ein Spaten kann das Symbol für etwas anderes sein und nicht nur das, wofür er gemacht wurde, er kann Träger einer Botschaft sein, er kann hundert andere Dinge bedeuten.

Gore sagte über *Ladders to Fire*, die Fortsetzung von *This Hunger*: »Du hast dich in die Tiefe ausgedehnt, jetzt dehne dich in die Breite aus.«

Er beendete sein Theaterstück und brachte es mir als Weihnachtsgeschenk. Es war eindringlich und stark. »Ich habe noch nie auf diese Weise geschrieben, impulsiv, direkt und ohne Plan.« Er sah blaß und abgearbeitet aus. Ich gab ihm meine Seiten über Jugend und Schnee und über die Schüchternheiten jugendlicher Liebe zu lesen.
Gore wollte wissen, wann ich ihn porträtieren würde. »Nachdem du mir die Erlaubnis gabst, habe ich über dich in meinem Tagebuch geschrieben.«
»Ich gab dir die Erlaubnis, weil ich wußte, du würdest es ohnedies tun.«
Er fragte mich, ob er lesen dürfe, was ich über ihn geschrieben hatte.
Ich gab es ihm.
Mir war nicht wohl dabei. Ich war besorgt darüber, ihn demaskiert zu haben.
»Mir hat es nichts ausgemacht, von dir demaskiert zu werden«, sagte Gore.

Das Ende von *Ladders to Fire* stellt zwei Welten einander gegenüber: Natur und Neurose. Die äußere Welt, der Salon, der Garten, die Spiegel und ihre Spiegelungen im Spiegel. Das Gefühl der Unwirklichkeit entsteht im Neurotiker, wenn er die Spiegelungen seines Lebens betrachtet, wenn er nicht eins mit ihm ist.
Gore sagt, seine Einstellung zum Schreiben verändere sich. Er will Farbe, Zauber. Ihm ist die konventionelle Maskerade seines ersten Romans bewußt.
Sein verborgenes Ich kommt zum Vorschein. Seine Vorstellungskraft manifestiert sich in dem Theaterstück. Er stirbt nicht länger. Sein Gesicht belebt sich, und in seiner Stimme liegt Wärme. Das Stirnrunzeln ist verschwunden.
Er spottet über seine Welt, aber er bezieht Kraft daraus, im *Social Register* geführt zu werden, aus der bedeutenden Stellung seiner Freunde, aus der Macht seines Vaters und seiner Mutter. Er braucht die Privilegien seiner Klasse.

Seine Eitelkeit, das Hervorkehren seiner Stellung in der Gesellschaft, machte mich traurig. Zu einem Teil war er von diesen weltlichen Attributen abhängig. Er hatte ein schreckliches Bedürfnis nach Verherrlichung. Ich sah ihn seine Rolle in der Gesellschaft spielen. Es war ein anderer Gore.

Leonard zitierte in einem seiner Briefe Eliot: »Ein Schatten fällt zwischen meine Empfindungen und ihre Erfüllung.«
Er kam zu einem kurzen Besuch. Wir gingen zusammen zu Noguchi und in das Museum of Modern Art. Luft und Licht zwischen seinen Ängsten. Feuer und Licht, Zauber, Abstand, Entfernung, Verlust, Schatten. Ich verstand die Jugendlichen und ihren kunstvollen Tanz auf dem äußersten Rand ihrer Wünsche und Träume. Sie spielen auf dem äußersten Rand meines Lebens.

Das Horoskop von Gore:

Neptun, der große Illusionen bewirkt, stört sein Venusleben. Macht stellt ihn nicht zufrieden. Aufgrund von Kindheitserlebnissen mißtraut er Neptun. Er ist der Typ Mensch, der auf Weichheit aggressiv reagiert. Kann durch einen Fisch-Neptun-Menschen angeregt, beunruhigt werden. Dies könnte für ihn die weitreichendste Erfahrung sein, da sie in eine tiefere Ebene des Bewußtseins vorstößt. Ihn hält die Kraft, sich gegen Autorität aufzulehnen, im Gleichgewicht. Ohne sie wäre es nur ein einseitiges Horoskop. Gefühlsbestimmte Auflehnungen wiegen seine Liebe zur Macht auf. Mystisches Unterbewußtsein. Die Tiefe seiner Gefühle wird im Verhältnis zum Eingestehen seiner Gefühle stehen und nicht durch den Scharfsinn des Intellekts erreicht werden.

## [Januar 1946]

Durch Gore löste sich der Kreis um mich herum auf. Er fragte mich, ob er seine Freunde mitbringen könne. Ich stellte sie mir glatt, hart und zynisch vor. Mir war unbehaglich. Aber als sie kamen, waren sie nicht so, wie ich befürchtet hatte. Elizabeth Talbot-Martin, eine begabte *Diseuse,* charmant, klug und direkt. Der Fernsehproduzent Stanley Haggart, groß, gut aussehend, freundlich. Er vermittelt ein Gefühl von Großzügigkeit und intuitivem Wissen. Woody Parrish-Martin, einfallsreich, ein geheimnisvoller Erzähler aus dem Süden.

Sie kannten und bewunderten meine Geschichten. Stanley deutete meine Handschrift: »Sie sind eine Art Heldin. Sie kämpfen gegen das Gewöhnliche, sie kämpfen darum, ihre Begrenzungen zu überschreiten. Sie streben danach, auf einer höheren Ebene zu leben. Sie suchen das Außergewöhnliche. Durch große Liebe verändern Sie alles. Zur Zeit haben Sie eine schwere Depression, die Ihr Schreiben beeinträchtigen kann. Sie trachten danach, die Wahrheit zu sagen, umgeben sie aber dabei mit Magie.«

Dies waren die Freunde, mit denen Gore geplant hatte, eines der Sandsteinhäuser in der Eighty-Fifth Street zu kaufen. Stanley wollte es umbauen und einrichten.

Edmund Wilson sagte: »Ich habe die Vorstellung aufgegeben, dich an mich fesseln zu können. Du bist eine zu starke Persönlichkeit.«

»Weshalb solltest du jemanden an dich fesseln wollen?«

Ich ließ unsere Treffen seltener werden. Sie machten mir keine Freude; sie waren anstrengend. Ich konnte bei ihm nicht natürlich sein. Er nahm es mir übel. Ich wußte, daß er mich als Kritiker früher oder später bestrafen würde, entweder durch destruktive Besserwisserei oder durch Schweigen.

Olga gegenüber habe ich immer die Ansicht vertreten, daß der Wechsel eines politischen Systems die Menschheit nicht von Krieg und Habgier befreien würde. Die einzige Lösung besteht darin, daß jeder Mensch an sich selbst arbeitet, seine individuelle Disziplin gegen Feindschaft, Vorurteil und Entstellung anderer richtet, denn daraus entsteht das Übel. Wir haben uns oft darüber gestritten. Jetzt ist sie durch die politische Wendung der Dinge desillusioniert, desillusioniert von der Arbeit, der sie siebenundzwanzig Jahre ihres Lebens gewidmet hat. Sie sagte: »Anaïs, du bist mit einer tieferen Einsicht geboren worden. Du bist in tiefere Welten vorgedrungen, und sie haben dich nicht enttäuscht. Du hast grundlegende Wahrheiten gefunden. Ich bin in die greifbare Welt des Handelns gegangen, und ich wurde von ihr betrogen. Ich habe meinen Glauben verloren. Ich habe nichts aufgebaut. Und das alles wegen meiner Furcht vor der inneren Welt. Du hast den großen Mut besessen, die Wahrheit zu suchen und die Wahrheit zu schreiben. Ich will etwas tun, das in die Tiefe geht, und ich kann es nicht. Ich fürchte mich.«
Dies alles sagte sie, nachdem sie *This Hunger* angegriffen hatte; sie sagte, der Roman sei lediglich eine pathologische Studie, und sie könne ihn nicht für die Zeitschrift *Soviet Russia* rezensieren, denn er sei nicht konstruktiv, sondern dekadent.
Nachdem sie mir dies alles gesagt hatte, weinte sie zwei Stunden lang. »Ich wußte, ich hatte mein eigenes Gewissen angegriffen, meine eigene Seele. O Anaïs, wie ruhig und mit welchem Mut bist du deinen Weg gegangen; du sagst Dinge, die ich nicht auszusprechen wage.«

Jedes System ist am Anfang rein und wird durch die menschliche Natur korrumpiert, und es gibt kein anderes Heilmittel, als die menschliche Natur mit diesem Wissen zu konfrontieren. Die Psychologen leisten die einzig konstruktive Arbeit in der Welt.

Ich verneinte, daß ich mit einer größeren Einsicht geboren worden sei:
»Wir wurden alle mit einer größeren Einsicht geboren, mit dem Wissen um zwei Welten. Mich hat ein Schock in die innere Welt zurückgeworfen; dort habe ich Stärke und Tiefe gefunden. Aber du lebtest voller Mut in der äußeren Welt. Du hast dich ihr gestellt, und ich habe sie gefürchtet: das internationale, politische Leben von Reichtum und Macht. Ich fühle mich darin nicht zu Hause. Ich fliehe davor. Ich bin mir nicht sicher, ob es Mut war, der mich veranlaßte, das Verborgene zu erforschen, oder Angst.«
Am Freitag schrieb ich in einem Zug die ersten zehn Seiten der Party-Szene für das neue Buch *Ladders to Fire*. Ich fand einen neuen Weg, neurotische Sehweisen darzustellen; eine symbolische Theateraufführung dessen, was in unserer Vorstellung geschieht. Es handelt sich um eine Party des Innenlebens, und ich beschreibe sie als die unattraktivste Party, denn auf dieser Party empfindet jeder Gast nur Konflikte. Ich vermischte Symbole mit Äußerlichkeiten. Ich ließ mich dabei von Martha Grahams Tanzstil inspirieren: die Anordnung der Charaktere, die symbolische Darstellung, das Vielsagende.
Am Samstag habe ich weitere fünf Seiten geschrieben.
Gestern noch fünf Seiten über Djunas Abwesenheit von der Party. Eine Studie über die Abwesenheit. Realistische Partys werden immer so beschrieben, als sei jeder anwesend, aber Neurose und Träume entrücken den Neurotiker aus der Gegenwart. Es war nicht leicht, das darzustellen.
Meine besten Anregungen stammen aus den Werken anderer Künstler: die subtile, vieldeutige, geheimnisvolle Welt

Martha Grahams; moderne Maler; moderne Musik, die Dissonanzen erlaubt; Skulpturen und Entwürfe von Kleidern.

Fünf Minuten nach seiner Ankunft in New York rief mich Gore an und bat mich, ihn im Charles Restaurant zu treffen. Er nimmt auf meine anderen Verpflichtungen keine Rücksicht. Er wollte seine Entlassung aus der Armee feiern. Er war in Zivil und sah schlanker aus, jünger und verletzbarer.

Er sagte: »Ich habe das Gefühl, als käme ich nach Hause. In Washington fühlte ich mich verloren. Du hast einen Zauber über mich geworfen. Was ich früher akzeptiert habe, lehne ich jetzt ab. Ich fand meinen Großvater, den Senator, langweilig.«

Wir saßen im Ruban Bleu. Wir tranken und sprachen miteinander. Er erzählte mir, daß seine Mutter zu ihm gesagt hatte: »Niemand wird dich so sehr lieben wie ich.«

Er hatte gewünscht, seine Mutter würde sterben.

Der Wandel in Gore bewegte mich; ein junger Mann, der in der äußerlichsten und oberflächlichsten aller Welten lebte, sollte fähig sein, sich einem Traum, einer ungewöhnlichen Freundschaft hinzugeben.

Ich schrieb über Djunas Flucht von der Party. Die wahren Wunder des Lebens liegen in den Tiefen. Die Tiefen auf der Suche nach Wahrheit zu durchforschen, schafft das wahre Wunder, das Kinder und Künstler kennen: In der Wahrheit liegen Magie und Kraft.

Wenn Diana Trilling kritisiert, daß Lillian, ihr Ehemann und die Kinder unwirklich sind und unvollständig oder wesenlos dargestellt werden, dann versteht sie nicht, daß, wenn ich vierhundert Seiten lang ihr Haus, ihren Alltag, die Einzelheiten, die alles realistisch machen, beschrieben hätte, es mir unterdessen nicht gelungen wäre auszudrükken, was Lillian *empfand:* die *Unwirklichkeit* ihrer Ehe, von Haus und Kindern. Wie kann man einen ganzen Roman darauf verwenden, etwas real zu gestalten, was der Hauptfigur unwirklich erscheint? Ich machte deutlich, daß Lillian so empfand; sie ging zuallererst in die Küche zu Nanny, dem Dienstmädchen, für die das Haus real war; Lillian versuchte durch Nanny, ihrem Haus und ihren Kindern näherzukommen, denn für sie waren die Verbindungen zur Realität abgerissen. Als Nanny geht, bricht der Haushalt zusammen.

Diana Trilling war nicht in der Lage, das zu verstehen.

Wie leicht ist das, was Steinbeck tut: sich Menschen zu wählen, die unter richtigem Hunger und äußerer Armut leiden, deren Sorgen direkt, wirklich und einfach sind. Seine Welt läßt sich leicht erzählen. Ich wähle eine weit unentdecktere Welt, die der Neurose, und ich will das Drama darstellen, mit dem der Psychologe täglich kämpft. Eine Welt verschwommener Vorstellungen, abgebrochener Verbindungen, symbolischer Dramen, in denen die psychischen Vorstellungen völlig andere und schwer faßbare Probleme schaffen. Lillians Familie so darzustellen, wie sie von ihr erfahren wird, empfunden wird und gesehen wird, ist mein Ziel. Ich möchte das innere Drama lebendig machen, so deutlich wie Martha Graham Eifersucht, Qual und Angst darstellt.

Ich schreibe nicht über objektive Wirklichkeit, die fotografisch abbildbar ist, sondern über das, was Menschen als Wirklichkeit ansehen und *empfinden*, als ihre Wirklichkeit. Ich kann in diese Empfindungen Klarheit bringen. Leider kann nicht die ganze Welt analysiert werden, was notwendig wäre, aber die neue Literatur hat eine Aufgabe zu erfüllen. In der Vergangenheit behandelten Romane klassische Objektivität oder nahmen das subjektiv Irrationale ohne Aufhellung hin. Über Menschen zu schreiben, die um Nahrung kämpfen, ist wunderschön. Aber es ist genauso notwendig, unsere kollektive Neurose zu erkennen, sie zu erforschen und zu versuchen, den, der sich von der

Welt abgelöst hat und unter Entfremdung leidet, wieder in die Welt zurückzuführen. Der Neurotiker ist von seiner Umwelt ausgeschlossen. Sie kann ihm zurückgegeben werden. Ohne diese Arbeit wird kein Fortschritt in der Geschichte möglich sein. Alles, was von Freud stammt und sich daraus entwickelt hat und durch ihn gewachsen ist, oder selbst das, was im Widerspruch zu ihm steht, wäre für die Welt nützlicher gewesen als Marx. Denn die Welt kann den Hunger oder die Armut anderer nicht empfinden, wenn sie neurotisch, egozentrisch oder selbstgenügsam ist. *Alle, die Einblick in die neurotische Welt haben, erkennen die Wurzeln von Aggression, Krieg, Feindschaften und Vorurteilen.* Ein Neurotiker, der dem menschlichen Leben zurückgegeben worden ist, kann schließlich ein wahrer Humanist werden.

Ich brachte Gore mit einem Teil seines neuen Romans zu *Harper's Bazaar* und auch zu *Town and Country.*

Eines Tages kam Marshall mit einem Kostüm, das er in einem Trödelladen gekauft hatte. Leo Lerman gab eine Party, auf der die Frauen Kleider der zwanziger Jahre tragen sollten. Marshall brachte ein perlenbesetztes Fransenkleid, das, ohne Brust und Taille zu betonen, schlaff am Körper hing, einen Glockenhut, der mir wie ein Nachttopf auf die Ohren fiel, und ein Make-up wie für einen Clown mit einem roten Punkt auf der Wange. Ich zog das Ganze an, warf einen Blick in den Spiegel und weigerte mich, es zu tragen. Marshall hatte fünfunddreißig Dollar dafür ausgegeben (es gehörte auch noch eine rote Federboa dazu) und war über meine Ablehnung sehr verletzt. Ich erklärte ihm, so gut ich konnte: »Nachdem mein Vater mir sagte, ich sei hausbacken, habe ich mein ganzes weiteres Leben damit zugebracht, diesen Makel, so gut ich konnte, zu beheben, und arbeitete daran, mich zu verfeinern. Weshalb sollte ich wie ein unbeholfener Clown auf eine Party gehen?«

Marshall stimmte mir nicht zu. Ich sagte Leo Lerman, ich käme unkostümiert zur Party. Er bat mich, auf jeden Fall zu kommen. Die Frauen sahen, wie es beabsichtigt war, grotesk aus. Ich konnte sie noch nicht einmal wiedererkennen!
Aber Marshall und ich sind noch immer entfremdet.

Gore kämpft gegen bedrohliche Mächte, er stellt sich den Kritikern, ist verletzbar. Wie alle Schriftsteller träumt er von völliger Zustimmung, von uneingeschränkter Liebe. Ein Traum. Jemand sagte, er würde seinen ersten Roman *Williwaw* dem zweiten *In a Yellow Wood* vorziehen. Als Gore das am Telefon hört, wird er blaß. Was andere denken, bedeutet ihm viel.
Ich erinnere ihn daran, daß man zuerst fragen muß: »Vom wem kommt diese Bemerkung? Weshalb? Ist es jemand, dessen Meinung zählt?«
Er drängt mich, mich gegen Diana Trilling zu wehren.
»Der beste Angriff ist weiterzuarbeiten. Ich verwende meine Energie darauf, immer besser und besser zu arbeiten. Ich kann Frau Trilling nicht subtiler oder verständnisvoller machen.«

Gonzalo und ich gehen noch immer zusammen durch die Straßen. Wir sitzen noch immer in Cafés. Aber wir gehen nicht mehr länger auf den Straßen der Gegenwart, sondern auf den Straßen der Vergangenheit. Es ist das Echo einer tiefen Gemeinsamkeit, ihr menschlicher Widerhall. Wir zehren von der Zeit, als wir in den Pariser Cafés zusammensaßen. Es ist die alte Freundschaft, die unsere Schritte leitet, mit der wir Getränke bestellen, die unsere Gespräche lenkt. Es ist die alte Freundschaft, die uns mit vertrauter Wärme verblaßte Gesten ausführen läßt. Der Funke ist nicht mehr da. Ein anhaltendes Echo. Die Straßen einer neun Jahre alten Zuneigung sind noch immer reich bevölkert. Er hat mir noch immer lustige Geschichten zu erzählen, auch wenn sie in meinen Ohren nicht mehr so lebendig klingen, und ich sie nicht mehr ins Tagebuch aufnehme; noch immer steckt er voll indianischem Humor, Schalk, Schelmereien. Aber das ist alles der Tribut an die Vergangenheit, ein Echo, ein Nachhall, mild und dahinschwindend, wenn lebendigere Augenblicke mit anderen Freunden kommen.

Gore hat es so verzweifelt nötig, sich zur Geltung zu bringen.
Er hat seinen ersten Roman seiner Mutter Nina gewidmet. Sein Theaterstück widmete er mir.
Ich kann ihm sagen, was Otto Rank einst zu mir gesagt hat: »Hüte dich davor, mit dem Bedürfnis in die Welt hinauszugehen, zu verführen, zu bezaubern und zu erobern, was du nicht wirklich willst, nur um Beifall zu erhalten. Das bringt die Menschen auf die Dauer zum Gefrieren, und alle Natürlichkeit und alles Vertrauen schwindet.«
Ich bin mir klar darüber, das, was ich suche, ist illusorisch, schwierig, unfaßbar. Mich interessiert, was *sein sollte* und nicht, was ist. Ideen, Erfahrungen und Ideale durch Träume widergespiegelt, aber auch durch sie verzerrt. Sie werden auch durch Träume geschaffen.
Dazwischen liegt eine alles verzehrende Einsamkeit. Die traumähnlichen Erfahrungen betrügen einerseits um die Realität und schaffen andererseits doch eine Welt der Wunder.
Ich arbeite nicht durch Explosion, sondern durch Infiltration.
Was an der Jugend am meisten fasziniert, ist ihre Eigenschaft zu strahlen. Die Hindus nennen es das Etwas, durch das wir unsichtbar werden können oder strahlend mit Licht.
Aber wenn ich mit Gore über Begeisterung, über gehobene Stimmungen spreche, dann sagt er: »Ich empfinde niemals die erhebenden Momente, nur die Depressionen.« Leben sie

wirklich mit weniger Intensität als ich, mit weniger Farben, mit weniger Empfindung? Stumme Instrumente. Ich hatte recht, als ich Neurose als eine Form von Taubheit, Kurzsichtigkeit, als partielle Verkümmerung der Sinne beschrieb.

Der Homosexuelle fürchtet das Umfassende, das Absolute in der Liebe. Deshalb trennt er das Körperliche von der Liebe. Aber aufgrund meiner Zuneigung, und weil ich im Homosexuellen dieselbe Feindseligkeit und Auflehnung gegen die eigensinnigen oder besitzergreifenden oder dominierenden Eltern erkenne, sympathisiere ich mit ihrer perversen Art, die Mann-Frau-Beziehung zu umgehen. Vielleicht bin ich destruktiv oder aufrührerisch auf solch indirekte oder subtile Weise, daß es praktisch unbemerkt bleibt und sehr unterdrückt, beinahe nicht wahrnehmbar. Ich überlasse den Jungen, es zu sein. Ich überlasse es den Jungen, gegen die anmaßenden Älteren vorzugehen. Ich ließ Miller in seinem Schreiben aggressiv sein, und daher war es mir möglich, weiterhin freundlich und schuldlos zu bleiben, eher ein Friedensstifter als ein aufrührerisches Element. Alle meine sogenannten »Kinder« waren Aufrührer. Sie brachten Zorn und Forderungen zum Ausdruck, deren ich mich schämte und die ich zurückwies.

Wir projizieren das unerträgliche Ich auf andere, damit wir es an anderen hassen und zerstören können. Diese verdammenswürdigen Elemente sind notwendig, um zu leben. Wenn man sie tötet, tötet man das Leben ... aber mein Ideal leugnete sie ab. Alles in mir ist umständlich und kontrolliert. Ich erkenne es jetzt. War das der Grund, weshalb ich die Zerstörer beschützte, und die, die sich in ihrer Destruktivität selbst verletzten, wie Henry, June, Gonzalo, Helba?

Da Gore mich zu Dutton gebracht hatte, und weil er am Schreiben von *Ladders to Fire* so großen Anteil nahm, mich dabei ermutigte, wollte ich ihm das Buch widmen.

Ich sehe in den Homosexuellen etwas anderes als viele andere Menschen. Vielleicht deshalb, weil ich so viele Künstler kenne; Baudelaire bezeichnet sie als Mann, Frau und Kind in einer Person, oder als Erwachsene, die nie die lebendige Sehweise des Kindes in sich zerstört haben. Ich sehe nie Perversion, sondern eher eine kindhafte Eigenschaft, ein Verweilen in Kindheit oder Jugend; und ein Zögern, die Welt der Erwachsenen zu betreten. Eine Beziehung, die auf Identifikation, auf dem Zwilling oder dem »Doppelgänger«, auf Narzißmus beruht, ist eine weit leichtere und weniger anspruchsvolle Wahl als zwischen Mann und Frau. Sie ist beinahe inzestuös wie eine Blutsverwandtschaft. Gewiß, vielleicht hat der eine mehr maskuline und der andere mehr feminine Eigenschaften, so daß sie sich gegenseitig ausgleichen oder ergänzen; aber immer, wenn ich einen Homosexuellen näher kennenlernte, fand ich bei ihm das kindliche Wesen, häufig auch eine Parodie auf seine Eltern oder Großeltern, eine Liebe zu Vergangenem (Liebe zu Antiquitäten), immer eine Fixierung auf die Voradoleszenz, in der unsere sexuellen Neigungen noch nicht fixiert sind – und immer ein traumatisches Ereignis, das die Furcht vor Frauen hervorbrachte und damit den Haß auf sie.

Bevor ich nach Amerika kam, hatte ich diesen Frauenhaß nie erlebt. Die spanischen Homosexuellen oder die französischen Homosexuellen liebten Männer, aber sie haßten die Frauen nicht. Paradoxerweise wurde die Frau von ihnen romantisiert. Der erste Mann, den ich liebte, war ein Homosexueller. Wenn sein Verlangen auch Männern galt, so galten seine Gedichte, seine Blumen, seine Huldigungen und Träume mir.

Pablo verhielt sich Frauen gegenüber völlig ungezwungen. Er verklärte das Bild seiner Mutter und das seiner ersten Geliebten. Die andere Welt war für ihn spielerisch, unbeschwert, promisk, natürlich und ohne Dauer. Sie war (und ich habe das immer vertreten) eine unschuldige Welt.

In den amerikanischen Homosexuellen war es der Frauenhaß, der eine Perversion bedeutete, denn er entstellte die Realität und machte eine Erweiterung der Beziehungen unmöglich. Die ständige Gegenwart eines Feindes bewirkt das Gegenteil von Unschuld. Homosexualität umgab sich in den Augen der Homosexuellen mit Hochmut, mit Heimlichkeit, mit Untreue. Vielleicht gab es aus diesen Gründen keine romantischen Liebesgeschichten. Homosexuellenromane waren Geschichten über Promiskuität und nicht über Liebe. Ich kannte sich liebende Paare, aber es waren nur wenige, und in der Literatur fand man so etwas nie. Vermochte die Schuld, die die Kultur in ihnen gezüchtet hatte, sie davon abzuhalten, eine Liebe anzuerkennen? Ich drohte ihnen immer damit, daß ich den ersten Homosexuellenroman über Liebe und nicht über das Huren schreiben würde, wenn es keiner von ihnen täte.
Weshalb erscheinen die Jungen so leuchtend, und weshalb erlischt das Leuchten, wenn die Freundschaft beendet ist? Erhöhe ich sie und bringe ich sie zum Leuchten, wenn ich mit ihnen in eine lebendige Beziehung trete oder wenn ich ihre Möglichkeiten erkenne? Von Leonard ist das Leuchten gewichen. Hat er durch sein Schreiben, seine unfreien und leblosen Feststellungen meine Illusion, er sei lebendig, zerstört? Wende ich mich ab, wenn ich nicht genug Leben in ihnen finde? Ist es das Lebendigsein, das für mich einen Menschen leuchten läßt?

Meine Freundschaften sind auf viele verteilt, anstatt wie in Paris auf wenige Menschen konzentriert zu sein. Ich finde nur Teilbeziehungen. Es ist die Totalität, die der Homosexuelle fürchtet. Er trennt Liebe von Sexualität.

Ich entdecke immer und immer wieder, daß das Tagebuch eine Anstrengung gegen das Dahinschwinden ist, gegen das Verlieren, gegen das Sterben, gegen die Entwurzelungen, gegen Verfall und Unwirklichkeit. Ich habe das Gefühl, daß ich etwas rette, wenn ich es in das Tagebuch auf-

nehme. Dort ist es lebendig. Wenn jemand ging, fühlte ich, daß ich seine Gegenwart in den Seiten erhielt.
Der Charakter eines Menschen ist zeitlos, ohne Alter. Wir leben abwechselnd in der Vergangenheit, in der Gegenwart oder in der Zukunft. Mit den Jungen lebt man in der Zukunft. Ich ziehe das vor. Veränderungen geschehen ständig in Übereinstimmung mit den Vorstellungen, den Ideen oder Verzauberungen, von denen man besessen ist. Wir wachsen nicht in unserer Gesamtheit, nicht chronologisch. Manchmal wachsen wir in eine Richtung und nicht in eine andere, wir wachsen ungleichmäßig, wir wachsen teilweise. Wir sind bedingt abhängig. In einem Bereich sind wir herangereift, in einem anderen kindlich geblieben. Vergangenheit, Gegenwart und Zukunft verschmelzen miteinander und ziehen uns rückwärts, vorwärts oder halten uns in der Gegenwart. Wir sind aus Schichten, Zellen, Gruppierungen gemacht. Wir legen unsere Kindheit niemals ab. Wir entfliehen ihr nie vollständig. Teile daraus erleben wir durch andere immer wieder. Durch andere leben wir bereits begrabene Schichten. Das ungelebte Ich leben wir durch die Projektionen anderer.
Ich weigere mich, meine Fehler auszuleben. Ich begrabe sie, verurteile sie und leugne sie. Unfähig sich selbst zu manifestieren, ergreifen sie Besitz von anderen. Bei anderen akzeptiere ich ungekämmtes Haar, ein Loch in den Schuhen, ein nicht allzu sauberes Kleid, Launen, Lügen, Feigheit, Verrat, Eifersucht. Andere verrückt werden lassen, anstatt selbst verrückt zu werden; andere sich beklagen lassen, anstatt sich selbst zu beklagen. Die Schuld, die dieses geheime Teilnehmen nach sich zieht, führt zur Verantwortung für das Leben anderer. Wenn man nicht schön ist, lebt man die Schönheit in anderen. Aber mit Häßlichkeit ist es genauso. Die Zuneigung der Jungen zu den Alten dient dem Schutz ihrer eigenen Zukunft. Dem Verlangen nach Vertrauen und der Einsicht der Älteren in die Zukunft.

In der Welt der Kinder gibt es Spiel und Zeitvertreib als gute Übung für Phantasie und Vorstellungsvermögen. Wenn Phantasie und Vorstellungsvermögen in der Kindheit nicht abgetötet werden, dann erschaffen sie den Künstler und den Erfinder. Man wird zu einer Martha Graham, der größten und ausdrucksstärksten Tänzerin unserer Zeit. Bei ihr wird jede Geste mit einer Bedeutung erhellt. Nichts geht verloren. In der Kunst liegen magische Kräfte. Zu erschaffen und zu verwandeln.

Ein paar Zeilen von Henry:
»Das Baby scheint Deine Hände zu haben, und es benutzt sie wie Du zu rituellen Hindugesten. Alles deutet darauf hin, daß es sehr intelligent ist und außerordentliche Anlagen hat.
War froh, von Deinem Erfolg bei Verlegern zu hören.«

Stanley Haggarts Deutung meiner Handschrift:

Große Kräfte zu lieben, zu einer teilnahmsvollen Liebe. Der inspirierende Typ. Eine Gläubige. Sie haben großes Vertrauen, ein unbeirrbares, andauerndes Vertrauen. Die gewöhnlichsten Menschen würden Sie um die Festigkeit Ihres Vertrauens bewundern. Sie arbeiten so lange daran, bis es sich einstellt. Sie bleiben standhaft. Sie lassen sich in Ihrem Vertrauen nicht beirren. Sie durchbrechen die gewöhnliche Moral, aber nur, um schließlich eine umfassendere Art von Moral zu erlangen. Sie sind vertrauenswürdig. Ihre Einstellung ist kreativ, nie destruktiv. Ich erkenne eine große Traurigkeit. Starke Intuition, aber in Ihren Gefühlen können Sie verwirrt werden und sich verlieren. Sie haben starke emotionale Kraft. Sie sollte sich täglich in Beziehungen ausleben. Wenn nicht, dann bricht sie intensiv aus und bringt andere Beziehungen aus dem Gleichgewicht. Ich sehe Sie als Sonne. Ihre Wärme wie die Sonne auf den Bildern von van Gogh. Sie haben Sicherheit, Vertrauen, Ausgeglichenheit erreicht. Sie können gewöhnliche Dinge tun, wie etwa Kochen, und sind in der Lage, sie müheloser zu tun als andere, elegant, wie Zauberei.

## Februar [1946]

Ging zum Lunch mit Teresa [Nin] und Ikle, lernte Paul Mathiesen kennen. Er ist siebzehn Jahre alt, dänischer Abstammung, sehr blond, sehr charmant. Er lächelt scheu, seine Augen blicken unerschrocken und unschuldig, und doch gehen von seinem Körper Wellen junger, spielerischer Sinnlichkeit aus.
Er besuchte mich. Er saß auf dem Boden und erzählte Märchen. Eines davon war das Märchen seines Lebens. Er malt, er schreibt. Er hat eine sanfte, zärtliche Stimme. Er ist immer in einem Zustand der Träumerei. Er hängt seinen Träumen mitten im Restaurant, in überfüllten Räumen nach. Er ist der Junge aus einem Märchen.

Jaqueline Ford schrieb über *Winter of Artifice:*
»Es verletzt zu sehr. Im Leben gibt es Unterbrechungen, Pausen. Sie führen einen weg und lenken einen von den tiefen Gefühlen ab. Aber Sie leben nur in ihnen. Es ist alles überfeinert. Es ist unerträglich.«

Das Thema Amerikas ist das Gigantische, das Grandiose. Das Ich, die Umgebung, die Dinge werden vergrößert, um die Hilflosigkeit zu verdecken. Zorn ist das Vorspiel zur Macht. Er kann kreativ werden. Ich habe ihn immer als etwas Negatives angesehen. Etwas, das unter Kontrolle stehen muß. Das Böse. Aber er kann zur Selbstbehauptung und zur schöpferischen Arbeit notwendig sein. Die Angst vor Selbstbehauptung ist auf Schuld zurückzuführen: Schuld in Beziehungen zu Schwächeren, Furcht, sie zu verletzen. Aber noch mehr zählt die Angst

vor dem Alleinsein, von anderen getrennt zu sein, Beziehungen zu verlieren, Angst davor, allein zu stehen. Gezwungen zu sein, Beziehungen zu finden, die auf *Gleichwertigkeit* beruhen, ist schwieriger, als Beziehungen zu finden, die auf der Basis Schützling–Beschützer oder Beschützer–Unabhängiger beruhen. Welche Erleichterung wird es sein, eines Tages nicht mehr den Zwang und die Verpflichtung zu spüren, beschützen zu müssen, mich selbst kleiner und schwächer zu machen, um die sehr Jungen nicht zu erdrücken. Die Zartheit all derer, die von übermächtigen Eltern verkrüppelt wurden. Meine Mutter war übermächtig, besaß einen unbeugsamen Willen. Beide Eltern ließen ihrem Zorn freien Lauf und verkrüppelten meinen Zorn, da ich Angst vor den Folgen (Scheidung) hatte. Wenn du dich auflehnst, verlierst du ihre Liebe.
Meine Welt ist so groß, so voll, daß ich mich in ihr verliere. Meine Vorstellung von der Welt ist schwer aufrechtzuerhalten. Gestern nacht fühlte ich mich allein mit dem, was ich schreibe. Ich habe keinen *Zwilling in meinem Schreiben*. Für eine Frau ist das eine schwere Last.

Gore kommt zurück. Er möchte Christopher Isherwood kennenlernen, denn sie haben eine ähnliche Art zu schreiben. »Ich hätte gerne *Prater Violet* geschrieben.«
Stanley ist ein Meister darin, mit sehr wenigen Mitteln eine Wohnung einzurichten. Seine eigene, sehr billige Wohnung, ist ein Beispiel für sein Können. Alles ist wie auf einer Bühne, ohne große Kosten gemacht, imitiert. Die Couch, rings an den Wänden des Zimmers, besteht aus gewöhnlichen Brettern. Er bringt Materialien aus den Fernsehstudios mit, wo er Dekorationen für Werbung macht. Für eine Fernsehserie lieh ich ihm eine japanische Puppe. Ich brachte sie ins Studio und sah ihm bei der Arbeit zu. In einer der Dekorationen waren vier verschiedene Räume aufgebaut: Eine Küche, in der eine Schauspielerin einen Staubsauger anpries; ein Wohnzim-

mer, in der sie auf den teuren Teppich zeigte, usw. Stanley hat eine großzügige, freundliche, beschützende Ausstrahlung. Er hat einen Instinkt für Haushaltsführung und poetische Einfälle. Wenn er Handschriften deutet, ist er mit seinen Eingebungen und seiner Sprache erfindungsreich. Zuerst hatte Gore daran gedacht, ihn eines der Sandsteinhäuser der East Side herrichten zu lassen, wo wir alle zusammenleben sollten. Aber dieser Plan wurde nicht realisiert. Ich habe gesehen, wie Stanley viele Inneneinrichtungen schuf. Er glaubte, durch eine bestimmte Einrichtung das Leben der Bewohner ändern und beeinflussen zu können.

Einmal hatte er uns am Weihnachtsabend eingeladen; er hatte den Champagner im Schnee gekühlt, den er von der Fensterbank genommen hatte. An einem anderen Abend servierte er *Couscous,* den er auf einer großen, flachen Platte angerichtet hatte, auf einem niedrigen, runden orientalischen Tisch. Er ist begabt und kämpft darum, sich über Wasser zu halten. Er hat Methoden und Lösungen parat, um Dinge mit sehr wenig Geld zu tun.

Es gibt eine Möglichkeit, Schönheit zu träumen. Bühnenbildner haben sie sich zu eigen gemacht und realisieren ihre Träume mit billigen und behelfsmäßigen Materialien, eine Eigenschaft, die ich bewundere und die ich oft benutzt habe, wenn die Mittel beschränkt waren.

Heute bin ich mit dem Umschreiben des zweiten Teils von *Ladders to Fire* fertig geworden. Ich kürzte zweihundert Seiten auf achtzig. Mir gefällt das Partykapitel. Es ist wie ein Ballett von Martha Graham. Durch sie wurde es inspiriert. Es ist voller Rhythmus und Farbe. Es ist wie ein Mobile, wie ein modernes Gemälde. Es stellt mich zufrieden. Ich bin erschöpft und nervös.

Gestern in der Sonne waren Gores Augen grün und golden. Ich kenne nur seine Aufrichtigkeit mir gegenüber. Ich weiß, er spielt, er verstellt sich und ist draußen unehrlich, aber ich sehe das nicht und will ihn auch nicht in dieser Welt kennenlernen. Er gibt mir sein bestes Ich. Seine offene Liebenswürdigkeit, seinen Mut.

Party bei Maya Deren. Artefakte an den Wänden, dunkle Lichter, Fotografien und Mobiles, afrikanische Ornamente, Felle und Trommeln schaffen eine Atmosphäre wie in einem primitiven Zelt. Paul Mathiesen und ich tanzten zusammen. Er sagte: »Es ist kein Tanz, es ist ein Zauber.« Normalerweise bin ich es, die träumt. In diesem Fall ist er der Träumer, und ich beobachte ihn und versuche zu erraten, was er träumt. Er ist stumm wie eine Statue. Er hinterläßt keine Worte im Gedächtnis. Nur sein Gesicht bleibt in Erinnerung. Ein halbes Lächeln. Noch ein erotischer Engel?
Ein reicher, alter Mann nimmt ihn mit nach Yukatan. Er brachte mir seine Bilder und seine Aufzeichnungen zum Aufbewahren. Er ist ein Elfenjunge. Er spricht, als befände er sich in Trance. Und die ganze Zeit über fühlt er alles weit mehr, als er sagt. Er bedient sich nur weniger Worte. Man fühlt eine Übertragung, es ist, als habe er eine andere Art der Kommunikation. Eines seiner Bilder ist ein Selbstporträt; er sieht sich darauf nicht als Junge, sondern als Faun. Ab und zu gibt er eine tiefsinnige Bemerkung von sich, unerwartet wie die eines Kindes. Dann wieder scheint er sich in der Welt nicht zurechtzufinden, wirkt kindlich und verloren. Als sei er der rechtmäßige Bewohner und wir plumpe Störenfriede, die die Rituale nicht kennen. Er ist schlank, er ist sehr hell, hat beinahe weißblondes Haar, empfindsame Hände, spricht langsam. Er könnte am Nordpol geboren sein, wo die Menschen wenig Worte machen, aber er ist in Kalifornien geboren. Er entdeckte *Under a Glass Bell*, als er in der Schule war. Sein Lehrer verbot ihm die Lektüre, und aus Protest verließ er die Schule.

Das Kapitel über die Party besiegte Frances. Dieses Mal war die Abstraktion erfolgreich. Sie war völlig gewonnen, wie sie sagte, durch den Humor, die Plastizität der Bilder, die Klarheit, die Gesamtwirkung. Es ist seltsam, daß mich, während ich diese Seiten schrieb, das größte Vertrauen, begleitet von den heftigsten Zweifeln, beherrschte. Bin ich verrückt? Sehe ich, was andere nicht sehen? Ist es möglich, *durch* eine Party hindurchzusehen, in die innere Realität, als seien die Menschen transparent? Ich entdecke dabei, daß sie aus dem einen oder anderen Grund nicht anwesend sind, sondern nur vorgeben da zu sein. Ich weinte. Ich durchbreche einen neuen Panzer. Es ist schmerzlich.

Ich schreibe Leonard täglich, denn er ist in der Hölle. Sein Kopf ist rasiert, seine mädchenhafte Haut ist durch das härteste Training zwischen rohen Männern zerschunden, er lebt in Baracken, ist nie allein. Er, der Scheue, der immer in sich selbst Vergrabene, voll von unausgesprochenen Geheimnissen. Welche Wirkung wird das auf seine bereits verkümmerten Gefühle haben; auf die Verkümmerung, die durch seine Umgebung bewirkt wurde? Wo werden sich seine Gefühle jetzt verbergen, sie, die bereits unter Hunderten von Schichten der Verteidigung und Furcht begraben sind? Ich schreibe ihm, weil er verloren ist, gefangen, und ich weiß nicht, ob er das überleben wird. Seine Mutter war kalt. Die Armee ist brutal.

Bei Gore wird manchmal der gespannte Ausdruck von Angst sichtbar. Dann scheint er sich nur mit Mühe im Leben zurechtzufinden. Sein Gesicht verliert die Weichheit und erstarrt zur Maske. (Schon!) In solchen Augenblicken weiß ich, daß er im Gewebe der Neurose gefangen ist. Dann wieder ist er natürlich. Vergnügen und Ausgelassenheit sind bei ihm selten. Er ist verletzlich, aber er hat mehr Verteidigungsmöglichkeiten als Leonard. Er kann zynisch, sarkastisch sein und sieht die Schwäche der anderen in einem kalten und schonungslosen Licht.

Charles Duits sagt mir, daß ich der einzige Mensch bin, dem er sich nahe fühlt. Er erzählt mir von seiner Liebe zu dem chilenischen Mädchen Luchita. Er benahm sich ihr gegenüber widersprüchlich. Ihre große Schönheit machte ihm Angst. Deshalb ist er ausweichend.

Ich gebe eine Party.

Gäste: Luise Rainer und Robert Knittel, ihr Mann; Maya Deren und Sascha Hammid; Stanley Haggart; Woody Parrish-Martin; Kim Hoffman; Sherry Martinelli und Enrique Zanarte; Charles Duits; Louise und Edgar Varèse; John Stroup; Gore Vidal; Claude Fredericks; James Agee.

Ich nahm die Matratzen von den Betten und baute viele niedrige orientalische Diwane. Ich lud einen Flamencogitarrenspieler ein. Kim spielte auf ihrem Akkordeon. Steve, ein hübscher, angenehmer, eleganter Österreicher, tanzte außerordentlich gut.

Gore fragte mich, was ich in meinen Nagellack hineintue, um einen solch warmen Farbton zu erreichen.

»Gold«, sagte ich.

»Wie in dein Schreiben?«

Enrique Zanartes schwermütige spanische Schönheit, Stanleys einfallsreiches Analysieren von Menschen, Woodys Phantasie, Steves Anmut, Kims Musik, Mayas Filme, sie alle entfalteten sich in dieser Nacht. Sogar Agee, der meistens wie ein trauriger Lincoln aussieht, der eher angespannt ist, lächelte.

## [März] 1946

Hielt Vorlesungen und las aus meinen Werken am Amherst College. Erfolg. Signierte Bücher. Anspannung und Hochgefühle. Ich las die Partyszene vor. Ich schloß Freundschaft mit James Merrill, einem zwanzigjährigen Dichter. Ich beantwortete die Fragen der Mathematiker über den ständig sich ändernden Standpunkt vor einer Zuhörerschaft von sechzig Leuten. Ich war von jungen Männern umgeben.
Gore überredete mich, zum PEN-Club-Dinner zu gehen. Ich ging im Bestreben hin, mich der Welt zu stellen. Die Mittelmäßigkeit der Gespräche schockierte mich. Eine »literarische« Welt, so durch und durch politisch, intrigierend und kommerziell, aber es ist eine Welt, die Gore erobern möchte. Zum ersten Mal erkannte ich unsere gegensätzlichen Ziele. Sein Interesse besteht, wie das von Miller, darin: jeden kennenzulernen, die Welt zu gewinnen.

James Merrill über meine Arbeit:

»Ich habe seither viel über Ihre Bücher nachgedacht und darüber, welche Empfindungen sie bei mir auslösen. Wie ich schon auszudrücken versuchte, als Sie hier waren, pendelt alles, was geschieht, zwischen zwei Träumen hin und her – der bekannte Traum, in dem die Vorstellung sich in Abenteuer, Situationen versetzt und sich durch und über die Welt hinaus bewegt; und der andere, seltenere, ein Traum vom Eindringen der Welt *in* die Vorstellung, *in* die Dinge, die sich durch Bewußtseinsebenen hindurchbohren. Beide Träume treffen aufeinander und kämpfen beinahe miteinander – in einer *Art* Liebesgeschichte, fast so surrealistisch wie die über Artaud, in der seine Phantasie ihn genau in die Welt hineinwirft, in der er es nicht ertragen kann zu leben. Irgendwo zwischen diesen Träumen – dem Traum, sich aus der Welt hinauszubewegen, und dem Traum, gewaltsam durch die materielle Welt gestört zu werden (natürlich werden sie metaphysisch) – liegt das, was nicht Sie, aber andere Realität nennen: das Gleichgewicht zwischen dem großartigen und dem quälenden Traum. Es ist die Art, diese Träume zu *vermischen*, die ich so erstaunlich finde. Sie bewegen sich hin und her, von einem zum anderen, so daß beide Seiten dieser ›Realität‹ sichtbar gemacht werden oder sichtbar gemacht würden, wenn wir schnell genug sagen könnten: ›Das ist es‹, bevor es verschwindet. Die Stelle in der Partyszene zum Beispiel, in der Lillian sich selbst in einem langen, sehr realistischen Monolog zerstört – wie vollständig ersetzen Sie die Oberflächenrealität durch eine Oberflächenfremdheit, indem Sie von ihr in Begriffen von Farbe und Form sprechen, und entwickeln dadurch die unaussprechliche Fremdheit, die eine solche Situation in jedem hervorruft, dem sie bewußt wird. Und was meiner Meinung nach das Bewunderungswürdigste ist, ist die Sicherheit, die Sie im Beschreiben und im Wahrnehmen besitzen. Ich fühle sehr stark, daß Sie immer wieder sagen: Diese verschiedenen Träume, dieses Schwanken der Gefühle und Visionen *sind* real, sind alles, was wir haben, um zu erklären, was mit uns geschieht. Und das ergibt eine bezwingende und schöne Übereinstimmung in allem, was Sie schreiben. Sogar wenn uns in Ihrem Schreiben am deutlichsten bewußt wird, daß es sich um Erdichtetes handelt, tritt die Ehrlichkeit dessen, was Sie sagen, an die Stelle der Dichtung.«

Dieser Kommentar, so viel scharfsinniger als der von Edmund Wilson, ist ein Schlüssel zu meiner Freundschaft mit den Jungen. Sie verstehen, was ich tue.

Maya dreht einen Film. Sie wollte uns alle für eine Partyszene haben. Die Hauptdarsteller sind Maya und Rita, ein Negermädchen. Gore hat ein Vorurteil gegen Neger, aber er kam trotzdem mit. Maya wollte eine nichtinszenierte Party in ihrem Studio drehen, auf der Dinge geschehen würden, unerwartet durch die Eigenart der Beziehungen der Teilnehmer untereinander. Sie suchte das Spontane, das Zufällige. Gore und ich waren entschlossen, uns so zu verhalten, wie wir es immer tun, wenn wir zusammen sind: eine Mischung aus Verspieltheit und Stichwörtern, aus Ernsthaftigkeit und Anspielungen auf das, was wir schreiben.

Alle meine Freunde waren aufgeboten: Pablo, Westbrook, Sherry, Enrique, Charles Duits, Caron, Steve, Nancy Banks, ein reizendes blondes Mädchen, das mit Don, einem Negergitarristen, verheiratet ist; die beiden luden mich ein, sie zu besuchen. Und Tei-ko, eine japanische Tänzerin.

Das Verhalten der Partygäste stellte Maya nicht zufrieden. So verbrachten wir Stunde um Stunde im grellen Scheinwerferlicht. Aber Maya lehnte es ab, uns irgendein Thema zu geben oder uns eine Richtung zu weisen. Sie wollte, daß sich alles von selbst ergeben sollte. Deshalb bewegten wir uns unter den starken Scheinwerfern wie auf einer Party, bildeten Gruppen, tanzten und unterhielten uns. Da wurde mir klar, daß ich über das Thema dieser Party bereits geschrieben hatte; es geschah nichts, weil es zwischen denen, die spielten, keine Verbindung von Gedanken und Empfindungen gab und deshalb auch keine Spannungen, kein Wechseln zwischen dramatischen oder komischen Augenblicken. Es war leeres Agieren. Ich wollte Maya sagen: Benutze meine Worte, um zu beschreiben, was geschieht! Aber natürlich haben Filmemacher eine Verachtung für Worte. So fuhren wir damit fort, die Leere zu spielen. Gore und ich versuchten, das Gefühl einer Beziehung, eines Gedankenaustauschs, einer lebendigen Verständigung zu vermitteln. Nichts von dem geschah, was Maya wollte. Die Kameras wurden geschwenkt. Wir spielten es immer und immer wieder. Als wir alle schrecklich müde wurden, verschwanden unsere »Posen«, unsere Versuche zu spielen, das Bewußtsein unserer selbst. Wir ließen uns gehen. Und die Party, die Maya gewollt hatte, war plötzlich da. Sie jubelte. Weitermachen, weitermachen, weitermachen. Erschöpft, am Rande der Hysterie, tanzten wir, redeten wir, sprachen wir, hielten Hände oder zogen uns zurück, kamen in die Gruppe zurück, gingen umher, suchten Vertraulichkeit. Wir arbeiteten zwölf Stunden lang für Maya.

Was Maya suchte und nicht bekommen konnte, war, daß etwas zwischen Menschen *geschieht*. Alles blieb leer und verbindungslos. Ich weiß, warum. Es war ein Tanz der Schatten, denn es gab keine sinnliche Verbindung zwischen den Spielern auf der Party. Die meisten der jungen Männer waren homosexuell oder auch sonst nicht an Frauen interessiert wie Enrique. Rita, die Negerin, ist lesbisch. Maya ist eine unbefriedigte, unruhige Frau. Die Männer fühlten sich zueinander hingezogen. Was ist diese Welt ohne lebendige Beziehungen zwischen Männern und Frauen? Wo ist die Leidenschaft, die die Straßen von Paris überflutet, jedes Fenster, jedes Hotelzimmer? Maya schrie von ihrem Regiesessel über den Scheinwerfern: »Es findet eine Beziehung statt! Ein Kontakt, der auf der Party zustande kommt. Unterhaltet euch, als hättet ihr eine Beziehung aufgetan.«

Welche Ironie! Sie konnten nicht. Wir konnten nicht. Wir wurden vor Müdigkeit leicht hysterisch, nachdem wir unter den Scheinwerfern, die uns blendeten, von Mittag bis Mitternacht gespielt hatten. Wir gestikulierten wild, als wollten wir Wände einreißen. Ich versuchte mit Enrique eine Beziehung herzustellen, um eine Wärme zu stimulieren, die vielleicht ein Feuer würde! Es war Wärme da, aber sie kam nicht aus einer Quelle der Leidenschaft. Es blieb alles, wie es war: oberflächlich.

Tei-ko, die japanische Tänzerin, passiv, schön und entrückt. Charles Duits ausweichend. Nichts stark, nichts positiv, nichts mitreißend. Und dort unter den Scheinwerfern erkannte ich das Drama unseres gegenwärtigen Lebens: Nichts ist groß genug, nichts ist tief genug, nichts ist stark genug.

Hat der Film das eingefangen? Wie kann man Leere oder Seichtheit einfangen, schattenhafte Figuren, die erlöschen, sobald sie erscheinen?

Die größten Leiden kommen nicht durch das Leben, durch Wunder, durch die unerreichbaren Träume Don Quijotes, sondern durch das *Erwachen.* Es gibt keinen größeren Schmerz, als das Erwachen aus einem Traum. Schmerzliche Tränen werden über sterbendes Ich vergossen. Die Kinder aufzugeben, erscheint mir, als gäbe ich mein eigenes Leben und meine Jugendlichkeit auf. Die Kinder können keine Partner sein. Gore kann nicht der Partner meines schreibenden Ich sein, wie ich geglaubt hatte. Sein Leben liegt woanders. Auch wenn er mich liebt und mich braucht, liebt er noch andere und hat andere Bedürfnisse. Er hatte den Traum von einem Haus, in dem wir alle zusammen leben würden, wie das Haus von George Davis in Brooklyn. Es sollte Gästezimmer haben und ein Zimmer zum Schreiben, es sollte dort viel Leben geben und viele Freunde.

Aber meine Bemühungen, ihn in mein Leben hineinzubringen, in das Leben der Künstler, und seine Versuche, mich in sein Leben hineinzuziehen (Reichtum, Gesellschaft, berühmte Namen, vor allem die NAMEN: Soundso und Soundso), waren Fehlschläge. Ihm mißfiel die zusammengewürfelte Gesellschaft, die in Mayas Film spielte. Mir gefiel sie. In der Zwischenzeit hat mich Gore in die Gesellschaft einer international berühmten Gastgeberin eingeführt, einer reichen Frau, die in jeder Stadt eine Wohnung hat, eine Abenteurerin, die einen reichen Mann geheiratet hatte.

Diese liebeshungrigen Kinder, unbefriedigt, suchen – wie Otto Rank sagt – die Rückkehr in den Mutterleib, weil sie Schutz, Vertrauen, Liebe, Anerkennung, unkritische Hingabe suchen.

Ich habe Dr. Esther Hardings Buch *The Way of All Women* wiedergelesen. Sie behauptet, daß die Frau das Kind erst aufgeben muß, bevor sie reif werden kann.

Paul Valéry: »Ein Werk wird nie vollendet, sondern nur aufgegeben.«

Wir trafen uns im Provincetown Theater, um drei Filme von Maya Deren zu sehen. Es kam eine große Anzahl Menschen zusammen, und ein Polizist glaubte, eingreifen zu müssen. Er fragte: »Ist das eine Demonstration?« Jemand antwortete: »Es ist keine Demonstration, es ist eine Revolution im Filmemachen.«
Ich fand Mayas Programm nicht sehr interessant:
»Der Mensch kann die unendliche Feinheit der lebendigen Architektur eines Getreidehalms nicht kopieren. Natur kann ihre eigenen Formen am besten verwirklichen und die komplizierten Gesetzlichkeiten, die zu solch wunderbaren Gebilden führen. Der Mensch selbst ist ein solches Gebilde; und das Wunderbare am Menschen ist seine schöpferische Intelligenz, die die Natur transzendiert und daraus »un«-natürliche Formen erschafft.
In seiner Kunst – sei es Architektur oder ein Gedicht – reproduziert er nie vorgegebene Wirklichkeit; er drückt auch nicht nur seine unmittelbaren Reaktionen auf Freude und Schmerz aus. Er beginnt mit den Bestandteilen der Wirklichkeit – dem Stein, der Stadt, den Mitmenschen – und bezieht sie in eine neue Wirklichkeit ein, die, sobald sie erschaffen ist, selbst zum Bestandteil seiner nächsten Manipulation wird. In seiner Anstrengung, Formen zu erreichen, kann er monströse oder göttliche Gebilde schaf-

fen; aber entsprechend der Vorstellungskraft seiner eigenen Intelligenz zielt sein größter Ehrgeiz darauf, eine selbstgeschaffene Wirklichkeit zu kreieren.
In der Filmkunst ist ein solches Konzept kreativer Handlung vernachlässigt worden. Die Analogie zwischen Linse und Auge, die auf der physikalischen Ähnlichkeit von beiden beruht, hat zu einem Aufzeichnen der Erscheinungsformen der Wirklichkeit und denen von Literatur, Dramen und Malerei geführt. Aber um kreativ zu sein, muß der Film mehr tun als aufzeichnen. Der Mechanismus hinter der Linse kann, wie das Gehirn hinter dem Auge, die Dinge, die sichtbar werden, bewerten. Er kann sie als anziehend oder als abstoßend, als gleichgültig oder als erstaunlich beurteilen. Vor allem muß die Analogie zu dem Verständnis erweitert werden, daß der Filmstreifen die Erinnerung der Kamera ist. Genauso wie der Mensch sich nicht damit zufriedengibt, lediglich einen originalen Ablauf zu rekonstruieren, sondern in seiner Kunst sich neue Beziehungen zwischen erinnerten Elementen ausdenkt, so kann der Filmemacher durch die Manipulation ihm zur Verfügung stehender Zelluloid-Erinnerungen neue Wirklichkeiten erschaffen. Die Arbeit, die erzielte, inspirierte, intelligente Form ist eine einzige Folge – eine Arbeit, die fortschreitet, die schließlich unterbrochen wird, wenn das dynamische Bewußtsein, das sie reflektiert, sie verläßt. Von Zeit zu Zeit kann man eine Pause machen, um dem erreichten Stadium des Fortschreitens Ergänzungen anzufügen, damit man so in Zukunft am besten fortfahren kann. Und so wurde jeder dieser Filme zu einem Ende gebracht, um ihn dann besser aufgeben zu können.«

Ist die Aufopferung für andere ein Deckmantel für den Hunger und die Nöte des Ich, derer man sich schämt? Ich schämte mich immer davor, etwas anzunehmen. Deshalb gab ich. Es war keine Tugend, es war eine Verkleidung.

## [April 1946]

Plötzlich ist es Frühling. Die Fenster sind offen, klingende Glocken in der Fifth Avenue, die Läden voller Blumen, die Leute auf der Straße sind fröhlich.

Gore kauft ein Haus in Guatemala, das früher einmal ein Kloster war. Es ist schön. Wenn es fertig ist, muß ich ihn dort besuchen.
Ich helfe anderen zu erreichen, was sie wollen. Gore hat sich körperlich von den Folgen seiner Erfrierungen, die er auf den Aleuten erlitten hatte, erholt. Es ist symbolisch, daß er sich weniger steif fühlt. Seine Mutter hatte ihm gesagt, er könne nicht spielen, und er spielte in Mayas Film. Seine Mutter hatte gesagt, er könne nicht tanzen, und er tanzte mit mir in Mayas Film.

Ich hoffe, das Kapitel über die transparenten Kinder ist damit abgeschlossen.

Der erste Mensch, dem ich völlig ergeben war, mein Vater, verriet mich, und ich zerbrach. Uneingeschränktes Geben ist verhängnisvoll. Ich zerbrach, zerbrach, zerbrach, und es blieben eine Million unbedeutender Beziehungen übrig. Und ich suche zerbrochene Wesen. Geteilte Wesen.
Gores Vater ist von mir begeistert. »Er sieht, daß du das Bild meiner Mutter zerstörst, und er hat immer gesagt, meine Mutter sei das zerstörerische Vorbild für mich gewesen.«

Über das Schreiben: Ich schreibe keine Fallgeschichten, wie Diana Trilling glaubt. Psychoanalyse ist lediglich die grundlegende Philosophie meiner Arbeit. Ich akzeptiere ihre Prämisse, daß das Unbewußte unser Leben beherrscht und formt. Ich erzähle Geschichten auf eine neue Art; keine Geschichten, die als Fallgeschichten erzählt werden, sondern Geschichten, die mit einer neuen Sehweise vom Sichentfalten des Charakters erzählt werden. Zu behaupten, ich schriebe Fallgeschichten, ist dasselbe, wie festzustellen, daß ein Dichter, der Astronomie studiert und mit der Evolution der Planeten vertraut wird, aufhört, ein Dichter zu sein, und zum Astronomen wird.

Brief von Leonard:

»Du mußt wissen, Du bringst mich in eine schwierige Lage. Denn wie soll ich Dein Angebot, dem Dienst im Ausland zu entgehen, beantworten? Auf der einen Seite bedeutet es mehr als die Befreiung aus der Armee, bedeutet es Inspiration, Liebe, Trost und Freundschaft. Das stellst Du mir in Aussicht. Dies und Dein Wunsch, das Beste erreichen zu wollen. Aber ich sehe weiter. Ich bin bis heute von einer kraftvollen Quelle genährt worden und kann nicht anders, als mich verpflichtet zu fühlen, dieser Quelle etwas von mir selbst zurückzugeben, von dem ich nicht weiß, wie ich es geben kann, und das nicht gelehrt werden kann, sondern erlernt werden muß. Es scheint das Beste für mich zu sein, eine Zeitlang alleine zu leben, mich in das zu vertiefen, was mir angeboten wurde, und jeden Keim an Fähigkeit, den ich besitze, mit der aufrichtigsten Selbstkritik in der Einsamkeit zu entwickeln. Es genügt nicht, daß einem gesagt wird, ein Gedicht sei gut, man muß ohne Beeinflussung empfinden, daß es gut ist. Ich sprach davon, von außen ernährt worden zu sein. Das ist sehr gut, aber es genügt nicht. In Japan werde ich erfahren, ob ich fruchtbar bin oder unproduktiv. Wenn ich fruchtbar bin, werde ich glücklich sein und wie ein Odysseus zurückkehren, der seine Reise und Suche in sein Ich unternommen hat. Wenn nicht, werde ich zurückkommen und mich mit Hilfe von außen durchschlagen. Aus diesen Gründen habe ich mich entschlossen, nach Japan zu gehen.«

Man erzählt mir, Gore sei arrogant und überheblich. Ich habe das nie bemerkt. Ich kenne bei ihm nur Zartheit, Freundlichkeit, Aufrichtigkeit und Zuvorkommenheit. Er glaubt an die Dauer von Beziehungen; an Telefongespräche, Briefe, einen ungestörten Dialog: an Partner im Leben.

Habe heute morgen gut gearbeitet. Schrieb einige Seiten über das Heranwachsen von Stella; die Beziehung zwischen Michael und Donald; die Geschichte über das Aufblühen der Tulpe in Verbindung mit der ersten Liebesszene der Kinder *(Children of the Albatross)*.

Montag: Habe Lust zu arbeiten. Schrieb über Sabina und die Feuerwehrautos. Kaffeehausleben. So vieles ist klar. Auch Schreiben ist eine Symphonie, ein Ballett, ein Gemälde. Die Künste dienen als Symbole für das, was in Worten nicht ausgedrückt werden kann, nur in Symbolen. Die grundsätzliche Orientierung und Stabilität beruht auf psychologischer Wirklichkeit, auf analysierten Leidenschaften, analysiert, solange sie in Bewegung sind, nicht hinterher in statischem Nachdenken wie bei Proust. All die verschiedenen Frauen können zu einer einzigen werden, weil tief im Innern, im Unbewußten, Ähnlichkeiten bestehen.
Auch im Leben verändern sich Frauen, erneuern sich, sie identifizieren sich und projizieren ihr Ich auf andere Frauen, Teile von sich in andere, durch andere. Es gibt einen Austausch, ein Auswechseln, ein Zusammenfließen, und Teile von uns gehen in andere über.

Ich schreibe über das Haus in Louveciennes.

Ein Kritiker über Virginia Woolf:

»Alle Charaktere bei Virginia Woolf neigen dazu, ungeheuer komplizierte Bündelungen von Eindrücken und Empfindungen zu bleiben. Ihre Werte sind in ihnen eingeschlossen, aber für den Leser werden sie nicht durch die lebendige Erfahrung faßbar, deren philosophische *Reflexionen* sie sind.«

Das kann auch von meiner Arbeit gesagt werden. In *Winter of Artifice* wollte ich die reine Substanz der Persönlichkeit wiedergeben, losgelöst von nationalen Charakterzügen, Zeit und Ort, um so besser in das innerste Wesen, das tiefste Ich einzudringen. Ich beschreibe Zustände: Schlaflosigkeit, Besessenheit, Kälte.

Lanny Baldwin sagte, der zweite Teil von *Winter of Artifice* sei wie ein Vulkan. In der Tat. Vulkane sind Sicherheitsventile, notwendig in Asphalt und Beton, in zementiertem Leben und asphaltierten Liebenden.

Eine Party. Olga und ihr Mann. Bill Ottoway, der Negerschriftsteller. William Steig, James Agee. Mrs. Aswell von *Harper's Bazaar,* Leo Lerman, die Raydons, die Kahlers, Baldwin, Gore Vidal. Gore sprach mit Ottoway, er überwand sein Vorurteil.

Nancy Banks ist mit Don, einem Negergitarristen, verheiratet. Wir freundeten uns während der Dreharbeiten zu Mayas Film an. Wir trafen uns in der Kalypso Bar und hörten ihrem Mann beim Jazzspielen zu. Nancy erzählte mir die Geschichte ihres Lebens, und ich dachte darüber nach. Sie machte mich traurig. An einem anderen Tag besuchte ich sie in ihrer Wohnung, in einem kleinen Haus nahe am Hudson. Sie erzählte mir von ihrem Kind, und daß sie nicht zusammen durch die Straßen gehen können. Sie werden beschimpft und sind manchmal in Gefahr. Das Kind war sehr schön. Es gab in der Wohnung kaum Möbel, aber viele Bücher und Schallplatten, und es lag viel Liebe in der Luft.

Ich treffe Josephine und Pablo. Wir machen einen lustigen Spaziergang durch die Stadt.
Erwachsene Menschen beziehen sich aufeinander, ohne die Notwendigkeit zu empfinden, ineinander aufzugehen. D. H. Lawrence schrieb gegen das Ineinanderaufgehen. Aber es ist das Ineinanderaufgehen, das ich suche und liebe.

Der Gore draußen in der Welt ist ein anderer Gore. Er strebt unersättlich nach Macht. Er muß erobern, glänzen, dominieren.

Über das Schreiben: Schreiben ist für mich nicht Kunst. Es gibt keine Trennung zwischen meinem Leben, meinem Handwerk und meiner Arbeit. Die Form der Kunst ist die Form der Kunst meines Lebens, und mein Leben ist die Form der Kunst. Ich lehne künstliche Muster ab. Geschichten haben kein Ende. Jeder Moment bringt einen neuen Gesichtspunkt. Wirklichkeit verändert sich. Sie ist relativ.

Bei Wilson war es notwendig, sich einer neuen Lebensordnung zu beugen oder ihn zu verführen, um zu vermeiden, beherrscht oder überwältigt oder versklavt zu werden. Unter dem Deckmantel der Verführung vermeidet man, kontrolliert zu werden, beeinflußt, besessen. Denn dieser Machtmensch – der Vater – hat mich einst überwältigt, versklavt, mein Leben beherrscht, mich tyrannisiert und mich dann verraten. Er nützte meine kindliche Schwäche und Abhängigkeit grausam aus. In der Gegenwart dieser Vaterfigur, obwohl ich jetzt eine Frau bin, fühle ich mich nicht frei oder gleichwertig oder fähig, meine Entwicklung fortzusetzen, meine Forschungen, Versuche und Abenteuer. Ich empfinde eher Furcht davor, daß er mir schaden könnte, indem er mein Leben in seine Hände nimmt, mich behindert, mich unterdrückt. Angesichts dieser Haltung kann mir kein älterer Mann in seinem wahren Licht erscheinen.

Edmund Wilsons Meinungen, Kommentare und sein Geschmack mußten angenommen oder befolgt werden, wie ein Dogma. Meine erste Erfahrung entpersönlichte den MANN und ließ ihn zu einem Symbol werden für jemanden, der seine Macht mißbraucht. Ein Mann im Vollbesitz der Macht war jemand, der seine Macht dazu mißbrauchte, die Frau zu beherrschen. Der MANN mußte nicht beim Namen genannt werden. Meine neurotische Sehweise entdeckte die gefährlichen Elemente, die übrigens bei Henry, Gonzalo oder den Kindern nicht zum Vorschein kamen. Ich sah nur einen Mann, dessen Willen meinen Willen beugen würde, der meine Wünsche, meinen Glauben nicht respektieren würde, der mich meiner Freiheit berauben und der meine Entwicklung bedrohen würde.

Es war gerade sein Erfolg, der ihn verurteilte. Gerade die Art, in der die Leute von Edmund Wilson sprachen, mit vorbehaltlosem Respekt, verurteilte ihn in meinen Augen. Früher wurde ich manchmal durch Macht beflügelt: Otto Ranks poetische Kraft verschaffte ihm die Gabe der Prophezeiung und der dramatischen Wirkung. Aber in bestimmten Situationen verteidigte ER sein Hoheitsrecht: *Le droit du seigneur*. Er stellte seine Forderungen. Da benutzte ich zum ersten Mal meinen Charme, um jemanden zu versklaven und zu verlassen.

Wenn die Neurose dominiert, wird alles Leben zum symbolischen Spiel. Das ist die Geschichte, die ich zu erzählen versuche. Die Kindheit erschafft eine Gruppe von Charakteren, die zu Mythen werden. Jede Korrelation dient dazu, sie zu prägen. Sie werden in Übereinstimmung mit den Mustern geprägt und behandelt. Es gibt in der Neurose kein Einfühlungsvermögen und kein Erbarmen, denn der Gegenstand wird als Bedrohung gesehen, ein Feind, der besiegt werden muß. Und aus diesem Symbolismus (in meinem Fall nur der von Macht besessene Mann, niemals der, der ähnliche Bedürfnisse oder Schwierigkeiten im Leben hat, wie ich, Brüder, Schwestern, die dieser Rolle nicht erliegen) stammt das Gespenstische oder das Abstrakte in vielen Beziehungen heutzutage. Viele Paare, viele Menschen leben nicht mit wirklichen Menschen zusammen, sondern mit ihren Geistern.

Wer hat nicht jahrelang den besonderen Tonfall einer Stimme von Stimme zu Stimme verfolgt, wie ein Fetischist einen wunderschönen Fuß verfolgt, beinahe ohne die Frau zu sehen, der er gehört? Eine Stimme, ein Mund, ein Auge, alles aus der Quelle unserer ersten Sehnsüchte entsprungen, die sie lenkt, uns versklavt, solange, bis wir uns dazu entschließen, das fatale Gewebe zu entwirren und uns zu befreien. Die Geschichte vollständiger Freiheit kommt in diesem Band noch nicht vor. Ich befinde mich noch immer im Labyrinth, und ich muß bereit sein, verlorenzugehen, bevor ich gerettet werde. Nur wenn ich mich selbst aufgebe, kann ich gerettet werden. Ich möchte die Unwirklichkeit, unter der wir leiden, deutlich machen, sie vertreiben. Wer weiß, welche Schatten der Vergangenheit Edmund Wilson seine nächste Verzauberung vorschreiben? Der Held dieses Buches ist das Leiden, das unser Leben zu einem Drama der Zwänge und nicht der Freiheit macht.

Während ich gestern schrieb, klingelte es. Leonard stand vor der Tür. Ein Leonard, der durch sein Leben in der Armee den Tau seiner Jugend verloren hatte, sein Schillern, seine Transparenz. Mit rauheren Händen und härterer Haut; er ist jetzt Leutnant. Ein Leonard, der weniger scheu ist und eine vollere Stimme hat. Er hatte sich entschlossen, nach Japan zu gehen.

Eine Party bei Maya Deren. Robert Lowry, fett wie ein aufgedunsenes Kind, nur Fleisch und kleine Augen, sagt: »Ich hatte Sie mir strenger vorgestellt, denn Ihr Schreiben ist so rein, aber Sie sind weich.« Griffith sagt: »In Ihrem Schreiben liegt etwas, was mich sehr bewegt, es ist eine Art Mut des Herzens.«

Ich setze mich zu Enrique Zanarte, einem Velásquez mit schwarzsamtenen Augen, der, um sich in seiner Isolation zu bestätigen, nur das Hassenswerte um sich herum bemerkt. Er deutet auf eine große Frau, deren Kleid nicht zu ihrer Figur paßt, und deren Hut und Schleier grotesk ihre Häßlichkeit betonen. Er richtet seinen Blick nur auf das Absurde, auf die schwarzen Zähne von Willard Maas, auf das Ungelenke und Widerspruchsvolle. Er beobachtet die, die sich hinter Fassaden verstecken; mondäne Fassaden, die zerbröckeln oder einen neuen Anstrich brauchen. Ich verlasse ihn, denn wie ich ihm gesagt habe, weiß ich, daß es das alles gibt, aber was ich nicht lieben kann und was nicht in meine Welt paßt, will ich nicht sehen. Ich unterhalte mich mit Nancy, die durch ein Gewebe vielfarbiger Zärtlichkeit an ihren Negermusiker gebunden ist; sie umgeben alle, mit denen sie in Berührung kommen, mit Zärtlichkeit, denn ihre persönliche Zärtlichkeit fließt über und erfaßt alle anderen. Ich spreche mit Sherry. Die eine Hälfte ihres Körpers ist stark und animalisch, der obere Teil ist kindlich und zerbrechlich; sie ist durch eine Netz der Sinnlichkeit an viele gebunden. Ich suche Pablos Überschwenglichkeit und seine sinnliche Leidenschaft für Leben und Bewegung. Er tanzt ununterbrochen. Wenn er die fünf Treppen zu mir hinaufstürmt, springt er wie eine Gazelle mit großen Sprüngen, nimmt zwei Treppenstufen auf einmal. Ich suche Robert Lowry, denn er richtete vor Jahren seine Energie auf eine Druckerei, auf Drucken und

Schreiben und auf das Entwerfen schöner, kleiner Bücher.
Ich suche James Merrill, denn seine Poesie ist schön.
Als ich Pablo wegen seiner spontanen Fröhlicheit küßte, umringten mich andere und wollten auch geküßt werden.
Ich verließ die Alleinstehenden und wendete mich nur noch den Verliebten zu.
Gore war nicht da, denn er war krank. Als er am nächsten Tag kam, um mich zum Dinner abzuholen, war er blaß. Er brachte mir Gedichte, die er mit sechzehn geschrieben hatte. Er zeigte mir Geschichten, die er damals schrieb. Die eine war lustig, die andere ironisch. »In der Schule machten sie sich über Gefühle lustig.«
Und hier liegt der Ansatz zum Panzer. Dieser Panzer ist Amerikas wirksamster Beitrag zur Persönlichkeitsbildung. Ein starker Schutz. Laß ihn dir früh genug wachsen.
Charles Duits begreift den Panzer; er besitzt eine raffinierte Version. Sie besteht aus einer intellektuellen Absonderung und dem Analysieren. Der Panzer ist in seiner subtilen Poesie zu entdecken.

Ich sehe Gonzalo täglich, aber er ist trübsinnig und schwermütig und liegt so drückend auf meinem Gemüt, daß ich mich der Zukunft zuwende. Was wird aus Leonard werden? Was wird aus Gore werden? Er will Macht. Leonard weiß noch nicht einmal, was er will. Vielleicht wird sich Gore der Politik zuwenden. Es liegt in seiner Familie.

Der Kampf um Erfolg findet jetzt zwischen ungestümen und unsubtilen Männern und sanften, zarten jungen Männern statt.

Gonzalos Heftigkeit. Aus Eifersucht nahm er das Gemälde von Paul Mathiesen von der Wand und vernichtete es.

Ich besuchte Nancy, den Negergitarristen und ihr Kind. Ihr Leben hat mich so tief berührt, daß ich mich hinsetzte und eine Geschichte schrieb »The Child Born Out of the

Fog«.* Ich dachte dabei auch an Richard Wright, an Helen und ihr Kind.

Verbrachte den Tag im Yonkers Park, um für Mayas Film zu arbeiten. Tanzen zwischen imitierten griechischen Säulen und Statuen. Jemand brachte Coca-Cola und Hot dogs. Als ich den Hot dog aß, sagte jemand: »Das sieht aber merkwürdig aus, wenn du Hot dog ißt.« Verwünschtes Image! Ich fühlte mich gerade wohl, und die Bemerkung ärgerte mich. Maya, Sascha, Rita, Nancy und Sherry wollten mich nichts tragen lassen. Sherry sagte: »Du bist eine legendäre Figur. Ich denke daran, daß ich später einmal zurückblicken und sagen werde: ›Ich war hier im Yonkers Park mit der legendären Anaïs!‹« Ich war völlig verzweifelt. Hat mein Schreiben diese Distanz geschaffen? Ich fühlte mich ausgeschlossen, ausgeschlossen von jedem natürlichen, normalen Leben.
Auch wenn ich bei Gore unbeschwert sein will, gefällt ihm das nicht. »Du hast mir beigebracht, daß das Glück in den Tiefen liegt.«

---

* Später in *Under a Glass Bell* aufgenommen (Hrsg.).

## [Mai 1946]

Die Arbeit an Mayas neuem Film hatte auch Schattenseiten. Autoritätsbewußt wie ein richtiger Filmregisseur, rief Maya einfach an und sagte: »Wir treffen uns morgen früh um sieben Uhr am Central Park, am Eingang Fifthy ninth Street. Wir müssen drehen, solange noch keine Leute da sind. Nimm am besten ein Taxi. Ich bezahle es.«

Natürlich zahlte Maya nie, denn sie hatte ja auch kein Geld. Für einige von uns war das eine schwere Belastung. Manchmal trafen wir uns in der Grand Street, in der Innenstadt, vor den Geschäften, in denen Brautkleider verkauft werden. Es war eine surrealistische Szenerie, zwischen häßlichen, hohen, unmenschlichen Gebäuden, schmutzigen Straßen voller zerbrochener Flaschen und Abfälle, mit Betrunkenen, die in Hauseingängen schliefen und die mehr tot als lebendig aussahen.

Alles in Grau, Braun, Schwarz, in schäbigen Farben. Dagegen in den Schaufenstern eine Welt aus weißem Satin, Spitzen, weißen Blüten und zarten Mannequins, eingehüllt in Wolken aus Tüll. Romantische Gewänder mit langen Schleppen, ein erstaunliches Überdauern aus Zeiten, in denen Schönheit und Poesie herrschten. Das Ritual der Hochzeit, noch immer nicht zeitgemäß den Alltagskleidern angepaßt. Kostüme dem Mittelalter nachempfunden, den Tagen prunkvoller Feste. Das Dekolleté wie Madame Récamier, das Empiregewand wie Joséphine, das bauschige Kleid des achtzehnten Jahrhunderts, der tiefe, eckige Ausschnitt der Königin Elizabeth. Die Frisuren, der Schmuck und die Schleier Poe'scher Heroinen, Burggräfinnen, Damen des Adels am Spanischen Hof oder beim

Stierkampf; römische Matronen bei den Spielen. Jedes Kostüm in den Schaufenstern der Grand Street war anmutig, reizvoll, duftig, poetisch. Ein surrealistischer Traum in einer armseligen und schäbigen Umgebung. Ein Schauspiel für müde Augen, hungrige Gesichter und ausgemergelte Körper.

Wir tanzten zwischen Bräuten, tanzten inmitten der Spiegelungen unzähliger Bräute.

Ein anderes Mal kam es im Central Park zu einer dramatischen Szene, die uns gegen Maya aufbrachte. Frank Westbrook ist Ballettänzer. Sein Leben und seine Karriere hängen von seinem Körper ab. Maya wollte bei den Felsen eine Szene drehen, in der Frank von Stein zu Stein springen sollte. Wir alle hielten das für zu gefährlich. Wir fanden, das sei zuviel verlangt. Ein wohlüberlegter, tänzerischer Sprung auf ebener Bühne ist eine Sache; eine ganz andere Sache ist es, von Fels zu Fels zu springen und dabei ein gebrochenes Bein zu riskieren. Wir protestierten. Wir sagten, kein Film sei ein solches Risiko wert. Wir ermutigten ihn, das abzulehnen. Da ich es war, die Frank zu Maya gebracht hatte, fühlte ich mich mehr als die anderen für ihn verantwortlich; ich war auch mehr empört. Sie setzte ihren Willen durch. Sie stellte sich auf den Standpunkt, er müsse springen, oder sie würde ihn nicht mehr mitspielen lassen. Wir legten unsere Jacken auf die Steine. Mit Wut und Angst sahen wir zu. Er sprang. Jedoch unsere Gefühle für Maya hatten sich verändert. Gewiß, es war ihr Film, aber wir arbeiteten freiwillig mit. Wir opferten unsere Zeit, unsere Energie, sogar unser Geld, also sollte sie menschlicher sein. Wir glaubten an sie als Filmemacherin, wir hatten Vertrauen zu ihr, aber wir begannen zu spüren, daß sie nicht menschlich war. Die Ausstrahlung ihrer Persönlichkeit, ihre unerschrockenen blauen Augen, ihr zigeunerhaft wildes, gekräuseltes Haar, das ihr Gesicht wie ein Strahlenkranz umgab; ihr Gesicht kräftig und ausgeprägt, runde Augen, volle Lippen, wie von Botticelli gemalt, aber

viel härter; ihre resolute Stimme, das Selbstbewußtsein und die Sinnlichkeit ihres kräftigen Körpers, ihr Tanzen, Trommeln: Das alles verfolgt uns.
Wir verbrachten viel Zeit damit, über sie zu reden. Unser Leben wurde von ihr manipuliert. In unsere Bewunderung für ihre Energie und Hartnäckigkeit mischte sich Auflehnung gegen ihre beherrschende Erscheinung.
Die Partys finden alle bei ihr statt. Wir treffen uns immer bei ihr zu Hause. Manchmal komme ich mit Anhang, mit meinen Kindern, meinen jungen Männern; dann versucht sie regelmäßig, einen von ihnen zu verführen, und es beginnt das, was wir ihren »Balztanz« nennen. Einmal rief mich Charles Duits an: »Ich bin hier allein mit Maya. Sie führt gerade ihren Balztanz auf. Bitte komm und rette mich.«
Später gestand er mir, was ihn wirklich erschreckt habe, seien die Haare auf ihrer Brust.
Wir wurden von ihr beherrscht und beeinflußt und wußten nicht, wie wir uns befreien sollten. Ihre Art, Filme zu machen, faszinierte uns.

Es gefällt mir an meinen Jungen, daß sie noch nicht verhärtet sind. Wir alle verwechseln Härte mit Stärke. Stärke müssen wir erreichen, aber nicht Gefühllosigkeit.
Erwacht aus einem Traum, dem Traum von der Druckerei. Gonzalo hat ihn zerstört. Wenn ich nicht dort arbeite, verbringt er die Zeit damit, mit Freunden zu reden. Er erstickt in Schulden.
Ich bin nicht in die Druckerei gegangen, ich habe geschrieben.

Konfrontiert mit Edmund Wilson, kam ich mir wie ein Kind vor. Warum? Ich weiß es nicht. Aber es war einfach so. Ich fühlte mich ohne Autorität, verletzbar, meiner Kraft beraubt. Ich hatte das Gefühl, daß ich dem Sturm oder der Kritik, die mich treffen würde, die mich niederschmettern würde, vielleicht entgehen könnte, wenn ich mich kleiner machte. Hatte ich überhaupt an Widerstand gedacht?

Widerstand bedeutete Krieg, Krieg bedeutete Wunden und keinen sicheren Sieg. Es war derselbe Krieg, den ich einst mit ungleichen Waffen gegen einen überkritischen Vater geführt hatte. Wilsons Tyrannei und Dogmatismus, seine akademische Gelehrsamkeit unterjochten mich. Es ist ein Irrtum zu glauben, Höflichkeit sei ein Blitzableiter. Im Gegenteil, er spürte mein Ausweichen, und die Kritik kam. Er konnte eines meiner Bücher von Anfang bis Ende lesen und dann lediglich sagen: »Du hast da einen Englischfehler gemacht.« Bei seiner Vorliebe für Henry James konnte er mich nicht lesen, mich nicht verstehen. Mit seiner Dissertation über griechische Kunst konnte er mich nicht beeindrucken. Mit seinen neuen Schuhen, so glänzend und so korrekt, konnte er in mir keine Gefühle erwecken. Sie waren viel zu gediegen und viel zu schwer. Sein Haus war nicht nur sein Haus, es war auch das konventionelle Haus meines Vaters in Passy. Es war genauso dunkel und streng, es hatte dieselbe unpersönliche Eleganz, dieselben beengenden Fenster. Er ist genauso alt wie mein Vater. Deshalb war es nicht mehr nur Edmund Wilsons Haus. Es wurde zu einem Symbol der Vergangenheit und mußte niedergerissen und vergessen werden.

Es gibt eine Lebensweise, die nach mehr Luft, mehr Raum, mehr Leichtigkeit strebt. Wie ein Flugzeug erhebt sie sich über die Stürme. Für sie sind Hindernisse dazu da, überwunden zu werden; sie sieht in dem, was uns zerstört, ein selbstgeschaffenes Monster, das in uns und durch unsere Ängste lebt und deshalb auflösbar und veränderbar ist.

Das Geheimnis eines erfüllten Lebens liegt darin, zu leben und mit anderen so zu leben, als seien sie morgen nicht mehr da, als sei man selbst morgen nicht mehr da. Dann gibt es nicht mehr das Laster, Dinge aufzuschieben, die

Sünde, etwas zu verzögern, das verpaßte Gespräch, die fehlende Gemeinschaft. Diese Erkenntnis machte mich gegenüber allen Menschen aufgeschlossener; gegenüber allen Begegnungen, die den Keim von Intensität enthalten, der oft leichtfertig übersehen wird. Dieses Gefühl stellt sich immer seltener ein und wird durch unseren gehetzten und oberflächlichen Lebensrhythmus mit jedem Tag seltener, in einer Zeit, in der wir glauben, mit viel mehr Menschen in Verbindung zu sein, mit mehr Völkern, mit mehr Ländern. Diese Illusion kann uns daran hindern, mit dem Menschen, der uns wirklich nahe ist, eine aufrichtige Beziehung einzugehen. Die bedrohliche Zeit, in der mechanische Stimmen, Radio und Telefon, an die Stelle menschlicher Beziehungen treten, und die Absicht, mit Millionen in Verbindung zu sein, schafft eine zunehmende Verarmung von Vertrautheit und Menschlichkeit.

Maya wollte nicht mit Berufsschauspielern arbeiten, weil sie eitel und ohne Ausstrahlung seien. Nun aber, da sie so viele unterschiedliche Persönlichkeiten, wie ich sie im Tagebuch beschrieben habe, um sich versammelt hatte, behandelte sie sie nicht als Individuen, und deshalb wurden sie bedeutungslos. Die schwächste Szene im Film – die Party – ist deshalb leer, weil die Personen nicht als Individuen in Erscheinung treten. Maya versuchte gar nicht, ihre jeweilige Persönlichkeit zur Geltung zu bringen. Teiko zum Beispiel hat ein beredtes Schweigen. Was sie spricht, wirkt ausdruckslos und nicht überzeugend, denn unsere Sprache ist nicht die ihre. Die Themen Verfolgung und Jagd werden nirgends entwickelt. Fast jeder wirkt eher lächerlich als bedeutsam. Es bereichert den Film nicht, daß wir in einer Großaufnahme die Warze an Franks Hals sehen. Es entfremdet ihn uns als Tänzer. Er wird eine Karikatur seiner selbst. In *Meshes of the Afternoon* ist Maya sehr poetisch, sie beachtet die Ausstrahlung der Personen, sie steigert den Eindruck der Atmosphäre.

In diesem Film *(Ritual in Transfigured Time)* gibt es kein solches Wunder, allenfalls am Schluß in der Szene mit der weißen, nebelhaften Figur. Mayas Rücksichtslosigkeit gegenüber Menschen spiegelt sich in ihrer gefühllosen und verzerrten Sehweise. Der erste Teil mit den Statuenszenen ist der beste. Die Party ist der schwächste. Das Thema ist verfehlt. Man versteht das Suchen nicht mehr. Eine Leere breitet sich aus. Das Thema vom Austausch der Persönlichkeit wird nicht mehr erkennbar, und ich bin sogar der Meinung, daß Maya, indem sie die Charaktere zerstörte, den ganzen Film zerstört hat. Wenn in der Partyszene Gesten unterbrochen werden, Köpfe dem Schnitt zum Opfer fallen, dann sind es nicht Menschen, die Arme und Köpfe verlieren, es ist der Film, der seinen Sinn verliert. Ich empfinde diesen Film als mißglückt.

## [Juni 1946]

Notizen für die Vorlesungsreise:
Mein Hauptthema sind menschliche Beziehungen. Ich möchte alle Spielarten und Feinheiten von Beziehungen erforschen. Da es die Momente emotionaler Krisen sind, in denen sich die Menschen wirklich offenbaren, wähle ich meistens diese Momente, um darüber zu schreiben. Ich wähle die Höhepunkte, denn sie bringen alle Kräfte der Intuition zur Entfaltung. Deshalb wähle ich Stimmungen, Seinszustände, Zustände der Begeisterung, um die Realität der Gefühle und der Sinne hervorzuheben. Das ist mein Beitrag zu einem weiblichen Konzept der Wirklichkeitsbewältigung. Die Sprache der Gefühle, die völlig von der Sprache des Intellekts verschieden ist. Da ich Spontaneität, Improvisation, freie Assoziation anstrebe, wäre es ein Widerspruch zu behaupten, ich habe einen Plan und verfolge eine bewußte Struktur. Die einzige Struktur, die ich verfolge, basiert auf drei Formen der Kunst – Malerei, Tanz und Musik –, denn sie sprechen die Sinne an, die meiner Meinung nach in der zeitgenössischen Literatur vernachlässigt werden. Die Ausdrucksformen dieser Künste sind am unmittelbarsten mit dem Leben verbunden: mit den Augen, dem Körper, den Gefühlen.
Ich schreibe über das Leben in den Momenten seiner größten Intensität, denn dann wird sein Sinn am stärksten erkennbar. Ich schreibe fortwährend in der Stimmung, von der gesagt wird, sie entstünde, wenn wir den Augenblick unseres Todes kennen würden: die Intensivierung unserer Erinnerung. Durch das Führen meines Tagebuchs habe ich sie entwickelt. Ein Tagebuch zu schreiben, ließ in mir ver-

schiedene Gewohnheiten entstehen: Die Gewöhnung an Aufrichtigkeit (denn niemand stellt sich vor, daß das Tagebuch jemals gelesen wird); die Gewohnheit, über das zu schreiben, was uns am meisten beschäftigt, und über jedes Thema, das mich beschäftigt, zu improvisieren; man gewöhnt sich an Spontaneität, Enthusiasmus, Natürlichkeit. Die emotionale Realität der Gegenwart. Eine Rücksichtnahme auf die gegenwärtige Stimmung. Träume gehen in die Wirklichkeit des Handelns ein. Aus dem Handeln entstehen wieder Träume; und es ist die gegenseitige Abhängigkeit, die die höchste Form des Lebens hervorbringt. Ich war in der Lage, diese Übergänge zu schaffen. Ich bin von einem Zustand in den anderen gewechselt.

Was der Dichter zu sagen hat, ist so leicht wie Schnee, aber so mächtig wie die Sintflut. Wird die Kraft der Gefühle die großen Betonstädte von morgen mit dem lebensnotwendigen Wasser versorgen? Gefühle werden die Wurzeln ernähren und endlich das Blühen herbeiführen, die Millionen von Zellen befruchten, die im Mikroskop sichtbar werden.

Das Zerlegen des Menschen, von Joyce bis Proust, die Zellteilung unter den Augen der Analyse, die Uranspaltung rufen Kettenreaktionen hervor. Durch Leidenschaft und Vertrauen muß der Mensch wieder zu einer Einheit werden. Unser Vertrauen hat sich von etwas, das außerhalb unseres Ichs liegt, zum Innenich hin verschoben. In *Winter of Artifice* wollte ich das reine Wesen der Persönlichkeit zeigen, befreit von nationalen Charakterzügen, Zeit und Raum, um so besser in das innerste Wesen, das tiefste Ich eindringen zu können. Ich beschreibe Seinszustände: Schlaflosigkeit, Kälte, Angst. Indem ich Eindrücke und Empfindungen vermittle, wie sie durch Musik wiedergegeben werden können, indem ich das Empfindungsvermögen bereichere, versuche ich, mich der sinnlichen, gefühlsbestimmten Art, in der wir Erfahrungen machen, anzunähern.

Meine Art zu arbeiten hat Ähnlichkeit mit der eines Komponisten. Ich fange mit einem Wort oder mit einem Satz an, der eine Fülle von Assoziationen hervorruft, und beginne dann, ihn zu variieren, zu erweitern, zu improvisieren, immer in dem Bemühen, den größtmöglichen Inhalt herauszuziehen.

Wenn ich an eine Frau mit orientalischen Merkmalen denke, sehe ich eine unendliche Zahl von Frauen in ihr widergespiegelt.

Ich schreibe eine Algebra der Gefühle. Mein ganzes Leben lang habe ich mir selbst versprochen, am Anfang anzufangen und eine Geschichte ganz einfach, Schritt für Schritt, zu erzählen. Dann beginne ich, und sofort erhöht sich mein Tempo, mein Rhythmus wird atemlos, und ich bin wieder einmal mehr auf der Suche nach der Quintessenz der Gefühle. Weshalb verwendet der Dichter Symbole in seinen Geschichten? Warum läßt der geborene Geschichtenerzähler sich Zeit und arbeitet auf direkte Weise mit unveränderten Ereignissen?

Wahrheit und psychologische Realität sind die Grundlagen dessen, worüber ich schreibe. Aber ich habe gelernt, daß unsere Wirklichkeit zum Teil vom Unbewußten bestimmt wird und sich zum Teil aus früheren Erfahrungen zusammensetzt, und beide werfen ihre Schatten auf die Gegenwart.

Ich kann immer den Anlaß benennen, der mich zum Schreiben brachte, der dem Schreiben als Quelle zugrundeliegt. Ich kann das wahre Vorbild, den Ort und die Zeit benennen. Aber weil ich darauf bestehe, das Wesen herauszuziehen, ein gefiltertes Produkt zu schaffen, wird es ein Traum, in dem jede Wirklichkeit in symbolischer Form erscheint. Alles, was ich schreibe, muß übersetzt werden, aber indem man das so tut, wie man einen Traum dechiffriert, lernt man die Sprache des Unbewußten, eine wertvolle Sprache.

Ich wähle die außergewöhnlichen Elemente des Lebens,

die Höhepunkte, denn sie sind Augenblicke größter Enthüllungen, Erleuchtungen, des größten Reichtums. Es sind die Augenblicke, in denen die Mächte des Unbewußten zur Oberfläche emporsteigen und regieren. Durch diese Auswahl der stärksten Gefühlsregungen, Begeisterungen und Seinszustände verstärke ich die Realität der Empfindungen und der Sinne. Ich benutze die Sprache der Gefühle und der Sinne, die sich von der des Intellekts unterscheidet.

In *Ladders to Fire* verwende ich moderne Malerei als das treffendste Symbol, um die Desintegration der Persönlichkeit, das Fragmentarische, abzubilden. Moderne Malerei ist ein Schlüssel zum Charakter von Jay, so wird sein Bruch mit der Realität, sein Auseinanderfallen enthüllt. Was eine Überentwicklung des rationalen Intellekts trennte, entzweibrach und zerlegte, kann nur durch Sinne und Gefühle wieder zusammengefügt werden. Das Leben der Sinne und Gefühle könnte uns zur Ganzheit zurückführen, dazu, alle Dinge in ihrer Totalität zu erfahren. Der Mensch begann unter dem Mikroskop der Analyse auseinanderzufallen, die von Proust bis zur letzten Perfektion getrieben wurde. Der Mensch löste sich im undifferenzierten Fluß des unbewußten Monologs bei Joyce auf. Aber keiner dieser Prozesse hätte sich für den Menschen als verhängnisvoll erweisen müssen, genausowenig, wie die Atomspaltung Energie zerstören mußte. Im Gegenteil, sie setzte mehr Energie frei. Die Analyse des Menschen könnte mehr Energie befreien und eine ehrlichere Synthese schaffen. Diese neue Dimension, entdeckt und erforscht, könnte ein gutes Instrument sein, um den Menschen stärker und vollkommener zu machen.

Manche Schriftsteller versuchen, die Form festzulegen, bevor sie mit dem Schreiben anfangen. Ich glaube, Form ist nichts Vorgefertigtes, sondern sie wird durch den Inhalt, den Stoff des Buches, durch das Thema bestimmt. Für mich bedeutet das einen inneren Ausbruch, sehr ähnlich den Ausbrüchen, die die Erde in ihren ständigen Veränderungen hervorbringt. Sie ereignen sich im Zusammenhang mit inneren Spannungen, innerem Druck, den inneren Schwankungen der Temperatur; und es ist die Anhäufung dieser Vorgänge im Innern, die Gebirge und Ozeane erschuf. Um meine eigene Form zu entwickeln, muß ich zuerst sehr tief in diese natürliche Quelle des Erschaffens hinabsteigen. Und die Quellen des Erschaffens liegen wie die geologischen sehr tief im Mittelpunkt des Seins, wie sie im Mittelpunkt der Erde liegen. Wenn ich mich einmal dafür entschieden habe, in der Dunkelheit zum Mittelpunkt der Erde zu reisen, finde ich Kostbares: Kohle, Metalle, Steine und alle zum Leben notwendigen Elemente. Ich finde auch Feuer, ohne Feuer ist keine Schöpfung möglich, denn das Feuer bewirkt die Verschmelzung. Feuer, Erde und Wasser sind Teile der Schöpfung, der Leidenschaft, der Erfahrung und des Fließens. Habe ich diese Quellen einmal erschlossen, dann wird das Schreiben so natürlich wie das Singen.

Wenn ich mit dem Schreiben nur schwer vorankomme, bedeutet das ganz einfach, daß ich wie ein alter *sourcier* die Wasserquelle noch nicht gefunden habe.

Ein zu großer Nachdruck auf die Technik des Schreibens lähmt die Natürlichkeit. Das Material, aus dem ich erschaffe, stammt aus dem Leben, aus der Persönlichkeit des Menschen, aus Erfahrungen, Abenteuern, Reisen. Dieses natürliche Fließen der Reichtümer steht an erster Stelle. Die Technik ist lediglich ein Mittel, um das Fließen zu lenken, in Form zu bringen, zu konturieren; aber ohne das ursprüngliche Fließen aus den Reichtümern des inneren Materials vertrocknet alles.

Amerika leidet unter dem Kult der Technik und des Handwerks. Die Technik ist eine Fertigkeit, die angelernt und nicht aus innerer Notwendigkeit oder innerer Vorstellungskraft entstanden ist. Sie kann nichts anderes als fotografieren und registrieren. Sie kann kein Leben vermitteln. Ich sehe das Schreiben als etwas Natürliches, Spontanes an, wie einen Strom. Wenn ich nur ein Rinnsal sehe, Zögern, Schwierigkeiten, Vorausdenken, Vorbereitungen und viel Gerede, dann weiß ich, daß die Quelle schwach ist.

Das Thema des Tagebuchs ist immer das Persönliche, aber das bedeutet nicht, daß es nur eine persönliche Geschichte ist: Es ist die persönliche Beziehung zu allen Dingen und zu allen Menschen. Das Persönliche, wenn es entsprechenden Tiefgang hat, wird universal, mystisch, symbolisch; ich verallgemeinere, ich intellektualisiere nie. *Ich sehe, ich höre, ich empfinde.* Dies sind meine einfachen Handwerkszeuge, mit denen ich auf Entdeckungen gehe.

Diese Entdeckungen fielen mit den Entdeckungen der Psychologie und der Wissenschaft zusammen (oder vielmehr, sie wurden durch sie beeinflußt und entwickelt). Indem ich meinen eigenen Erfahrungen vertraute, entdeckte ich das Grundthema der modernen Literatur: das Zerlegen des Menschen durch die Analyse, durch das moderne Leben, durch die moderne Technologie. Sie bringen ihn in einen Zustand des Nichtfühlens, der für seine Gesundheit und für sein Leben gefährlich ist.

Der Primitive und der Dichter haben sich nie getrennt. Als Picasso eine bestimmte Ebene seiner Kreativität erreicht hatte, suchte er Inspiration bei den Afrikanern, um sich zu erneuern. Intellektuelles Wissen reicht auf die Dauer nicht aus. Musik, Tanz, Dichtung und Malerei sind Kanäle für Emotionen. Durch sie dringt die Erfahrung in unsere Adern ein. Ideen können das nicht.

Ein Großteil der Literatur in Amerika hat Banalität mit Einfachheit verwechselt und das Klischee mit universaler Aufrichtigkeit. Es besteht ein puritanischer Argwohn gegen alles, was die Sinne verführen und verzaubern kann.

Es herrscht ein Vorurteil gegen Subjektivität, denn man glaubt, Subjektivität sei eine Verengung des Gesichtsfeldes. Aber das ist genauso wenig wahr wie zu behaupten,

Objektivität führe zu einer Erweiterung des Lebens. Nichts führt zu einer unermeßlichen Erweiterung des Lebens außer der Fähigkeit, sich genauso weit nach innen wie nach außen zu bewegen. Wichtig ist weder Subjektivität noch Objektivität, sondern Beweglichkeit, Lebendigkeit, ihre Wechselbeziehung und die Wechselbeziehung zu anderen. Ein Mensch, der ohne Beziehungen zu anderen Menschen lebt, stirbt. Auch ein Mensch, der ohne Beziehungen zu sich selbst lebt, stirbt.

Das Wichtigste für den Romanschriftsteller ist, zu erkennen, daß jede Generation ihre eigene Wirklichkeit, ihre eigene Sprache und ihre eigenen Bilder erschaffen muß. Jeder einzelne von uns muß die Welt neu erschaffen.

Es gibt eine neue Dimension der Persönlichkeit, und ich suche nach einem Weg, sie zu erfassen. Der alte, eindimensionale Standpunkt ist zu starr.

Das Leben des Menschen wird zu einem großen Teil geträumt. Dieser Teil muß aufgespürt und freigelegt werden. Er ist Bestandteil unserer Wirklichkeit, unserer emotionalen Wirklichkeit.

Ich arbeite mit plötzlicher Intuition, fortschreitendem Erkennen. Durch einen ausgewählten Augenblick wird weit mehr enthüllt als durch ein großes Gebäude aus Einzelheiten. Die Welt, die die Persönlichkeit umgibt, wird beschrieben, wie die Persönlichkeit sie sieht; es ist eine emotionale Landschaft. Das Annähen eines Knopfes enthüllt die Nachlässigkeit des Mannes in seiner Beziehung zu der nähenden Frau.

Man bewegt sich in der Zeit hin und her, denn die Vergangenheit greift oft in die Gegenwart ein und beherrscht sie häufig.

Es war gerade Henry James, der gesagt hat, wenn man ein Haus zu vollständig und zu genau, objektiv und gründlich in jedem Detail beschreibt, wird es der Vorstellung des Lesers unmöglich, zu begreifen, was dort geschehen könnte. Das Wesen des Hauses überschattet Ereignisse, erschafft seine eigenen Assoziationen mit den Randerscheinungen (Zeit, Ort, Geschichte, Architektur). Die Wirklichkeit des Hauses verschlingt die Leinwand und den Erzähler. Ich beschreite den entgegengesetzten Weg. Ich will so wenig Schmuck und Dekor wie irgend möglich.

## [Sommer 1946]

Als uns Maya aufforderte, in ihrem Film mitzuspielen, gestanden wir alle unsere persönlichen Ängste. Die Haut Frank Westbrooks war pockennarbig, und er war in diesem Punkt empfindlich. Sascha versprach, das zu berücksichtigen. Ich gestand, daß ich die Älteste sei und Nahaufnahmen fürchtete. Jeder von uns hatte eine Unvollkommenheit, einen Fehler, einen schwachen Punkt, über den er gerne einen Schleier breitete. Sascha und Maya beruhigten jeden, sie würden das bei der Bearbeitung des Filmmaterials berücksichtigen. Sascha gab sich mit Maya unendliche Mühe. Er machte sie in ihren Filmen schön. Die Sommersprossen verschwanden, die herben Züge wurden gemildert, das wild gekräuselte Haar wirkte leicht und duftig. Deshalb vertrauten wir uns ihnen an.

Ich erinnere mich an unsere Rückkehr von Mayas Studio, wo wir den fertigen Film gesehen hatten. Als er zu Ende war, saßen wir wie vom Blitz getroffen und sprachlos da. Frank Westbrooks Haut war voll ausgeleuchtet, und jede Pore, jede winzige Pockennarbe war so vergrößert, daß sie wie ein Krater aussah. Eine Nahaufnahme von mir in doppelter Größe zeigte mich mit fettiger Haut und durch die Vergrößerung verzerrt. Jeder fand seinen Fehler wieder. Maya sagte: »Das ist immer so. Jeder ist schockiert, wenn er sich zum ersten Mal im Film sieht oder seine Stimme zum ersten Mal hört. Deshalb habe ich mir von euch die Freigabe des Films schriftlich bestätigen lassen. Ihr werdet darüber hinwegkommen.«

»Maya, soll das bedeuten, daß du, obwohl wir als Freunde für dich gearbeitet, dir unsere Zeit geopfert und oft auch das Geld, das wir eigentlich nicht haben, für Taxis ausgegeben haben, unsere Gefühle nicht berücksichtigen und keine Änderungen vornehmen willst? Du hast so viele Meter von Frank gedreht. Glaubst du nicht, du könntest eine andere Einstellung als diese Nahaufnahme von ihm finden?«

Kim Hoffman, Steve, Gore, Bill Howell, Pablo, alle würden enttäuscht sein. Durch den ganzen Film zog sich eine Häßlichkeit, die sich in der Sehweise, in den Kameraeinstellungen und auch in Sascha selbst manifestierte. Er nahm unsere Reaktionen ohne eine Spur von Sympathie zur Kenntnis. Er schien zu glauben, Mayas Größe als Filmmacherin rechtfertige alles und unsere Reaktionen seien bedeutungslos.

Das Merkwürdige war, daß die individuellen Eigenarten meiner Freunde, an denen Maya so interessiert gewesen war – Pablos Fröhlichkeit und sein Funkeln, Gores Haltung, Steves Schönheit, Hoffmans verschmitztes Gesicht, Franks Tanzen und seine Intelligenz –, nicht eingefangen waren. Sie alle erschienen blaß und farblos.

Man kann in anderen nur das sehen, was einem die eigene Natur erlaubt zu sehen. Die Spannweite unseres Gesichtsfeldes hängt von dem Maß unserer persönlichen Entwicklung ab.

Ich fand heraus, daß Mayas Vorurteil gegen Psychologie von ihrem Kampf gegen einen Psychiater-Vater herrührte. Sie wies jede symbolische Auslegung zurück, und doch waren die Handlungen ihrer Filme symbolisch, nicht realistisch. Sie war eindeutig von Cocteau beeinflußt.

Wenn Maya in der Partyszene eine Hypnose der Sinne zeigen wollte, die Verflechtung von Beziehungen, Menschen, gefangen in den Trancezuständen sinnlicher Wärme, den *cabinets particuliers de l'amour* gegenseitiger Anziehung, dann hat sie das nicht suggeriert, und es fand nicht statt. Enthüllt wurde nur Leere.

Tod durch Desillusionierung kommt nicht plötzlich, und es gibt für die Desillusionierten auch keinen Gnadentod. Denn wenn diejenigen, die versuchen, dir zu helfen, lediglich feststellen, daß du träumst, in einer Illusion gefangen bist, dann kannst du wahrheitsgetreu antworten: Ich entwerfe und plane die Zukunft.
Was ist der Unterschied zwischen der Zersplitterung, die mich umgibt, und der Pluralität, die der deutsche Dichter Novalis als Zeichen des Genius betrachtete?
Haben große Persönlichkeiten viele Seiten und fallen trotzdem nicht auseinander?

Gores Familie besitzt ein Haus in Easthampton, und er schlug vor, daß ich eine Woche draußen verbringen sollte. Ich mietete ein Zimmer in einem malerischen, kleinen Cottage. Claude Fredericks wohnte in der Nähe bei Freunden, Moira wohnte nicht weit entfernt, und Madame Pierre Chareau war ebenfalls bei Freunden zu Besuch. Ich mietete mir ein Fahrrad, um herumzufahren. Einige von uns trafen sich am Strand. Gore kam von seinem schicken Strandclub und gesellte sich zu uns.
Ich glaube, er genierte sich, daß wir mit dem Fahrrad in der Stadt umherfuhren.
An einem Abend gab Hugh Chisholm eine Gartenparty. Es war so schön dort, daß ich mich an die geträumte Party in *Le Grand Meaulnes* von Alain-Fournier erinnert fühlte. Es gab farbige Zelte und Karren voller Rosenblüten, auf denen die Champagnerflaschen lagen. Männer und Frauen schienen aus *Vogue* und *Harper's Bazaar* zu stammen. Es war alles wunderschön anzuschauen, aber es fehlten Wärme und Natürlichkeit. Ich blieb nicht lange.

Ich wartete mit dem Fahrrad an einer Kreuzung auf das Umschalten der Ampel. Der außergewöhnliche Glanz seiner großen Augen schreckte mich aus meinen Gedanken, und ich schaute mir den Radfahrer neben mir genauer an. Seine Augen hatten ein silbernes Glitzern, das beinahe er-

schreckend war, denn es betonte die tumultartige Panik dicht unter der Oberfläche.
Seine Bewegungen waren natürlich und gewandt, die Gesten eines Jugendlichen, erregt und leicht. Das ganze Fieber lag nur in den Augen. Er fuhr sein Fahrrad wie einen Rennwagen. Er war plötzlich neben mir aufgetaucht, als sähe er keine Bäume, Autos, Menschen, und er hatte beinahe das Haltesignal überfahren.
Die Ampel schaltete von Rot auf Grün. Er trat wie wild in die Pedale, hielt aber plötzlich an und fragte mich nach dem Weg zum Strand. Der Ton, in dem er fragte, klang so, als sei der Strand ein Zufluchtsort, zu dem er sich vor schrecklichen Gefahren flüchtete.

Mir mißfiel Easthampton. Der Schleier der Monotonie und Uniformität, der über den neuen, ordentlichen Häusern hing, dem makellosen Rasen, den sauberen Gartenmöbeln. Männer und Frauen am Strand, alle ohne jede Anziehungskraft, gefügige Opfer der Zivilisation, elegant gekleidet, aber mit erstorbenen Augen. Statisch. Die Tafel vor der Kirche: »An diesem Platz steht die prachtvollste Kirche von Long Island.«
Um Mitternacht war alles verlassen. Die Leute saßen in ihren Häusern vor Flaschen, aus denen sie eine Fröhlichkeit trinken wollten, die an einem anderen Ort abgefüllt worden war. Es ist ein Trinken wie bei langen Nachtwachen. Nur die Bars waren geöffnet, in denen müde Figuren Vergessen suchten.
Ich hatte keine Schlaftabletten mehr. Ich ging noch einmal aus dem Haus, um einen offenen Drugstore zu suchen. Aber sie waren alle geschlossen. Um ein Uhr morgens lief ich immer noch umher, in der Hoffnung, müde zu werden und schlafen zu können, aber ich konnte meine Erinnerungen an Saint Tropez nicht loswerden: die Feste dort, das lebendige Treiben am Hafen, die offenen Cafés, die Lichter, das Tanzen, die Fahnen, die Flaggen der Yachten.

Neben mir hielt ein Auto. Ein großer, weißhaariger, irischer Polizeibeamter fragte mich höflich:
»Kann ich Sie irgendwohin bringen?«
»Ich konnte nicht schlafen. Ich habe einen Drugstore gesucht, um Schlaftabletten zu kaufen.«
Ich stieg in das Auto. Ich sagte: »Ich habe Heimweh nach anderen Stränden, die ich kenne.«
»Ich hatte Heimweh, als ich aus Irland hierher gekommen war.«
»Waren Sie jemals in Saint Tropez?«
»Ja. Ich war einmal der Leibwächter eines reichen Mannes. Ich bringe Sie zuerst zu mir nach Hause. Meine Frau und die Kinder schlafen, aber ich kann Ihnen Aspirin geben.«
Ich wartete im Auto, als er ins Haus ging. Er kam mit einem Glas Wasser und zwei Aspirin wieder heraus. Ich trank folgsam das Wasser und schluckte das Aspirin. Er richtete seine Taschenlampe auf einen Busch in seinem Garten und sagte: »Schauen Sie da!«
Ich sah Blüten, samtig mit schwarzen Herzen und goldenen Augen.
»Rosen von Sharon«, sagte er voller Verehrung und mit irischem Akzent.
»Sie wachsen nur in Irland und auf Long Island.«
»Jetzt kann ich schlafen«, sagte ich.
»Ja sicher. Man kann nur schlafen, wenn man etwas gefunden hat, für das man dankbar sein kann. Man kann nicht schlafen, wenn man zornig ist.«
Er schenkte mir ein paar von den Blumen. Während er mich nach Hause fuhr, sprach er von einem anderen Heimwehkranken.
»Er ist ein junger Mann in der Royal Air Force. Pilot während des ganzen Krieges, siebzehn, als er sich freiwillig meldete. Er kann nicht mehr fliegen, und das verkraftet er nicht. Er ist ruhelos, rast umher und kümmert sich nicht um die Verkehrsregeln. Ich gebe ihm keine Strafzettel

mehr. Er ist an Flugzeuge gewöhnt. Am Boden zu sein, ist hart für ihn. Ich weiß, wie ihm zumute ist.«

Am nächsten Tag trafen wir uns am Strand. Der ehemalige Pilot war auch da. Wir wurden miteinander bekannt. Wir machten einen langen Spaziergang am Strand. John fing an zu erzählen: »Ich war fünf Jahre im Krieg als Heckschütze. Ich war ein paar Jahre in Indien, in Nordafrika, ich habe in der Wüste geschlafen und mehrere Bruchlandungen hinter mir; ich bin über hundert Einsätze geflogen und habe alles mögliche gesehen. Sterbende Männer, schreiende Männer, die in brennenden Flugzeugen eingeschlossen waren. Ihre Arme verkohlt, ihre Hände wie die Krallen von Tieren. Das erste Mal, als ich zu einer Absturzstelle geschickt wurde ... der Geruch des brennenden Fleisches. Er ist süß und macht krank, und er haftet tagelang. Man kann ihn nicht wegwaschen. Man kann ihn nicht loswerden. Er verfolgt dich. Wir hatten aber auch viel zu lachen. Wir lachten die ganze Zeit. Wir lachten viel. Wir holten uns Prostituierte und warfen sie in die Betten von Kameraden, die keine Frauen mochten. Wir hatten Trinkgelage, die sich über Tage hinzogen. Ich liebte dieses Leben. Indien. Ich würde gerne zurückgehen. Dieses Leben hier, worüber die Leute reden, was sie denken, langweilt mich. Ich habe gerne in der Wüste geschlafen. Ich sah, wie eine Negerin ein Kind gebar. Sie arbeitete auf dem Flugplatz, trug Erde für die neue Landebahn. Sie unterbrach ihre Arbeit, gebar unter der Tragfläche eines Flugzeuges, nur mal so, dann band sie das Kind in ein paar Fetzen und ging an ihre Arbeit zurück. Komisch, dieses große Flugzeug zu sehen, so modern, und diese halbnackte Frau, die gebar und dann fortfuhr, Erde in Kübeln für eine Landebahn zu schleppen. Wissen Sie, nur zwei aus der Gruppe, in der ich angefangen hatte, kamen lebend zurück. Meine Kameraden warnten mich immer: ›Laß dich nicht herunterholen, wenn du einmal heruntergefallen bist, ist es für immer aus.‹ Nun, sie haben auch mich heruntergeholt. Es gibt in der Luftwaffe zu viele Heckschützen. Ich wollte nicht nach Hause zurück. Was ist das Leben eines Zivilisten? Gut für alte Jungfern. Es ist ein Trott. Es ist eintönig. Schauen Sie sich das an: Die jungen Mädchen kichern, kichern über nichts. Die Jungens sind hinter mir her. Nichts passiert. Sie lachen nicht laut, und sie schreien nicht. Sie werden nicht verwundet, sie sterben nicht, aber sie lachen auch nicht.«

In seinen Augen lag ein Glänzen, das ich nicht deuten konnte, etwas, das er gesehen hatte, über das er aber nicht reden würde.

Wir gingen ohne zu ermüden am Strand entlang, bis es keine Häuser, keine gepflegten Gärten, keine Menschen mehr gab und der Strand ungepflegt wurde.

»Manche sterben schweigend«, fuhr er wie besessen fort. »Man sieht in ihren Augen, daß sie sterben. Manche sterben schreiend, und man muß sich abwenden und darf nicht in ihre Augen sehen. Während meiner Ausbildung sagten sie mir als allererstes: ›Schaue niemals einem sterbenden Mann in die Augen.‹«

»Aber Sie haben es getan«, sagte ich und verstand plötzlich den Ausdruck in seinen Augen. Ich sah ihn deutlich vor mir, mit siebzehn, noch kein Mann, mit der zarten Haut eines Mädchens, den feingeschnittenen Zügen, der kleinen, geraden Nase, dem Mund einer Frau, einem scheuen Lachen, etwas Zärtlichkeit liegt über seinem Gesicht und seinem Körper, und er schaut in die Augen eines Sterbenden.

»Mein Ausbilder sagte: ›Schau niemals in die Augen der Sterbenden, sonst wirst du verrückt.‹ Glauben Sie, ich bin verrückt? Glauben Sie das?«

»Sie sind nicht verrückt. Sie sind sehr verletzt und verängstigt und sehr verzweifelt, und Sie glauben, kein Recht zu haben, zu leben, sich zu freuen, weil ihre Freunde tot sind, oder sterben, oder noch immer fliegen und in Gefahr sind. Habe ich nicht recht?«

»Ich wünschte, ich wäre jetzt dort, könnte mit ihnen trinken, fliegen, neue Länder sehen, neue Gesichter, in der Wüste schlafen, spüren, daß man jeden Moment sterben kann und deshalb schnell trinken muß, hart kämpfen und laut lachen. Ich wollte, ich wäre dort.«
Ich sah ihn zwei- oder dreimal, dann war er verschwunden. Er lag mit einem Malariaanfall im Krankenhaus.
Ich kehrte nach New York zurück. Das Meer bei Easthampton hatte mich nicht regeneriert. Es war nicht das alte Meer.

George Davis brachte *Harper's Bazaar* dazu, das Kapitel »Stella« aus *Ladders to Fire* zu veröffentlichen. Leo Lerman wurde gebeten, eine kurze Einführung zu schreiben. Sie brachten eine Standaufnahme von mir aus Mayas Film.
Irene Selznick rief ihren Mann in Hollywood wegen »Stella« an. Dann kam sie, um mich zu besuchen.
Sie bat mich, ein Stück für sie zu schreiben. Ich versuchte ihr klarzumachen, daß ich meine Art zu schreiben für das Gegenteil von Theater hielt. Ich hatte keine Begabung für realistische Dialoge oder Handlung. Das Leben spielt sich im Innern ab, und die Gespräche sind Teile des inneren Bewußtseins.
Die Veröffentlichung in *Harper's Bazaar* vermittelte die Illusion von Erfolg in der Welt. Es ist eine kurzlebige Illusion, denn die Leute, die *Harper's Bazaar* lesen, interessieren sich nicht für Literatur um der Literatur willen. Es ist schick wie ein Kleid. Es bedeutet lediglich, daß man im Moment Mode ist.

## [Oktober 1946]

Eines Tages klingelte es, und wie üblich stand ich am Treppenabsatz, um zu hören, wer kam. Ich hörte ein Schnaufen und Stöhnen wie von einem Tier und etwas, das die Treppe heraufgezerrt wurde, von Stufe zu Stufe, es stieß jedesmal an die Ecken an, wurde abgesetzt und bewegte sich weiter. Der ganze Vorgang wurde von unmenschlichen Lauten begleitet. Endlich tauchte ein Buckliger an der Tür auf, er hatte ein entstelltes Gesicht, das so aussah, als sei es zusammengedrückt worden, damit es kleiner würde und zu seinem Körper paßte. Seine Augen tränten von der Kälte. Er schleppte einen Karton mit Büchern von Dutton, Exemplare von *Ladders to Fire*.

Ich sagte: »Kommen Sie herein. Sie können den Karton gleich hierhin stellen. Würden Sie ihn bitte für mich öffnen? Möchten Sie eine Tasse Kaffee?«

»Ja, gnä' Frau.«

Während ich den Kaffee wärmte, fragte er mich: »Weshalb haben Sie so viele Bücher gekauft?«

»Um sie meinen Freunden zu schenken. Ich habe Freunde, die sich so teure Bücher nicht leisten können.«

Als er den Karton geöffnet hatte, nahm ich ein Exemplar heraus. Der Umschlag gefiel mir nicht. Ich hatte Dutton eine schöne Lithographie eines rauchenden Feuers mit einer weißen Feuerleiter darin gegeben. Sie hatten es in einem Orange gedruckt, das wie billige, künstliche Orangenbonbons aussah. Aber da war es:

»LADDERS TO FIRE von ANAÏS NIN«

»Haben Sie das Buch geschrieben?« fragte der Bucklige,

als er den Namen auf der Quittung sah, die ich unterschreiben sollte.
»Ja, ich habe das Buch geschrieben.«
»Verdienen Sie mit einem solchen Buch viel Geld?«
»Ich bekomme zehn Prozent vom Verkaufspreis.«
»Das ist nicht sehr viel. Wird es ein Bestseller werden?«
»Der Verleger glaubt nicht daran. Er bringt es ohne Werbung heraus, so daß es kaum jemand bemerken wird. Er verlegt es aus Prestigegründen. Prestige bedeutet etwas, worauf er irgendwann einmal stolz sein kann. Vielleicht wird das Buch von einem wichtigen Kritiker erwähnt werden.«
»Wenn Sie nicht eine Menge Geld verdienen, und der Verleger verdient nicht viel Geld, dann sehe ich den Grund für das Ganze nicht ein.«
»Es gibt einen Grund dafür. Ich liebe es zu schreiben. Es gibt Menschen, die gerne lesen. Sie und ich können Freude daran haben. Haben Sie nicht etwas, was Ihnen wirklich *Freude* macht?«
»Ja«, sagte er, »ich fische gerne. Ich angle jeden Sonntag.«
»Das ist das gleiche«, sagte ich.
Er ging mühsam die Treppen hinunter. Ich las mein eigenes Buch, als sei es für mich neu, als sei es von einem anderen geschrieben worden. Da klingelte es wieder, und dieselben See-Elefantenlaute klangen wieder durchs Treppenhaus. Es war der Bote von E. P. Dutton.
»Sie haben vergessen zu unterschreiben.«
»Oh, das tut mir leid.«
Er warf mir noch einen Blick aus seinen sehr kleinen, tränenden Augen zu, als sei ich ein merkwürdiges Wesen, und er ging mit einem Zucken des Mundes, das als Lächeln gemeint war.

*Ladders to Fire* war offiziell auf dem Markt. Etwa dreihundert Leute kamen in den Gotham Book Mart und feierten mich, wie man es sich erträumt, gefeiert zu werden; alle hatten mehrere Exemplare gekauft, die ich für sie und für Freunde signieren sollte. Sie sagten zu mir: »Bitte schreiben Sie so weiter, bitte ändern Sie sich nicht. Es ist so wahr, was Sie schreiben, es veränderte mein Leben ...« Drei Tage voller Partys in Buchhandlungen bewiesen mir, daß die Welt, für die ich schreibe, größer ist, als die Verleger annahmen, und auch von höherem Niveau und größerer Ehrlichkeit. Die jungen Schriftsteller der Zukunft werden weniger Energien damit verschwenden müssen, zu kämpfen, zu drucken und für sich selbst zu sprechen. Partys im Young's Bookstore, bei Lawrence Maxwells und bei Four Seasons. In Lawrence Maxwells Buchhandlung überreichte mir Eugene Walter eine Papierkrone.

Die Leute machen mir keine gewöhnlichen Komplimente, sondern sie geben mir ihre Gefühle durch ihre Augen und ihr Schweigen. All dies machte die peinlich billige Burleske der *New York Times*-Rezension mit dem Titel »SURREALIST SOAP OPERA« erträglicher; Diana Trillings unerbittlichen Zorn; und am schlimmsten von allem, Leo Lermans Verrat. Er rief mich an: »Du solltest dich ganz ruhig verhalten und dich nach dieser Zurschaustellung einer Frauenliebe verstecken.« (Die Beziehung, die ich beschreibe, ist noch nicht einmal lesbisch!)

Ich erhielt einen Brief von einem jungen Schriftsteller und kurz darauf ein Manuskript von ihm. Das Manuskript fand mein Lob, es sprach mich an. Es war subtil und poetisch, die Worte waren rhythmisch und suggestiv. Es besaß eine Eigenschaft, die in der heutigen amerikanischen Literatur beinahe völlig fehlt: das Tragische.
Die Mutter, verunstaltet durch Pocken, liegt in einem abgedunkelten Zimmer; sie weigert sich, am Leben im Tageslicht teilzunehmen; der Sohn wird nur zu förmlichen Besuchen zu ihr gebracht. Das Schloß, das sie bewohnen, ist in Europa gekauft und wurde in Dallas, Texas, wieder aufgebaut.

Die Einsamkeit. Das steife Eßzimmer mit den Kandelabern. Der Garten mit Statuen. Und der Junge verliebt sich in eine Statue. Es war aus Proust geboren, aber es hatte seinen eigenen Tonfall, seine eigene Atmosphäre.
Dieser Kendall ist ein Könner. Er ist ein Mathematiker. Seine Objektivität verleiht seiner Hand mehr Sicherheit, macht seine Proportionen noch genauer. Er beschreibt die Hindernisse, die Distanz, die die Menschen aufrechterhalten, um sich selbst vor Leidenschaft, Ansteckung und Verschmelzung zu schützen.
Er reagierte mit Kritik auf *This Hunger*. Er suchte klassische Ordnung und Form.

Brief von Kendall:

»Über Ihren Brief kann ich nur sagen, daß er in mir eine Welle des Verstehens auslöste – eine sanfte, warme Welle, die über eine Reihe von Aspekten und Dingen hereinbrach, in Übereinstimmung mit einem inneren Rhythmus, in dem Ihr Brief immer gegenwärtig war –, es war die Schönheit, es war das Besondere, mich im Besitz eines Briefes zu sehen, der zu allem auf direktem Weg etwas beitrug, der keinen Erfahrungsbereich unberührt ließ. Diese Welle des Verstehens drückt mein Gefühl für den Brief aus; und das ist für mich eine ungeheuer schwierige Sache, denn um ehrlich zu sein, und ich fühle, ich kann Ihnen gegenüber nur ehrlich sein, der Umstand, daß sie eine Frau sind, ist aus Gründen, die Sie erraten haben werden, damit völlig unvereinbar. Die Gründe dafür werden, hoffe ich, in den folgenden Abschnitten des Romans mit großer Offenheit und Ehrlichkeit sichtbar werden. Ich habe wirklich keinen Sinn für Humor, und das läßt mich unser künftiges Zusammentreffen eher fürchten, aber ich sehe ihm trotz allem mit der größten Erwartung entgegen, obwohl ich fühle, daß ich nichts, außer Traurigkeit, durch mein Schweigen vermitteln kann.«

Es amüsierte und schockierte mich, daß mein aufrichtiges Lob seines Buches, meine Reaktion auf seine Art zu schreiben, als Liebesbrief angesehen worden war, und daß er bereits seine Verteidigungsstellung eingenommen hat!

# [November 1946]

Meine Korrespondenz nimmt zu. Ich arbeite an meinen Vorträgen.

Ich habe festgestellt, daß Homosexuelle in Gruppen leben, beinahe völlig promisk, und daß sie sich untereinander wirkungsvoll unterstützen. Fühlen sie sich einmal akzeptiert, umgeben sie dich auf subtile Weise mit einer Barriere, die aus einer Kette von Freundschaften besteht. Zuerst lerne ich einen kennen, dann seinen Freund und dann ihre Freunde, und jetzt sehe ich mich eingeschlossen. Sie bringen ihre Fröhlichkeit, ihre Brillanz, ihre Talente und ihren Charme, ihre Schönheit, und es ist ein magischer Kreis. Auf subtile Weise halten sie den Mann fern, entweder durch Parodie, Gespött oder durch direkte Eifersucht. Sie haben Besitz von mir ergriffen.
Kam dies durch meine Suche nach der Welt der Künstler? Liegt es daran, daß ich die meisten normalen Männer als gefühllos empfand, von Macht getrieben, besessen von ihren Zielen und nicht vom Leben?
Robert Lowry kam, und ich war bereit, ihn wegen seiner Bücher, wegen seiner Druckerei zu mögen. Er hatte eine brutale Ausdrucksweise, er war häßlich, finster. Bitter.
James Agee schätzt nur Trinkkumpane, und ich kann nicht die ganze Nacht lang trinken.
Mit den Kindern oder trotz der Kinder bin ich als Frau in einer Art Wüste. Ich bin in einer Sackgasse.
Die Druckerei brach unter einem Berg von Schulden zusammen, durch Gonzalos Unverantwortlichkeit zerstört. Sie wurde geschlossen. Sogar beim Auszug war ich es, die

packen, sortieren, ordnen und saubermachen mußte. Gonzalo nahm sich die kleine Presse mit nach Hause. Um seine Schulden zu bezahlen, verkaufte er die große. Er fing an, seine Bücher zu verkaufen, brachte seinen Wintermantel, seine Schreibmaschine zum Pfandleiher.

Die Neurose wirkt sich auf Erfahrungen wie ein grauer oder neutralisierender Filter aus. Gores Briefe aus Guatemala (die voller Farbe, Sonne, Klarheit und Ideen sein sollten) klingen müde, einschränkend und leblos. Mangel an Vertrauen, kein Eingehen auf die Umgebung und die Menschen. Ein Gifthauch. Neurose ist ein Gifthauch.
Edmund Wilson schreibt engstirnig über *Ladders to Fire*, aber er glaubt, ich habe im zweiten Teil des Romans Fortschritte gemacht. Obwohl »die Geschichte ein wenig amorph ist, enthält sie bezaubernde Dinge.«
Nur die Jungen verstehen mich und gehen auf mich ein.

Um fünf Uhr habe ich immer meine Depressionen, denn dann ist der aktive Tag vorbei. Tagsüber unterdrücke und besiege ich meine Desillusionierung oder Enttäuschung. Aber um fünf kommt die fatale Stunde, die Arbeit ist zu Ende, das Bewußtsein erwacht, wenn die Busse so überfüllt sind, daß man nicht einsteigen kann, wenn die Taxen nicht halten, wenn die Untergrundbahn brechend voll ist, wenn alle irgendwohin wollen, wenn die Liebenden sich gefunden haben. Dann fühle ich an der Straßenecke, unfähig nach Hause zu kommen, diese Welle erstikkender Angst, diese Heimatlosigkeit, Wurzellosigkeit, Einsamkeit.
Jeder Freund, den ich finde, scheint zu einer großen Freundschaft unfähig zu sein. Sie zersplittern sich alle, lassen sich von kleinen Freundschaften absorbieren. Anstatt das Tagebuch zu führen, habe ich versucht, mit jemandem zu sprechen, an jemanden zu schreiben. Sie schreiben verkrampfte, dünne Briefe, kleinlich, trivial, kärglich.

Brief an Kendall:

»Hier liegt ein Mißverständnis vor. Ich möchte nicht, daß es meine Reaktion auf Ihre Arbeit überschattet. Sie müssen wissen, daß ich nicht nur eine Frau bin, sondern daß ich eine Schriftstellerin bin, und daß ich losgelöst von der Person eines Schriftstellers seine Arbeit bewundern und darauf eingehen kann. Ich habe Ihr Manuskript genau verstanden, und mein Eingehen darauf und meine Begeisterung galten nicht der Person des Schriftstellers, sie gingen über das Persönliche hinaus. Sie waren an den Schriftsteller und an die tragische Qualität seines Schreibens gerichtet. Die Beschreibung der Distanz zwischen Menschen bewegt mich immer, und meine ständigen Bemühungen, solche Distanzen zu verkleinern, können zu Mißverständnissen führen. Ich habe mir erlaubt, meine Gedanken so auszudrücken, weil ich die Welt in ihren Reaktionen kärglich, puritanisch, ängstlich und berechnend finde. Ich liebe Wärme und Großzügigkeit; und weil es so wenig gibt, dem ich völlig zustimmen kann, sage ich es gerne, wenn es mir begegnet. Ich weiß nicht nur alles, was in das Manuskript hineingelegt ist, ich konnte auch die Angst, die Sie empfanden, nachempfinden; die Angst, daß eine Frau so etwas nicht oder nur falsch verstehen könne. Bitte, mein lieber Kendall, gestehen Sie mir genügend Subtilität zu und vor allem persönliche Erfahrung mit Ihren Problemen. Um Ihnen die Wahrheit zu sagen, ich war mir im voraus darüber im klaren und habe es auch bedacht, denn Sie sind nicht ein einzelner Fall, sondern das ist ein gemeinsames Schicksal von Schriftstellern und Künstlern. Es ist ein Problem, das Eliot als die Krankheit moderner Liebe bezeichnet hat, es ist die Unfähigkeit der Menschen, ohne Einschränkung zu lieben. In der Liebe selbst liegt ein Sprung und ein Bruch. In Amerika ist er schwerwiegender und fataler als Folge von Puritanismus und Matriarchat. Was ich fürchtete, war, daß Sie nicht in der Lage sein würden, mein Verständnis Ihres Werkes zu akzeptieren. Glauben Sie mir, Sie haben meine Antwort falsch interpretiert, wenn Sie sie als Liebe zur Person ausgelegt haben. Es ist wahr, daß das Vertrauen die Sprache der Liebe benutzt, und daß sie beide deshalb das gleiche auszudrücken scheinen. Es ist wahr, ich bin immer der beste Freund für Leute, wie Sie es sind, und das nicht als Frau, sondern auf der Grundlage von Sensibilität und Kreativität. Ich hoffe, dieses Mißverständnis wird unsere Freundschaft nicht belasten, und ich hoffe, Sie werden mir glauben, wenn ich sage, daß ich diese Barriere von Anfang an gespürt und respektiert habe, sogar in Ihrer Kurzgeschichte, und diese Barriere gab mir vielleicht die Sicherheit und Freiheit, auf Ihre Arbeiten so ohne Vorbehalte zu reagieren.«

Brief von Kendall:

»Ich muß Ihnen den Grund erklären für das, was Sie die Perfektion meines Schreibens genannt haben. Ich habe so sehr darauf gehofft, daß Sie es Perfektion nennen würden, und ich möchte Ihnen sagen, weshalb. Für mich gibt es in meinem Leben keine Perfektion. Mein Leben ist voller unseliger Schwierigkeiten und ohne Freude, und ich kann mich nur auf mein Schreiben verlassen. Nur darin finde ich Befreiung von meinen Spannungen. Ich habe außer meiner Sprache kein Leben, zumindest kein glückliches Leben. Ich würde nicht zögern, den Platz mit jemandem zu tauschen, dessen Schreiben weniger perfekt wäre, denn ein solcher Schriftsteller würde mir damit zu erkennen geben, daß es in seinem Leben ein gewisses Maß an Glück – gleichviel wie wenig – gibt. Ich werde niemals glücklich leben können, nur in der Kunst, und deshalb muß ich ihr mein ganzes Leben weihen. Nichts anderes darf in mein Leben eindringen, denn ich habe in den Zeiten, in denen ich von einem Freund fürchterlich verwundet worden bin, deutlich empfunden, daß es wirklich eine Wunde in mir gab, eine innerliche, körperliche Wunde, die mich zerstören kann; und ich glaube, ich habe vor meiner Vernichtung noch etwas zu sagen. Auch Sie sind jemand, der schrecklich verwundet werden kann, aber in Ihrem Schreiben sieht man deutlich eine Art von Medizin oder einen Balsam, mit dem Sie Ihre Wunden heilen. Ich kann nicht sagen, was es ist. In Hinblick auf *This Hunger* muß ich gestehen, daß ich vielleicht auf eine Freude am Leben eifersüchtig war, die aus Ihrer Sprache spricht, und da es eine Art Gemeinsamkeit zwischen Ihren und meinen Worten gibt, war ich – nennen Sie es ein Geständnis – auf Ihre Freude neidisch.«

Albert Mangones ist zurückgekommen.
»Anaïs, ich dachte, du hättest mich vergessen.«
»Ich dachte, du hättest mich vergessen!«
»Man kann dich nicht so leicht vergessen«, sagte er.
Drei Jahre zusammengedrängt, und es war, als sei er nur für ein paar Tage weggewesen. Er ist jetzt dreißig. Er ist Marxist. Er wollte Haiti helfen. Er hat seine erste Liebe geheiratet, die acht Jahre auf ihn gewartet hat. Er hat ein Kind, das elf Monate alt ist.
Welch ein Kontrast zu den wortreichen Redewendungen von Kendall. In ihm lebt eine polynesische Insel, tropisch, blühend, die Haut voller Tau und von der Sonne gebräunt, seine Augen leuchten und sein Mund ist geschaffen für Freuden.

Brief von Kendall:

»Vielen Dank für Ihren freundlichen Brief, in dem Sie mir versichern, daß wir gute Freunde sein können; gute Freunde durch die Kraft des Vertrauens in unser gegenseitiges Schreiben, denn ich habe es nie vermocht, die Welt der Kunst und das tatsächliche Leben miteinander zu verbinden: Ich fühle, daß ich bei Ihnen diese unmögliche Anstrengung nicht unternehmen muß. Kunst und Leben können für mich nicht nebeneinander existieren. Ich kann sie nicht beide gleichzeitig in mich aufnehmen; die eine muß völlig in die andere verwandelt werden; es gibt kein Dazwischen, es gibt keinen Mittelweg; es gibt nur zwei Extreme, und ich bin mir keiner Wechselbeziehung dieser beiden Welten bewußt, solange, bis diese Beziehung sich selbst erschafft. Ich kann sie nicht bewußt erschaffen, und zwar ganz einfach deshalb nicht, weil ich mein tägliches Leben auch nicht erschaffen kann. Für mich bleibt die Lösung ein unlösbares Rätsel. Ich kann nur feststellen, das Leben ist sehr schwierig. Die Welt der Kunst ist einfach: Ich kann sie so vollkommen gestalten, wie ich es mir wünsche. Ich beziehe meine Genugtuung aus dem Wissen, daß die Stunden, die Tage und die Jahre, die ich in meiner selbstgeschaffenen Welt verbringen werde, eine lebendige Zeit der Vollkommenheit verkörpern; bewege ich mich aus meiner vollkommenen Welt in eine unvollkommene, habe ich durch das geschriebene Wort den unverrückbaren Beweis für die Existenz meiner vollkommenen Welt, auch wenn das Geschriebene durch mein Wegbegeben aufgehört hat zu existieren . . .«

So viele Abstraktionen, um den Verlust des Paradieses zu verschleiern. Liebkosungen, Zärtlichkeit, Stärke, Reichtum, Weichheit, Feuer, Honig, Fleisch, das irdische Paradies und das der sinnlichen Liebe.

Albert ist unglücklich, denn in ihm fließt das Blut von Weißen und von Negern, und er steht gefangen zwischen den beiden Welten. Er wurde aus der kommunistischen Partei Haitis ausgestoßen. Jetzt arbeitet er bei den Vereinten Nationen, nachdem er Architektur studiert hatte, um für die Armen in Haiti Häuser zu bauen und seinem Volk zu helfen.

# [Dezember 1946]

Dinner mit Kendall im Hotel Lafayette. Er hat dunkle, brennende Augen wie ein Spanier, und wir können uns gut unterhalten. Er liebt seine Gedichte mehr als seine Prosa. Ich habe das Gefühl, weil das Gedicht eine Verkleidung und die Prosa enthüllend ist. Er ist verschlossen.
Er erzählt mir eine unglaubliche Geschichte. Sein Vater will nicht, daß er Schriftsteller wird. Er stellt sich der Absicht seines Sohnes entgegen. Er ist reich, aber er will ihm nicht erlauben, seinen Roman fertigzuschreiben. Während Kendall darüber sprach, sah sein Gesicht gequält aus. Dann zog er aus der Tasche das Geburtstagsgeschenk seines Vaters: einen goldenen Füllfederhalter und einen goldenen Bleistift. Seinem Vater war die Ironie dieses Geschenkes nicht bewußt geworden. Kendall war darüber verbittert.

Ich fuhr auf eine Vorlesungsreise, die mich zu verschiedenen Colleges führte. In Harvard wohnte ich in Carlton Lakes Haus. Carlton ist gebildet, intelligent, aufrichtig und seit vielen Jahren an meiner Arbeit interessiert; und er möchte gerne einen Verlag gründen. Zwischen uns besteht eine wahre Freundschaft.
Es ist beinahe erschreckend, wie ich mich einer Situation hingebe. Immer steht bei mir die unmittelbare Gegenwart im Mittelpunkt. Ich entwickle ein Interesse an Carltons Leben, ich dringe in sein Leben und das seiner Frau ein, in ihre Geheimnisse, in ihren Hunger. Ich empfand Mitgefühl für seine Frau, sie ist nicht so intellektuell wie er, aber kindlich und echt, und ich half ihr, Vertrauen zu haben

und Ängste zu verlieren. Die ganze Szene wird leuchtend und lebendig, mir nahe. Ich teile wirklich ihr Leben. Ich nehme an all ihren Empfindungen teil. Ich fühle mich ihnen nahe und verbunden. Menschlichkeit und Verständnis leuchtet aus allem. Wir haben Gefühle ausgetauscht, Teile unserer selbst. Die Wirklichkeit, die Intensität der zwei Tage, die ich in Carltons Haus verbrachte, hat Vertrauen geschaffen. Es ist ein ganzes Buch voll Leben.

Ich sprach im Poetry Room der Harvard Bibliothek, vorgestellt wurde ich von James Johnson Sweeney. Obwohl nur einhundert Personen Einlaß finden sollten, kamen etwa zweihundert. Der Raum war für fünfzig Personen gedacht! Der Vortrag und die Lesung wurden mit großer Konzentration aufgenommen. Es gab weder Papiergeraschel noch Husten.

Ich trug ein schwarzes Kleid und einen leuchtenden rosa Schal. Ich gewann viele Menschen, sogar solche mit offenen Vorurteilen wie Professor Post von der Boston Universität. Am nächsten Vormittag machten wir eine Tonbandaufnahme meiner Lesung von *»Ragtime«*. Als ich meine Stimme zum ersten Mal hörte, war ich über den leichten französischen Akzent schockiert und über meine junge, vibrierende Stimme.

Am nächsten Tag fuhr ich nach Dartmouth. Ich war von Professor Herbert West eingeladen worden. Vor dem Vortrag führte er mich in seine Bibliothek. Er sprach über seine Einsamkeit, über das akademische Leben, über das völlige Erlöschen seines Wunsches zu schreiben, sein Leben besteht nur aus Lesen. Er gab mir Einblick in sein innerstes Leben, in seine Traurigkeit. Er hatte als einer der ersten über Henry Miller geschrieben. Es ist unmöglich, ein freies Leben in einer Universität zu führen. Zuviel Klatsch und Wachsamkeit.

Er ist ein interessanter, unbeholfener, warmherziger und menschlicher Mann, aber schwerfällig. Wir redeten den ganzen Abend miteinander.

Am nächsten Morgen nach dem Frühstück sprach und las ich vor etwa vierhundert Zuhörern. Wieder konnte ich die Aufmerksamkeit meiner Zuhörer gewinnen. Professor West sagte, es habe ihn bewegt zu sehen, wie eine so kleine und zierliche Person sich diesem Saal voller Männer stellte.

Die Universität will den Vortrag veröffentlichen.

Kendall schickte mir zwei Telegramme. In dem einen sprach er von seiner Ungeduld, mich in Amherst zu treffen, das andere war eine phantasievolle Antwort auf das Seepferdchen, das ich ihm geschickt hatte. Als ich die Telegramme öffnete, überkam mich ein Gefühl von Wärme und Vertrautheit, das aber nicht mehr länger einseitig fixiert ist, das übertragbar ist, sich nicht auf eine Person beschränkt.

Aber vor Amherst kam Goddard College. Maya Deren war kurz vor mir dagewesen und hatte ihre Filme gezeigt. Die Studenten waren voller Ablehnung, denn sie hatte darauf bestanden, *zuerst* über ihre Filme zu reden, um sicherzugehen, daß die Studenten die Filme so ansehen würden, wie *sie* es wollte. Sie hatten erst die Filme sehen wollen, bevor sie mit ihr darüber diskutierten.

Wir versuchten das mit der ersten Lesung. Ich las zuerst eine Geschichte, und dann diskutierten wir darüber. Aber welch ein Kreuzverhör. Mit welcher Hartnäckigkeit beharrten sie auf dem, was ich weggelassen hatte. Sie verstehen mein Schreiben nicht, aber rührenderweise glauben sie, daß mehr Einzelheiten ihnen helfen würden, es zu verstehen. Von acht bis zwölf diskutierten wir. Ich lerne, Angriffe abzuwehren, mich Intellektualisierungen zu widersetzen, unwichtigen Fragen auszuweichen. Aber ich war erschöpft.

Dann eine Fünfstundenfahrt nach Amherst. Ich war eingeladen, in James Merrills Apartment zu wohnen. Es befand sich in einem zweistöckigen Haus. Kendall kam.

Wir aßen zusammen und tranken Champagner. Wir waren glücklich, redeten überschwenglich, herrlich ungezwungen miteinander. Kendall ist neunzehn Jahre alt und hat am zwanzigsten Februar Geburtstag. Kein Wunder, daß ich eine geistige Verwandtschaft fühle. Er ist groß, hat dunkle Haare. Sein Gesicht ist grob geschnitten, seine Empfindsamkeit wird nur durch die Augen und durch die Hände verraten. In seiner Erscheinung liegt nichts Feminines, aber in seiner zögernden Sprechweise zeigt sich Unsicherheit. Als Fremde kamen, die mich sehen wollten, nachdem sie gehört hatten, wo ich war, zeigten sich Jimmy und Kendall nicht sehr erfreut darüber, und sie gaben den Besuchern nicht das Gefühl, willkommen zu sein. Kendall sprach über den vollkommenen Roman. Wir versuchten, ihn zu definieren. Ich sprach über Fez als das Labyrinth, über Nijinskys Tagebuch. Jimmy Merrill hat Humor und ist verspielt. Dadurch wurde die Intensität und die Ängstlichkeit von Kendall ausgeglichen.
Jimmy legte Schallplatten mit klassischer Musik auf. Er las ein Gedicht vor. Kendall las ein Gedicht vor. Kendall sagte, er würde über mein Werk einen Essay schreiben. Ich beschrieb meine Vorstellungen, die ich von dem vollkommenen Roman habe. Befreit von Ballast, von unnötigen Einzelheiten. Wir machten uns lustig über geöffnete und geschlossene Türen, angezündete Zigaretten, gefüllte Gläser, geöffnete und geschlossene Kühlschränke, und das als Schlüssel für Charaktere! Ich erzählte, was Wilson über die Tatsache, daß »Lillian nie etwas trinkt«, gesagt hatte, und daß sie ihn doch an Mary McCarthy erinnerte. Wir waren so von unseren aufregenden Gesprächen berauscht, fast betrunken von den Worten, der Poesie, den Plänen, daß wir nicht reagierten, als Jimmy sagte: »Ich rieche Rauch.« Er stand auf und öffnete die Tür, und kaum hatte er sie einen Spalt geöffnet, da drang auch schon Rauch herein. Er schloß die Tür. Er sagte: »Anaïs, ruf die Feuerwehr an. Ich muß meine Manuskripte zusammenpacken.«

Ich rief die Feuerwehr an. Aber der Mann am Telefon hörte meinen französischen Akzent und die Fröhlichkeit in meiner Stimme und glaubte an einen Studentenstreich. Ich rief Kendall: »Sprich du mit ihm. Er glaubt mir wegen meines Akzents nicht, daß es brennt.« Wir lachten hemmungslos, weil auch wir nicht an das Feuer glauben konnten; es schien so absurd, wie Jimmy mit seinen Manuskripten an der Tür stand und sagte: »Oh, Anaïs, das ist natürlich ein Werbetrick. Aus Anlaß *Ladders to Fire* legen wir Feuer an das Haus und müssen es über eine Feuerleiter verlassen.« Wir öffneten die Fenster. Das Haus hatte nur zwei Stockwerke, und wir würden auf den Rasen und ins Gebüsch springen müssen, wenn die Feuerleitern nicht bald kamen. Wir hörten die Feuerwehrsirene. Ein riesiger Feuerwehrmann öffnete Jimmys Tür, bereit, uns zu befreien. Aber wie rettet man Leute, die hemmungslos lachen? Wir sagten: »Es war ein Werbetrick.« Er dachte, es sei der Champagner. Um uns herum war großer Lärm. Nachbarn waren gekommen und schauten zu. Zwei Feuerwehrautos standen da. Der Gipfel war erreicht, als der Feuerwehrmann sagte: »Keine Gefahr. Die Frau im Erdgeschoß hatte einen Kuchen im Ofen vergessen, und daher kam der ganze Rauch.«

Ich arbeite an einem Kapitel »*Minuets of Adolescence*«* und habe viele Wege gefunden, das Ausweichen, das Sichverlieren, das Unberechenbare jugendlichen Zögerns darzustellen. Ich benutze das Ballett als Struktur.

Brief von Kendall:

»Es ist völlig unmöglich, hier an meinem Roman zu arbeiten, die Flut staut sich in mir und wird sich gewaltsam einen Weg bahnen, wenn ich nicht zu meinem Schreiben entfliehen kann, das mich in ordnende Bahnen lenkt ...«

---

* später veröffentlicht unter dem Titel *Children of the Albatross* – Hrsg.

Ich versuche, Gonzalo zur Rückkehr nach Peru zu überreden, wo seine alte Mutter auf ihn wartet, wo seine Familie sein Erbteil für ihn bereithält. Seine Familie ist reich und mächtig. Sein Bruder besitzt die größte Zeitung Limas.

Wir streiten uns über den Tisch eines Restaurants hinweg, und ich mache eine Zeichnung, um ihm zu veranschaulichen, in welcher Sackgasse er sich hier in New York befindet. Er kann wegen seiner Disziplinlosigkeit, seiner anarchistischen Haltung keinen Job annehmen. Er war noch nicht einmal fähig, die Druckerei nach seiner eigenen Zeiteinteilung, nach seinen eigenen Vorstellungen zu führen!

Er sagt, er kann nicht nach Peru gehen, weil Helba nicht mitgehen wird. Sie will nicht arm und besiegt zu der Familie zurückkehren, die sie ablehnt.

Gonzalo gibt den gleichen Grund an: »Ich kann nicht zurückgehen und meiner Familie als Versager unter die Augen treten, arm und gedemütigt, wie sie es mir vorausgesagt haben.«

»Aber du bist kein Versager. Du kannst eine Reihe schön gestalteter und gedruckter Bücher mitnehmen. Ich werde dich unterstützen und dir genügend Geld geben. In Peru kannst du jemanden finden, der sich um Helba kümmert, und du kannst bei der Zeitung deines Bruders arbeiten.«

Ich wollte nicht sagen: »Du hast alles zerstört, die Druckerei, meine Zuneigung, mein Vertrauen.« Aber plötzlich stieß ich ein schweres, ersticktes Schluchzen über die Verwüstung aus, die sie verursacht hatten. Gonzalo schaute verständnislos und verwirrt.

Er würde gerne nach Frankreich gehen; dort lebt seine Nichte Elsa, aber er will nicht zurückgehen, ohne zuerst seine Mutter, die jetzt schon so alt ist, wiedergesehen zu haben. Aber in seinem verarmten Zustand kann er seiner Mutter nicht gegenübertreten, und wenn er nach Peru geht, wird ihn die kommunistische Partei vielleicht zum Bleiben auffordern. In der Zwischenzeit hat er sich nicht einmal um zwei offene Halbtagsjobs in Druckereien bemüht. Er hat seiner Mutter nicht geschrieben, obwohl er sich deshalb meine Schreibmaschine ausgeliehen hat. Er hat nicht nach Frankreich geschrieben, um herauszufinden, was Freunde für ihn dort tun könnten.

Gore ist aus Guatemala zurückgekehrt. Er hat ein Haus gebaut, und er möchte, daß ich für eine Weile dort lebe. Er sieht gesünder aus.
Um zwei Uhr bekomme ich ein Telegramm von Kendall: BITTE MACHE MIT LIPPINCOTT AM DRITTEN NACHMITTAGS EINEN TERMIN. Ich habe darum gekämpft, daß sein Roman angenommen wird, damit er Freiheit zum Schreiben hat. So ordentlich sein Schreiben ist, so genau, so perfekt, so chaotisch und verrückt ist seine Handschrift. Er ist nicht wie Gore, nicht einfach oder menschlich, sondern kompliziert und pervers. Aber der Funke zwischen uns fördert das Schreiben. Schreiben ist unsere Gesundheit, unser Gold, unsere einzige Übereinstimmung.
Gore hat *The City and the Pillar* beendet.

Brief an Gore:

»Ich will versuchen, Dir zu sagen, was durch Deinen Roman zerstört wurde. Es war der Mythos, durch den ich lebe. Ich bin Romantiker, und Du bist Zyniker. Es ist dieser Unterschied zwischen uns, der durch Dein Buch betont worden ist, und nicht die Ähnlichkeit, die ich mir vorgestellt hatte. Dieses Buch ist ohne Illusionen, ohne Gefühle und ohne Poesie. Das ist kein Vorwurf und keine Kritik. Aber für mich kann es ohne Gefühle, ohne Magie, ohne Poesie kein Leben geben. In Deiner Geschichte wird Bob von Jim ermordet, weil Bob die sexuelle Beziehung, die sie einmal hatten, nicht romantisierte; er hat sie lediglich als einen rein sexuellen Vorgang, ohne jede Bedeutung, betrachtet. Das erzürnt Jim. Er hat die erste sexuelle Begegnung idealisiert, und für Bob bedeutet sie gar nichts. Deshalb tötet er ihn. Jim tötet in sich das Märchen, aber tatsächlich gab es kein Märchen, nur Jims Bedürfnis, die Wirklichkeit zu idealisieren. Ich lese Deinen Roman und sehe ihn als Enthüllung Deines unbewußten Seins. So wie Du Maria zeichnest, ist sie nur eine Frau, die zwei Kriege erlebt hat, die Falten um die Augen hat und die keine befriedigende Beziehung finden kann. Nachdem alle Männer sie verlassen haben, wird sie – wie Du sagst – einwilligen, die Mutterrolle zu übernehmen, die Jim ihr anbietet.

In Deinen Augen ist alles kleinlicher und häßlicher. Werte und Schönheit werden durch die eigene Sehweise bewirkt. In Deiner Sehweise ist alles häßlich. Ich liebe Pablos Überschwenglichkeit und seinen Enthusiasmus, und deshalb übersehe ich seine Sommersprossen und seine alten Hände. Ich liebe Franks Intelligenz, und deshalb vergesse ich seine vernarbte Haut. Aber Du konzentrierst Dich immer auf die Fehler, auf das, was ironisiert werden kann. Die ganze Zeit über dachte ich zu Deiner Entschuldigung, daß Du so tief verletzt worden warst, daß Du Deinen Glauben an die Menschen verloren hast, Deine Gefühle für sie. Aber wenn Du Menschen porträtierst, ist alle Schönheit und das Wunderbare an ihnen verschwunden. Es bleibt nur das Lächerliche, das Graue, es bleiben die Fehler. Du bist also ein Realist.

Immer nur die Häßlichkeit zu sehen, ist bezeichnend für Menschen, die nicht lieben können. Dein Ekel vor Menschen, Dein häßliches Bild von ihnen, wird Dich nur verletzten. Du bemerkst nicht, daß Du der Verlierer bist, wenn Du nur unbarmherzig beschreibst, nur die Fehler oder Schwächen unterstreichst. Denn Du erschaffst eine häßliche Welt, in der nichts bleibt, was man lieben kann; und was ist ein Liebender ohne einen Gegenstand für seine Liebe? Das nenne ich das Zerstörerische. Du bist verwundet worden, und deshalb wirst Du von nun an andere verwunden! Du lebst ohne Vertrauen, und das wird Deine Welt traurig und bitter machen. Der einzige Zauberer und Alchimist, der alles in Gold verwandeln kann, ist die

Liebe. Der einzige Zauber gegen Tod, Alter und alltägliches Leben ist Liebe. Deine Mutter hat Dich tiefer verletzt, als ich es ahnte. Oder ich hatte meine Kraft, Dich zu heilen, überschätzt. Ich habe mich verkalkuliert. Der Zauber ist mißlungen. Unsere Freundschaft hat Dich nicht verändert. Als Zauberer empfinde ich den Fehlschlag. Ein gescheiterter Zauberer packt und geht. Du hast nicht nur Bob getötet, was nicht so schlimm ist, denn es gibt Millionen Bobs auf der Welt, Du hast auch Maria getötet.«

Ich schickte den Brief nicht ab. Ich gab ihn Gore in der Ritz Bar zu lesen. Er war bestürzt. Aber wenn ich mich einem Wesenszug von Gore stellen mußte, den ich nicht kannte, so war er jetzt gezwungen, sich einer Anaïs zu stellen, die er nicht kannte. Es war der Abschied von einem erfundenen Gore. Wie auch immer Gore sich bei mir benahm, welche Seite er mir auch zeigte, es war nicht die Seite, die er in seinem Leben und in seiner Arbeit zeigte. Er ist erst zwanzig Jahre alt. Er schreibt ein Buch über eine eindimensionale Welt, Sex in einer Leere. Ein Buch, das seine Chancen in der politischen Welt beeinträchtigen wird. Ein prosaisches und nüchternes Buch. Der Lektor von Dutton sagt: »Ich finde es scheußlich.« Gore sucht bei mir Unterstützung: »Bitte sage mir, daß es mein bestes Buch ist.« Und das ist der junge Mann, von dem ich glaubte, er sei zärtlich, liebend und treu. Hat er nur gespielt? Habe ich mein eigenes Leuchten auf ihn projiziert? Habe ich mir diesen Gore nur eingebildet? War es ein Wesenszug, der unter günstigen Umständen zum Vorschein kam? Bin ich seinem Sadismus, seiner grausamen Sicht von anderen ausgewichen? Wie konnte mir seine zynische Sehweise verborgen bleiben?

Anaïs, du erfandest einen Gore, der denkbar gewesen wäre, aber nicht länger existiert.

Für mich war das trauriger, als wenn Gore einen physischen Tod gestorben wäre.

Als *Ladders to Fire* erschien und ich mir keine neuen Fotos leisten konnte, erinnerte ich mich an die surrealistische Spielerei und gab Dutton die Bilder, die der Fotograf von *Town and Country* von mir gemacht hatte und die er mir geschenkt hatte. Ich erklärte der Werbeabteilung, daß die Fotos mit den Namen der Figuren betitelt werden sollten und nur die Figur in der Mitte mich darstellt. Die Fotos wurden verschickt und erschienen alle, entweder aus Nachlässigkeit oder aus Bosheit, als Fotografien von mir: ich mit Hejdas orientalisch verschleiertem Gesicht, ich mit Lillians kurzem Haar und im Schneiderkostüm. Dieselben Journalisten, die bei jeder Gelegenheit von Witz und Humor als wichtigstem Bestandteil ihrer Arbeit sprechen, nahmen die Fotografien mit tödlicher Ernsthaftigkeit auf, als Teil des dekadenten Surrealismus, den sie haßten und über den sie nichts wußten.
Die Reaktionen waren ausnahmslos negativ. Nicht ein Lächeln, nicht ein Wiedererkennen der Rollen, die Frauen übernehmen, ihre Verkleidungen und ihr Spielen. Das Bild, auf dem ich als Autor zu sehen war, wurde nicht benutzt. Das Bild, auf dem ich Lillian darstellte, wurde mißverstanden und bildete den Anlaß zu dem Märchen, ich sei Lesbierin. Wenn ich jemals Beziehungen zu Frauen gehabt hätte, wäre mir das gleichgültig gewesen. Aber da dies ein unverwirklichter Teil meines Lebens war, empfand ich die Ironie. Ich fühlte auch die Absicht, mich allgemein unmöglich zu machen und mich abzustempeln; das war gehässig. Wenn Leute eine Arbeit nicht akzeptieren, finden sie immer einen rationalen Grund, sie abzulehnen. Die Kritiker benutzten das Etikett »lesbisch«, um ihre völlige Unfähigkeit, den Roman zu verstehen, zu verdecken. Das andere Etikett war »surrealistisch«. Für sie bedeutete dies einzig die Possen Dalis, Sensationsgier und Exzentrik. Ich war von Homosexuellen umgeben, die über Homosexualität schrieben; aber die bloße Tatsache, daß ich Liebe zu einer Frau durchblicken ließ, verdammte mich.

Oscar Baradinsky macht einen Nachdruck von *On Writing* aus der schönen Dartmouthbroschüre. Ich schickte ihm das Foto, auf dem ich Lillian darstelle, und kreiste nur das Gesicht ein. Er druckte die ganze Figur im Schneiderkostüm in Purpurrot, und von da an war ich für jeden, der meine Arbeit ablehnte, »abgestempelt«.
Ich protestierte bei Baradinsky. Er versprach, den Umschlag bei der nächsten Auflage zu ändern.
Ich protestierte auch bei Frances Steloff, und sie versprach, die Broschüren in dieser Aufmachung nicht zu verkaufen, sondern auf die neue Auflage zu warten.

Leo Lerman bat mich um eine kurze Autobiographie:

»Lieber Leo,
Das war eine Frage, von der ich hoffte, Du würdest sie mir nicht stellen, sondern für mich beantworten. Zu mir: Ich wollte, daß Du mich so porträtierst, wie Du mich siehst; ich sehe mich und mein Leben jeden Tag anders. Was kann ich sagen? Die Fakten lügen. Ich war Don Quijote, ich habe immer meine eigene Welt erschaffen. Ich bin alle Frauen meiner Romane und noch eine andere, die *nicht* in den Romanen zu finden ist. Ich habe bis heute mehr als sechzig Bände meines Tagebuchs geschrieben, um mein Leben zu erzählen. Wie Oscar Wilde, richte ich meine Kunst nur auf meine Arbeit und mein Genie auf mein Leben. Es ist nicht möglich, mein Leben zu erzählen. Ich verändere mich jeden Tag, ändere meine Verhaltensweisen, meine Absichten, meine Auffassungen. Ich bin eine Abfolge von Stimmungen und Empfindungen. Ich spiele tausend Rollen. Ich weine, wenn ich feststelle, daß andere sie für mich spielen. Mein wirkliches Ich ist unbekannt. Mein Werk ist lediglich ein Extrakt dieses unermeßlichen und unergründlichen Abenteuers, das Ich kennenzulernen. Ich erschaffe einen Mythos, eine Legende, eine Lüge, ein Märchen, eine magische Welt und eine Welt, die jeden Tag

wieder zusammenbricht, und das gibt mir das Gefühl, den gleichen Weg wie Virginia Woolf zu gehen. Ich habe versucht, nicht neurotisch zu sein, nicht romantisch, nicht destruktiv, aber vielleicht bin ich dies alles in Verkleidungen.

Wegen meiner Veränderbarkeit ist es unmöglich, mich zu porträtieren. Wegen meiner Veränderbarkeit bin ich nicht fotogen. Friede, Gelassenheit und Integration sind mir unbekannt. Das mir vertraute Lebensgefühl ist Angst. Ich schreibe, wie ich atme, natürlich, fließend, spontan, aus einem Überfließen, aber nicht als Ersatz für das Leben. Ich bin an Menschen mehr interessiert als am Schreiben, am Lieben mehr als am Schreiben, am Leben mehr als am Schreiben. Ich bin mehr daran interessiert, ein Kunstwerk zu werden, als eines zu erschaffen. Ich bin interessanter als das, was ich schreibe. Vor allen Dingen habe ich eine Begabung für Beziehungen. Ich habe kein Vertrauen in mich selbst und großes Vertrauen in andere. Ich brauche Liebe mehr als Nahrung. Ich irre mich und begehe Fehler, und oft wünsche ich zu sterben. Ich sehe vermutlich am transparentesten aus, wenn ich aus dem Feuer komme. Ich begebe mich immer wieder ins Feuer und gehe immer wieder lebendig daraus hervor. Das alles eignet sich nicht für *Harper's Bazaar.*

Für mich ist das Leben tragisch, nicht komisch, denn ich stehe ihm nicht gleichgültig gegenüber. Ich habe mich der Idealisierung schuldig gemacht, ich habe mich aller möglichen Dinge schuldig gemacht, aber ich habe mich nicht der Gleichgültigkeit schuldig gemacht. Ich bin schuldig, eine Welt errichtet zu haben, in der ich leben kann, und ich lade andere ein, darin zu leben, aber außerhalb dieser Welt kann ich nicht atmen. Ich bin schuldig, zu ernsthaft und zu tiefsinnig zu leben, aber ich bin nicht schuldig, oberflächlich zu leben. Ich habe in den Tiefen gelebt. Meine erste Tragödie stieß mich auf den Grund des Meeres; ich lebe in einem Unterseeboot und komme kaum jemals an die Oberfläche. Ich liebe Kostümierungen, die

Seifenblasen der Ästhetik, *noblesse oblige* und poetische Schriftsteller. Als ich fünfzehn Jahre alt war, wollte ich Johanna von Orleans sein und später Don Quijote. Aus meinem Vertrautsein mit Wundern bin ich nie erwacht, und vielleicht werde ich in einer Opiumhöhle enden. Nichts von all dem schickt sich für *Harper's Bazaar*.

Ich bin scheinbar freundlich, labil und voller Verstellungen. Ich werde als Dichter sterben, der von den Nicht-Dichtern getötet worden ist, ich werde keinen Traum widerrufen, mich mit keiner Häßlichkeit abfinden, ich werde nichts von der Welt annehmen, ich werde nur die Welt akzeptieren, die ich selbst gemacht habe. Ich schrieb, lebte, liebte wie Don Quijote, und in der Stunde meines Todes werde ich sagen: ›Verzeiht mir, es war alles ein Traum‹, und dann werde ich vielleicht jemanden gefunden haben, der sagt: ›Keineswegs, es war wahr, absolut wahr.‹

Alles, was ich schreibe, ist wahr; transponiert, aber wahr. Die Quelle, aus der mein Tagebuch fließt, ist mein Leben. Über mich habe ich alles ausgelotet, und ich bin jetzt bereit, wieder von vorne zu beginnen. Lieber Leo, ich habe nichts zu sagen. Ich habe meine Fehler nicht erwähnt. Ich habe nicht den Mut, Monster, Krüppel, Mißgeburten, die Verunstalteten, die Entstellten, die Kranken anzusehen. Ich liebe Pilze, die Tropen, die Farbe Schwarz. Ich leide an chronischer Einsamkeit. Ich bin unter dem Zeichen der Venus geboren, der Venus, die jeden Morgen mit einem traurigen Ausdruck in der Muschel erscheint: ›Wieder liegt ein Tag vor mir, an dem ich lieben muß.‹ Ich war dazu ausersehen, das Leben von Ninon de Lenclos – der Frau, die ich allen anderen vorziehe – zu leben. Ich werde mich nie niederlassen, nie ein Heim haben. Mein Symbol ist ein umherirrendes Schiff. Ich bin Schriftstellerin. Ich wäre lieber eine Kurtisane geworden. Alles übrige steht im Tagebuch.«

Leo Lerman antwortete nicht.

An Gore gab es einen Wesenszug, den ich sah, der in meiner Gegenwart existierte, ein Gore, der erblüht wäre, wenn eine tiefere Liebe möglich gewesen wäre. Dieser Wesenszug der Jungen, sich zu verflüchtigen, jederzeit bereit zu sein zu entschwinden, bereitet mir große Schmerzen. Es ist, als sähe man, wie die Unschuld eines Kindes zerstört wird. Was zerstört sie? Was gibt es in der Welt, was gibt es in anderen Menschen, das sie zerstört?

Ich traf mich mit Gore zum Dinner. Am selben Ort. Aber es bestand nicht mehr dieselbe Beziehung. Wir hatten uns gegenseitig den Todesstoß versetzt. Ich wollte nicht, konnte nicht seine Mutter sein, ohne mein eigenes Leben aufzugeben. Er konnte nicht der Sohn meines Schreibens sein, der Erbe, derjenige, dessen Schreiben ich lieben konnte. Wenn er der Gore seiner Bücher war, dann war er für mich ein Fremder. Gore sagte: »Jemand hat gesagt, wir sollten zusammen ein Buch schreiben, denn du übertreibst, und ich untertreibe. Du bist zu warm, ich bin zu kalt. Ich habe all das, was dir fehlt.«

# [Januar 1947]

Um Kendalls Einsamkeit zu beenden, gab ich gestern abend eine Party. Ich lud Bill Howells Schwester ein, eine schöne Ballettänzerin, und Danny Kenning, ihren Mann. James Merrill, Frank Westbrook, Pablo, Nancy und Carter Harman. Sie sahen alle jung und schön aus, wie sie so im Kerzenlicht auf dem Fußboden saßen. Jeder auf seinem Gebiet außergewöhnlich begabt. Carter ist Komponist, Nancy ist Schriftstellerin, schlank, eine vergeistigte Schönheit. Ich hielt sie alle der Liebe Kendalls würdig. Carter ist offen, ruhig, mit einem ansteckenden Lachen und vereinigt in sich Klarheit, Intelligenz und Gefühl. Er ist siebenundzwanzig, schlank, blond, mit blauen Augen und vollen Lippen. Er hat den Krieg ohne Neurose überstanden. Er war Pilot, war in Indien. Er schreibt Ballettmusik. Er ist einnehmend und ausgeglichen.

Nancy ist zart und zerbrechlich, wie ein Vogel, aber gleichzeitig kalt und hart. Es ist eine Ehe zwischen Kindern.

Carter sagte: »Dein Schreiben hat in mir Musik erweckt, hat alle meine Wünsche geweckt zu komponieren. Ich wollte Schriftsteller sein, so wie du Musiker sein wolltest. Ich fühle in mir das Bedürfnis nach Worten, und ich reagiere auf Worte. Ich möchte Musik komponieren, die man singen kann.« Er hat Musik für einige Gedichte von E. E. Cummings geschrieben. Im Vergleich zu Carter wirkte Kendall noch verkrampfter und angespannter. Erstarrte Menschen. Weshalb hoffe ich, sie zu schmelzen? Sie verletzen mich, und ich kann ihre Erstarrung nicht lösen. Liegt es an der Starrheit meines Vaters?

Ich verstand jetzt viel besser mein Bedürfnis nach Ausdehnung und Ausbreitung. Fürchtete ich mich vor dem Ziel, zu dem es mich führen würde? Und wählte ich mir die Menschen aus, die als hemmende Einflüsse wirkten?

Brief von Kendall:

»Die Party war merkwürdig, wunderbar, voll unbekannter Ereignisse, die durch flüchtige Blicke magisch wurden, durch ein Verstehen, das ich mit Frank Westbrooks innerstem Wesen zu erreichen schien. Ich fühle mich um Jahre älter. Ich fühle mich verzaubert. Ich fühle mich ruhig. Ich fühle mich am Rande einer Entdeckung. Ich werde den Roman für mich sprechen lassen, den ich ihm zum Lesen schicke. In mir sind alle Gefühle maskiert. Ich kann nicht durch mich selbst sprechen. Ich muß durch mein Schreiben sprechen.«

## [Februar 1947]

Das Poetry Center der Vereinigung Jüdischer Junger Männer (Y.M.H.A.) veranstaltet eine Lesung: »Prosa und Gedichte von Anaïs Nin«.
Um zehn Uhr abends las ich aus *House of Incest.* Um zehn Uhr abends trafen sich Kendall und Frank zum ersten Mal.
Um zehn Uhr abends hörte Pablo ein Konzert französischer Renaissancemusik mit Dolly Chareau.
Um zehn Uhr abends wartete Bill Howell auf mich, um mich nach der Lesung auf eine Party mitzunehmen.
Um elf Uhr abends trafen wir uns mit Albert auf einer haitischen Party und kamen in ein Reich echter Freude und sinnlicher Atmosphäre. Albert singt und schlägt die Trommeln.
Um drei Uhr morgens gingen wir auf vereisten Straßen nach Hause.
Kendall nahm an einer Examensfeier für James Merrill in Sutton Place teil, es war ein Fest für die High Society und für Debütantinnen.

Ich hörte Carters *»Children Songs«* im Radio. Zart, unschuldig, spielerisch.

Bernhard Pfriem, ein Maler, lud seine Freunde zu einer Party bei mir zu Hause ein: Dorrey, Toshka und drei eindrucksvolle Männer, Anatole Broyard, New-Orleans-Franzose, hübsch, sinnlich, ironisch; Vincent, groß und dunkel wie ein Spanier; Arthur, ein Mischling, Neger und Jude.

Wie immer war ich zu früh fertig angezogen. Ich trug mein weißes, eng anliegendes Kleid, ein schweres, goldenes arabisches Halsband, das Haar hoch aufgesteckt. Ich öffnete die Tür, und der erste Gast war Vincent. Er hatte ein Album afro-kubanischer Schallplatten mitgebracht. Wortlos legte er eine Platte auf und öffnete seine Arme. Er ist Berufstänzer, elegant und geschmeidig.

Es wurde eine verrückte Party, bei Kerzenlicht, voller Ereignisse. Drei Freunde führten Scharaden auf. Dick, den Pablo wegen jemand anderem abgewiesen hatte, betrank sich sinnlos und ging auf die Terrasse. Das Geländer ist nicht sehr stabil. Er lehnte sich zu schwer darüber, und es zerbrach. Vincent hielt ihn unter Einsatz seines Lebens fest, bis die anderen beide nach innen zogen. Toshka betrank sich und verlangte nach einem Liebhaber. Irgend jemand verschwand mit ihr aufs Dach. Carter und Nancy blieben nicht bis zum Schluß.

Vincent gestand mir, daß er über sich selbst erstaunt war, Dick das Leben gerettet zu haben. Er sagte: »Normalerweise würde ich so etwas nicht tun. Ich bin ein Feigling. Ich glaube, ich versuchte mich selbst, mein übliches Benehmen zu übertreffen, um dich zu beeindrucken.«

Auf dieser Party, zwischen Leuten, die ich nicht selbst eingeladen hatte, kam ich mir wie eine Fremde vor. Die Party geriet in einen schmerzlichen Kontrast zu meinen Träumen: Sie warfen weiße Seide, die mir Leonard aus Japan geschickt hatte, über den Wandschirm; ein Symbol der Unschuld, die ich suche; mein Zurückschrecken vor Zynismus, vor dem Trinken. Meine Lieblingsplatte, Debussys Sonate für Violine und Klavier, die für mich die traurigste Musik ist, die je geschrieben wurde, haben meine betrunkenen Gäste zerbrochen. Im Gegensatz zu der Party, die ich in *Ladders to Fire* beschrieben hatte, schwebend im Halbwachen, Erfüllung suchend, hinterließ diese nur Weinflekken, Kerzenwachs auf dem Boden, Zigarettenstummel, Brotreste, leere Flaschen, Asche, Abfall und Verwüstung.

Ich mußte saubermachen, alle Spuren beseitigen und ein Bad nehmen, bevor ich schlafen gehen konnte. Diese Spuren von Unrat, die Rimbaud so vertraut waren, sind die Spuren der Entweihung.

Brief von Kendall:

»Wie merkwürdig, ich mußte Samstagnacht in Franks Apartment über die Feuerleiter einsteigen, weil er seinen Schlüssel verloren hatte. Das Symbolhafte dieser Handlung war mir völlig bewußt; und ich bin sicher, es geht Dir genauso. Es gibt für mich außer dem Noteingang keinen Eingang, denn ich lebe selbst in einem Zustand ständiger Unglücksfälle und Katastrophen. Mir wird jeden Tag sehr deutlich bewußt, daß mein einziger Trost im Schreiben liegt, und sollte ich je eine Beziehung zu einem Menschen finden, muß sie durch das Schreiben kommen; die Worte müssen einen Pfad schaffen, eine Beziehung, den Kontakt zwischen mir und dem Menschen. Es ist fatal, über den Noteingang einzutreten. Du verstehst, daß ich letztlich zur Liebe unfähig bin, denn sie hat in meinem Leben so riesige Ausmaße angenommen, daß ich dabei jedes Atom prüfen und berücksichten muß. Ich glaube nicht daran, daß eine Liebe dieser Art Analyse standhalten kann. Es wird für mich immer schwieriger, in ein Abenteuer zu stürzen, ja zu stürzen. Ich halte mich auf Distanz, ich bin darüber, daneben, darunter, niemals in seinem Mittelpunkt, aber andererseits habe ich mich noch nicht in einen Stein verwandelt. Ich werde mich in diesem Sommer nicht in das Schreiben stürzen, ich werde aus höchster Höhe, mit größter Kälte und Grausamkeit dichten. Ich werde in meinem Schreiben jeden, den ich je geliebt habe, zerstören; und dann werde ich mich am Ende selbst zerstören. Ich werde dabei nicht die leiseste Schuld empfinden, mir nicht das geringste Gewissen machen, die kleinste Verantwortung übernehmen; ich werde nur das tun, was dem Prozeß mei-

ner Zerstörung dient. Und dann werde ich vollkommen alleine sein; ich werde wie die Sphinx in der Wüste sein.
Ich bin so froh, daß Du Deinen Text überarbeitest. Du mußt lernen, beim Schreiben äußerst kritisch Dir selbst gegenüber zu sein, und das ist das Schwierigste, denn Du bist vielleicht der gütigste Mensch, den ich je gekannt habe. Gerade die Tatsache, daß Du eine so wunderbare Frau bist, behindert Dein Schreiben, denn für Dich ist die Notwendigkeit zu leben am stärksten. Und Du bist fähig zu leben, und so bei allem, was es bedeuten kann, lebe! Ich kann es nicht, denn ich muß schreiben. Aber denke immer daran, wenn ich am grausamsten bin, weine ich am meisten.«

---

Ein Thema zieht sich durch alle Arbeiten von Kendall, Gore und Leonard: gelähmt zu sein, unfähig zur Liebe und unfähig zu schöpferischer Arbeit. Denn das hängt alles zusammen. Aus Haß wird nur sehr wenig erschaffen. Wie kommt es, daß ich in einer Falle sitze, umgeben von Homosexuellen, von Menschen, die nicht reich leben und keine Erfüllung finden können? Ich weiß auch, daß sie für andere Menschen gefährlich sind, daß sie alle hassen, die ohne Schwierigkeiten leben, lieben oder schreiben. Warum kommen sie zu mir? Erlaube ich es ihnen? Ich verstehe ihre Schwierigkeiten, obwohl sie völlig andere Schwierigkeiten haben als ich. Ich kann ihnen nicht helfen. Meine Güte verbittert sie nur. Sie können sie nicht völlig in Beschlag nehmen, denn sie bringen mir einen solch kleinen Teil ihrer Persönlichkeit, daß ich nicht meine ganze Zuneigung an einen einzigen binden kann.

Anatole Broyard sagte zu Sherry, nachdem er mit ihr getanzt hatte: »Anaïs ist sinnlich.«
Sherry antwortete: »Nein, Anaïs ist mystisch.«
Anatole: »Nein, Anaïs ist sinnlich. Oder vielleicht eine glückliche Verbindung von beidem.«

Vincent sagte: »Du bist eine seltsame Frau. Auf der Party warst du nicht die Gastgeberin, du hast dich nicht um den Abend gekümmert. Du warst nicht ärgerlich, als die Schallplatten zerbrochen wurden. Du schienst es hinzunehmen, daß die Leute sich so benahmen, aber du warst so weit weg, und je länger der Abend dauerte, desto weiter hast du dich entfernt ...«

Das Manuskript von *Children of the Albatross* liegt auf dem Tisch. Ich muß noch den Schluß schreiben.
Kendall schreibt mir einen verzweifelten Brief: *»Au fond du gouffre.«*
Kendall greift in einer anderen Tonlage meine Klage, die ich mit zwölf Jahren führte, auf: »Eines Tages werde ich sagen können, ich habe den Grund erreicht.« Ich antworte auf diesen verzweifelten Ruf: »Lasse Dich von mir aus dem Inzesthaus führen. Ich kenne jede Windung des Labyrinths. Ich werde nicht zulassen, daß Du Dich selbst zerstörst.«
Heute erwachte ich und fühlte mich wie eine Blüte: zart, sanft, freundlich. Ich erwachte in völligem Alleinsein und war doch nicht einsam. Die Schreibmaschine, Arbeit, die mich erwartet. Ich zog mein elfenbeinfarbenes Hauskleid aus Satin an, das ich im Secondhand-Shop für fünf Dollar gekauft hatte, und ging hinunter zum Briefkasten. Ein paar Zeilen von Kendall:

»Viele gehen in die Tiefen und kommen nie mehr herauf. Nur der geübte Taucher kann in diese Tiefen vorstoßen und wieder zur Oberfläche zurückkommen. Noch einmal, was kann ich zu Deinen Briefen sagen, wenn ich mir angesichts Deiner unglaublichen Güte so schrecklich verderbt vorkomme? Hier ist ein Gedicht, das ich über Dich geschrieben habe:

Verkünde Dein Dasein wie eine Glocke,
Nicht laut, sondern als Echo ihrer Sanftheit.
Ringsumher unendliche Liebesklänge,
Sie strömen aus des Tänzers Zelle
Und schwingen in murmelnder Bewegung,
Erreichen das Rasen, das Rituale benennen,
Sie bilden in lebhafter Ruhe
Des Mittags grausamen Kult aus flimmernder Drehung.«

Mit einem solchen Kompliment auf dem Schreibtisch arbeite ich lächelnd an den Seiten über den Drehorgelmann und seinen Affen.

Besuche von Albert, von Gonzalo, von Vincent.

Brief von Kendall:

»Zu Deinem Brief von heute über das, was ich verborgen halte. Ja, ich verberge vor mir selbst die furchtbare Erkenntnis, daß ich zum ersten Mal, und wie ich glaube zum letzten Mal, nicht in der Lage war, der Liebe zum Primitiven, zum Knaben zu widerstehen. Wir werden beide aufgezehrt, jeder ist für sich allein, denn wir haben keine Möglichkeit – aber es muß einen Weg geben – der Verständigung. Für mich gibt es im Moment keine Flucht, denn ich habe keine Zeit zum Schreiben. Er ist sehr unglücklich, ich kann es fühlen, und er wird mich hassen. Das ist tatsächlich die endgültige Tragödie der Unfähigkeit zur Kommunikation, die Henry James aufklärte.«

Kendalls schwerreicher Vater verweigert ihm monatlich zweihundert Dollar zum Leben für die Zeit, in der er seinen Roman fertigschreibt.

Gonzalo hat mein Vertrauen und meine Zuneigung verloren. Aber er wiederholt immer nur, sein ganzes Leben sei ein einziges »Mißgeschick«.

Ich rief Kendall an seinem Geburtstag an. Ich war traurig, als ich erfuhr, daß er eine Party gab, auf der nur junge Männer waren. Solch ein vollständiger Ausschluß der Frau muß für das Gleichgewicht verhängnisvoll sein.
An meinem Geburtstag tobte ein Schneesturm. Ich ging um zehn Uhr morgens aus dem Haus, denn meine Schreibmaschine hatte angefangen, wie verrückt zu springen (die richtige Krankheit für meine Schreibmaschine), und ich wollte sie reparieren lassen. Ich ging zu Gonzalo und ließ Geld da, damit sie nicht hungern mußten. Ich arbeitete an einem Kapitel von *Children of the Albatross.* Abends um halb neun holte Pablo mich ab. Wir gingen zum haitischen Karneval. Ich trug mein spanisches Tanzkleid und tanzte die ganze Nacht hindurch. Die Haitianer erlaubten mir nicht, auch nur einen Tanz auszusetzen. Mein Geburtstag war ein Tanz mit Männern, deren Begehren offen ist, stark, stolz, deren Körper leben, blühen, Kraft und Leidenschaft ausstrahlen.
Von dort gingen wir ins Soho Café. Meine Stimmung schlug um, als wir einem Betrunkenen zusahen, der früher ein Sänger, ein Schauspieler, ein Conférencier gewesen war. Er nahm der französischen Sängerin das Mikrofon aus der Hand und sang zusammenhanglose Liedertexte, er schwankte ununterbrochen, riß alte Witze und erging sich in Phrasen, seine Augen waren traurig, bettelten kindisch um Applaus, um einen Drink, er dienerte vor der Autorität der Besitzerin. Vor einer Woche war er nüchtern zu ihr gekommen und hatte gesagt: »Versprechen Sie mir, eine Weihnachtskarte zu schicken? Mir schickt nie jemand eine Weihnachtskarte. Ich kann es nicht ertragen.« Sie hielt ihr Versprechen. Eine Woche danach war er wieder da, wieder nüchtern, um ihr zu danken. Er arbeitet im Leichenschauhaus. Immer wieder sagte er: »Ich muß zur Arbeit gehen.« Er hatte den Spitznamen »Cold Cuts« bekommen, nachdem er einmal ausführlich seine Arbeit beschrieben hatte. Er wiederholte immer wieder: »Vor sechs

Uhr morgens wird es keine Leichen geben. Für Selbstmörder ist die Nacht zu kalt.« Er vertrank sein ganzes Geld, und die Besitzerin gab ihm das Fahrgeld.
Ich ging nach Hause und konnte nicht schlafen. »Cold Cuts« verfolgte mich. Ich mußte über ihn schreiben.

Angst tötet die größte Liebe. Sie bewirkt Fehlschläge. Sie ruft bei dem Partner ein Gefühl hervor, als klammerte sich ein Ertrinkender an ihn. Man will ihn retten, aber man weiß, er wird in seiner Panik den Retter erwürgen.

## [März 1947]

Am Sonntag habe ich *Children of the Albatross* beendet. Ich bin allein, zufrieden. Ich habe das Duplikat fertiggestellt und letzte Korrekturen gemacht, um es am nächsten Tag abzuschicken. Ich will einen Essay über die Ähnlichkeit zwischen östlicher Philosophie und Psychoanalyse schreiben. In meinem Schreiben gibt es eine östliche Komponente.

Brief von Gore aus Antigua:

»Ich muß dieses Haus als Symbol bauen, es ist unwichtig, ob ich darin lebe oder nicht, es genügt, daß es da ist, aber natürlich hat es keine Seele. Zur Zeit bin ich ein Solotänzer, der großartig tanzt und kein Publikum hat. Meine Zuneigung zu Dir besteht weiter, sie wird immer quälender, größer, hoffnungsloser mit jedem Tag – was kann man mit Schönheit tun? Sie ist da, sie schmerzt. Manchmal habe ich das Gefühl, daß zuviel von mir im Mutterleib geblieben ist; es ist nicht eine Frage der Entwicklung, sondern eher eine Tatsache, daß es nie da war – nie geboren wurde. Ich kann niemals zu lange in Träumen verweilen. Ich fühle mich als Fremder auf der Durchreise, die Bücher sind nur meine Schatten in der Sonne ...«

Bill Howell und ich besuchten Richard Wright. Ich mußte Bill wegbringen, bevor er seine Beziehung zu Wright durch hartnäckiges Argumentieren zerstörte. Wright sagte, er könne Howard Fast nicht leiden, wegen einer persönlichen Kränkung, die dieser ihm zugefügt hatte. Bill Howell versuchte, Wright dies auszureden.

Um mich herum empfinde ich eine Entpersönlichung der Beziehungen, die mich erschreckt, denn ich habe nur persönliche Beziehungen, und jede Person ist einzig und unersetzbar. Ich betrachte diese Entwicklung als Schwächung von Freundschaft und Liebe.

Ich kann nicht meine ganze Freundschaft auf einen meiner Freunde konzentrieren, denn keiner von ihnen ist in sich selbst umfassend genug. Ich verfolge in ihnen Echos, vage Ähnlichkeiten zu größeren Beziehungen. Ich muß tiefe Beziehungen aus Howells Freundlichkeit, Gores Offenheit, Leonards tranceähnlicher Verträumtheit machen. Mosaike. Ein Gebilde aus kleinen Teilen. Ein Stück aus einem Brief, ein Gedicht, eine halbherzige Anwesenheit, ein paar Worte. Pablo läßt sein Selbstporträt an der Wand hängen, ein Mobile, den Vogel, der unter der Decke schwebt. Ihre zärtliche Art versklavt mich, aber weil sie noch nicht fertig sind, noch keine Männer sind, ist ihre Gegenwart ausgelöscht, sobald sie gegangen sind. Aber vielleicht, weil ich eine Frau bin, entdecke ich etwas, was ein Psychiater nicht entdecken kann: Mir wurde deutlich bewußt, daß bei den meisten jungen Männern, die ich kenne, Homosexualität zu einem Teil ein Stadium der Unreife bedeutet. Wenn zwei von ihnen ein Paar wären, zusammen leben würden, zusammenhalten würden, wenn sie Vertrauen und Zuneigung hätten, wenn ich um mich herum eine tiefe Beziehung sehen würde, eine große Liebe, dann könnte ich an ihre Reife glauben. Aber als eine Frau war es mir gestattet, ihre Ängste zu sehen, ihre Unsicherheit, ihre Zerrissenheit, ihre Promiskuität, ihre Unschlüssigkeit, die Seichtheit ihrer sexuellen Begegnungen. Es waren ihre Schwierigkeiten mit dem Leben, die meine Sympathie erweckten: Gore auf den Aleuten an Körper und Seele erfroren, Leonard von Angst erfüllt, Howells Zerfall nach dem Krieg, als er die Ursache für seine Probleme mit Frauen entdeckte. Er kam halbbetrunken aus einer Bar und wurde von fünf Soldaten überfallen. Er versuchte nicht, sich zu verteidigen. Jedesmal, wenn wir darüber sprachen, stellte er mir die gleiche Frage: »War ich ein Feigling, hatte ich Angst?« Aber eines Tages, als er mehr als sonst getrunken hatte, fügte er hinzu: »Das Schlimmste daran war, daß ich es genoß. Ja, ich genoß es, passiv zu sein.«

Weil ich eine Frau bin, vertrauen mir die Homosexuellen ihre Kindlichkeit an. Die flüchtigen sexuellen Begegnungen, die Mißachtung der Persönlichkeit des anderen, die Notwendigkeiten, oh, die unendlichen Notwendigkeiten, sich zu versichern, sich rückzuversichern, das Bedürfnis nach Bewunderung, nach Ermutigung. Irgend etwas in ihrer Psyche ist verkümmert, ähnlich wie es bei mir war, als mich mein Vater verließ; irgend etwas bewirkt Schwierigkeiten in ihrer Entwicklung, in der Entwicklung ihres Selbstbewußtseins, beim Heranreifen.

Ich sah an Pablo manchmal den Ausdruck des sehr jungen Knaben; Augenblicke der Unschuld, die sein Gesicht leuchten ließen, Gesten kindlicher Zärtlichkeit, nicht erotisch. Ich sah, wie sie mitten in einer Party einschliefen, sie schliefen so tief, wie nur Kinder schlafen können. Ich sah ihre Spontaneität in der Kunst, die ich genoß: sie konnten zeichnen, schreiben, singen, tanzen, beinahe ohne es gelernt zu haben, wie Kinder. Es gab sogar unreife Züge in ihren Gesichtern, in ihren Zähnen, Händen. Alle Elemente, aus denen sich Charme und Vergnügen zusammensetzen, und die Talente, die das Werden des Künstlers begleiten, schienen in ihren Persönlichkeiten lebendig zu bleiben, trotz Reifens und Alterns; sie besaßen die Empfindsamkeit, die Neugierde, die immer wache Reaktionsbereitschaft auf alles Lebendige, wie die Kinder.

Diese Eigenschaft, die Eigenschaft der Erneuerung andauernder Jugendlichkeit, die ich an den Künstlern schätze, finde ich bei den Homosexuellen. Nur ist sie hier durch Angst entstellt, durch Gewissensqualen, Hemmungen, Selbstzensur. Weshalb sind sie nicht stolz darauf und unkompliziert? Weshalb haben sie keine romantischen und dauerhaften Bindungen? Weshalb schreiben sie nicht romantische Romane über homosexuelle Liebe? Sie umgeben alles mit Heimlichkeiten oder mit Ironie, Satire und Selbstverspottung. Ich sehe diese Eigenschaft zu karikieren, die mir zum ersten Mal bei Henry begegnete, überall um mich herum. Es ist eine subtile, manchmal auch nicht subtile Entstellung, eine Burleske, die alles, mit dem sie in Berührung kommt, verunglimpft, verkleinert; die der Ehrlichkeit Falschheit unterstellt und dem Gefühl Heuchelei und überhaupt Gefühle abstreitet. Im Spaß habe ich meinen homosexuellen Freunden gedroht, ich würde ein ernsthaftes, ein tiefes, ein bewegendes Buch über Homosexualität schreiben. Mir scheint, das Thema ist verzerrt worden, und seine Möglichkeiten zur Schönheit werden bewußt nicht gesehen. Homosexualität wird immer schamhaft abgehandelt – wie das Bedürfnis der Männer für Prostituierte.

Kendall zeigte seinen entstellten und sadistischen Charakter mit einer Geschichte, die er über die Party schrieb, die Party, auf der er Frank kennengelernt hatte und die ich schön fand. Für ihn war die Party ein Abend voller Häßlichkeiten; aus mir machte er die verführerische und gefährliche Hexe, die man vernichten muß; jeder wurde zur Grimasse entstellt, wurde zu einer Bedrohung; es war eine Party mit dem unwürdigen Plan, seine Einsamkeit zu beenden. Was ich aus Mitgefühl für seine Einsamkeit getan hatte, wurde zu einer Szene erniedrigt, wie sie in einem Bordell stattfinden könnte. Es war ein junger Dichter, der ihm all diese verdrehten Auslegungen ins Ohr flüsterte; er sah wie ein sensibler und intelligenter Mensch aus und benahm sich doch wie Jago zu Othello, nur auf einer so niederen Ebene, daß es einfach unglaublich war. Liebte er Kendall und war er eifersüchtig darauf, daß ich ihm Zugang zu meiner Welt verschaffen wollte? Der Gegensatz zur wirklichen Party, für die ich meine begabtesten, aufrichtigsten Freunde gewählt hatte, schockierte mich durch

die fratzenhafte Häßlichkeit, die mir ein so abstoßendes Unbewußtes zeigte, daß unsere Freundschaft augenblicklich zerbrach. Es ist Ohnmacht, die Schönheit in Häßlichkeit verwandelt. Das können sie: zerstören, herabsetzen, verzerren.
Es ist das Kind, das Schutz und Liebe sucht und sich dann in Raserei gegen die Mutter wendet, weil sie eine Frau ist, weil sie einem Mann gehört, weil sie nicht für seinen Gebrauch und Mißbrauch da ist.

Brief von Kendall:

»Ich kenne niemanden, dessen Beziehung zu mir ich nicht schließlich durch meinen absoluten Masochismus zerstört hätte; aber von Dir habe ich gelernt, daß es Beziehungen geben kann, die zu wertvoll sind, zu teuer, zu grundlegend vom Geist geprägt, um sie zu zerstören. Ich versichere Dir, ich habe plötzlich ein Gefühl für Werte entwickelt, das ich vorher nicht besaß. Es gibt nur einen Weg, um die Wunde zu heilen, die ich Dir durch die Geschichte zugefügt habe, und diese Heilung liegt in der Fertigstellung des Romans mit der ganzen Kraft meiner Fähigkeiten und darin, daß ich Dir den Roman widme.«

Seltsam genug, ich kann vieles vergeben, viele Handlungen, viel Verrat, viele Formen der Selbstsucht, Ausbeutung, alles, außer die Häßlichkeit der Sehweise, die ich Zynismus nenne. Ich denke, der Zyniker überträgt seine innere Häßlichkeit auf andere. Dieser eine Charakterzug entfremdet mich jedem Menschen völlig.

Josephine singt im Ruban Bleu. Leonard ist noch immer in Korea. Kendall und James Merrill sind wieder in Amherst. Pablo besucht seine erste Freundin in Panama. Gonzalo kommt jeden Tag. Er sieht wie ein übermüdeter, alter Löwe aus. Er arbeitet mit der kleinen Druckerpresse, die bei ihm zu Hause steht. Er hat kleine Aufträge bekommen.

Ich gab ein Dinner für Richard Wright und Albert, der ihn kennenlernen wollte.

Albert erzählte Wright über seine Schwierigkeiten in Haiti. Er hatte Architektur studiert, um seinen Landsleuten zu helfen, Wohnungen für Familien mit niedrigem Einkommen zu bauen, ähnlich wie die Projekte, die er in Amerika gesehen hatte. Wegen seiner afrikanischen Herkunft fühlte er sich zu diesem Schritt verpflichtet, obwohl er hellhäutig und halb spanischer Abstammung ist. Aber in Haiti sah er sich durch Negerpolitiker und die einheimischen Neger wegen seiner hellen Hautfarbe und seiner bürgerlichen Herkunft geächtet. Er war über die Linke enttäuscht, weil sie es nicht vermochte, die verschiedenen Schichten zu einigen. Er erreichte nichts von dem, was er erträumt hatte; und jetzt bei den Vereinten Nationen schien es ihm nur langwierige, pedantische Debatten zu geben. Für seine jugendliche Ungeduld, für seine Bereitschaft, etwas zu tun, war das nicht genug.

Wright war sehr verständnisvoll und sprach von seinen eigenen Enttäuschungen. Er dachte daran, nach Europa zu gehen. Aber Albert meinte, er solle das nicht tun, denn er würde hier von seinem Volk gebraucht.

»Ich kann nur als Schriftsteller von Nutzen sein, und hier ersticke ich als Schriftsteller. Ich ersticke unter kleinlichen Demütigungen und täglichen Angriffen. Ich bin nur von einem Thema besessen: Ich brauche eine Perspektive. Ich muß den Verwundungen, dem persönlichen Ärger, der mir ständig zugefügt wird, entfliehen. Ich werde fortwährend so gestört, daß ich überhaupt nicht mehr arbeiten kann. Ich muß frei leben, wenn ich mich als Schriftsteller entfalten soll.«

Ich unterstützte Wright in dieser Meinung.

Weshalb glaubt hier jeder, daß unsere Probleme gelöst

werden können, wenn alle an nichts anderes denken als an die Mechanismen des Lebens, der Geschichte? Manchmal muß man Abstand haben, um richtig denken zu können. Ich glaube nicht, daß die amerikanische Besessenheit von Politik und Wirtschaft etwas verbessert hat. Es ist eine ebenso engstirnige Besessenheit, wie jede andere auch. Vielleicht hat Richard recht, er braucht eine Unterbrechung seiner täglichen Kämpfe.
Sobald sich jemand von der Politik abwendet, ruft das moralische Entrüstung hervor. Aber Politik ist nicht die einzige Aufgabe, die hier bewältigt werden muß! Jeder muß das Seine gut tun, und das wird die Politik indirekt beeinflussen: der Arzt, der Psychologe, der Sozialarbeiter, der Priester, der Schriftsteller, der Musiker, der Dichter. Ich bin dieses ständige »Kommandieren« leid; ich bin es leid, daß sich jeder nur um die alltäglichen Ereignisse kümmern soll.
Über Flucht und Elfenbeintürme: Die Kultur, auf die sich das japanische Leben seit mehreren tausend Jahren gründet, wurde an einem Hof geboren, der von der Außenwelt völlig abgeschlossen war, weil Reisen zu dieser Zeit zu gefährlich waren, weil es keine Möglichkeiten der Kommunikation über große Entfernungen hinweg gab, keine Möglichkeiten, sich auszubreiten. So wurden in der Abgeschlossenheit, an einem Hof, an dem die Menschen nur auf sich selbst gerichtet waren, alle Regeln der Ästhetik, der Literatur, der Architektur, der Gartengestaltung, der Philosophie geboren, die Japan die Bewunderung und Achtung von Gelehrten und Besuchern einbringen.
Wenn man Richard Wright mit diesen täglichen Angriffen verschonen würde, könnte sein Schreiben sich entfalten.
Henry war eine Erholung von den Beschränkungen und dem Gefühl des Begrenztseins gestattet, in das er hineingeboren worden war. Großzügige Lebensformen, frei sein von den täglichen und aufreibenden Verwundungen. Ich fühlte, daß Wright Besseres leisten könnte.

Albert stimmte dem nicht zu, und Richard war enttäuscht, denn Alberts Ansicht war nichts anderes als das, was er immer zu hören bekommt.
Was ich nicht sagen wollte, war, daß Richard nach einem Aufenthalt in Frankreich weniger neurotisch sein würde und Vertrauen in die Freundschaften haben könnte, die ihm angeboten werden. Ich habe versucht, ihm ein Freund zu sein, aber er bleibt reserviert und voller Mißtrauen.

Gore ruft mich an. Er hat bei Dutton für mich gekämpft und gewonnen. Sie wollten mit der Veröffentlichung von *Children of the Albatross* noch zwei Jahre warten. Sie werden *Children of the Albatross* jetzt veröffentlichen!

# [April 1947]

Carter Harman kam zu mir, um die Musik für *House of Incest* zu besprechen. Wir arbeiteten gut zusammen, verstanden uns. Er will aus dem Buch ein traumähnliches Musikdrama machen. Es erfüllt ihn mit Musik.

Arbeitete wieder mit Carter zusammen. Ich schreibe auf, worüber wir uns geeinigt haben. Er komponiert die Musik.
Wir gingen in Lincoln Kirsteins Ballett.
Dinner im Apartment von Nicholas Wreden. Er ist mein Lektor bei Dutton. Häuslichkeit, bürgerliche Gediegenheit, Komfort, ein Hang zum Konventionellen. Ich langweile mich. Gore ist auch da; er bringt mich nach Hause.
Wird Carter Harman ein großer Komponist werden? Wird Gore ein berühmter Schriftsteller werden? Carter ist sehr gefühlsbetont, ganz Musik. Er kommt bescheiden mit seiner Aktentasche voller Partituren und dem Metronom.

Leonards Antwort, nachdem er sein Porträt in *Children of the Albatross* gelesen hat, sind fünf Meter schwerer, feuerroter Brokat aus Korea, um eine Geheimschatulle gelegt. Sie war das Symbol, das ich benutzt hatte, um seinen Charakter zu beschreiben.
Und eine Notiz: »Das Buch hat mich tief bewegt.«
Gore weiß nicht, was Mister Macrae, der Cheflektor bei Dutton, hinter seinem Rücken getan hat. Jedesmal, wenn ich in den Verlag ging, um mit Nicholas Wreden etwas wegen *Ladders to Fire* zu besprechen, Termine für Vorlesungen oder Interviews zu machen, eilte ich möglichst schnell durch den Korridor zum Fahrstuhl. Aber mit unfehlbarer

Intuition öffnete Mister Macrae die Tür seines Büros und hielt mich fest. Entweder brachte er mich zum Fahrstuhl oder er bat mich in sein Büro. Dort zeigte er mir jedesmal Familienbilder von einem Springreitturnier. Aber seine Unterhaltung schloß immer mit den gleichen Worten: »*Ladders to Fire* verkauft sich schlecht. Während meiner Mittagspause saß ich im Park, und als ich die Leute betrachtete, die neben mir auf der Bank saßen, dachte ich: Diese Leute werden niemals *Ladders to Fire* lesen.«

Meine Antwort war: »Wenn ich auf dieser Bank säße, würden sie es lesen.«

Da ich kein Heilmittel gegen den schlechten Verkauf vorschlagen konnte, entschloß ich mich zu einem Versuch, seine Loyalität zu gewinnen, und zeigte ihm das Tagebuch aus meiner Kindheit, denn er ist Katholik, ein verheirateter Mann und Vater. Er las es, und sein Kommentar war: »Das ist ein liebes Buch. Weshalb schreiben Sie heute nicht mehr so, anstatt über dieses Bohèmeleben in Greenwich Village zu schreiben?«

Pablo hat beschlossen, mit seinem Freund um die Welt zu reisen. Er hat einen Job auf einem dänischen Frachter angenommen, der ungefähr fünfzig Passagiere befördert. Pablo sollte alle möglichen Arbeiten übernehmen, was immer anfiel: servieren, Koffer tragen, das Deck schrubben.

Er wollte, daß ich mir das Schiff ansähe, aber am Abreisetag durften keine Besucher an Bord kommen. Er wollte, daß ich dort wäre, um ihm »Auf Wiedersehen« zu sagen. Er würde monatelang weg sein.

Er schlug vor, ich solle die Schiffahrtsgesellschaft anrufen und mein Interesse an einer Passage bekunden; ich könnte fragen, ob ich mir das Schiff ansehen dürfe. Sie sagten, ja, das könne ich tun.

So kam ich am Tag der Abfahrt gut angezogen wie ein potentieller Passagier, und der dänische Kapitän empfing mich persönlich. Zuerst mußte ich mich mit ihm unterhalten und dänisches Bier trinken. Pablo und sein Freund bedienten uns. Dann führte er mich auf dem Schiff herum. Er zeigte mir seine Kabine, die Kabinen der Passagiere und in Richtung Heck die Mannschaftsquartiere. Pablo und sein Freund trieben sich in der Nähe herum. Wir erreichten Pablos Kabine, die er mit seinem Freund und zwei anderen jungen Männern teilte. Er hatte über seinem Rasierspiegel bereits Fotografien seiner Freunde angebracht. Das größte Bild von allen war ein Bild von mir, seiner »Sabina«, wie er mich nannte, mit einer Widmung von mir. Der dänische Kapitän muß es gesehen haben. Er ließ sich nichts anmerken. Ich konnte Pablo einen Abschiedskuß geben, am Pier stehen und ihn abfahren sehen, eine beinahe rührende Gestalt auf diesem eher streng aussehenden Schiff ohne Girlanden und Musik. Ein einsames Schiff, nur für Männer, und wie würde es einem Jungen wie Pablo, so voller Überschwang, Leben und Wärme, Monat um Monat auf diesem Schiff ergehen?

*Poetry* Magazin, April 1947:

»Aus Paris hören wir von einer Lesung neuer Werke Antonin Artauds im Vieux Colombier, zu der alle seine Freunde und Gönner, einschließlich André Gide, erschienen waren. Nur die Hälfte von ihnen konnte Einlaß finden. Der Dichter war so bewegt, daß er – wie berichtet wird – die Fassung verlor. Artauds beunruhigende Gedichte werden vermutlich mit der üblichen Verspätung, irgendwann in den sechziger Jahren, in diesem Land populär werden. Justin Saget, der Kritiker des *Combat*, bezeichnete Artaud als den ›Letzten aus dem Geschlecht der *poètes maudits*‹.«

## [Mai 1947]

Woody Parrish-Martin ist dunkelhäutig wie ein Südländer, er lacht immer und liegt stets ausgestreckt, erzählend und trinkend auf dem Boden. Sein Erzählen ist eine Folge von Märchen und Phantasien, die durch unsichtbare Fäden miteinander verbunden sind; sie sind voller Charme und Witz. Er ist ein redender Schriftsteller. Er hat Schwierigkeiten, zum Schreiben zu kommen. Ich liebe seine Geschichten. Er kann auch sehr spöttisch sein. Seine Kommentare sind häufig kritisch. Ich weiß nichts über seine Herkunft, aber seine Einstellung zum Leben zeigt eine überlegene Bildung. Er urteilt über unvollkommene Menschen eher kritisch; er hat Stil. Woody ist subtil, in Kleidung, im Gespräch und in Manieren. Er kommt immer mit einem Lächeln auf den Lippen. Dieses Lächeln verdeckt ein *enfant terrible*.

In seinem Apartment hat er alle Arten leerer Käfige, die mich faszinieren. Orientalische und viktorianische Käfige aus verschiedenen Ländern. Er ist vielseitig begabt, aber man kann seine Talente nicht analysieren, sie bilden kein Ganzes. Zersplitterte Talente und eine zersplitterte Persönlichkeit, zersplitterte Geschichten, die ich als Künstler zu bewahren, zu sammeln suchte, die sich aber auflösten und sich verflüchtigten.

An eine Geschichte kann ich mich erinnern. Sie handelt von einer jungen Frau, die von ihrem Liebhaber verlassen wurde. Man zwang sie, einen anderen Mann zu heiraten. In der Kirche weinte sie. Sei weinte echte Perlen, und das ganze Dorf kam, um diese aufzusammeln.

Ich höre Woody immer lachen. Dieses Lachen ist auch sein

Schutz. Ich werde ihn nie besser kennenlernen. Er verwandelt alles in ein witziges Spiel.

Ein anderer Mensch, dem ich Achtung entgegenbringe und den ich gerne zum Freund hätte, ist James Agee. Ich mag seine Art zu schreiben, sein Auftreten; er legt keinen Wert auf sein Äußeres; ich mag sein Schweigen, seine Ernsthaftigkeit. Seine Kleider sind nie gebügelt, ganz selten trägt er eine Krawatte, und er ist häufig unrasiert. Er ist sehr groß und schlaksig, sehr dünn und knochig. Er erinnert mich an Lincoln ohne Bart. Aber auf meinen Partys war er nie sehr gesprächig.

Drei gewaltige Schranken stehen zwischen mir und amerikanischen Schriftstellern: Die eine ist Trinken, das kann ich nur mäßig; die andere ist, ich habe nicht das harte, direkte, robuste, freimütige Auftreten der maskulinen Frau, die ihnen Vertrauen einflößt; die dritte, so glaube ich, besteht darin, daß ich *Ausländerin* bin.

Das sind die Gründe dafür, daß ich immer wieder in den Kreis der Jungen zurückgeworfen werde, in den Kreis derer, die nach meiner Gegenwart und nach meiner Arbeit hungern. Wir trinken niemals so viel, wie es die älteren Schriftsteller tun. Wir erfinden, erschaffen, schreiben, malen und reisen.

Freunde, die ich haben möchte und die nicht reagieren: Martha Graham, Isak Dinesen. (Pablo brachte ihr persönlich ein Exemplar von *Under a Glass Bell.* Ich habe von ihr nie etwas darauf gehört, aber ich träume von ihrem Leben, ihrem Schloß, ihren Geschichten.) Auch Anna Kavan in England und ihr *The House of Sleep*, das dem *House of Incest* so ähnlich ist, gehört dazu.

James Baldwin schreibt sein erstes Buch. Er hat ein einnehmendes Wesen. Bei ihm besteht die Mauer hauptsächlich aus seiner Besessenheit von Politik. Diese Art von Besessenheit ist für mich vielleicht die unüberwindlichste Mauer von allen. Die Politik, über die sie alle reden, ist nicht menschlich. Sie sind nicht psychologisch. Sie sind abstrakt und theoretisch. Sie leben davon, die täglichen Nachrichten auf ihre Weise auszulegen. Ihre Art zu denken ist unerträglich, eng und starr. Jedes Wort, das sie aussprechen, jeder Gedanke, wird vom Führer der Gruppe oder der Zeitschrift, zu der sie sich bekennen, geprägt. Man gehört zu einer Gruppe und tut sein Bestes, die andere Gruppe zu zerstören. Bücher werden einzig unter dem Gesichtspunkt der politischen Zugehörigkeit besprochen. Sie bestimmt Freundschaften, beherrscht sie, zerstört sie. Meine Suche nach Wahrheiten, die über dieses Sektionsdenken hinausgeht, ist ihnen verdächtig. Es ist, als würde ich mich weigern, in den Krieg zu gehen, und als würde ich mich als Pazifistin bezeichnen, und deshalb bin ich geächtet.

Ich kam nach Amerika als Besucher, mit einem Visum, das alle sechs Monate verlängert werden muß. Jetzt, nachdem der Krieg vorbei ist und ich weiß, daß ich nicht nach Paris zurückkehren kann, muß ich die Vereinigten Staaten verlassen und als Einwohner wieder einreisen. Auf diese Weise kann ich meine Einbürgerung betreiben. Es begann mit vielen Formularen und mit viel Bürokratie.

Ich beabsichtigte, nach Kanada, das nicht weit war, zu gehen oder nach Meriko, von dem ich geträumt hatte. Auf einer Cocktailparty sprach ich darüber mit einem jungen Amerikaner von der Westküste. Er sagte: »Wollen Sie damit sagen, Sie hatten vor, nach Frankreich zurückzugehen, ohne etwas anderes als New York City kennengelernt zu haben? Heißt das, daß das alles ist, was Sie von Amerika kennen? New York ist nicht Amerika. Sie müssen es ganz sehen, besonders den Süden und den Westen.«

Henrys Buch *[The Air Conditioned Nightmare* – Hrsg.] hatte in mir nicht den Wunsch geweckt, dies alles zu sehen, aber der junge Mann aus dem Westen und seine Liebe zu diesem Land erreichten es. Ich begann über dieses Land nachzudenken und überlegte, ob ich es auf meinem Weg nach Mexiko kennenlernen könnte.

Ich fand einen Freund, der nach Las Vegas fuhr, um sich scheiden zu lassen, und wir kamen überein, die Fahrtkosten zu teilen.

Als diese Pläne entstanden, wurde mir klar, wie sehr mir daran gelegen war, New York zu entfliehen, wie hart und aufreibend das Leben hier war. Wie das Klima.

# [Sommer 1947]

Ein Ford, Modell A, mit offenem Verdeck. Die endlose Straße führt immer weiter. Stunde um Stunde eintöniges Motorengeräusch, selbst wenn man anhält, glaubt man zu rollen, zu rollen.

Zuerst fuhren wir durch den Holland-Tunnel; es war ein Gefühl, als läge New York City unter der Erde, und ich erreichte jetzt erst die offene Freiheit. Raum. Plötzlich öffnet sich der Himmel und erfüllt den Raum. Nur der Himmel beherrscht die Szenerie, die Erde dagegen ist klein. Wolken ziehen vorüber; manchmal sind sie weit weg, manchmal sind sie sehr nahe und bedrohlich. Weit vorne sieht die Straße wie eine Luftspiegelung aus. Die Bäume fliegen vorbei, Straßenschilder, Plakate, Telefonmasten, Städte, Häuser. Die Wolken reisen mit oder zeigen den Weg oder lassen einen Sturm ahnen; oder sie weisen in die Dämmerung oder in ein dunstiges Zwielicht; es sind kapriziöse Gebilde, sie lösen sich auf oder verdichten sich. Nachdem ich die Stadt verlassen hatte, wurde mir bewußt, wie selten ich die Stimmungen des Himmels erlebt hatte, wie selten ich eine unverstellte Sicht auf den Himmel gehabt hatte.

Nachdem der Tunnel hinter uns lag, füllten sich meine Augen mit Grün: Felder, Wälder, Bäume, Hügel, Berge.

Die Städte, die Motels sind sich täuschend ähnlich. Wo sind wir? Washington. Das Motel, die Café-Bar, der Drugstore. Wenn wir in der Morgendämmerung aufstehen, frühstücken wir mit den Arbeitern in Café-Bars, die an der Straße liegen; sie sind für die Fahrer der Lastwagen da. Die Leute essen schweigend an der Theke. Sie sprechen über das Wetter. Es ist heute kalt, es ist heute dunstig, es ist heute heiß.

Rollen, rollen, rollen. Stunden auf der dahingleitenden Straße. Wunderbare Namen auf der Landkarte. Der Smokies National Park. Auf dem Weg dorthin fuhren wir aus Versehen auf einen Berg. Als wir auf dem Gipfel anlangten, schneite es. Es schneite, und die Straße war hier zu Ende. Es war eine Sackgasse. Wir mußten im Schnee wenden, in der Dunkelheit, ein Abysus um uns herum; wir mußten umkehren und zurückfahren.
Nach dem Schnee kamen Sonne und Hitze, als wir nach Roanoke, Virginia, fuhren. Breite Straßen, enge Straßen, schmutzige Straßen, ausgebaute Straßen. Manchmal sind wir allein auf der Straße, manchmal umringt von höllisch lauten Lastwagen. Stellenweise verschandeln Reklametafeln die Landschaft. Es ist die Landschaft eines Verkäufers.
In Virginia trafen wir als Wirtin eines Restaurants eine majestätische alte Dame, die Walt Whitman gekannt hatte. Wie merkwürdig ist es, jemanden zu treffen, der einen Schriftsteller gekannt hat, den ich gerne gekannt hätte. Man hofft, einen sensiblen Begleiter zu finden, der *die Verbindung herstellt* wie ein Hellseher, ein Hypnotiseur zu dem, dessen Tod man betrauert; aber nicht diese imposante alte Lady mit dem Stock. Vielleicht gab sie ihm lediglich Essen, wenn er hungrig war. Sie war ausschließlich darauf bedacht, daß wir ihr Essen würdigten und nichts auf den Tellern ließen.

Die wundervollen Höhlen von Luray im Shenandoah-Tal. Zwei Männer waren aufgrund der Struktur von »Cave Hill« und bestimmter geologischer Anzeichen davon überzeugt, daß dort eine große Höhle zu finden sein müsse. Andrew Campbell und Benton Stebbins begannen mit einer sorgfältigen Untersuchung der Hügeloberfläche.

Nachdem sie lange in einer alten Senkgrube zwischen Dornengestrüpp und Steinen gesucht hatten, fanden sie eine Stelle, an der kühle Luft durch die Felsspalten in die warme Außenluft drang. Sie ließen sich an einem Seil in den dunklen und geheimnisvollen »Raum der Stille« hinab. Die Schönheit der Formen und Strukturen in den Höhlen übertrifft die von Kathedralen, Juwelen, orientalischen Palästen, Kristalleuchtern, Damastvorhängen, Kirchtürmen, der goldenen Dächer von Bangkok, der Seen, der Korallen auf dem Grund des Meeres. Sie scheinen der Ursprung aller Form zu sein. Der Ursprung der Zelte, Pagoden, Gewölbe, der farbigen Glasfenster, Panoplien, Blüten; sie sind der Ursprung aller Märchen.

Das Schweigen, die Zerbrechlichkeit, manchmal das Herabfallen eines Wassertropfens, der dazu bestimmt ist, kristallisiert und geformt zu werden, die spiegelnde Oberfläche der Teiche, die Formen versteinerter Wasserfälle, starre Meereswellen, schwebender Regen, versteinerte Schneekristalle. Worte verwirren nur. Es ist das vollkommene Bild, die vollkommene Freude.

Immer wieder wechselt der Himmel, wechselt die Landschaft.

Aber noch keine Veränderung in den Gesichtern der Menschen.

Das Fahren zerrt an den Nerven. Das Motel wird herbeigesehnt, gleichgültig, ob einfach oder schick. Manchmal ist es adrett und sauber, mit lackierten Möbeln. Dann wieder ist es eine Berghütte in den Wäldern an einem Bach. Manchmal gibt es einen richtigen Kamin mit Holz zum Brennen, dann wieder einen Elektroofen. Die steif gewordenen Beine ausstrecken. Schlafen.

North Carolina. Winston-Salem. South Carolina. Atlanta, Georgia. Mobile, Alabama. Die Landschaft wird üppiger, sanfter; die Menschen träge, ihre Bewegungen langsam, die Straße staubig, die Häuser schläfrig. Es ist schön und gemächlich. Die Häuser sind überwuchert vom Grün, an den Zäunen ranken sich Blumen. Die Felder stehen in klarem, sauberen Grün. Kein Staub. Von Mobile, Alabama, nach New Orleans. Je weiter südlich wir kommen, desto mehr spricht mich die Landschaft an; ich genieße Gerüche, die Gelassenheit der Gesten; die Natur, die alles einhüllt, paßt zu dem Rhythmus: Mensch-zur-Erde und Feld-zum-Menschen, Pferde und Menschen. Und der kleine Ford, Modell A, der nicht so laut ist wie andere Autos, weniger aufdringlich, unauffälliger zu parken, paßt besser in die Landschaft. Vorbei sind die Härte und die Unzugänglichkeit, der gewalttätige Lärm der Stadt.

Romantische Häuser, und das romantischste von allen das Haus von Weeks Hall, »The Shadows«.

Das Haus liegt halb verborgen zwischen den hängenden Zweigen der Bäume, die so alt sind, daß ihre Äste die Erde berühren; Moos, Efeu, schmarotzende Schleier, wehende Schals, Tau, Feuchtigkeit, der Geruch alter Erde, verblühender Blumen. Moosbewachsene Bassins, Pfauen, Statuen, herrschaftliche Treppen, Säulen, Tore, Fenster, Marmorböden, duftendes Sandelholz, Spiegel, Kandelaber. Und Weeks Hall selbst, so alt, wie ein Mensch nur werden kann, jovial, mit rotem Gesicht, die Stimme des Hauses, hält Monologe über seine Vergangenheit, erzählt Geschichten, erinnert sich. Er führt den Gast selbst, damit dieser nicht die gestickte Jagdszene unter Glas, die Stühle mit den bestickten Bezügen und die mit Brokat bespannten Vitrinen übersieht. Die Likörkaraffen haben silberne Stopfen, aber sie sind nicht voll genug, um den Durst des Hausherrn zu löschen. In der Küche gibt es nicht genug Essen, es gibt nicht genug Personal, es gibt von nichts genug, um die Pracht des Lebens zu erhalten, das dabei ist zu verschwinden. Aber vor seinem Verschwinden verströmt es den Duft von Blumen, die zu lange in ihren Vasen stehen, von Seide, die längst verblichen ist; es bewahrt die

Spuren der vielen Häupter, die auf den Kissen geruht haben; hinfällige Betten, zerschlissene Baldachine mit Säulen, die den Damast nicht länger tragen können; die Matratze ist schon lange verschwunden, die Bettlaken lange zerrissen.

Weeks Hall bemüht sich um die Erhaltung des Hauses als Museum der Kultur des Südens, das der Stadt New Orleans übergeben werden soll. Aber wird die Stadt es erhalten? Sonst werden Verwitterungen und Zeit alles zerfressen, die Möbel, die Gemälde, die Stiche und Radierungen, Fotografien, die Pläne des Architekten, die Fische in den Bassins. Infolge der Armut ist bereits so viel zerstört.

Als Weeks Hall noch reich war, ließ er berühmte Besucher ihre Namen auf eine Tür schreiben. Durch ein Versehen übermalte ein Handwerker die Tür und löschte so die berühmten Namen aus. Weeks Hall schickte die Tür um die ganze Welt, zu jedem, der seinen Namen darauf geschrieben hatte, bis alle Unterschriften wieder auf der Tür waren. Hier stand sie nun.

Um die Vergangenheit besorgt, sogar um ihre Gebeine. Einer seiner Vorfahren hatte gewünscht, im Garten begraben zu werden. Er wollte nicht auf dem Friedhof von New Orleans neben anderen Menschen ruhen. Er wurde dort begraben, wo er es wünschte. Aber in Abwesenheit von Weeks Hall grub ein Gärtner, der einen Baum mit langen Wurzeln einpflanzen wollte, zu tief und grub dabei unachtsam den Vorfahren aus. Als Weeks Hall zurückkam, ging er daran, ihn wieder zu begraben. Zu seinem großen Schrecken fehlte ein Knochen. Er ließ die Dienstboten zusammen mit dem schuldigen Gärtner danach suchen. Wenn sie den Knochen nicht finden würden, mußte die Dynastie von Weeks Hall erlöschen. Er war bereits ein alter Mann mit Gicht und einem unstillbaren Durst nach Alkohol.

Ich erinnerte mich, irgendwo gelesen zu haben:

Die gelehrten Rabbiner der Juden schreiben:
Es gibt ein Bein, das nennen sie Lutz.
Keine Macht der Welt kann ihm je schaden;
und deshalb – am letzten großen Tag,
werden alle anderen – wie sie sagen,
aus ihm entspringen, wie aus einem Samen.

Man sagte, dieser Knochen sei das Kernstück des wiederauferstehenden Leibes. Weeks Hall muß daran geglaubt haben. Seine Besorgnis war groß.
Als es dämmerte, erzählte er noch immer. Die Zikaden sangen. Der fehlende Knochen war gefunden worden, und alles war gut. Die Dynastie von Weeks Hall würde nicht verschwinden. Der Ahne würde »The Shadows« nicht verfluchen.

Wieder auf der Straße. Alte Männer sitzen an Zäunen, schnitzen Holz; es ist nur eine Beschäftigung; sie schneiden Holzstückchen ab und lassen sie auf den Boden fallen. In europäischen Ländern schnitzen die gleichen alten Männer Köpfe, Pfeifen, Puppen, Tiere, bemalen sie und schmükken ihr Heim damit. Sie schnitzen mit ihren Bauernhänden kleine Schweizerhäuschen.
Sanfte Landschaften, wogende Felder. Moosbewachsene Bäume. Wilde Landschaften. Blaue und purpurfarbene Berge.

Die Schönheit des Südens, üppig und berauschend. Der Geruch der Gardenien. New Orleans. Geruch nach scharfem Essen, nach Kräutern und Curry, Jazz, der aus kleinen Cafés dringt, Menschen auf der Straße, sie wirken entspannt. Der Kaffee mit Zichorie und die Croissants. Die Innenhöfe mit ihren zu groß gewordenen Pflanzen, Balkone mit kunstvollen schmiedeeisernen Geländern. Blumen in Töpfen, Zimt, Farben wie Safran. Feuchte Blätter, lächelnde Gesichter, der liebkosende Wind, die Parks voller exotischer Vögel, voller Flamingos.

Um Sonne und Hitze während des Tages abzuhalten, werden die Fensterläden geschlossen. Das erinnerte mich lebhaft an die Tage in Barcelona. An den Halbschatten, der nur von hauchdünnen, silbrigen Fäden des Tageslichts durchzogen wird; es herrscht dort eine sinnliche Intimität, ein Leben im Zwielicht wie in einem Arboretum.

In einem solchen Haus, mit Marmorböden, Korbmöbeln und geschlossenen Fensterläden, besuchten wir Gore Vidal. Er nahm uns mit zu der Malerin Olive Leonhardt. Sie hat ein schönes Gesicht, eisige und doch intensive blaue Augen, silbergraue Haare. Ihre Bilder stapeln sich in einem Raum neben der Eingangshalle. Sie malt ihre Träume. Sie malt, gefiltert durch ihre Sehweise, die Menschen und New Orleans. Sie sieht die Schwächen der Menschen und die Ironie, die darin liegt. Sie hat ein Buch mit satirischen Zeichnungen veröffentlicht; es trägt den Titel *New Orleans Drawn and Quartered.*

Ich sah das Bild, das sie von mir gemalt hatte, noch bevor wir uns kennenlernten, und von dem sie mir eine Fotografie geschickt hatte.*)

Es zeigte mich: halb Pflanze, halb Baum, halb Undine, halb das Mädchen aus *Green Mansions.*

Sie hatte ein Bild von Weeks Halls Schlafzimmer gemalt, und zwar das mit dem riesigen Bett und dem zerbrochenen Bettrahmen, dem zerschlissenen Baldachin. Es war wundervoll. Es war der einzige satirische Surrealismus, den ich in Amerika gesehen hatte. Sie verdient Anerkennung.

Wieder auf der Straße. Kleine, kurze Wegstrecken. Lange, monotone Straßen. Man sehnt sich danach, die uninteressanten Städte schnell hinter sich zu lassen. Schwere Wolken, helle Wolken. Entfernungen. Alles ist immer weiter entfernt, als man es sich vorstellt. Die Karte täuscht. Ich kann Entfernungen nicht berechnen. Landkarten, Kursbü-

---

* Siehe Band III (Hrsg.).

cher und Fahrpläne sind für mich geheimnisvoll verschlossene Bücher. Ich bin kein guter Beifahrer.
Ich reise nicht in die Vergangenheit, obwohl mich der Sandstrand von New Orleans, der von Möwen bevölkert ist, an Saint Tropez erinnert hat. Denn auch in Saint Tropez wachsen dicht am Wasser Kiefern, und der Bambus gedeiht üppig. Die niederen, gekrümmten Kiefern; wenn uns die Sonne ermüdet hatte, konnten wir auf den Kiefernadeln liegen. Zwischen den Bambusbüschen konnte man sich aus- und ankleiden. Sie raschelten; sie verbargen die Liebenden. Auf der Straße fuhren die Mädchen barbusig in offenen Autos vorbei. Die Gier nach Vergnügen, die fröhlichen Badeanzüge, die schnelle Fahrt auf den Fahrrädern den Hügel hinunter zum Hafen, das Braten der selbstgefangenen Fische am Strand, der Geruch der Kiefernholzfeuer, der Night Club aus Bambus und Palmblättern mit dem Namen »Tahiti«, blumige Baumwollstoffe, Muschelohrringe, Muschelketten, Blumen im Haar, die alte Touristin, die mich mit Gonzalo vorbeigehen sah und sagte: »Diese Ausländer übertreiben das Sonnenbaden.«
In New Orleans reiste ich in die Vergangenheit, denn die Atmosphäre dort beschwor Frankreich in mir herauf. Hier herrschte überall das Gefühl der Freude am Leben. Es war eine lebendige, kraftvolle, duftende, verführerische Stadt.

Der Pontchartrain-See. Das Flußdelta. Der Mississippi. Orte, die durch Schriftsteller legendär wurden. Der Süden ist reich an Schriftstellern. Er ist ein fruchtbarer Platz für Schriftsteller. Menschen, Pflanzen, das Leben, alles hat Zeit zu wachsen und voll zu erblühen, wie die Stalaktiten in den Höhlen. Man hat Zeit, Dinge in sich aufzunehmen. Dieses Land wurde von seinen Schriftstellern erhöht und interessant gemacht. Der kleine Ford, Modell A, knattert schnell durch Städte und Ortschaften. Man sieht die Menschen manchmal nur im Profil oder wie sie in einem Haus verschwinden. Aber man kennt sie schon. Man kennt den Mississippi, seine Schiffe, seine Einwohner.

Little Rock, Arkansas, Oklahoma City. Jetzt kommen wir ins flache Land, in eine grenzenlose, leere Landschaft. Rinderfarmen, Hecken, um die Rinder am Überqueren der Straße zu hindern, zum ersten Mal scheint die menschliche Gestalt einen Charakter, einen Stil, eine Haltung zu bekommen. Der Gang ist selbstbewußt, sie tragen Stiefel ... die Hosen eng, die Hüte arrogant. Es ist ihr Land. Die Rinder können die Straße nicht überqueren, aber die Steppenhexe, dieser merkwürdige Ball aus aschgrauen Zweigen, wie ein Wollknäuel rollt er vom Wind getrieben über die Straße. Sie sind sehr leicht, sie rollen und springen, wenn der Wind über die Ebene fegt. Der Wind und die Lieder haben hier ihren Ursprung. Es gibt ein Lied über die Steppenhexe.

Es ist ein melancholischer Anblick, einmal wegen der leeren und dürren Landschaft und dann, weil die Steppenhexe so leicht und machtlos ist, vom Wind hin und her getrieben wird.

Texas, ein Korridor, Flachland, Rinder. Die Männer werden größer und haben eine eindrucksvolle Art, eine Café-Bar zu betreten, zu bestellen und sich hinzusetzen. Ihr Stil ist so ausgeprägt wie der spanischer Stierkämpfer, der der Gauchos in Südamerika, der Stil eines Berufes, der einen individuellen Charakter hat.

Kurz vor Santa Fé, in Pecos, besuchten wir eine Ranch. Sie lag am Fluß. Die Berge, der Fluß und die Bäume waren kahl, und alles hatte die Farben von Asche, Sand und dem Grün junger Erbsen. Ich weiß nicht, weshalb ich plötzlich hierbleiben wollte. Die Stadt beraubt die Menschen ihrer Stärke. Dieser Ort gab Stärke. Ein totaler Bruch mit allem, was ich gekannt habe. Nackte Einfachheit. Eine Lawrencesche Einfachheit. Ein hölzernes Ranchhaus, Bäume, ein Fluß. Das war alles. Ich fühlte mich hingezogen.

Aber der Ford, Modell A, fuhr am nächsten Morgen weiter. Nach Albuquerque, New Mexiko, nach Santa Fé und Taos, um Mrs. D. H. Lawrence zu besuchen.
Jetzt befinden wir uns im Indianerland. Die Kleider haben kräftige Farben; sie sind vorwiegend rot, die Halsketten aus Korallen und Türkisen, das lange Haar ist geflochten. Die Indianer leben in Hogans, Hütten, die aus dünnen Balken, Flechtwerk und Lehm gemacht sind. Sie bebauen das Land und weben. Selbstangebauter Mais und Getreide werden noch immer, wie in Mexiko, mit einfachen Mühlsteinen gemahlen.

Wir fuhren hinauf, in Richtung Taos. Ich spürte die dünne Luft, die Höhe, die kalte Luft aus den Bergen. Als wir ankamen, schien im Zwielicht alles sandfarben und beinahe verlassen zu sein. Ein paar Indianer in zerlumpten Kleidern verkauften Souvenirs: Halsketten, Halbedelsteine, gewebte Stoffe und Decken. Die Häuser waren aus luftgetrockneten Ziegeln gebaut; die weißen Wände und das dunkle Holz erinnerten an Spanien. Es war spät, und wir mußten etwas essen und schlafen. Wir konnten erst am nächsten Tag Mrs. D. H. Lawrence besuchen. Ich hatte ihr geschrieben, weil sie einmal gesagt hatte, mein Buch über Lawrence sei das beste. Sie antwortete, sie würde sich über unseren Besuch freuen.
Am nächsten Morgen fuhren wir zu ihrem Haus. Nach der Beschreibung von Lawrence erwartete ich eine große, imposante Frau. Aber ich begegnete einer kleinen, alten Dame, voller Lachen und Lebendigkeit. Als sie uns ins Wohnzimmer führte, fragte ich mich, ob sie nicht nur in seiner Vorstellung so imposant war; so wie alle Männer, die nie von der Vorstellung des Kindes loskommen und die Mutter immer als groß und mächtig ansehen. Das Alter konnte sie unmöglich so klein gemacht haben.
Der Raum war groß genug, um an jeder Wand eines oder auch mehrere der riesigen Gemälde von Lawrence aufzu-

nehmen. Ich erkannte die fleischigen Figuren wieder, die fleischigen Farben, Bäume und Figuren, entstanden aus einem ähnlichen Gefühl der Anbetung der Natur wie bei Gauguin. Aber diese Gestalten waren nicht gebräunt, sie waren englisch, in graueren Farbtönen gemalt. Das Fleisch war nicht rosig wie bei Renoir oder Boucher, sondern ohne Sonne, als seien die Körper einen Winter lang verhüllt gewesen. In seinen Bildern gab es keine Sonne und kein Gold, wie ich es von Reproduktionen her kannte. Sie schienen leicht verblaßt. Lag das an der Farbe, die er benutzt hatte? Oder empfand ich es deshalb, weil ich fröhliche, mediterrane Farben erwartet hatte?

In der Zwischenzeit zeigte uns Mrs. Lawrence Klavierpartituren, und wir unterhielten uns über Musik. Sie singt deutsche Lieder. Wenn wir länger geblieben wären, hätte sie etwas für uns gesungen.

Das Licht war scharf und klar, das Licht der Berggipfel. Ein ruhiger, bescheidener Mann hatte uns die Tür geöffnet und war dann verschwunden. Er wußte, daß Leute kamen, um über Lawrence zu sprechen, und vielleicht glaubte er, er sei im Weg. Im hinteren Teil des Hauses hatte er seinen Brennofen. Wir gingen zu ihm und unterhielten uns mit ihm.

Mrs. Lawrence war fröhlich und sprach gerne über Lawrence, aber sie gab zu, sie sei der Besucher und ihrer eintönigen Fragen müde.

»Sie fragen Dinge, die sie wissen müßten, wenn sie ihn aufmerksam gelesen hätten«, sagte sie. Sie wollte ein eigenes Buch schreiben.

Wir blieben nicht lange. Als wir gingen, kam der bescheidene Mann und führte uns durch Zeichen in das Bad und in die Küche. Er deutete auf seine Bilder an den Wänden, die alle sehr klein waren, als wolle er nicht zu viel Platz beanspruchen, nicht so viel Platz wie D. H. Lawrence. Wir bewunderten sie, und er lächelte. Dann führte er uns hinaus. Wir hätten in der Hütte oben auf dem Berg bleiben können, wo D. H. Lawrence nach seiner Ankunft lebte. Aber ich zögerte, ebenso in die Vergangenheit meiner literarischen Lieben zurückzugehen wie in die meiner menschlichen. Ich war neugierig auf morgen, auf die neuen Plätze, die wir entdecken würden.

Richtung Norden nach Denver, Colorado, nach Boulder, zum Rocky Mountain National Park über die Gipfel der Rockies, der Barriere, die den Kontinent trennt, nach Fraser, Colorado, Central City und dann nach Westen durch Royal Gorge nach Grand Junction, Colorado, dem Colorado National Monument. Dort sah ich Dinge, die ich noch nie vorher gesehen hatte: Das Auftauchen der roten Felsen, Felsen, die so aussehen, als kämen sie aus dem heißen Feuer. *Colorado* heißt auf spanisch »rot«. Der Colorado River führt diesen roten Sand und diese rote Erde über zweitausend Meilen hinweg in den Pazifik.
In Richtung Westen nach Utah, in Richtung Süden nach Moab, immer am Colorado River entlang. Das Arches National Monument, das fremde, mondähnliche Aussehen von Utah. Das Land der Mormonen. Die weißen Salzseen, die Wüsten und die schmalen Canyons aus grauem Sandstein mit blaßgelben Kronen. Es ist etwas so Subtiles, etwas, was man auf anderen Planeten erwartet. Hier waren die Strenge und Sparsamkeit der Landschaft schön wie auf den Gemälden von Tanguy. Die Canyons mit ihren geheimnisvollen Formen, den gezackten Türmen, mit Schloßtürmchen wie die Stalagmiten, die unter der Erde vom Wasser geformt wurden. Hier ist der Wind der begabte und einfallsreiche Baumeister. Geologische Ablagerungen in allen Schattierungen im Morgengrauen, von Grau bis Gold, fächerartige Spalten, Abdrücke von Vogelfüßen, Fischen und Muscheln im Sandstein verewigt. Das Meer war hier gewesen. Die sandige Struktur verleiht allem die Farben der Erde, den Canyons, den Hügeln, den Felsen, eine weiche Kontur wie von zerbrochener Kreide.

Die Indianer sind für diese Landschaft geschaffen. Andere Menschen wirken, als seien sie hierher verpflanzt. Sie gehen ihrer Arbeit nach wie Besucher, wie Führer, wie Durchreisende. Indifferent, anonym und ohne Beziehung zu dem Land. Verschlossene Gesichter, anonyme Gesichter. Ich kann mich an ihre Gesichter nicht erinnern; ich erinnere mich an die der Indianer, scharf geschnitten, stolz, mit edlem Ausdruck. Wenn sie auftauchen, kann ich die Canyons mit den Pyramiden und der Großen Mauer von China in Verbindung bringen. Amerika ist so schön, mit schneebedeckten Bergen, afrikanischen Wüsten, Flüssen, Höhlen, Minen, Schätzen, Kohle, Silber, Öl, versteinerten Bäumen, merkwürdigen Blumen, seltenen Vögeln.
Wir fahren jetzt durch das Reservat der Navajo-Indianer. Wir schliefen in einer Ranch inmitten der phantastischen Canyons, inmitten des weichen, sepiafarbenen Sandes.

In Utah kein Zeichen der harten und strenggläubigen Mormonen. Aber daß sie Utah gewählt haben mit seiner strengen und meist kahlen Landschaft, den weißen Salzfeldern, den kahlen Bergen, scheint ihrer Disziplin angemessen zu sein.
Ich sah an einem Berg hinter einer Kurve in der Abenddämmerung einen Planwagen auf der Straße. Ich glaubte an eine Szene in einem Film, ich konnte nicht glauben, daß es Wirklichkeit war.
Ich sah die Wohnungen der Indianer in den Fels gehauen. Die obersten Stockwerke können nur über Leitern erreicht werden. Ich wünschte mir mehr Indianer. Man sieht sie vereinzelt, es sind wenige geworden. Sie weben Teppiche und fertigen Schmuck für Touristen.
Blanding, Bluff, Mexican Hat, durch Monument Valley nach Tuba City, weiter nach Lee's Ferry, von wo die Schiffe ihre Fahrt den Colorado hinab beginnen, nach Bright Angel Point und dann am Nordrand des Grand Canyon entlang.

Die erdrotfarbenen Canyons, hineingeschnitten in geologische Schichten, wachsen hier zu ehrfurchtsgebietender Höhe empor, Gipfel um Gipfel. Ein Mythos hat hier gewaltet, eine Macht, die jenseits unseres Begreifens liegt. Sie läßt die Menschen verstummen, beschwört Religionen und unbekannte Götter herauf. Tempel, Pyramiden, Grabmale, Paläste. Die Farben bewegen sich in einem weiten Spektrum von Sepia, Rot, Braun. Das Licht läßt ihre Spitzen silbern glänzen.

Wir standen überwältigt vor dem Ansturm der Farben, die sich im Licht veränderten, und hörten ein feines Vibrieren, eine ferne Symphonie fremder Töne. Es war der Wind, der im Wechsel von Höhen und Tiefen – durch Kurven, Türme, Höhen, Abgründe hervorgebracht – ein sich ständig ausbreitendes musikalisches Flüstern verströmte.

Wenn jemand in der Stadt den Sinn für Natur verloren hat, für ihre Größe und Unermeßlichkeit, wenn jemand seine Ehrfurcht, das Wundern oder den Glauben verloren hat, wird der Grand Canyon die Vorstellung von Unermeßlichkeit und Schönheit wiederherstellen.

Auf dem Weg nach Las Vegas die wahrhaft leere Wüste, brennend und dürr. Wälder von Kandelaberkakteen rekken sich wie Finger gigantischer Hände aus dem trockenen Sand. Der Joshuabaum mit merkwürdig haarigen Armen, übersät mit grünen, nadelähnlichen Spitzen. Die Kakteen in Blüte, ein heftiger Kontrast zwischen dem stachligen Ast und den zarten, lebendigen Blütenblättern in vielen Farben.

Der Ocotillo. Die feuerroten Blüten ähneln Quasten oder Vögeln mit üppigen Federn. Es gibt einen Wüstenkaktus, der nur aus Spitzen und Dornen besteht und nicht blüht. Die Wüstenyucca sieht aus wie ein blendend weißer Weihnachtsbaum, gerade und hoch gewachsen, mit vielen elfenbeinfarbenen Blüten. Alle blühen wie im Frühling, und durch den Kontrast zu der sandigen Erde, den verbrannten, lavaähnlichen Felsen, der ausgetrockneten, durstigen

Erde, wirken sie wie ein Wunder, wie Helden. Verglichen mit Blumen, die von Gärtnern gepflegt, gewässert, beschützt werden, eingepflanzt im geeigneten Boden und im richtigen Klima, sind diese hier trotzig und stark, ein lebendiger Garten.

Ich beschreibe die Orte nicht, die mir nicht gefielen wie Las Vegas. Als wir uns Los Angeles näherten, roch ich in der Nacht den süßen Duft von Orangenhainen, die ihr üppiges Parfüm verströmten.

In Los Angeles besuchte ich Lloyd und Helen Wright. Er ist der Sohn des berühmten Architekten Frank Lloyd Wright.

Zuallererst sah ich eine hohe Mauer, wie eine mittelalterliche Burgmauer. Und einen riesigen Baum, der mit seinen uralten Ästen das Haus vor spähenden Blicken zu beschützen schien. Das Tor zur Linken führte zu den Architekturbüros von Lloyd Wright. Zur Rechten führte eine Wendeltreppe zum Eingang seiner Wohnung.

Zum erstenmal seit vielen Jahren betrat ich in Amerika ein Haus, in dem Schönheit regierte; ich betrat eine Welt, die vollständig von einem Künstler geschaffen worden war.

Lloyd Wright erhob sich. Über ein Meter achtzig groß, graues Haar, ein voller, runder Kopf mit sehr hoher Stirn, lachenden Augen und einem sinnlichen Mund. Er hat eine kraftvolle Stimme, erlesene Umgangsformen, ein herzliches Lachen. Neben ihm eine winzige Frau mit einer lieblichen Stimme, meerblauen Augen, die groß und sanft waren. Es war Helen, seine Frau, sie war Schauspielerin und veranstaltet jetzt Lesungen von Theaterstücken.

In dem Raum gab es so viel zu sehen, daß man gar nicht alles auf einmal aufnehmen konnte. Ich brauchte einen ganzen Abend, um die präkolumbischen Skulpturen, den außergewöhnlich schönen japanischen Wandschirm, die schweren Möbel, die Lloyd entworfen hatte, in mich aufzunehmen. Der Raum war voller Geheimnisse. Eine gebrochene Form, die gitterartige Wand aus strukturierten Steinen, das langgezogene, waagrechte Fenster, von dem man den Innenhof unten überblicken konnte, und der alte Baum, der wie ein großer Schirm das ganze Haus schützte, schufen eine einzigartige Atmosphäre. Der Innenhof und der Balkon war üppig bepflanzt; es wuchs dort der wunderbare Cereus, mit seiner feurigen und exquisiten weißen Blüte, die nur einmal blüht, in der Nacht.

Der Kamin aus sanftgrünem Stein warf seine Farben und Schatten in den Raum, ein diffuses Licht, indirekt, gebrochen durch Gittersteinwände.

Die Farben waren sanft und aufeinander abgestimmt. Die Regale voller Bücher, japanische Teller in Grau und Blau mit dem seltenen Fischmuster, Kristallgläser und Silber. Helen servierte ein Dinner, das sie liebevoll und sorgfältig auf den Ort und das Gespräch abgestimmt hatte. Alles vermittelte ein Gefühl von Luxus, der durch Ästhetik und nicht durch Geld erreicht wurde, durch das Werk der Hände und der Vorstellung. Die Atmosphäre war reich, vollkommen und kultiviert.

Lloyds Gegenwart vermittelte das Gefühl von Kraft. Seine Sensibilität sah ich später, als er mir sein Büro und seine Zeichnungen, seine Projekte und die Modelle geplanter Gebäude zeigte. Schon die Zeichnungen waren sehr schön, die Entwürfe einzigartig und poetisch. Das erste Wort, das mir einfiel, war: er ist ein Dichter. Er ist der Dichter der Architektur. Für ihn hat ein Gebäude, ein Haus, ein Stein, ein Dach, jeder Zentimeter Architektur eine Bedeutung, die aus einem inneren Konzept entstanden ist. Es war ein Triumph über die Monotonie und Durchschnittlichkeit, die ich seit New York in jeder Stadt im ganzen mittleren Westen gesehen hatte.

Ich sah das Modell der Wayfarer's Chapel, die er für die Swedenborg-Gesellschaft entworfen hatte. Sie war ganz aus Glas, ein passendes Symbol für die Transparenz des

Geistes, ein vollkommener Ausdruck des transzendenten Glaubens an den unendlichen Raum. Der religiöse Geist des Menschen auf einem Altar durch die Durchsichtigkeit des Glases zum Universum geöffnet – Kerzenlicht, Sternenlicht, Mondlicht und goldene Ornamente, die hindurchscheinen, die das Heiligtum dem Meer, dem Himmel, den Bäumen und dem Unendlichen darüber darbieten. Er hatte einen Wald von Mammutbäumen gepflanzt, die die Kapelle mit Bögen wie in gotischen Kathedralen einrahmen sollten, nur, daß er zu den natürlichen Bögen, die durch die Bäume geformt werden, zurückgekehrt war.

Ich sah seine Pläne für Los Angeles. Es hätte die schönste Stadt der Welt werden können, ein Anziehungspunkt für alle, wie Venedig. Aber die Architektur war von Geschäftsleuten übernommen worden, und Lloyd, dem Künstler, war es nicht erlaubt worden, seine unglaublich reichen, fruchtbaren Pläne auszuführen. Der Raum war voll von ihnen. Als er eine gerollte Zeichnung aus dem Regal nahm und sie auf dem Tisch ausbreitete, sah ich Gebäude, die den Wundern der Vergangenheit ebenbürtig waren. Alle Vorstellungen von berühmter Architektur, über die ich gelesen hatte, wurden mir ins Bewußtsein gerufen: aus Indien, Japan, Mexiko, Peru, dem europäischen Mittelalter, Kambodscha, Thailand.

Die Kraft war in ihm sichtbar, aber Sensibilität und Vorstellungsvermögen lagen in seinen Zeichnungen. Häuser, Kirchen, Pläne für ganze Städte. Ein Universum lyrischer Schönheit in völligem Gegensatz zu den sterilen, monotonen, phantasielosen »Kästen«, die man jetzt in der ganzen Welt sieht.

Er führte nicht nur die ersten poetischen und organischen Pläne aus, die sein Vater an der Westküste entwickelt hatte, wo er als junger Architekt an der Durchführung vieler Bauten beteiligt war und sie überwachte, er schuf auch seinen eigenen Stil. Er entwarf und baute die erste Hollywood Bowl Philharmonie und viele Privathäuser.

Ich erwartete, in Los Angeles viele seiner Gebäude zu finden. Das war nicht der Fall. Der Ruhm erhöhte das Werk seines Vaters, aber nicht Lloyds Werk – nicht so, wie er es verdiente. Wären seine Pläne ausgeführt worden, die Welt wäre von ihnen überwältigt. Seine Werke hatten das Niveau, das die Größe im Geist des amerikanischen Charakters hätte ansprechen sollen, ein dramatischer und treffender Ausdruck eines neuen Landes. Aber statt dessen wählten die amerikanischen Architekten den Weg, Europa zu imitieren, seine Gleichheit, Monotonie und den Stumpfsinn. In Lloyds Werk lag Raum, Erfindung, Poesie, eine gezügelte und wirksame Anwendung der Romantik, in der Form immer wieder Überraschendes, neuer und einfallsreicher Gebrauch von Konstruktionselementen, Räumen, Fenstern und Baustoffen.

Er besitzt Einfühlungsvermögen für die Kompliziertheit vielschichtigen Lebens, für die Spielarten, Launen und Schattierungen des menschlichen Geistes. Jeder Stein, jeder Dachziegel, jedes Fenster, jede Anordnung oder jedes Material war für die harmonische Entwicklung seiner Gebäude von Bedeutung, wichtig in ihrer Umgebung, und sie wurden zur Erhöhung der Lebensqualität der Menschen, die in ihnen leben sollten, entworfen.

Uniformität und Monotonie töten die Individualität, stumpfen die Sinne ab. Lloyds Entwürfe wollten die Individualität durch Poesie stärken, durch Schönheit und Harmonie. Sie waren als schönere und zufriedenstellendere Umgebung des Menschen geplant. Architektur als Poesie.

Es war meine Einführung in die Architektur als Kunstform. Lloyd ist ein vollständiger und kompromißloser Künstler. Er spricht vom organischen Haus aus natürlichen und ortsverwandten Baumaterialien; er spricht von seiner Achtung vor Bäumen und der Form eines Hügels, von seinem Gefühl für Natur, von der Fortsetzung der natürlichen Umgebung, und er spricht darüber, wie Architektur zur Umgebung beitragen muß und sie nicht zerstören darf. Ihm zuzuhören, wie er über Farben, Materialien, Strukturen, Formen sprach, war, als ob man einem Maler zuhörte, der über Malerei sprach, einem Musiker über Musik. In seiner Kunst vereinigte er alle. Er zeichnete wie ein Maler, er benutzte Worte mit einer biblischen Einfachheit, aber seine Ideen waren subtil und vielschichtig.

Im Vergleich dazu war es schmerzlich, die minderwertigen, gewöhnlichen, neuerbauten Kulissenhäuser um ihn herum zu sehen. Er nannte sie »Cracker Boxes«, schäbig, dürftig, motelartige Heime für Roboter.

Einige seiner Häuser, die ich mir am nächsten Tage anschaute, haben etwas von befestigten Burgen an sich, Burgen für ausgeprägte Individuen, die sich der wachsenden Woge der Häßlichkeit entgegenstellen. Stolz. Weshalb hatte der Vater von Kendall mit seinen Millionen sich nicht von Lloyd eine amerikanische Burg bauen lassen, statt in Europa eine Burg zu kaufen und sie Stein für Stein in Dallas wiederaufzubauen? Welche Art von Leuten zieht es vor, in einer Nachbildung zu leben, die keine Beziehung zu ihrer Persönlichkeit hat? Die Geschichte von Hearst wiederholt sich immer wieder. Und mit ihr all die anderen Imitationen italienischer, spanischer, französischer, schweizer und deutscher Architektur, die ich auf meiner Reise gesehen hatte.

Der Wrightsche Stolz. Ja, Stolz auf Qualität. Er beaufsichtigt die Arbeiten an seinen Gebäuden, er kümmert sich selbst um jede Einzelheit: Er sucht Steinmetze, die ihre Arbeit verstehen, Maler, die malen können, Kunstschmiede, die sehr viel Können besitzen. Heutzutage, im Zeitalter der Amateure, ist dies eine große Leistung.

Manchmal wird sein Mund bitter; er tadelt, er schimpft auf den Kommerzialismus, er verdammt Habgier und Leute, die mit Land spekulieren. Er ist ein Kämpfer für Qualität. Sein Werk wird mißhandelt. Seine Häuser gelangen in andere Hände und werden entstellt, beschädigt, verändert. Die Hollywood Bowl Philharmonie mit ihrer

perfekten Akustik wurde abgerissen, wiederaufgebaut und ruiniert. Das Gebäude ist jetzt monströs und häßlich.
Das Werk von Lloyd gehört zu den großen Monumenten der Architektur, aber das heutige Amerika hat keine Geschichte. Das Vergängliche, das Unechte, die Imitation, das Pseudo beherrschen die Zeit.

Wir sahen uns noch mehr Pläne an. Projekte. Träume. Der Traum eines schönen Campus mit individuellen Wohneinheiten für Studenten in der Form einer Seemuschel. Eine Marina mit Gebäuden, auch sie von Seemuscheln inspiriert. Manche Pläne verstauben. Es sind solche darunter, die für einen reichen Mann oder für eine reiche Frau gemacht wurden, die ihre Schönheit nicht erkannten. Und dann hin und wieder ein begeisterungsfähiger, treuer Verehrer, der Lloyds Arbeit versteht, mit ihm zusammenarbeitet und seine Pläne verwirklicht. Aus einer solchen Zusammenarbeit entstand ein fröhlicher und verspielter Kindergarten.
Sein Kampf richtet sich gegen Uniformität und Warenhausentwürfe. Wie Varèse nennt er die Dinge beim Namen. Wenn er wie ein Moralist spricht, dann deshalb, weil Schönheit, Qualität und Ethik untrennbar miteinander verbunden sind. Schönheit und Reinheit, und für sie muß man bereit sein, Opfer zu bringen.

Ein weiterer Besuch. Die Blumen im Raum sind von Lloyds großen Händen mit künstlerischem Empfinden arrangiert, das der japanischen Kunst des Blumenarrangements gleichwertig ist. Freunde nennen ihn und seine beiden Söhne die Giganten des Westens. Manchmal ist er verdrießlich. Helen ist da wie ein sanftes Licht, um Wärme, Harmonie und Kultiviertheit zu schaffen, wie das Kissen und der Samt, gegen die Wunden, die dem Künstler zugefügt wurden.
Wir sprechen über sein Bohèmeleben in New York mit

Freunden wie Djuna Barnes, Theodore Dreiser, Helen Wesley, Eugene O'Neill.
Ibsen hätte über diesen Baumeister geschrieben, nur mit dem Unterschied, daß dieser Architekt seinen hohen Standard nicht verläßt, die Höhen, die er errungen hat. Das Mittelmäßige und das Häßliche schießt wie Unkraut um ihn herum aus dem Boden; triste Gebäude, die nicht von Dauer sind und die nach wenigen Monaten bereits schäbig aussehen. Er ist beleidigt, aber er gibt nicht auf. Er findet sie »oberflächlich, beleidigend und allgegenwärtig, aber nicht unvermeidbar«.

Zwischen Lloyds Notizen und Kommentaren zur Architektur fand ich folgendes:

»Mir liegt unsere natürliche Umgebung am Herzen, und wie wir Form entdecken und nutzbar machen können, den unendlich mannigfaltigen, belebenden und schönen Nutzen perfektionieren, den sie für den Menschen bereithält. Der Architekt hat die Möglichkeit und die Verantwortung, diesen Zusammenhang zu verstehen und die *Kunst* auszuüben, mit und durch sie eine angemessene Umgebung für die Menschheit zu erschaffen – die Kunst auf allen erdenklichen Wegen zu verbessern, unter anderem durch die Einbeziehung poetischer Freiheit und poetischer Weitsicht. Und heute, nach Billionen von Jahren an Erfahrungen und Vorbereitungen auf dieser Erde (von der Entwicklung der ersten einzelligen Amöbe bis zu unserer gegenwärtigen menschlichen Komplexität), haben wir keine gültige Entschuldigung, diese Aufgabe nicht hervorragend zu lösen.«

Paul Mathiesen, den nordisch-dänischen Feenjungen in der heißen Sonne von Los Angeles zu sehen, war merkwürdig. Die Sonne ließ ihn noch ätherischer, noch entrückter erscheinen, sein Haar noch weißer, seine Augen wirkten wie

ein verschwimmender blauer Horizont. Seine Worte hatten kein Gewicht, sie wurden vom Wind davongetragen.
Paul nahm mich mit zu seinem Freund Curtis Harrington. Curtis war ein Wunderkind im Filmemachen. Mit siebzehn im College hatte er bereits eine Version von *The Fall of the House of Usher* gedreht und kurze Zeit darauf zwei surrealistische Filme: *Picnic* und *Fragment of Seeking*.
Er verehrte Cocteau und Maya Deren. Er war liebenswürdig und bescheiden. Er hatte gelocktes Haar, ein scheues Lächeln und Augen wie eine selbstzufriedene Katze. Er hatte sich mit der Geschichte des Films beschäftigt. Er hatte ein Buch über die Filme der Vergangenheit geschrieben, während er von der Zukunft träumte.
An einem Abend führten mich Paul und Curtis in den alten Teil der Stadt, oberhalb der Franklin Avenue, wo früher die Stars lebten: Ramon Novarro, Valentino, Theda Bara, Douglas Fairbanks, Mary Pickford. Was damals in den zwanziger Jahren verschwenderisch schien, wirkte jetzt klein und kläglich. Wir saßen im Innenhof eines verlassenen Hauses, das Valentino gehört hatte. Die Stühle waren zerbrochen, die Hängematte zerrissen, der Swimming-pool leer. Curtis ließ die Zeit vor mir wiedererstehen.

George Leite ist Herausgeber des *Circle;* er druckte eine meiner Geschichten ab. Wir korrespondierten miteinander. Ich versprach, ihn in Berkeley zu besuchen.
Als ich ankam, war ich erstaunt über sein Aussehen. Er wirkt wie ein weißhäutiger Gonzalo: ein Meter achtzig groß, mit einem runden Kopf, schwarzen, gekräuselten Haaren und großen, dunklen Augen. Er ist portugiesischer Abstammung. Seine Bewegungen sind ungestüm und haben einen schnellen, unharmonischen Rhythmus. Er sprang in sein altes Auto, und wir fuhren zu seinem Haus. Es war ein halbleeres Cottage, wo uns seine Frau erwartete. Alles, was ich sehen konnte, waren Bücher und Schallplatten. Sie

hatten Kinder. Sie hatten angeboten, mich im Wohnzimmer unterzubringen. Wir saßen zusammen und tranken Kaffee. George und seine Frau erschienen mir nach New York wie Menschen aus einem fremden Land. Sie konnten sich nicht ausdrücken. Zwischen den Sätzen, die häufig unvollendet blieben, mußten sie sich bewegen. Bücher, Menschen, Orte wurden fragmentarisch, unvollständig erwähnt. Themen wurden aufgenommen und fallengelassen. Ich konnte mir nicht merken, was gesagt wurde. Es war etwas Beunruhigendes um George. Ruhelos, ausweichend, unstet. Er legte Schallplatten auf. Sie waren wie Signale und Botschaften, ein Geheimcode. Ich weiß nicht genügend über Jazz, um ihn einordnen zu können oder die Musiker zu kennen. Ich hörte zu. Es war, als sprächen wir nicht dieselbe Sprache. Slang, Jazz, musikalischer Jargon, ein hingeworfener Satz, Schweigen anstelle einer Antwort. Er fuhr mich in mein Hotel zurück. Er schien darüber erstaunt zu sein, daß ich sie verließ. Es war ein abgebrochener Abend.

Die Leites gingen mit mir aus. Aber George bestand vorher darauf, daß ich eine Tablette schluckte. Ich wußte nicht, was es war. Der Abend wurde plötzlich wattig und diffus. Keine Unterhaltung. Wir gingen in einen Night Club. Vor dem Night Club sah ich eine Blutlache. Es war keine Blutlache, es war Rotwein aus einer zerbrochenen Flasche. George schien wie ein Verrückter zu fahren. Wir tanzten, als wären unsere Beine aus Gummi. Der Jazz tobte.

Auch dieses Mal waren sie erstaunt darüber, daß wir uns trennten. Schließlich verstand ich. Wir hätten miteinander schlafen sollen, alle drei. Ich gab ihnen einen Kuß und schickte sie nach Hause.

Am nächsten Morgen fuhr ich nach Monterey, wo mich Freunde eingeladen hatten, und um Jean Varda zu besuchen. Das Haus meiner Freunde war eine große Überraschung. Sie waren Hausmeister eines burgähnlichen Ge-

bäudes, es war die Kopie einer europäischen Burg auf einem Hügel, mit weitem Blick über das Meer. Eine unglaubliche Lage. Hunderte von leeren Räumen, leeren Kammern, leeren Kühlschränken. Sie waren arm. Die Frau arbeitete bei einer Telefongesellschaft, und John schrieb seinen Roman. John war beauftragt, potentiellen Käufern die imitierte Burg zu zeigen. Sie brachten mich in einem riesigen Raum unter, mit Blick auf das Meer. Es gab keine Bettlaken, keine Handtücher. Es waren auch noch andere Besucher da. Wir trafen uns alle in der Küche vor leeren Schränken. Wir aßen zusammen improvisierte Mahlzeiten. Wir lagen nackt auf der Terrasse in der Sonne.
John hatte einen Weg gefunden, den Verkauf der Burg hinauszuzögern. Er erzählte den Besuchern, das Haus sei von Ratten befallen. Es sei feucht und erfordere ungeheuere Reparaturen. Nichts sei in Ordnung: Abflüsse, Telefonleitungen, Elektroleitungen. Er entmutigte sie. Die Tage vergingen. Ich lief hinab zum Strand, aber nicht um zu schwimmen. Das Wasser war eiskalt. Meine Freunde kamen zitternd und blaugefroren heraus.

Ich besuchte Varda in Monterey.
Er wohnt in einem Haus, das einmal ein Stall war. Es ist ein schön proportioniertes Haus und wird von einem Türmchen gekrönt, auf dem Vardas selbstgemachte Fahne im Wind flattert.
Er sagte, früher sei man um Pferde mehr besorgt gewesen als um Menschen, denn die Ställe wurden großzügiger und geräumiger gebaut als manche Häuser.
Als ich ihn in der Tür stehen sah, liebte ich sofort seine lachenden Augen, seine warme, klangvolle Stimme, sein vogelähnliches Profil, seinen kräftigen Körper. Er ist ein Baumeister, der sein eigenes Heim gebaut hat. Er geht zu den Müllhalden und sammelt Holz und alte Möbel. Er verwandelt sie wie durch Zauberei. Der Kamin ist aus Klinkern und steht mitten im Raum wie in den Bauernhäu-

sern auf Mallorca. Der Rauch zieht durch ein großes Rohr in der Decke ab. Seine Collagen schmücken die Wände. Es ist ein Fest der Farben und Strukturen. Das Essen wird in großen hölzernen Schalen serviert, wie für Riesen, und er benutzt riesige hölzerne Löffel. Eine Leiter führt zum Türmchen hinauf. Ich hätte gerne dort oben geschlafen, es wirkte mit seinen vier kleinen Fenstern und der Matratze auf dem Boden wie ein orientalischer Söller.

Janko Varda ist der einzige moderne Künstler, der nicht zuckersüße Märchen der Kindheit schafft, sondern die greifbaren Märchen eines Künstlers. Der Genuß und die Freude an Farben, die überraschenden Konturen und Formen, ein beständiges Überschäumen der Einfälle. Alles, was durch seine Hände ging, wurde schöner, als es ursprünglich war, sei es ein Salat, eine Bettdecke, ein Kissenbezug, ein Vorhang, ein Leuchter, eine Kerze, ein Buch. Alles trug Vardas Handschrift. Er schuf seine eigene Welt. Für Frauen, die er liebte, entwarf er Kleider, Schmuck für seine Geliebten. Er war ein unermüdlicher Erzähler phantasievoller Geschichten. Seine Augen, seine Stimme und sein Lachen schufen Freude. Er erwartete nur Freude. Er öffnete nur der Freude die Tür.

Wir aßen, und wir sprachen miteinander. Der Abend kam. Er machte ein großes Feuer, kochte darauf, während wir davor saßen. Jemand klopfte an die Tür. Es waren die Puppenspieler, die nach Monterey gekommen waren. Sie wollten Varda besuchen. Sie kamen herein. Sie sahen wie die Troubadoure im Mittelalter aus. Sie waren von der Reise erschöpft. Sie trugen die Puppen in Kartoffelsäcken bei sich. Nachdem sie mit uns gegessen hatten, wollten sie für uns spielen. Es gab kein Licht außer den züngelnden Flammen, die große Schatten warfen. Die Puppen spielten um den runden Kamin.

Ich denke über Varda und sein Leben nach, ich denke an seinen Lebensstil, der so schön ist; er erschafft alles ohne

Geld, nur mit seinen Händen und seiner Vorstellungskraft. Er ist ein griechischer Künstler, dessen hervorstechendste Eigenschaft der Sinn für Humor ist, seine Schöpfungen werden aus magischer Schönheit geboren. Die Kataloge seiner Ausstellungen sind eine Satire auf das modische Geschwätz der zeitgenössischen Kritiker. Ich glaube, ich muß eines Tages Smyrna besuchen, wo er geboren wurde. Er wuchs in Athen auf, und kurz vor dem Zweiten Weltkrieg ließ er sich in Cassis, einer kleinen französischen Stadt am Mittelmeer, nieder. Er bewohnte dort ein zerfallenes Herrschaftshaus mit zwanzig Zimmern, das ständig von geld- und mittellosen Künstlern wimmelte, und wo ihn Picasso, Braque und Miró häufig besuchten. 1939 fuhr er zu einer Ausstellung nach New York und ließ sich schließlich in Kalifornien nieder. Auf die Frage nach seiner Heimat antwortete er: »Die Welt.« Seine Adresse: »The Arts Club«.

Seine Collagen sind von orientalischer Pracht. Er macht sie aus leuchtend gefärbten Stoffstücken, Papierfetzen und Spiegelscherben. Auf einem Sperrholzuntergrund befestigt er ein Arrangement verschiedener Strukturen. Der erste Eindruck ist der einer Abstraktion, aber allmählich erkennt man eine Frau, einen Baum, ein Haus, eine Burg, eine Kirche, eine Straße. Eine einzige Farbe beherrscht in unzähligen Schattierungen das Gesamtbild.

Er sagte mir: »New York ist eine Stadt zorniger Menschen. Ich freue mich, daß du in das freundliche Kalifornien gekommen bist.«

Die Titel seiner Collagen sind ein reiner Genuß:

»Blumen in einem Labyrinth gefangen«; »Spiralenfrau«; *»La Femme Étoilique«*; »Maschine zur Verbreitung des Nihilismus«; »Wenn die Frau sich aus der Landschaft erhebt«; »Frauen unter dem Mond geben Nachrichten«; »Aztekischer Pingpong-Tisch«; »So still, wie das Leben sein kann«; »Frauen sind hauptsächlich Fruchtfresser«; »Vollständiger Leitfaden einer Näherin«; »Stilleben fügt sich der Stille«; *»Nature Morte, Morte de Mort Violente«;*

»Stilleben im fortgeschrittenen Zustand der Kristallisation«.

Er befreit uns aus dem Würgegriff des Realismus, dem Mangel an Leidenschaft und Witz anderer Maler. Er erfüllt die wichtigste Rolle des Künstlers, Häßlichkeit in Schönheit zu verwandeln. Ich sehe ihn vor mir, wie er die Müllhalden einer Stadt durchsucht, Holz aufhebt, weggeworfene Boote und Möbel sammelt, sie nach Hause nimmt, umformt und neu bemalt zu einem byzantinischen Objekt der Schönheit. In der Scheune stehen Blechtafeln, dicke Planken, die durch Meer und Wind gebleicht worden sind, Flaschen, Treibholz, Sand und Steine. Mit alten Glasscheiben macht er sich ein Fenster in die Wand nach Norden. Er macht einen Boden aus Sand und Zement. Die Kornschütten bieten ihm wunderbar Platz, um Dinge aufzubewahren, die Futterkrippe wird zu einem geräumigen Behälter für Arbeitsmaterialien. Er macht die Stühle, die Bettdekken, die Kleider für seine Frau Virginia selbst. Er baute sich eine Bar, indem er eine alte, braune Marmorplatte auf einen Sockel aus leeren Flaschen legte, die er einbetoniert hatte. Aus Treibholz schuf er Masken. Er schuf eine Phoebe, eine kindergroße Gestalt mit flügelartigen Ärmeln, ein Bein rot und das andere blau. Ihr Kleid glitzert von Stücken aus Metallfolie, und in ihrem Haar aus Stroh ist ein rosa Band. Sie hängt an einer Seilrolle wie ein fliegender Engel von der Decke herab. Für Varda ist Kunst ein Ausdruck der Freude. Er trägt dieselben Farben, die er in seinen Arbeiten benutzt: rosa Hosen oder einen alten, rosenfarbenen Pullover, grün und purpur.

Sein Gesicht ist gerötet, wie das eines Mannes, der in der Natur lebt und gerne Rotwein trinkt. Seine Art zu kochen ist ebenso schön wie alles andere.

Seine goldenen Collagen stellen die Sonne in den Schatten; sein Blau übertrifft das Meer und sein Grün die Pflanzen; gegen seine Blautöne wirken die Spiegelungen des Meeres blaß. Die leuchtenden Grüntöne pulsieren und lassen die

Pflanzen daneben tot erscheinen. Mit kleinen Stücken aus Baumwolle und Seide, unter Verwendung von Schere und Leim, kleidet er seine Frauen in Strahlen. Seine Farben atmen, als seien sie lebendig, und das feingesponnene Leinen pulsiert wie das Gewebe der Nerven.

In seiner Welt der Freude werden Frauen zu weitgeöffneten Blüten und Blüten zu Frauen. Sie duften, als habe er sie mit Thymian, Safran und Curry gemalt. Sie sind transparent und ätherisch, tragen arabische Nächte wie duftende Schleier um ihre schimmernden Nacken.

Manchmal sind sie maskiert wie venezianische Schönheiten auf Maskeraden. Sie tragen Halsketten aus Sonnenmeteoriten und Ohrgehänge, die wie Vögel singen. Samtene Blütenblätter bedecken ihre Brüste und blicken mit verführerischen Augen. Orangetöne spielen wie die Melodie einer Flöte. Magenta hat den Klang von Glocken. Das Blau bebt wie die Nacht.

Seine Frauen werden zu Blüten, Pflanzen, Seemuscheln, nachdem seine Schere sie berührt hat.

Er verarbeitet alle sagenumwobenen Stoffe der Welt – den Damast der Medici, das Austernweiß griechischer Gewänder, das Gold und Blau venezianischer Brokate, die mitternachtsblaue Wolle aus Peru, die sandigen Farben afrikanischer Baumwolle, die transparenten Musselins Indiens –, um Frauen zu gebären, die schlafenden Männern nur in ihren Träumen erscheinen. Seine Frauen werden zu Kometen mit langen, nebelartigen Schleppen. Es sind ziellose Wesen des Sonnensystems. Er verleiht ihnen die Silberschuppen ihrer Nixenlaunen, das Seemuschelrosa ihrer Ohrläppchen, Korallen, Blütenstempel, leicht wie Flügel. Er läßt sie unter Zeltdächern wohnen, die für einen Augenblick errichtet werden und verschwinden, wenn die Begierde erloschen ist.

»Nichts ist von Dauer«, sagte Varda, »es sei denn, es wird vorher in ein Geheimnis verwandelt.«

Er spricht oft vom Paradies. Durch Liebe und Freude ist er in einem Zustand der Gnade. Er entzieht der Erfahrung nur das Elixier des Lebens, das Aphrodisiakum der Lust.
Er nimmt sich keine Zeit, über Verschwindendes und Vergehendes zu weinen. Er verbirgt seine Kümmernisse. Nur einmal sagte er zu mir: »Ich brauche das Meer. Wenn ich nicht in meinem Boot segeln könnte, würde ich sicherlich verrückt werden.«

Die Fahrt nach Süden an der Küste entlang von Monterey zu Henry Millers Haus in Big Sur war steil und gefährlich, für Bergstrecken war Pauls Auto nicht ganz geeignet. Aber beim Hinauffahren war der Blick auf das Meer tief unten, die Felsen, die Nadelwälder, die anderen Berge wunderschön. Die Landschaft hatte eine herbe, nordische Schönheit, nicht die Schönheit der Tropen, die ich liebe. Es war eine kalte Schönheit. Das Meer war bleifarben, dunkel, ohne Segelboote oder Schiffe.
Der Wagen fuhr direkt in den Hof, und da saß Henry und tippte. Er wirkte gesünder als in New York. Er war stolz auf das eigene kleine Haus, das wir betraten. Die Einrichtung war einfach und nicht überladen. Ich bemerkte die gefüllten Bücherschränke und erkannte an der Ordentlichkeit den alten Henry.
Lepska kam herein. Sie war blond, kräftig, attraktiv, aber sie sprach sehr wenig. Zwischen Henry und ihr herrschte offensichtlich eine Spannung. Sie luden uns zum Mittagessen ein. Mir schien es, als verlange Henry eine Offenheit und Wärme, die nicht da waren. Lepska war schweigsam, aber auf zurückhaltende Art freundlich. Er kritisierte sie. Er war verlegen. Weshalb? Er glaubte, meine Reise in den Westen und nach Mexiko sei eine Flucht vor dem Leben in New York, und daß er auf irgendeine Weise helfen solle. Aber er fühlte genau, daß er das nicht konnte. Ich machte deutlich, daß ich keine Hilfe brauchte.
Ich war über Lepska besorgt. Ich kannte Henry und war

mir sicher, daß sie jung und unsicher war, und er würde es nie verstehen, einer Frau Selbstvertrauen zu geben. Ihre Zweifel, ihre Ängste, ihr Mangel an Vertrauen würden ihn nicht bekümmern. Ich war sicher, er hatte mich übermäßig gelobt. Die Atmosphäre war nicht entspannt, und Paul und ich beschlossen, nicht zu bleiben.

Als ich auf die Terrasse vor dem Haus trat und etwas abseits stand, während Henry und Paul sich unterhielten, machte Lepska plötzlich eine Geste der Zuneigung und sagte mit großem Nachdruck: »Anaïs, ich liebe dich, und wenn du jemals mich oder irgend etwas brauchen solltest, laß es mich wissen.« Wir umarmten uns plötzlich und spontan. Ihre Geste war eine Mischung aus Trauer und Verzweiflung, und ich bin mir sicher, wenn wir geblieben wären, hätten wir das Vertrauen gewonnen, das ihr vorheriges Schweigen auszuschließen schien.

Ich hätte Miller nicht besuchen sollen. Sobald man aufhört, einen Menschen mit aller Intimität zu kennen, kommt die Kenntnis von ihm von außen, so als stünde man an einem Fenster und sähe hinein. Von diesem Tag an würde ich Henry nur von außen sehen, und das bezeichne ich als Nichtkennen. Durch die Augen anderer, durch sein Schreiben, durch seine Frau. Andere Henrys. Kennen bedeutet Intimität. Intimität verlangt Vertrauen und Glauben. Das war vorbei.

Ich kam gerade rechtzeitig zurück, um einem großen Aufruhr unter den Einwohnern von Monterey beizuwohnen, der durch Vardas Ausbau eines Restaurants am Fishermen's Wharf ausgelöst worden war. Die Zeitungen waren voller Leserbriefe. Die Leute waren der Meinung: »Jemand, dem unsere Tradition nichts gilt, hat das Restaurant übernommen.«

Merle Armitage führte die Verteidigung: »Die Frage der Ästhetik kann von diesem Streit wohl kaum berührt werden. Es ist unmöglich, daß ein intelligenter Mensch von dem spanischen Kitsch beeindruckt war, dem imitierten Leuchtturm auf dem Dach und dem Namen ›Sonny Boy‹. Es kann auch niemand behaupten, daß die Ansammlung von Holzbaracken und Wellblechdächern mit den unvermeidlich grellen Neonlichtern, den selbstgemachten Reklameschildern und der Coca-Cola-Reklame, aus denen Fishermen's Wharf besteht, charakteristisch für Monterey wäre. Ich war über Vardas Idee erfreut, und wenn die Stadt daran interessiert ist, Touristen anzuziehen, wird sie nicht weniger Einfallsreichtum brauchen, sondern mehr, echten Charme und Atmosphäre.«

Ein anderer Einwohner schrieb von »geheiligten Traditionen, nostalgischen Erinnerungen ...«

Wieder ein anderer antwortete: »Alles, was ich sehe, ist eine Mischung aus Keksdosen und Wellblechbaracken ...«

Und Vardas Haus für Angelos Restaurant blieb unverändert.

Um die Eröffnung von Angelos Café zu feiern, waren wir eingeladen, in Kostümen zu kommen. Es war nicht leicht, in der leeren Burg dieses und jenes für ein Kostüm zu finden, mit einer Garderobe in einem Handköfferchen, das nur das Allernötigste enthielt. Es gab keine Vorhänge, keine Draperien, keine Farben, keine Stoffe. Wir halfen uns, so gut wir konnten. Ich kostümierte Johns Frau: von der Hüfte aufwärts als Nonne in braunem Chiffon mit einem Kreuz auf der Brust, unten der gleiche Chiffon, der bis zum Boden ging, aber ohne etwas darunter, so daß man ihre Beine als Silhouette erkennen konnte.

Als wir ankamen, sahen wir auch einige phantastische Kostüme, die Varda entworfen hatte. Er hatte einige der jungen Frauen als Collagen angezogen. Ausgeschnittenes buntes Papier bedeckte sie: blaue Rhomben, rosa Dreiecke, weiße Quadrate, orangefarbene Rechtecke, purpurne Parallelogramme, grüne Trapeze, lavendelfarbene Fünfecke, goldene Sechsecke, gelbe Achtecke.

Meine Freundschaft mit Varda bewegte sich auf einer solchen Ebene von gegenseitigem Erfindungsreichtum, von gegenseitigem Geschichtenerzählen, ständigem Austausch von Poesie, unsere Gespräche waren so weit in unendlichen Räumen, daß es schien, als zauberten zwei Zauberer unablässig füreinander. Wir hatten nicht die Zeit, uns den Schweiß von der Stirn zu wischen oder auch nur für einen Moment als menschliche Wesen zu erscheinen, hungrig, kalt oder ruhelos. Magie hatte den Vorrang. Vardas Einstellung zum Leben war die eines Merlin, eines Hexenmeisters, der ständig verzaubern, verführen, faszinieren und kreieren muß. Es kamen immer wieder junge Frauen zu ihm, um verwandelt zu werden. Und es war wundervoll zu sehen, wie er einen Mythos aus ihnen erschuf: Er gab ihnen neue Namen, er gab ihnen ein neues Aussehen, er schmückte sie. Der Varda-Stil. Sie waren nicht mehr länger gewöhnliche Frauen. Sie waren Mythen. Ich war ein Mythos, schon bevor wir uns kennenlernten, wegen *Under a Glass Bell.* Ich besaß eine seiner schönsten Collagen. Dichtung war die Maskerade der Schönheit, und ich liebte sie. Wir alle tanzten und flirteten und fanden Partner, und in unseren Verkleidungen verleugneten wir unser Alltags-Ich.

Die Reise in den Westen hatte mich vom Gift New Yorks befreit. Sie hatte mir die Liebe zur Natur, zu natürlichen und großzügigen Menschen gebracht, zu größeren Künstlern, die nicht vom Ehrgeiz getrieben waren. Am liebsten wäre ich für immer geblieben, aber ich mußte meine Einbürgerung betreiben. Um als ständiger Einwohner in den Vereinigten Staaten leben zu können, mußte ich zuerst ausreisen und dann wieder einreisen. Wenn ich nicht in den Westen gefahren wäre, hätte ich vielleicht nicht amerikanische Staatsbürgerin werden wollen. Es war Zeit, nach Mexiko weiterzureisen.
Alice Paalen hatte mir von einer Künstlerkolonie am

Chappala-See erzählt. D. H. Lawrence hatte darüber geschrieben. Auf meinem Weg nach Mexiko City las ich in einer Nummer von *Life.* Ich fand darin eine Fotografie des Chappala-Sees mit der Feststellung, daß er kalt sei, und einem Hinweis auf schwarze Schlangen. Ich war bereits entschlossen, nicht dorthin zu gehen, obwohl ich dort Künstlerfreunde treffen würde. Auf der nächsten Seite war das Panorama von Acapulco abgebildet. Das Meer, die Berge, die Felsen, üppige Vegetation, tropisches Klima. Ich beschloß sofort, statt dessen dorthin zu gehen.
Als ich in Mexiko ankam, besorgte ich mir ein anderes Tikket. Eine halbe Stunde später saß ich im Flugzeug nach Acapulco. Es war ein kleines Flugzeug für etwa zehn Passagiere. Es flog zwischen hohen Bergen und schaukelte ständig. Aber der erste Anblick von Acapulco, die Berge, das Meer, die Wälder, alles gebadet im Sonnenlicht, bewegte mich. Wir flogen über dem Pazifik, dann am Ufer entlang und landeten schließlich am Strand. Beim Öffnen der Bordtür fühlte ich die warme, schmeichelnde Luft, die einen sofort wie Seide umgibt. In der Nähe des Flugzeugs lagen Mexikaner unter einem Laubdach in Hängematten. Ein paar von ihnen kamen herüber und trugen das Gepäck. Die Tropen nahmen mich durch ihre Weichheit und ihre Wärme wie eine Droge in Besitz. Nach so vielen Jahren war es eine echte Erfahrung, auf Augen zu treffen, die einen wirklich ansahen. Sie ruhten auf mir. Sie waren schwarz, feucht, glänzend und zärtlich. Sie lächelten mich an, das Lächeln blieb. Das Rauschen der Wellen und das fein versprühte Salzwasser waren ganz nahe. Mir war danach, meine Kleider abzuwerfen und im Meer zu baden.
Drei Gitarrenspieler hatten uns begrüßt, drei Sänger mit zärtlichem und weichem Gesang, einhüllend und streichelnd.

Mir war gesagt worden, es gäbe in Acapulco nur zwei Hotels: das *Las Americas* für Touristen, mit Tanz, einer

Jazzband und einem großen Swimming-pool, und das *Mirador*, ein mexikanisches Familienhotel. Ich wählte das *Mirador*, um unter Mexikanern zu sein, und das war gut so, denn es war auch das Schönere von beiden. Es lag hoch auf einem felsigen Berg, mit Blick auf gischtumspülte Klippen, von denen junge Mexikaner ins Wasser sprangen und tauchten. Es ist gefährlich und aufregend. Es gab ein Haupthaus und kleine Cottages, die über den ganzen Berg verteilt waren, zwischen Passionsblumen, Hibiskussträuchern, Bougainvillea-Büschen und Palmen. Ich ging durch ein Labyrinth von Stufen und gepflasterten Fußpfaden zu meinem eigenen Cottage. Es hatte eine Terrasse und eine sanft schwingende Hängematte, die so aussah, als hätte sie mich erwartet. Es war ein einfacher Raum. Durch die Fenster hörte ich das Konzert von Fröschen und Zikaden, ein lautes, harmonisches Summen. Und ein Pfeifen, ein leicht spöttisches Pfeifen, das ich zuerst für das Pfeifen eines Mannes hielt. Es war aber ein Vogel. Alles bewegte und erfreute mich: Die Sanftheit, in der alles ruhte, das feuchtglänzende Laub, der kräftige Duft der Erde am Abend, das Meer, das wie ein Opal die Farben wechselte, der Sandelholzduft der Möbel. In der Ferne hörte ich die Gitarren.

Ich zog mich um und ging in den Speisesaal. Der Besitzer begrüßte mich mit altmodischer Höflichkeit. Er war ein Patriarch, beherrschend und beschützend. Ich war in der Stimmung, Familienleben schön zu finden, Kinder, Hunde, Papageien, Kindermädchen, mexikanische Küche, mexikanisches Singen, mexikanische Gitarren. Ich löste mich auf in Zärtlichkeit. Ein Gefühl, das ich in New York nie entfalten durfte. Eine Hingabe an Zärtlichkeit, an die Wärme des Klimas und der Menschen, ein Bedürfnis zu vertrauen und zu lächeln. Es war die Stimmung, die durch das Singen der Mexikaner geschaffen wurde.

In einer Ecke des Speisesaals bereitete eine Mexikanerin in ihrer Tracht Tortillas auf einem Grill. Die Bewegungen

ihrer Hände, mit denen sie den Teig formte, waren rhythmisch und wie ein Ritual.
Am nächsten Morgen schien die Sonne nicht nur alles zu vergolden, sondern auch in meinen eigenen Körper einzudringen. Die Luft, die ich atmete, war wie eine Droge des Vergessens. Jede Bewegung war ein Genuß. Die Farben des Meeres, die Segelboote, die Blüten und die Papayas auf dem Tisch, die glatte Haut der Mexikaner, alles war sinnlicher Genuß. Die Verständigung mit den Augen und durch ein Lächeln war erregend. Die Festlichkeiten der Natur betäubten alle Gedanken und Sorgen.
Acapulco war früher ein Fischerdorf gewesen, und davor hatten japanische Perlentaucher hier Schätze gefunden. Als sie vertrieben wurden, zerstörten sie die Austernbänke. Übrig blieb ein einfaches Fischerdorf, bis die Künstler kamen. Acapulco hatte keine Zugverbindung, und Esel waren die einzigen Transportmittel. Den Künstlern folgten Grundstücksspekulanten und Hoteliers, aber Acapulco blieb trotz allem ein Dorf, wo der Wind wie Samt war und das Meer so warm wie der Mutterleib.

Der erste Mensch, den ich traf, war Doktor Hernandez. Er hatte das breite Gesicht einer Mayaskulptur, die Adlernase, den vollen, nach unten gezogenen Mund und schrägstehende Augen. Seine Haut war hellolivfarben, eine Mischung aus spanischem und indianischem Blut. Sein Lächeln war wie das Lächeln der Einheimischen, offen und rückhaltlos, aber es tauchte selten auf, verschwand schnell und hinterließ einen Schatten auf seinem Gesicht.
Ich suchte ein neues Land, das Land der Freude, und ich fühlte, daß Doktor Hernandez dafür nicht der richtige Führer war.
Mir war danach, ihm zu sagen: »Geben Sie mir eine Schonzeit, bevor Sie mir die Schattenseiten von Acapulco zeigen.«
Alles schien mir neu. Das Grün des Laubs war nicht ver-

gleichbar mit anderem Grün, seine Farben waren tiefer, es wirkte lackiert und feucht. Die Blätter waren üppiger, schwerer, die Blüten größer. Alles schien vor Saft überzufließen und lebendiger zu sein. Auch die Menschen schienen lebendiger zu sein.

Die Hütten, von denen einige mit Palmblättern gedeckt waren, erinnerten mich an afrikanische Eingeborenenhütten.

Doktor Hernandez und ich tranken Kaffeee auf der Terrasse, wo sich alle versammelten, um das Meer und die Sterne zu betrachten und den jungen Tauchern, die von den hohen Felsen sprangen, zuzusehen.

Er sagte: »Die Weißen scheitern in den Tropen.«

»Ich habe davon gehört«, antwortete ich, »aber ich habe es nie geglaubt. Ich habe in New York zu viele Menschen scheitern sehen. Die Menschen machen immer äußere Umstände für ihren Zerfall verantwortlich. Der Weiße, der in den Tropen scheitert, würde sicherlich überall scheitern.«

Die Sonne ging mit dem ganzen Prunk und Pomp eines orientalischen Festes unter. Die Palmen boten ein Bild unverhüllter Eleganz.

Die Augen der Mexikaner brannten voller Leben.

Sogar die Dämmerung kam ohne einen Wechsel der Temperatur oder eine Veränderung der Weichheit der Luft.

Es gibt so viele Arten von Drogen. Manche sind für das Erinnern und andere für das Vergessen. Acapulco ist eine Droge für das Vergessen. Wird Doktor Hernandez mir erlauben zu vergessen? Es gibt kein anhaltendes Vergessen. Es scheint nur so, als könnten wir einen Menschen vergessen, einen Ort, einen Bewußtseinszustand, ein vergangenes Leben, aber durch unser Tun bereiten wir eine Wiederholung desselben Dramas immer wieder vor.

Werde ich eines Tages erwachen und mich an diesem wunderschönen, überwältigenden Ort in demselben Muster gefangen finden, und werde ich alles wiederholen?

Ich hatte bereits den Arzt getroffen, der hellsichtig und

wachsam sagte: »Vorsicht, Vorsicht. Kommen Sie mit mir und sehen Sie die Krankheit und die Armut.«

Wie könnte es anders sein? Der Verlauf des Lebens wird von innen bestimmt. Er ist im Menschen angelegt.

Und doch, am nächsten Morgen, als ich im tropischen Meer schwamm, den Gitarrespielern und Sängern am Strand zuhörte, frischgefangene Fische aß, aus einer Schale Kokosnußmilch trank und die Muscheln betrachtete, die die Jungen aus dem Meer brachten, in der Sonne lag, erinnerte ich mich an die Definition des Wortes *tropisch:* Es bedeutet »drehen«, »wechseln«, und ich fühlte, hier würde eine neue Frau geboren werden.

Anaïs Nin starb am 14. Januar 1977. Die letzten Jahre ihres Lebens waren beherrscht von ihrem Kampf mit dem Krebs, der sich allmählich qualvoll in ihrem Körper ausbreitete. Immer wieder gab es Krankenhausaufenthalte; den Rest der Zeit war sie an ihr Haus in Kalifornien gefesselt. Bis zum Ende arbeitete sie am siebten Kapitel ihres Tagebuches, das den vorliegenden Band abschließt. Außerdem beschäftigte sie sich mit der englischen Fassung ihrer »Kindheits«-Tagebücher, die ihre Jugend und Jungmädchenzeit behandeln und ursprünglich in französischer Sprache geschrieben wurden. Die englische Fassung wird demnächst erscheinen. Es gelang ihr sogar noch, die ersten Fahnen von »Delta of Venus« durchzusehen, eine Sammlung »erotischer« Geschichten, die sie Anfang der vierziger Jahre, als sie in Geldnot war, gewissermaßen mit der linken Hand um einen Dollar pro Seite für einen Sammler geschrieben hatte. Sie hätte nie geglaubt, daß ausgerechnet dieses Buch nur wenige Monate nach ihrem Tod auf die Bestsellerlisten klettern würde.

»Hin und wieder denke ich an den Tod«, hatte Anaïs Nin einmal geschrieben. »Ich kann mir ohne weiteres den Zerfall des Körpers vorstellen, aber ich kann nicht glauben, daß alles, was ich gelernt, erfahren und erworben habe, einfach verschwinden und vergehen soll.« Kurz vor ihrem Tod äußerte sie den Wunsch: »Ich möchte den Tod wie die Balinesen erfahren, als einen Flug in ein anderes Leben, eine freudige Umwandlung, eine Befreiung unseres Geistes, damit er alle anderen Wesen besuchen kann.«

Anaïs Nins Geist ist befreit worden, mögen wir seines Besuches würdig sein.

Becket, Massachusetts
September 1977 Gunther Stuhlmann

# Register